Das Buch

Anna Schuster ist die Tochter eines armen Kleinhäuslers im Lechrain. Eines Nachts belauscht sie eine geheimnisvolle Versammlung, an der ihr Bruder Gebhart teilnimmt. Ein Fremder beschwört das nahe Strafgericht Gottes. Ihr Lauschen bleibt nicht verborgen.

Der unbekannte Prediger bietet ihr kurz darauf eine Stelle als Magd in seiner Färberwerkstatt in Augsburg an. Sie geht das Wagnis ein und ihr Mut zahlt sich aus. Sie genießt die Freiheiten der liberalen Reichsstadt, wo sich ihr Wunsch Lesen zu lernen, erfüllt.

Als Lenz Kirchperger in ihr Leben tritt, scheint das Glück vollkommen, auch wenn seine Erlebnisse aus dem Bauernkrieg zwischen ihnen stehen. Eine neue Glaubensheimat finden sie in der Gemeinschaft der Gartenbrüder, die Kirche und staatliche Macht in Frage stellen.

Das bleibt nicht ohne Folgen, denn der bisher tolerante Augsburger Stadtrat fürchtet um die öffentliche Ordnung. Er beschließt, diese neue Sekte der *Wiedertäufer* zu zerschlagen. Anna und Lenz sind in Gefahr.

Die Autoren

Uschi Pfaffeneder, Jahrgang 1962, arbeitete als So-
zialversicherungsfachangestellte, bevor sie sich neben der Familie mit der katholischen Theologie an
der Domschule Würzburg auseinandersetzte. Ergän-
zend liegt ihr das logotherapeutische Konzept von
Viktor Frankl am Herzen, das sich aus drei philoso-
phischen und psychologischen Grundgedanken ab-
leitet: Der Freiheit des Willens, dem Willen zum
Sinn und dem Sinn im Leben. Aktuell ist sie in der
Kinderbetreuung tätig, wo sie auch eine Lesewerk-
statt an einer Grundschule leitet.

Klaus Pfaffeneder, Jahrgang 1962, ist Maschinen-
bauingenieur und arbeitet seit vielen Jahren als lei-
tender Angestellter. Mit fünfzehn schrieb er Sport-
berichte für das Landsberger Tagblatt. »Der Baumeister von Landsberg« war sein erster historischer
Roman.

Die beiden haben die Kriminalromane um den
Kommissar Viertaler »Entwurzelte Schatten« und
»Täter-Opfer-Schuld« gemeinsam geschrieben, lei-
ten die Schreibwerkstatt der VHS Landsberg. Sie haben drei erwachsene Söhne.

USCHI UND KLAUS PFAFFENEDER

Die Schwester des
Ketzers

Die Auserwählten

Liccaratur
Verlag

Historischer Roman

Besuchen Sie uns im Internet:
www.liccaratur-verlag.de

Erschienen im Liccaratur-Verlag

Illustration und Umschlaggestaltung:
Braun - Gestaltung & Produktion, Fürstenfeldbruck
Fotografie: Jakob Pfaffeneder, München
Historisches Buch auf Cover:
Allgäuer Online Antiquariat, Memmingen
Lektorat: Anke Höhl-Kayser M. A., Wuppertal,
www.textehexe.com
Druck: CPI buch bücher.de GmbH, Birkach
Copyright: © Liccaratur-Verlag, Landsberg

Erstausgabe 2022

ISBN 978-3-944810-07-2

Für Toni Drexler

ehemaliger Kreisheimatpfleger Fürstenfeldbruck

Inhaltsverzeichnis

Karte unterer Lechrain

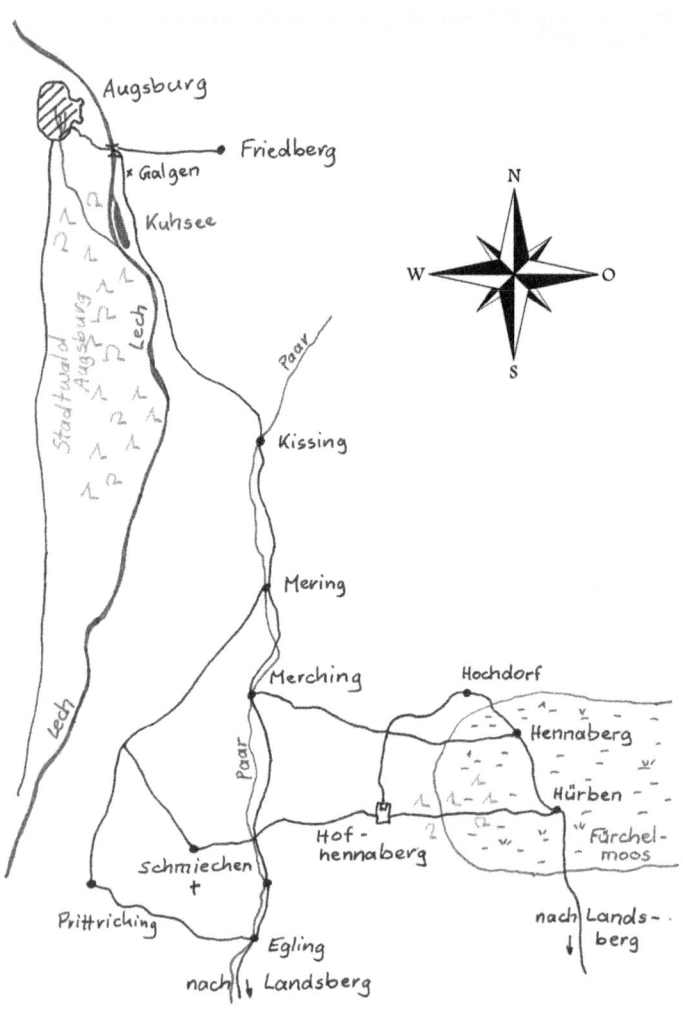

Karte Lechviertel Augsburg

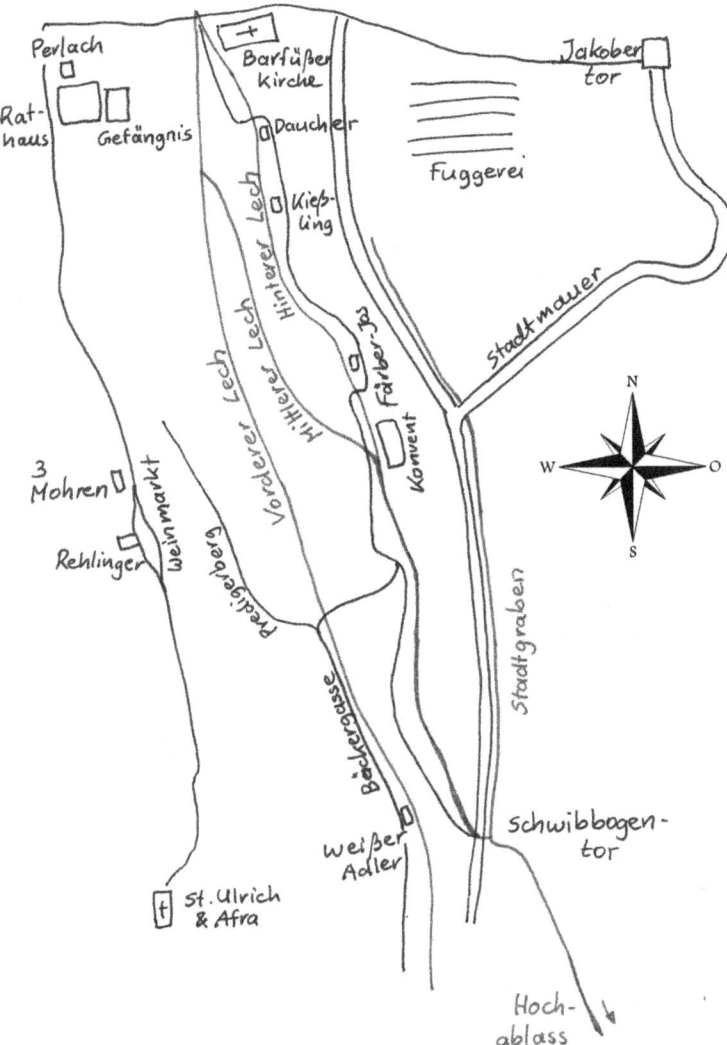

Perlach

Rat-
haus

Gefängnis

Barfüßer
kirche

Dauchler

Kieß-
ling

Fuggerei

Jakober
tor

Hinterer Lech

Mittlerer Lech

Vorderer Lech

Färber-Jos

Konvent

Stadtmauer

3
Mohren

Rehlinger

Weinmarkt

Predigerberg

Stadtgraben

N
W   O
S

Bäckergasse

Weißer
Adler

Schwibbogen-
tor

St. Ulrich
& Afra

Hoch-
ablass

9

Karte Landsberg

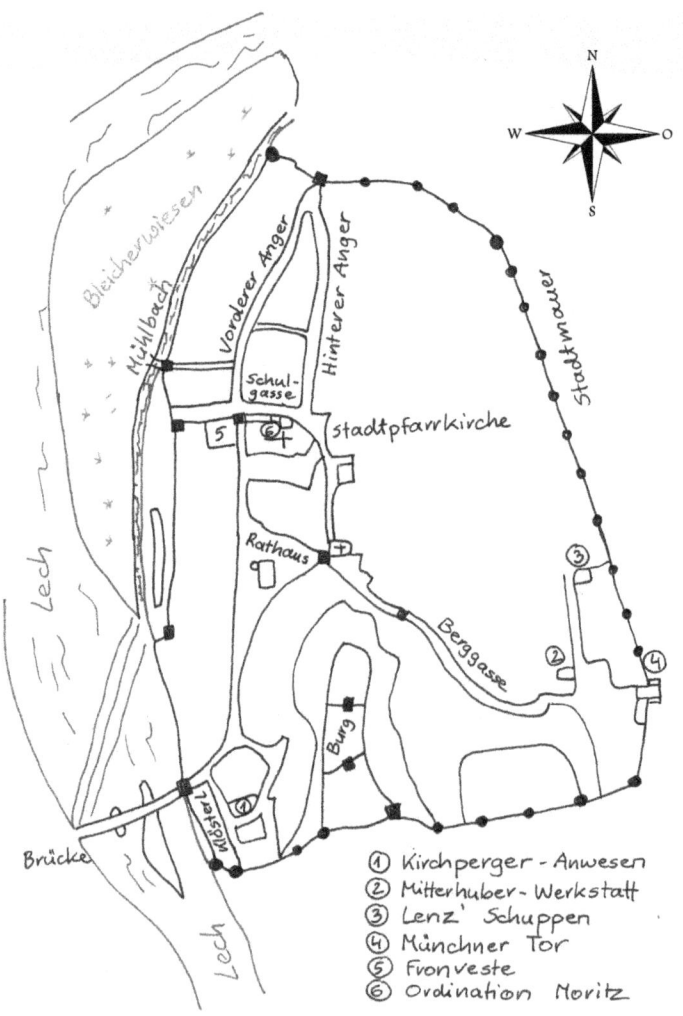

Bleicherwiesen
Mühlbach
Lech
Vorderer Anger
Hinterer Anger
Stadtmauer
Schul-gasse
stadtpfarrkirche
5
6
Rathaus
Berggasse
3
2
4
Burg
Kloster
1
Brücke
Lech

① Kirchperger - Anwesen
② Mitterhuber-Werkstatt
③ Lenz' Schuppen
④ Münchner Tor
⑤ Fronveste
⑥ Ordination Moritz

Dramatis Personae

Historische Persönlichkeiten sind mit (*) gekennzeichnet.

Die Hürbener (Hörbacher)

*Schuster, Anna	Tochter eines Kleinhäuslers (16 tel Bauer, bzw. Gütler), Schwester des Schuster Gebhart
*Schuster, Gebhart	Sohn eines Kleinhäuslers (16 tel Bauer) und Schuster, Bruder von Anna
Schuster, Agnes	Frau des Schuster Gebhart
Schuster, Ignaz	Sohn von Agnes und Gebhart
*Jos, Christoph	genannt Hüter-Christl
*Drexler, André	genannt André *auf der Stelzen*
*Hoffmair, Mathes	Sohn eines Vollbauern

Die Hofhennaberger (Hofhegnenberger)

*Galhart, Peter	Scherge der Hofmark Hennaberg
*Adelzhauser, Heinrich	Hofmarkspfleger in Hennaberg
*Sättelin, Raphael	Pfarrer der Hofmark Hennaberg
Josefine	genannt Finni, Lebensgefährtin des Pfarrers Raphael Sättelin

Die Hochdorfer

*Sedlmaier, Jörg	Bauer auf dem Sedlhof in Hochdorf
Margarete	genannt Gretl, seine alte Magd

Die Augsburger

*Thoma, Josef	Färbermeister, genannt der Färber-Jos
*Kießling, Hans	Maurermeister (+ 1529)
*Riexner, Ulrich	Webermeister, Spitzname Utz
*Daucher, Susanna	genannt Adolfin (*1495), Bildhauergattin
*Rehlinger, Ulrich	Bürgermeister in Augsburg (+ 1547) und Großkaufmann
*Peutinger, Konrad	Stadtschreiber und Jurist (1465-1547)
*Dachser, Jakob	Theologe (+ 1567), Vorsteher der Augsburger Gartenbrüder

Die Ingolstädter

*Von Eck, Johannes	Professor der Theologie (1486-1543), Gegenspieler Luthers
Pfettner, Christof	Magister der Theologie und Lutheraner, Freund von Lenz Kirchperger
Culinula, Hubertus	Kiechle Hubert, Freund von Christof, Doctor der Mathematik
*Apianus, Petrus	Apian Peter (1495-1552), Professor der Mathematik und berühmter Kartograph

Die Landsberger

Kirchperger, Lenz	Zimmerergeselle auf Wanderschaft
Kirchperger, Lienhart	Vater von Lenz
Kirchperger, Julia	Großmutter von Lenz, Tochter des Baumeisters Veit Maurer
*Von Egloffstein, Gregor	Pfleger in Landsberg, Herr der Hofmark Grunertshofen im Lechrain
*Haidenbucher, Hanns	Kastner in Landsberg und Landrichter in Vertretung
Kräler, Eberhart	Bürgermeister von Landsberg
*Haldenberger, Magnus	(1480-1541) Stadtpfarrer seit 1524, ehemaliger Pfarrer der Heilig-Geist-Spitalkirche
*Moritz	Stadtphysikus (Arzt)
*Schaller, Hanns	Amtmann des Landrichters
Mitterhuber, Magdalena	Tochter eines reichen Maurer-meisters, erste Freundin von Lenz
Mitterhuber, Georg	Bruder von Magdalena (+ 1525)
Büttel, Ulrich	Büttel des Eisenmeisters
Meister Gerhard	Züchtiger oder Henker

Teilnehmer des Augsburger Conciliums

*Hut, Hans	(1490-1527) fahrender Buch-drucker und -händler, charismatischer Prediger
*Denck, Hans	(1500-1527) Baccalaureus der Theologie, spiritueller Führer der Gartenbrüder-Bewegung

*Mittermaier, Hans	Theologe und Prediger aus Ingolstadt (+ 1529)
*Groß, Jakob	(1500 – 1531) Schweizer Theologe
*Spörle, Leonhard	Missionar und Prediger (+ 1527) aus Prittriching bei Landsberg
*Prenner, Jörg	Missionar und Prediger (+ 1528) aus Schmiechen bei Landsberg

Die Münchner

*Wilhelm IV	Herzog von Baiern (1493-1550)
*Von Ecken, Leonhard	Kanzler von Baiern (1480-1550) eigentlich von Eck
*Pasenseer, Martin	Großinquisitor in Jesenwang ab 17. November 1527
*Vogt, Konrad	Neuer Landrichter in Landsberg ab November 1527
Seiberstorffer, Heinrich	Rentmeister von Burghausen

Prolog

Anno Domini, 10. Mai 1525

„Die Narren stellen sich in Gefechtsformation auf!" Bürgermeister Kräler, der Hauptmann der Landsberger Bürgerwehr, klopfte beruhigend auf den schweißnassen Hals seines unruhig tänzelnden Wallachs.

Lenz' Hochgefühl von heute Morgen war verflogen. Sie waren ausgezogen, einem Haufen Bauern, Kleinhäuslern und Tagelöhnern Angst einzujagen. Den ganzen Weg vom Landsberger Lechtor über Spötting, Igling und Großkitzighofen waren er und seine Kameraden aufgekratzt marschiert. Doch jetzt stand ihnen ein brüllender Bauernhaufen mit Sensen und Dreschflegeln auf einer Anhöhe südöstlich von Kleinkitzighofen gegenüber.

Lenz wuchtete seine Arkebuse von der schmerzenden Schulter und wandte sich zu den hinter ihm marschierenden Spießern um. Georg Mitterhuber, Bruder seiner ersten Liebe Magdalena, starrte mit kalkweißem Gesicht auf die kampfbereiten Bauern. Mit einem hysterischen Anflug in der Stimme schrie er: „Das sind ja mindestens doppelt so viele wie wir."

Lenz versuchte, seinen jüngeren Freund zu beruhigen: „Die Narren sind schlecht ausgerüstet. Wenn die unsere Reiter sehen, geben sie Fersengeld." Insgeheim jedoch war auch er beunruhigt. Jeder der Landsberger Reisigen kannte die Geschichte der Weinsberger Bluttat am Ostermontag in Württemberg, wo aufständische Bauern den Grafen Ludwig von Helfenstein und seine Ritter erschlagen hatten.

Magdalenas Bruder, der einen fünfzehn Fuß langen Spieß trug, rang sich ein Grinsen ab: „Ich mache mir keine Sorgen. Du beschützt mich mit deiner Arkebuse, so, wie es dir meine Schwester aufgetragen hat."

Es war Nachmittag und die Sonne stand bereits im Westen hinter der Gefechtsstellung aus schmutzigen, zerlumpten Gestalten. Lenz beobachtete das Bemühen der Bauern, Ordnung in ihren Haufen zu bekommen. Ein einzelner Reiter galoppierte auf seinem Schlachtross heran. Es war der Landsberger Pfleger und Heerführer, Gregor von Egloffstein.

„Hauptmann Kräler! Stellt Eure Mannen auf. Eilt Euch, wir wollen das hinter uns bringen, bevor es dunkel wird."

„Sollten wir nicht zuerst verhandeln?", antwortete Bürgermeister Kräler. „Wenn Ihr nur genügend Druck aufbaut, gehen die Burschen zurück in ..."

Doch Egloffstein wendete wortlos sein Schlachtross und preschte in Richtung des Dorfes Kleinkitzighofen davon. Die Hufe des riesigen Hengstes schleuderten Erdklumpen in die Höhe.

Lenz starrte ihm hinterher. Der Landsberger Pfleger hatte offenbar kein Verhandlungsmandat vom baierischen Herzog. Er wollte, wie auch Martin Luther in seiner jüngsten Flugschrift es forderte, diese Mordgeister erschlagen.

Die zweihundert baierischen Panzerreiter, Lanziere und Kürassiere, folgten ihm und fingen an, die Bauern auf ihrem Hügel einzukreisen. Eine kühle Brise trug die gebrüllten Schmähungen der Aufständischen zusammen mit dem Duft frisch abgemähten Grases zu ihnen herüber. Angst kroch Lenz in die Beine. Trotz der frühsommerlichen Hitze fror er.

„Spießträger, Kommando dicht!"

Unschlüssig starrten die Männer zu ihrem Bürgermeister.

Mit sich überschlagender Stimme schrie der Hauptmann erneut: „Bewegt euch endlich, ihr Taugenichtse. Wir haben das hundert Mal geübt. Kommando dicht!"

Zögerlich stellten sie sich in zwei Schritt Abstand voneinander auf. In den vorderen beiden Reihen standen Spießer. Dahinter Helmbarten- und Glefenträger für den Nahkampf.

Lenz' Schützengruppe postierte sich auf der rechten Seite des Mannsvierecks. Georg Mitterhuber versuchte, wenige Schritte entfernt von ihm, seinen Spieß senkrecht zu halten.

Lenz betete ein stilles *Vater Unser*, so, wie es ihn seine Oma Julia gelehrt hatte.

„Feuerschützen! Nehmt auf eure Arkebuse! Blast ab eure Pfanne!"

Mechanisch befolgte Lenz die Kommandos. Wo waren er und Georg da hineingeraten?

„Tut Pulver auf die Pfanne!"

Das hatte nichts mehr mit dem zu tun, womit Hauptmann Kräler sie angespornt hatte. Das war kein Bauernerschrecken.

„Feuerschützen, schließt die Pfanne!"

Warum verhandelte niemand?

„Blaset ab die Pfanne!"

War den Bauern die Freiheit wichtiger, als zu leben?

„Arkebuse herum in Anschlag! Lunten bereit!"

Das Gemetzel begann. Panzerschützen von den Seiten und ein Angriff von hinten ließen die Bauern in wilder Panik auf die Landsberger Stellung zu rennen.

Lenz feuerte seine Arkebuse ab und warf sie fort. Zum Laden blieb jetzt keine Zeit mehr. Hektisch zog er sein Rapier. Es wog schwer in seiner Hand. Er suchte nach seinem Freund Georg. Alles schien mit einem Mal auf unheimliche Weise verlangsamt. Lenz sah Männer durch Arkebusenkugeln fallen. Die

Gegner krachten aufeinander und verkeilten sich. Beide Gruppen schoben die vordersten hin und her. Das Brüllen wich einem Stöhnen, Grunzen und Jammern. Aus dem Augenwinkel sah er, wie eine Sense auf Georgs Kopf niederfuhr. Nein! In Lenz' Ohren rauschte das Blut. Sein Freund durfte nicht fallen! Wie von Sinnen hackte Lenz auf die Gegner ein. Er hatte Magdalena versprochen, auf ihren Bruder aufzupassen! In rasender Wut tötete er jeden, der sich ihm in den Weg stellte. „Mordgeister!", brüllte er dabei. „In die Hölle mit euch!" Er erreichte Georg und schlug den Sensenmann nieder. Sein Freund lag zuckend am Boden. Aus einer tiefen Wunde an seiner Seite quoll Blut. Wie aus dem Nichts sprang ein bärtiger Kerl in die Bresche, die er geschlagen hatte. Für einen Herzschlag sah er in dessen wutverzerrtes Gesicht. Etwas traf Lenz am Kopf und alles wurde schwarz.

Eine Stunde später waberten Dunstschwaden über die feuchten Wiesen in der Dämmerung, wie riesige Drachen auf der Jagd nach den Seelen der Gefallenen. Lenz erwachte von einem pochenden Schmerz auf seiner linken Gesichtshälfte. Er fasste die Stelle an. Ein tiefer Schnitt brannte höllisch. Seine Hand zuckte zurück. Er rappelte sich hoch. Um ihn herum lagen hunderte Tote und Verwundete. Ein abscheulicher Geruch nach abziehendem Pulverdampf, Blut und Exkrementen zog durch die abendliche Luft.

Das Jammern der Verletzten war durchsetzt vom Rauschen eines nahen Baches. Die gebrochenen Augen seines Freundes starrten ihn an. Verzweifelt begann er zu weinen. Er konnte Magdalena nicht mehr gegenübertreten.

Kapitel 1

Anno Domini, 9. Juli 1527, Sonnabend,
Hürben im Fürchelmoos

Am Himmel dräuten dunkle Wolken und verstärkten die Schatten der Abenddämmerung, die aus dem naheliegenden Wald krochen. Gebhart Schuster vergewisserte sich, dass sich niemand mehr auf den umliegenden Höfen herumtrieb, als er sich zu dem verbotenen Treffen aufmachte. Alle paar Schritte blieb er stehen und lauschte. Doch außer dem Rauschen des Windes in den Bäumen war nichts zu hören. Eine Bogenschussweite entfernt lag das Hüterhaus des kleinen Dorfes im Moos, aber für Gebhart war es der Weg in eine andere Welt.

Er erreichte das Hüterhaus, aus dem kein Laut drang. Die Fensterläden waren geschlossen, allerdings flackerte der Schein von Kerzen durch die Ritzen nach draußen. Er blickte sich noch einmal um, bevor er das verabredete Klopfzeichen gab: Tok-tok, tok-tok, tok. Die Tür öffnete sich einen Spalt breit. Als er hineinschlüpfte, zuckte der erste Blitz.

Anna kauerte unter dem Fenster und lauschte angestrengt. Das Brausen des Windes machte es heute Abend fast unmöglich, der Unterhaltung drinnen zu folgen. Sie richtete sich auf und presste ihr Ohr an

einen Spalt zwischen den Holzbrettern. Bruchstück-
haft drangen Worte zu ihr nach draußen im aufzie-
henden Gewitter, das inzwischen direkt über ihr
stand. Der Wind erstarb. Mit einem Mal war es to-
tenstill. Das, was sie nun vernahm, ließ sie erschau-
ern. Das Raunen der anderen Teilnehmer unter-
strich die eindringliche, ihr unbekannte Stimme.

Die ersten Regentropfen fielen schwer auf ihre
Haut. Sie schirmte ihr Ohr ab, damit sie besser hörte: „Das Strafgericht Gottes ist nahe und wird die
Pfaffen für ihre falschen Predigten züchtigen und sie
müssen Antwort geben über ihre falsche Lehre.
Doch auch die Gewaltigen müssen ihre Herrschaft
rechtfertigen. Und allen Gezeichneten und Versie-
gelten wird durch das Schwert in der Hand Gerechtigkeit zuteil."

In diesem Augenblick öffnete der Himmel seine
Schleusen. Der Lärm des Wolkenbruchs verschluck-
te alles Weitere. Mittlerweile tropfnass, eilte sie
nach Hause. Dass sich hinter ihrem Rücken die Tür
des Hüterhauses geöffnet hatte und ein aufmerksa-
mer Blick ihr Davonhuschen bemerkte, blieb ihr
verborgen.

Kapitel 2

Die Maulschelle kam unerwartet. Sie traf Anna mit voller Wucht auf die Wange. Sie zuckte zusammen, Tränen schossen ihr in die Augen. Für einen Moment war sie fassungslos. Mit zittrigen Händen griff sie sich den Reisigbesen und erhob ihn drohend gegen ihre Schwägerin Agnes. „Was fällt dir ein, mich zu schlagen."

Ein schriller Schrei von Agnes durchschnitt die abgestandene Luft in dem armseligen Gütl. „*Du* willst mir drohen? Der eine Schlag hat dir wohl nicht gereicht. Ich werde dich lehren, was Gehorsam heißt." Mit einer schnellen Bewegung versuchte Agnes Anna den Besen aus der Hand zu reißen. In diesem Moment flog die Tür auf. Im Türrahmen erschien Gebhart Schuster. Mit großen Schritten eilte er auf die zankenden Weiber zu und entwand seiner Schwester den Besen. „Was ist jetzt schon wieder los? Ihr beiden seid nur noch am Keifen. Es ist nicht mehr auszuhalten. Man hört euch bis ins Dorf. Irgendwann finde ich eine von euch mit eingeschlagenem Kopf." Vorwurfsvoll sah er seine Frau Agnes an.

„Was zürnst du mir? Deine Schwester hat angefangen. Sie hat mich als frömmlerisches Weib beschimpft, das dem Pfarrer nach dem Maul redet und dabei nicht sieht, wie uns die Kirche ausbeutet."

Agnes' Stimme klang mit jedem Wort kreischender. Zornesrot wandte sich Gebhart an Anna: „Was für närrische Reden schwingst du da?"

Anna hob abwehrend die Hände. „Da klagt mich der Richtige an. Du sagst doch selber, dass die Pfaffen nur von Barmherzigkeit reden, aber nicht danach handeln. Sie bestehen selbst bei schlechter Ernte auf ihren Abgaben, auch wenn wir vor Hunger sterben. Mir graut jetzt schon, wenn ich dem geilen Schwarzrock Sättelin *auf Gally* die *Gilt* bringen muss. Dessen Barmherzigkeit besteht darin, seine Haushälterin zu vögeln und Bankerte zu zeugen."

Erneut kreischte Agnes auf: „Du verleumdest einen Mann mit heiligen Händen!"

„Mit heiligen Händen. Dass ich nicht lache. Die sind doch alle gleich und ..."

Unvermittelt hob Gebhart den kleinen Buben hoch, der unter dem Tisch saß und das Geschrei mit bangem Gesichtsausdruck verfolgt hatte. Er drückte ihn Anna ihn die Arme. „Du bist jetzt mal ganz still. Nimm Ignaz und geh mit ihm an den Bach. Wir unterhalten uns später."

„Aber –"

„Keine Widerrede." Seine Stimme war schneidend. Grob schob er sie zusammen mit dem Jungen ins Freie und warf die Tür hinter ihr zu. Der Knall schmerzte sie mehr als die Maulschelle von Agnes.

Ignaz' klebrige Hand strich ihr vorsichtig über ihre schmerzende Wange. „Anna, aua. Aua Anna", brabbelte er dabei.

Beruhigend klopfte sie dem fast Zweijährigen den Rücken. „Alles gut, Ignaz. Es tut mir leid, wenn wir dich erschreckt haben."

Seine dünnen Ärmchen schlangen sich um ihren Hals. Der Kopf mit den lockigen, dunkelbraunen Haaren schmiegte sich an ihre Schulter. Innerlich aufgewühlt stapfte sie durch die hüfthohen Stauden. Nach dem Gewitter vor einer Woche war der Trampelpfad durch das Moos wieder trocken. Ansonsten quoll der Moorschlamm schwarz durch ihre Zehen.

Ihre Füße trugen sie zum Finsterbach, dem die reißende Kraft des Frühjahrs in der Sommerhitze verlorengegangen war. Anna schürzte ihren langen Rock und setzte Ignaz am Ufer ab. Jauchzend vor Vergnügen warf er sofort Bachkiesel ins Wasser. Das kühle Nass an ihren Füßen beruhigte Annas erhitztes Gemüt. So konnte es mit Agnes nicht weitergehen. Jedoch mehr als der Streit beschäftigte sie das geheimnisvolle Treffen, an dem ihr Bruder teilgenommen hatte. Sie war Gebhart vor ein paar Tagen eher zufällig gefolgt. Es war ihr komisch vorgekommen, dass er sich in der Dunkelheit Richtung Waldrand geschlichen hatte. Was trieb ihr Bruder in dieser Hütte? Vor allem, mit wem?

Sie war so in Gedanken vertieft, dass sie das Kommen Gebharts erst wahrnahm, als dieser hinter ihr am Bach stand.

„Du musst gehen! Für dich ist auf dem Hof kein Platz mehr." Gebhart versuchte, seiner Stimme einen harten Klang zu geben. „Der heutige Streit mit Agnes hat das Fass zum Überlaufen gebracht." Das stimmte nicht ganz. Eigentlich war die Entscheidung bei dem letzten Treffen gefallen, wo sie Anna durch die Läden entdeckt hatten. Ob ihm seine Schwester schon öfter nachgeschlichen war, wusste er nicht, aber mit ihrer Neugierde und ihrem losen Mundwerk war sie eine Gefahr für die gemeinsame Sache der Brüder.

„Gebhart, es tut mir leid. Ich werde mich von Agnes nicht mehr reizen lassen, ich werde ..."

Mit einer raschen Handbewegung schnitt er ihr das Wort ab. „Es geht nicht nur um Agnes."

„Ach so", antwortete sie schnippisch. „Was steckt dann hinter deiner Entscheidung?" Ihre Mundwinkel verzogen sich spöttisch: „Oder besser gesagt: wer?"

Erneut kochte die Wut in ihm hoch. Er würde sich weder von Agnes noch von Anna sein neues Leben nehmen lassen. Ohne auf ihre Frage einzugehen, fuhr er hitzig fort: „Entweder du heiratest Quirin aus Hennaberg. Oder ..."

Wie eine Furie baute sich Anna vor ihm auf. Aufgebracht zischte sie ihn an: „Das kannst du vergessen, ich heirate keinen *Mösler*. Außerdem ist dieser Kleinhäusler uralt, potthässlich und man sieht ihm den Hunger schon von weitem an."

„Sei nicht so überheblich. Wir alle sind *Mösler*. Du kannst froh sein, wenn dich der Quirin überhaupt noch will, so oft, wie du ihn schon abgewiesen hast. Mit deinen zwanzig Lenzen bist du schon überfällig und als dein Vormund habe ich auch noch ein Wörtchen mitzureden."

„Ich bin deine Schwester und kein Stück Vieh, das du verschacherst. Ist das der Dank dafür, dass ich deiner schwangeren Frau zur Hand gegangen bin, als du mit deinem Kumpel André in den Krieg gezogen bist? Und was hat es gebracht? Nichts! Wir sind verschuldet bis an unser Lebensende und André ist seither ein sabbernder, einbeiniger Krüppel."

Dass Anna den Bauernkrieg erwähnte, schlug dem Fass den Boden aus. „Schluss jetzt! Du nimmst Quirin oder du suchst dir eine Stelle als Magd irgendwo anders." Er hob seinen mittlerweile greinenden Sohn aus dem Bach. „Vorher bringst du noch einen Sack Rauschbeeren zum Sedlhof. Jörg hat einen Abnehmer dafür. Er gibt dir Schuhe mit, die er zum Flicken hergerichtet hat."

Kapitel 3

Anno Domini, 15. Juli 1527 – Hürben

Die Sonne brannte von einem wolkenlosen Himmel, als Anna nach Hochdorf zum Hof von Jörg Sedlmaier aufbrach. Ohne diesen mit ihrem Bruder befreundeten Großbauern wäre das Essen noch karger als ohnehin schon. Die Schuhe der anderen Bauern und Kleinhäusler aus dem Dorf allein machten das Kraut nicht fett.

Die zweieinhalb Meilen hinauf zum Sedlmaier-Hof zogen sich bei dieser Hitze. Die Riemen des schweren Huckelkorbs mit den Rauschbeeren schnitten ihr in die Schultern. An den sonnigen Stellen im Moos stampfte sie hart auf. Von Kindesbeinen an hatte man ihr das beigebracht, um nicht auf eine Kreuzotter zu treten. Gegen die unzähligen Mücken half das nicht. Ihr Oberkleid war längst durchgeweicht und der Schweiß rann ihr den Rücken hinunter. Die Sonne hatte den Zenit bereits überschritten. Ein lautes Magenknurren erinnerte sie daran, dass sie heute noch nichts gegessen hatte. Sie suchte sich am Wegesrand ein schattiges Plätzchen, das frei von Brombeerranken war, die hier überall in den Weg wucherten und ihre Beine zerkratzen. Das mitgebrachte Wasser dämpfte ihr Hungergefühl nur kurz. Sie tröstete sich damit, dass das meiste des

Weges geschafft war. Der Sedlbauer steckte ihr sicher ein Stück Brot zu, bevor sie sich wieder auf den Rückweg machte.

Das monotone Gehen beruhigte ihre aufgewühlten Gedanken. Vielleicht wusste der Sedlmaier Jörg einen Ausweg. Schließlich kannten sie sich schon lange. Sie ahnte, dass ihm die keifende Agnes auch zuwider war. Anna ließ die Häuser des alten Moosdorfes Hennaberg hinter sich und schlug den Weg nach Hochdorf ein. Bald zeigte sich das imposante Steintor des Sedlhofs mit dem heiligen Nepomuk darauf. Hoffentlich lief ihr die greise Magd Gretl nicht über den Weg. Die war genauso frömmlerisch wie Agnes.

Im Inneren des Hofes gab es zahlreiche Gebäude. Fette Hühner dösten in der Sonne. Die Kinder des Gesindes versuchten, mit Steinen einen alten Holzeimer zu treffen. Inmitten der Horde stand lachend Jörg. Der Sedlbauer war groß und stattlich. Unter seiner Bundhaube aus Leinen quollen strohige, blonde Haare, die ebenso wie sein Bart von grauen Strähnen durchzogen waren. Seine braunen Hosen und das weiße Hemd waren nicht geflickt und sauber. Dadurch unterschied er sich von den Leuten, mit denen Anna sonst verkehrte. Kurz blickte sie verschämt an sich herab. Ihr eigenes Kleid hatte schon bessere Zeiten gesehen; zahlreiche Löcher und dunkle Flecken getrocknetem Moorschlamms am Saum verrieten ihre Herkunft.

Als er sie sah, wurde sein Blick ernst. Er eilte auf sie zu und nahm ihr den schweren Huckelkorb aus Weidengeflecht ab. „Du hast sicher Hunger. Komm mit in die Kuchl. Es ist bestimmt noch etwas von unserem Mittagsmahl übrig." Seine blauen Augen mit den vielen Lachfältchen zwinkerten ihr zu.

„Ich sollte eigentlich nur eure Schuhe zum Flicken abholen und ich möchte nicht zu spät zurück sein." Ihr Einwand war schnell vergessen, als sie die Stube betrat, in der auch das Gesinde sein Essen einnahm. Es roch himmlisch und ihr lief das Wasser im Munde zusammen.

Jörg drückte sie auf einen Stuhl. „Bis Sonnenuntergang ist noch lang hin und dann bist du längst wieder bei deinem Bruder. Aber sag, wie geht es dir? Ist die Agnes immer noch so zänkisch?"

Die Wärme seiner Worte und die Geborgenheit der Kuchl überwältigten Anna. Die Tränen, die seit ihrem Aufbruch heute Vormittag in ihrem Hals steckten, brachen sich Bahn und sie schluchzte auf.

„Was ist los?"

„Gebhart will mich heuer noch mit Quirin aus Hennaberg verheiraten. Mir graut vor ihm."

Jörg wiegte den Kopf. „Dein Bruder ist nun mal dein Vormund, seit dein Vater tot ist. Und wenn du dich irgendwo als Magd verdingst?"

„Das hat er auch vorgeschlagen. Aber wo soll ich auf die Schnelle hin?" Nachdenklich fuhr sie fort: „Wenn mich nicht alles täuscht, ist Agnes wieder schwanger. Vielleicht ist sie ja froh, wenn ich ihr da zur Hand gehe, wie damals, als Gebhart im Krieg war."

„Bist du sicher?"

„Nein, du hast recht. Sie ist der Meinung, dass ich endlich den Platz einnehmen soll, den Gott mir zugedacht hat. Also Quirin heiraten." Sie schüttelte sich. „Das gleiche Gesalber, das der Pfaffe Sättelin von sich gibt. Was weiß der denn schon von Gott? Manchmal glaube ich wirklich, dass er etwas anderes erzählt, als in der Bibel steht. Wir dummen Schäfchen können ja nicht lesen."

Ein sonores Lachen erklang vom Türrahmen her. Sie hatte sich so in Rage geredet, dass sie den Ankömmling nicht wahrgenommen hatte.

Jörg deutete auf den Fremden: „Das ist der Thoma Jos aus Augsburg. Oder auch einfach nur Färber-Jos, da er der Zunft der Färber angehört. Er kauft bei uns seine Lebensmittel und deine Rauschbeeren. Die sind hier billiger als in der Stadt. Außerdem bringt er seine Schuhe mit, die dein Bruder für ihn flickt. Auch wenn er ein Handwerksmeister ist, muss er jeden Heller umdrehen."

Anna musterte den Gast, der ein rotes Barett in seinen Händen drehte. Sein struppiges schwarzgraues Haar stand nach allen Seiten ab, während der Bart gepflegt schien. Die große Hakennase verlieh ihm etwas Raubvogelhaftes. Am eindrucksvollsten jedoch waren die großen schwarzen Augen, die auf die

Entfernung wie Holzkohle schimmerten. Der Fremde trat näher. „Verzeiht, dass ich euer Gespräch belauscht habe. Aber vielleicht kann ich ja Abhilfe
schaffen."

Als Anna seine Stimme hörte, erkannte sie, dass er
kein Unbekannter war.

Kapitel 4

Der schlafwarme Körper ihres Neffen schmiegte sich an sie. Die süßliche Ausdünstung des gerade der Muttermilch entwöhnten Zweijährigen vermischte sich mit dem Geruch des fauligen Strohs ihrer Schlafstatt. Zärtlich strich sie Ignaz über die dunklen Locken, die verschwitzt am Kopf des Kleinen klebten. Die letzten Wochen waren unerträglich heiß gewesen. Selbst des Nachts staute sich die Hitze in dem einstöckigen Gütl in der Nähe des Finsterbachs. Gut für die Ernte, die auf den Feldern rings um Hürben schon weit fortgeschritten war. Von ihren zwölf Tagwerk dagegen waren gerade einmal eineinhalb mit Roggen bebaut. Neben sauren Äpfeln, ein wenig Kraut und Rüben war nicht viel zu holen auf ihren mageren Wiesen, auf denen ein Schaf, eine dürre Ziege und ein paar Hühner darbten. Da war kein Platz mehr für ein weiteres hungriges Maul, selbst wenn es die eigene Schwester war. Aber das war nicht der wahre Grund. Hätte es noch eines Beweises bedurft, so war das die gestrige Begegnung mit diesem Färber-Jos. Er war es, der im Hüterhäusl vor einer guten Woche das nahe Strafgericht prophezeit hatte. Und nun wollte er sie als Magd mit nach Augsburg nehmen.

Zuerst hatte sie gezögert, doch ihre Neugierde war stärker als ihre Angst. Sie wusste nicht, was sie dort erwartete. Schlimmer als hier konnte es nicht sein.

Gebhart war über ihren Entschluss nicht überrascht gewesen. Vermutlich steckte er zusammen mit dem Färber-Jos unter einer Decke. Auch das war ihr egal. Sie hatte nichts mehr zu verlieren.

Leise stand sie auf, um ihren Neffen nicht zu wecken. Ihn würde sie vermissen. Sie zog sich den grob gewebten Überrock über das Unterkleid aus Flachs. Alles andere war bereits in dem gepackten Bündel neben ihrem Bett. Vorsichtig nahm sie es auf und stieg die wackelige Leiter hinunter ins Erdgeschoss. Sie trat ins Freie. Die dunkelste Stunde der Nacht war fast vorbei. Am Horizont zeigte ein schmaler heller Streifen den nahen Sonnenaufgang an. Barfuß lief sie über die taufeuchte Wiese zum Finsterbach. Wer konnte sagen, wann sie wieder hierher kam. Sie tauchte ihre Hände in das kühle Nass, befeuchtete ihr Gesicht und ihren Hals. Anna lauschte dem Pfeifen der Vögel, das mit dem heller werdenden Tag lauter wurde. Würde sie die auch in Augsburg hören? Wehmut schlich sich in ihr Herz. Als die Morgendämmerung die Nacht endgültig vertrieben hatte, brach sie auf. Zurück am Haus erkannte sie im Gegenlicht ihren Bruder Gebhart. Ihre Kehle wurde eng.

Er trat auf sie zu. „Du kannst die Schuhe für den Färber-Jos gleich mitnehmen. Die vom Sedlmaier Hof bringe ich dann selbst vorbei." Seine Stimme klang rau.

Ihre mühsam aufrecht erhaltene Fassung brach wie ein Kartenhaus zusammen. Schluchzend fiel sie ihm um den Hals und nahm seinen Geruch auf. Ihr Bruder war der einzige Vertraute in ihrem armseligen Leben.Er entzog sich ihrer Umarmung. „Du musst los, damit dein neuer Dienstherr nicht ohne dich geht." Kurz zögerte er, als wollte er ihr noch etwas sagen, drehte sich dann wortlos um und schlich ins Haus zurück.

Mit tränennassem Gesicht schulterte Anna die beiden Bündel. War der Himmel in den letzten Tagen bereits am frühen Morgen strahlend blau gewesen, zogen heute erste Wolken auf. Die Luft war drückender. Die Moosgräser und Wildkräuter am Wegesrand dufteten betörend. Jetzt, wo sie diesen Weg vermutlich zum letzten Mal ging, nahm sie ihre Umgebung leuchtender wahr. Die Heide stand in voller Blüte und war gleichzeitig auch ein Zeichen, dass der Herbst seine Fühler ausstreckte. Den Weg nach Hochdorf säumten zahlreiche Spirken, die typisch für das Fürchelmoos waren. Knorrige Wurzeln wechselten sich mit Stellen ab, wo der Boden bei jedem Schritt nachgab. Wenn man weiterging, füllte sich die eigene Spur mit Wasser. Gebhart hatte ihr oft Schauergeschichten über das Moor erzählt. Angeblich brachten die Geister tot geborener und nicht getaufter Kinder die Reisenden vom Weg ab, damit diese in den Moorlöchern versanken. Eine Mär, die ihr heute noch Gänsehaut verursachte. Je näher sie dem höher gelegenen Hochdorf kam, desto trockener wurde der Weg. Im Eingangstor des Sedlhofs stand ein bereits voll beladener Pferdekarren. Der Sedlmaier Jörg und der Färber-Jos unterhielten sich leise mit dem Rücken zu ihr. Sie wirkten sehr vertraut, als sie sich mit einer Umarmung voneinander verabschiedeten. Anna fragte sich in diesem Moment, ob der Sedlbauer nicht auch im Hüter-Häusl in Hürben dabei gewesen war.

Kapitel 5

Anno Domini, 18. Juli 1527,
auf dem Weg nach Augsburg

Mit einem Seitenblick beobachtete der Färber-Jos die neben ihm auf dem Kutschbock sitzende Anna. Das Mädchen war von einer stillen Schönheit. Ein schmales, fein geschnittenes Gesicht. Große braune Augen unter dunklen Haaren, die sie locker im Nacken zusammengebunden hatte. Sie war zierlich und strahlte doch eine Kraft aus, die ihn faszinierte. Dass sie hier mit ihm auf dem Kutschbock saß, war ihrer Neugierde geschuldet. Sie wusste, wer er war. Das sah er in ihrem Blick. Vermutlich hatte sie seine Stimme erkannt. Deshalb waren er und die Brüder nach reiflicher Überlegung zu dem Schluss gekommen, dass die Lauscherin aus Hürben wegmusste. Dabei kam ihnen zugute, dass Anna sich eher als Magd verdingen würde, statt einen Kleinhäusler zu heiraten.

Als hätte sie seinen Blick gespürt, wandte sie sich ihm direkt zu. „Ich wusste nicht, dass wir mit dem Pferdekarren nach Augsburg fahren."

Jos deutete auf die Ladefläche. Darauf stapelten sich Säcke mit Roggen, Kisten mit Frühäpfeln, Rettichen und Pastinaken. „Für das alles hier bezahle ich beim

Sedlbauern gut zwei Schillinge weniger als in Augsburg."

„Wir haben im Fürchelmoos selbst kaum zu essen."

Jos nickte: „Die Zeiten sind auch für Handwerker wie mich hart. Durch das Verlagssystem der Fugger müssen manche Weber in Augsburg fast ihren gesamten Verdienst fürs tägliche Brot ausgeben."

„Was ist ein Verlagssystem?"

„Die Handelsgesellschaften, wie die Fugger, Rehlinger und Welser beschäftigen Weber in den Dörfern rings um Augsburg. Die liefern ihre Tuche zu günstigeren Konditionen, als die zünftigen Augsburger. So bleibt der Preis insgesamt niedrig, obwohl das Leben ständig teurer wird."

„Aber die Fugger bringen Arbeit in unser Dorf", wandte Anna ein.

„Das ist zunächst einmal richtig. Nur am Ende gewinnen immer die Kaufleute durch eine höhere Gewinnspanne."

„Dann seid Ihr also regelmäßig in Hochdorf?" Sie sah ihn prüfend an, bevor sie fortfuhr: „Es wundert mich nur, dass mir mein Bruder nicht von Euch erzählt hat. Wo er doch auch Euer Schuhwerk repariert. Sind Euch die Augsburger Schuster auch zu teuer?"

Jos schmunzelte innerlich. Anna war nicht nur klug, sie nannte die Dinge beim Namen. Man konnte ihr nichts vormachen. „Im Gegensatz zu den angeblich so christlichen Kaufleuten verdiene ich mein Geld mit meiner Hände Arbeit. Ich beute niemanden aus. Deinem Bruder zahle ich den Preis, den ich auch in Augsburg zahlen müsste. Gebhart und Jörg sind Freunde für mich. Außerdem gibt es im Fürchelmoos die besten Rauschbeeren."

„Da sind auch welche dabei, die ich gesammelt habe", erklärte sie nicht ohne Stolz.

Der Färber-Jos nickte. „Die verwende ich zum Schwarzfärben. Alles in allem rentiert sich der Weg zu euch raus für mich."

„Und auch für uns Mösler", ergänzte Anna nachdenklich.

„Jetzt habe ich so viel von mir erzählt. Von dir weiß ich nur, dass du die Schwester von Gebhart bist. Würdest du gerne lesen lernen?"

Annas Gesicht hellte sich auf. Zum ersten Mal, seit sie losgefahren waren. „Ja, sehr gern."

„Und warum?"

Sie zögerte. Ihm entging nicht der kurze Anflug von Misstrauen, der über ihr Gesicht huschte.

Doch ihre Neugierde siegte und sie platzte heraus: „Weil ich gerne die Flugschriften von Doctor Luther lesen möchte, die der Pfarrer in seinen Sonntagspredigten verteufelt."

Gebhart und seine Schwester waren sich sehr ähnlich. Jos bohrte nach: „Und warum gerade Luther? Meines Wissens hat er sich mit seinen Thesen nicht überall Freunde gemacht. Gerade in Baiern nicht, wo ihr wohnt. Im schwäbischen Augsburg denkt man anders darüber."

Sie nickte. „Ich weiß, aber Luther hat gesagt, dass alle Menschen frei sind und dass man sich die göttliche Gnade nicht erkaufen kann. Nach dem Tod unseres Vaters hat uns der Pfaffe bedrängt, wir sollen noch einen Ablassbrief kaufen, damit der Verstorbene nicht so lange im Fegefeuer für seine Sündenstrafen büßen muss. Wie hätte das gehen sollen? Wir wussten sowieso schon kaum, wie wir jedes Jahr am Tag des heiligen Gallus im Oktober die *Stift* von siebzig Silberpfennigen aufbringen sollten. Und der Hofmarksherr verlangte über tausend Silberpfennige nur dafür, dass Gebhart anstelle unseres Vaters das Gütl bewirtschaften konnte. Für die sauren Wiesen und Felder im Moos und damit wir ein Dach über dem Kopf hatten. Geld, das sich mein Bruder von der Kirche leihen musste. Die haben uns das nicht umsonst gegeben, wie Ihr euch sicher vorstellen könnt." Ihre Stimme klang mit einem Mal bitter. „Schulden, die er zeit seines Lebens auf Erden nie zurückzahlen kann. Ganz zu schweigen von der Sündenstrafe im Fegefeuer dafür, wie Ihr sicher wisst." Sie sah ihn herausfordernd an.

Als Jos nickte, fuhr sie fort: „In seiner Verzweiflung ist Gebhart zusammen mit seinem Freund, dem Drexler André, in den Krieg gezogen. Sie wollten für ihre Rechte kämpfen, die die Bauernvertreter in Memmingen mit den zwölf Artikeln eingefordert hatten. Unter anderem eben auch für die Abschaffung der *Abfahrt* und *Anfahrt* für das Gütl nach dem Tod des vorherigen Pächters. Weniger Schulden bedeuten weniger Fegefeuer." Sie senkte den Kopf und starrte auf das Hinterteil des alten Kleppers, der den Wagen zog.

Der Färber-Jos räusperte sich. Die Offenheit der jungen Frau berührte ihn. „Ich kenne die Dämonen, die deinen Bruder plagen. Er hat mir von ihnen erzählt. Er fühlt sich schuldig, weil André seit dem Krieg eine Holzprothese hat und nicht mehr ganz richtig im Kopf ist."

„André wird seitdem nur noch *André auf der Stelzen* gerufen", warf Anna ein. „Obendrein hatte der Scherge Galhart sie zu einer Strafe von je drei Gulden verdonnert, weil sie verbotenerweise am Krieg teilgenommen haben. Gebhart war nach dem Krieg so, so ... niedergeschlagen. André verwundet, Schulden mehr als vorher und zu Hause ein bigottes Eheweib. Das einzig Gute an dieser Ehe ist der kleine Ignaz." Anna schüttelte den Kopf, als könnte sie damit alles ungeschehen machen.

„Ich kann seine Enttäuschung gut verstehen. Er hat sich durch Luther mehr erhofft. Der Mönch hatte den Finger in die Wunden gelegt und den Keim der Freiheit in die Köpfe der Unterdrückten gepflanzt. Letzten Endes aber hat er sich auf die Seite der Fürsten gestellt, welche die Bauernaufstände blutig niedergeschlagen hatten. Bei all dem Guten, das

Doctor Luther bewirkt, ist das die dunkle Seite, die das Vertrauen der Armen und Unterdrückten erschütterte."

„Das wusste ich nicht." Ihre Betroffenheit spiegelte sich in ihren Augen und Jos bemühte sich, seine Aussage abzumildern: „Susanna, eine gute Freundin von mir, ist den Lehren Luthers sehr zugetan. Sie besitzt auch eine deutschprachige Bibel und hält in ihrem Haus regelmäßig Bibelstunden ab. Du könntest da sicherlich teilnehmen und so, wie ich sie kenne, würde sie dir auch das Lesen beibringen. Dann kannst du dir dein eigenes Bild über Doctor Luther machen." Wie Jos selbst zum Wittenberger Reformator stand, würde er ihr heute nicht sagen.

Annas Bestürzung wich einem strahlenden Lächeln. „Gern."

Er deutete nach Westen, um dem Gespräch eine andere Richtung zu geben. „Gleich kommen wir zum Lech. Du kannst das Rauschen schon hören. Und du wirst spüren, dass es durch den Fluß deutlich kühler wird." Wenig später zeigte er auf das gegenüberliegende Ufer, das ein langgezogener Wald säumte. „Das ist schon der Augsburger Stadtwald und dort hinten, auf dem Hügel, liegt Kissing."

Waren sie bisher nur wenigen Menschen begegnet, füllte sich mittlerweile der Weg mit Männern, Frauen und Kindern, die ebenso wie sie auf dem Weg nach Augsburg waren. Mit Bündeln oder Handkarren, die sie hinter sich herzogen. Manch neidischer Blick traf das Fuhrwerk vom Thoma Jos.

Während Anna fasziniert das bunte Treiben betrachtete, taxierte der Färber aufmerksam die dräuenden Wolken über dem Kuhsee. „Ich hoffe, wir kommen trockenen Fußes in meiner Wohnstatt an. Gewitterwolken über diesem Altarm des Lechs sind ein schlechtes Zeichen. Da geht es manchmal ganz schnell."

„Aber es riecht hier irgendwie nach Verwesung."

Jos erwiderte nichts. Sie würde schon bald selbst sehen, wonach es hier roch.

Kaum war der Galgen in Sicht, verstummte das Stimmengewirr um sie herum. Annas Gesicht wurde weiß wie Kreide. Sie schluckte, um die aufsteigende Übelkeit zu bekämpfen. „Halt dir dein Tuch vor die Nase. Das hilft."

„Ich habe schon einige Tote gesehen, aber noch nie einen so –" Sie suchte nach Worten.

„Du meinst einen Toten, der seit Wochen als Abschreckung für alle am Galgen hängt und von der Sonne und den Krähen zerfleddert wird."

Sie nickte.

Jos sah, dass sie trotz ihres Ekels die Augen nicht von dem Gehängten lassen konnte, während sie vorbeifuhren. Das Mädchen war hart im Nehmen. Die restliche Meile bis zur Afrabrücke verlief schweigend. Er sprang ab und führte das Pferd am Zügel

weiter. „Komm, da vorne ist schon der Lechüber-
gang."

Anna versuchte in dem Gedränge, dicht an ihm dran
zu bleiben. Der Weg führte geradewegs auf ein herr-
schaftliches Haus zu ihrer Linken zu, das direkt am
Lech stand. Rechter Hand ragte auf einem Hügel
eine Stadt mit einer wehrhaften Mauer. Der hohe
Kirchturm streckte sich wie ein mahnender Zeigefinger in den Himmel.
„Mädle, jetzt mach Platz, wir wollen da auch noch
nei."
Ein Bauer mit einem Handkarren drängte sich an
ihr vorbei. Anna strauchelte.
Jos fasste sie stützend am Arm. „Du bleibst am besten bei mir. In dem Gedränge finde ich dich nicht so
schnell wieder." Sie nickte stumm. Angst und Neu-
gier wechselten sich in ihrem Inneren ab. Beschwichtigend fuhr Jos fort: „Das ist alles neu für
dich, aber du wirst sehen, in ein paar Monaten hast
du dich an das Leben hier gewöhnt. Das da drüben
auf dem Hügel ist übrigens Friedberg und wir sind
jetzt in Hochzoll, wo wir über die große Holzbrücke
über den Lech müssen."
Beim Augsburger Zollhaus auf der anderen Seite des
Flusses drückte Jos dem Zöllner zwei Silberstücke in
die Hand. Der junge Mann beglotzte Anna aufdring-
lich.

„Wen hasch du denn heut dabei? Des isch ja a ganz Hübsche. Di würd i au net aus mei'm Bett schubsa."

Die Umstehenden lachten.

„Die isch aber net für dei Bett 'dacht." Jos grinste, doch in dem Unterton seiner Stimme war die stille Warnung zu hören, die Finger von Anna zu lassen. „Das Mädle hilft mir im Haus. Mei alte Magd hat die Schwindsucht weggerafft." Er zog Anna am Ärmel nach, vorbei an einer weiten Wiese, wo Tücher am Boden gespannt waren. Der Himmel hatte mittlerweile eine gelbliche Färbung angenommen. Schwarze Gewitterwolken türmten sich drohend auf. Heftige Windstöße blähten die aufgespannten Tuchbahnen bedrohlich auf. Jos winkte einem schlaksigen Mann in ärmlicher Kleidung, der seine Frau und seinen Sohn laut anhielt, die Tücher zusammenzuraffen. „Das ist der Riexner Utz, ein Weber. Er spannt hier seine Stoffe zum Bleichen auf. Jetzt muss er sich eilen, damit die nicht nass werden, sonst fängt er morgen von vorne an. Das kann er sich nicht leisten. Schließlich passen die Stadtwachen nicht umsonst auf."

„Wie bei uns auf der Allmende. Wir müssen die Hüter auf der Gemeindewiese auch bezahlen, damit sie auf unser Vieh achten."

Der Menschenstrom verteilte sich. Nur noch wenige waren in ihrer Richtung unterwegs.

Anna blieb abrupt stehen. Wie von Geisterhand spannte sich ein gemauerter Steinbogen über die Straße. „So etwas habe ich noch nie gesehen."

„Das sind unsere Schwibbogenbrücke und das gleichnamige Tor. Das haben wir den Römern zu verdanken. Wobei der Stadtgraben darunter mit dem Unrat nicht so angenehm ist." Er wedelte mit der Hand den Geruch weg. „An so drückenden Tagen wie heute stinkt er erbärmlich."

Trotz des beißenden Gestanks konnte sich Anna kaum losreißen. Doch Jos drängte zum Weitergehen. „Das kannst du dir zukünftig jeden Tag anschauen. Wir sind gleich an meiner Wohnstatt."

Wieder überquerten sie eine kleine Brücke. „So viel Wasser gibt es bei uns in Hürben nicht."

Jos lachte. „Wir sind hier im Lechviertel und das ganze Wasser, das du siehst, sind nur Kanäle, die vom Lech abgezweigt oder aufgestaut wurden. Da vorne, am Anfang der Gasse, siehst du dein neues Zuhause." Mit Blick auf die zuckenden Blitze an dem dunklen Himmel fuhr er fort: „Wir müssen uns mit dem Ausladen eilen. Es geht gleich los." Kaum dass das Fuhrwerk stand, drückte er Anna einen Korb mit Gemüse in die Hand und sperrte die Tür zum Haus auf.

In diesem Moment eilte ein junger Mann in einem verstaubten Wams durch die schmale Gasse auf sie zu. Das Erste, was Anna auffiel, war eine dicke rote

Narbe, die sich quer über sein Gesicht zog. „Lasst euch helfen, bevor das Gewitter losbricht."

„Dank dir, Lenz, du kommst wie gerufen." Schweigend luden sie die Körbe und Säcke ab. Anna bemerkte, dass ihr dieser Lenz beim Ausladen verstohlen zulächelte, was ihr gefiel.

Gerade als sie fertig waren, öffnete der Himmel seine Schleusen.

Kapitel 6

Anno Domini, 30. Juli 1527, Augsburg

Seit knapp zwei Wochen lebte Anna hier in Augsburg beim Färber-Jos. Anfangs hatte ihr Jos zwar gezeigt, wo Stadtmarkt und Bäcker waren. Dann aber musste sie sich in dem Gewirr der engen Gassen selbst zurechtfinden. So kostete es sie viel Zeit, nur um das Notwendigste für den Tag einzukaufen. Tagsüber kam sie deshalb kaum zum Nachdenken und nachts sank sie in einen traumlosen Schlaf. Sie fühlte sich wohl hier. Ihr altes, armseliges Leben, in dem der Hunger ihr ständiger Begleiter war, vermisste sie nicht.

Außerdem war da noch Lenz, der ihr Herz schneller schlagen ließ, wenn sie ihn sah. Sein Weg zur Arbeit führte ihn am Haus des Färber-Jos vorbei. Aber bisher hatte er ihr nur lächelnd zugenickt.

Sie zog den köchelnden Getreidebrei für das Frühessen vom Feuer und stellte ihn zu den irdenen Schüsseln auf den Tisch der Kuchl. Ihr Tag begann kurz nach Sonnenaufgang, da Jos früh an die Arbeit ging. Ihr Frühessen verlief meistens wortlos, denn der Färber redete am Morgen wenig. Deshalb war sie verwundert, als er heute das Wort an sie richtete, kaum dass er die Kuchl betreten hatte.

„Übermorgen kommt Meister Hans, ein fahrender Buchhändler. Er wird für zwei Tage unser Gast sein und in dem Zimmer neben meiner Kammer schlafen. Du musst da ausfegen, frische Binsen streuen und einen neuen Strohsack hineinlegen."

„Die Binsen und das alte Stroh habe ich schon verbrannt, Meister. Ausfegen werde ich, wenn ich vom Markt zurück bin."

Jos nickte anerkennend. „Ich sehe schon, da habe ich mir eine Magd geholt, die sieht, was zu tun ist und der man nichts anschaffen muss. Allein schon, dass Kuchl und Wohnstube wieder heimelige Orte sind, rechne ich dir hoch an. Bei meiner alten Magd hatte ich immer das Gefühl, nie alleine zu sein, vor lauter Ungeziefer."

Anna genoss das Lob ihres Dienstherrn. In Hürben hatte sie nie jemand gelobt. „Soll ich etwas Besonderes kochen?"

„Etwas Besonderes nicht, aber viel. Hans isst viel und er redet viel." Jos lachte. „Du kannst dich schon mal darauf einstellen, dass es nicht so ruhig sein wird wie sonst. Wenn er nicht unterwegs ist, wird er in der Wohnstube sitzen und Geschichten erzählen."

Jos schob seinen Stuhl zurück. „Bevor ich es vergesse: Ich habe mit meiner Freundin Susanna Daucher gesprochen. Sie bringt dir gerne das Lesen bei und wenn du willst, darfst du auch bei ihren Bibelstunden dabei sein."

Anna sprang auf. „Ich komme gerne, Meister. Sagt ihr das bitte."

„Lass den Meister weg. Ich bin der Jos für dich. Und mit Susanna kannst du es selber ausmachen. Wir treffen sie am kommenden Sonntag. Wir gehen zusammen in die Barfüßerkirche, wo ein besonderer lutherischer Prediger da sein wird." Er hielt kurz inne, bevor er fortfuhr: „Es ist also keine Messe, so, wie du sie aus Hürben kennst."

Anna winkte ab. „Da fehlt mir auch nichts. Ich bin nur in die Kirche gegangen, weil es sich bei uns im Dorf so gehört. Außerdem hätte mich meine Schwägerin Agnes sofort beim Pfarrer angeschwärzt, wenn ich einfach zuhause geblieben wäre. Ich habe nur die Bilder an der Wand angeschaut, bis der Pfarrer fertig war."

Wieder lachte der Färber-Jos. „Deine Offenheit hat mich schon auf dem Sedlmaier-Hof beeindruckt. Du bist bei unseren Brüdern und Schwestern in Augsburg gut aufgehoben."

Anna stutzte kurz. Was meinte er mit Brüdern und Schwestern? Doch sie fragte nicht nach. Momentan war sie einfach glücklich. All das hatte sie sich in ihren kühnsten Träumen nicht ausgemalt. Sie griff sich den Einkaufskorb und hoffte, auf ihrem Weg zum Markt, Lenz wiederzusehen.

Auch Lenz Kirchperger war früh auf den Beinen. Er verließ den Gasthof *Zum Weißen Adler* kurz vor dem fünften Glockenschlag am Morgen. Die Sonne verdrängte gerade die Schatten aus der Bäckergasse, die den Milchberg im Süden mit dem Predigerberg im Norden verband. Trotz der frühen Stunde schoben sich viele Menschen durch die enge Gasse. Ein verführerischer Duft strömte aus den zahlreichen Backstuben, die hier ansässig waren. Jeden Morgen lief Lenz das Wasser im Munde zusammen, wenn er die zweihundert Schritt bis zu seinem Lieblingsbäcker ging. Er hatte es in den vier Wochen, seit er in Augsburg war, keinen einzigen Tag versäumt, ein frisches Brot zu kaufen. Er wich zwei Gesellen aus, die ein Brett zwischen sich trugen, das Lenz an ein Türblatt erinnerte. Darauf lagen gut und gerne zwanzig Laibe duftenden Roggenbrotes für den nahegelegenen Augsburger Stadtmarkt. Er betrat den Verkaufsraum und erstand ein längliches Weizenbrot für neun Silberpfennige; immerhin ein Viertel seines Tagesverdienstes. Die Weber, Färber oder Bleicher berappten dafür die Hälfte ihres Tageslohnes, weshalb sie es sich nicht leisteten. Für diese Handwerker wurden die Zeiten immer härter. Alles wurde teurer, nur die Arbeitskraft nicht. Dafür sorgten die großen Handelshäuser der Fugger und Welser.

Er trat ins Freie, brach ein Ende ab und begann gierig zu essen. Nach wenigen Schritten bog er Richtung Osten in die Gasse *Am Schwall* ein. Sofort fiel das Licht der aufgehenden Sonne in sein Gesicht. Lenz blieb stehen. Kauend genoss er diesen Moment. In Augenblicken wie diesen vergaß er beinahe die Schuld, die er auf sich geladen hatte.

Er packte den Rest des Brotes in seinen Beutel und setzte seinen Weg fort. Am *Schwalllech* angekommen, folgte er einer Gasse nach Norden, immer entlang dieses Lechkanals mit den vielen ratternden Wasserrädern. Am Konvent der *Schwestern der freiwilligen Armut am Schwall*, teilte sich der *Schwalllech* in den *Mittleren* und *Hinteren Lech*. Ab hier verdeckten die hohen Gebäude der Laienschwestern die Sonne. Er überquerte eine kleine Brücke und erreichte die Gasse *Hinterer Lech*.

Beim zweiten Anwesen auf der linken Seite verlangsamte er seinen Schritt, in der Hoffnung, die neue Magd des Färber-Jos anzutreffen. Bisher hatte er ihr nur zugelächelt. Doch heute wollte er sie ansprechen. Das Glück war mit ihm, denn Anna verließ das Haus, als er vorbeiging. Kurzentschlossen trat er ihr in den Weg. „Guten Morgen Anna!"

„Guten Morgen, Lenz."

Ihr Gesicht schien zu leuchten und schlug ihn augenblicklich in Bann. „Wie geht es dir?", war alles, was er herausbrachte.

Sie lächelte ihn an. „Gut. Ich bin auf dem Weg zum Stadtmarkt. Einkaufen für den Meister."

Er fasste all seinen Mut zusammen: „Soll ich dir heute mal das Lechviertel zeigen? Anschließend könnten wir im *Weißen Adler* einen Becher Wein trinken. Was meinst du?"

„Ich überlege es mir." Sie strich sich eine Strähne hinters Ohr. „Schau doch auf dem Heimweg von der Arbeit noch einmal vorbei. Wenn Meister Jos mich nicht braucht, komme ich gerne mit."

Sie winkte ihm zum Abschied zu und Lenz sah ihr nach, bis sie um die Häuserecke bog. Er war glücklich, hatte das Gefühl, die dunkelhaarige, zierliche Frau schon ewig zu kennen. Ganz im Gegensatz zu seiner Jugendliebe Magdalena, wo er nie wusste, woran er war. Lenz stieß die Luft zwischen den zusammengepressten Zähnen hervor. Magdalena war Geschichte, auch wenn er manchen Sonntag mit ihr in den verborgenen Winkeln der Landsberger Stadtgärten verbrachte hatte. Die Zeit war reif für etwas Neues. Beschwingt legte er die zweihundert Schritte bis zu dem dreistöckigen Anwesen mit den sechs Fensterachsen seines Meisters zurück. Über eine hölzerne Brücke betrat Lenz den Eingangsbereich des eindrucksvollen Hauses.

„Gott zum Gruße, Lenz!", empfing ihn Meister Kießling frohgelaunt. „Wie immer der Erste!"

„Guten Morgen, Meister. Was steht heute an?" Lenz schätzte Meister Hans, der wie er aus Baiern stammte. An *Peter und Paul* Ende Juni hatte Lenz als wandernder Zimmermann an seine Tür geklopft.

Sein Betrieb war gefragt, sowohl bei den einfachen Leuten wie auch bei den wohlhabenderen Handwerkern. Deshalb konnte Kießling jede Hand gebrauchen.

„Heute pressiert es nicht so. Wir müssen nachher nur das Aufmaß für ein Stützgerüst nehmen. Der Bauherr will ein repräsentatives Kreuzgewölbe im Eingangsbereich seines Hauses haben." Meister Hans klopfte auf den freien Platz neben sich auf der Bank. „Komm, setz dich. Die letzten Wochen war so viel zu tun, dass wir gar nicht zum Reden gekommen sind. Es interessiert mich, was ein Fremdgeschriebener wie du auf seiner Wanderschaft in Bern, Zürich und Memmingen so erlebt hat."

Lenz ahnte seit Längerem, dass nicht allein seine Kenntnisse und Fähigkeiten den Meister überzeugt hatten, sondern auch die Tatsache, dass seine bisherigen Arbeitsstätten in Hochburgen des Protestantismus lagen. Denn Kießling war, wie viele Augsburger, ein Anhänger der Reformation. Ganz im Sinne Luthers und Zwinglis schätzte er die Arbeit als gottgefällig.

„Ich wüsste nicht, was es da groß zu erzählen gibt. Ihr kennt meine Arbeit und ich hoffe, Ihr seid damit zufrieden."

„Alles bestens, Lenz. Mich plagt eine Frage, die ich gerne mit dir disputieren möchte." Dabei sah er seinen Gesellen aufmerksam an. „Mich interessiert, worin sich deiner Meinung nach Zwingli und Luther unterscheiden. Während deiner Aufenthalte in Zürich und Memmingen hast du doch beide Lehren kennengelernt."

Lenz war sich bewusst, dass der Meister ihn aushorchte, um seine Gesinnung in Erfahrung zu bringen. Zurückhaltend antwortete er: „Huldrych Zwingli hat das altgläubige System in Zürich nur gegen ein Regime des Stadtrates ersetzt. Dort habe ich mich nicht frei gefühlt."

„Ah! Verstehe. Und in Memmingen? War es da anders?", hakte Kießling nach.

Lenz überlegte wieder. „Dort haben sich die Lutheraner und die Zwinglianer einen Kleinkrieg geliefert. Das stieß mich ab."

„Bist du deshalb nach Augsburg gekommen, weil hier die Luther-Anhänger in der Mehrzahl sind?"

„Wenn ich ehrlich bin, tue ich mich schwer mit den Lehren Luthers. Er hat zwar eine Aufbruchstimmung erzeugt bei vielen Menschen, die von der alten Kirche enttäuscht waren. Aber er hat dann auch vieles wieder zurückgenommen und ... irgendwie relativiert."

Kießling klatschte in die Hände. „Hört, hört!"

Lenz hätte sich ohrfeigen können. Sein loses Mundwerk brachte ihn noch einmal in Schwierigkeiten. Ausweichend versuchte er, zurückzurudern: „Ich war nur als einfacher Besucher bei der Messe, Meister. Vielleicht habe ich da eine Predigt falsch verstanden."

Kießling ließ nicht locker: „Aber es wurde doch in deutscher Sprache gepredigt."

„Das stimmt. Außerdem wurde das Abendmahl in beiderlei Gestalt gefeiert", fügte Lenz hastig hinzu. „Aber das wisst Ihr ja. Und die Gemeinde hat eifrig gesungen. Das ist mir in Erinnerung geblieben."

Kießling lächelte, als ob er in Gedanken den von Lenz geschilderten Gottesdiensten beiwohnen würde. „Es tut gut, das Wort Gottes in unserer Sprache zu hören und damit zu verstehen. Das Singen ist in der Tat der beeindruckendste Teil. Aber weiter, ich schweife ab. Hattest du das Gefühl, dass Christus beim Abendmahl im Brot und Wein gegenwärtig war?"

„Warum fragt Ihr das, Meister?" Für derartiges Gerede wurde man in seiner Heimatstadt Landsberg in den Kerker geworfen. Er beschloss, nichts mehr zu sagen. Das hier geriet ihm zu heiß.

Kießling wartete einige Augenblicke, bevor er Lenz aus der Zwickmühle befreite: „Deine Gedanken über Luther teile ich. Auch wenn das der Augsburger Rat nicht gerne hört, aber Doctor Luther hat seine neue Lehre an die Sichtweisen der Mächtigen angepasst und somit relativiert, wie du vorher erwähnt hast. Er hat darüber vergessen, dass es am Ende darum geht, den Menschen das Wort Gottes nahezubringen. Menschen aus Fleisch und Blut. Menschen, die Bedürfnisse haben, Sorgen, Ängste und Nöte."

„So wie die Bauern", warf Lenz ein.

Kießling musterte seinen Gesellen eindringlich, bevor er erwiderte: „Ja, so wie die Bauern, Kleinsöldner, Tagelöhner und Hausierer. Auch diese armen Menschen waren vor nicht allzu langer Zeit von Martin Luther inspiriert."

„Und wurden im Stich gelassen, als es darauf ankam." Lenz sagte das tonlos, mit resignierter Stimme.

Nach einer Pause fügte Kießling hinzu: „Gott sei Dank gibt es ja protestantische Gemeinschaften, die es mit der Nachfolge Christi ernster nehmen."

Lenz erkannte in diesem Moment, dass Kießling eher den Gartenbrüdern zugeneigt war, die in Augsburg viele Anhänger hatten. Lenz hatte während seiner Wanderjahre oft deren Gastfreundschaft erlebt. Er wusste aber auch, dass diese von den Herrschenden oft als Sekte der *Wiedertäufer* verunglimpft wurden. Ohne auf die Aussage seines Meisters einzugehen, fuhr er fort: „Wie Ihr meint, Meister. Müssen wir jetzt aufbrechen?"

Kapitel 7

Anno Domini, 1. August 1527, Augsburg,
Gasthof Weißer Adler

Seit einer geschlagenen Stunde hielt sich Lenz
Kirchperger an einem Krug Braunbier fest. Wie jeden Tag verbrachte er den Abend in einer Ecke der
verrauchten Gaststube des *Weißen Adler*, wo er logierte. Das Bier war süffig, das Essen schmackhaft
und der Wirt vermietete einfache Schlafgelegenhei-
ten an Wandergesellen wie ihn. Lenz hatte sich eine
eigene Kammer geleistet, weil er für sich sein wollte.
Er nahm einen kräftigen Schluck Braunbier. Spürte,
wie es samtig die Kehle hinunterlief. Aber es betäub-
te nicht die Enttäuschung, dass ihn Anna Schuster
vorgestern versetzt hatte. Den Rest der Woche hatte
sie auch keine Zeit. Angeblich logierte ein wichtiger
Besucher im Haus des Färber-Jos. Lenz war sich gerade nicht sicher, ob sie die Wahrheit sprach oder
ob sie in Wirklichkeit seine Narbe störte. Dieses verdammte Kleinkitzighofen! So viel Bier konnte er
sich gar nicht leisten, um den Schleier des Vergessens über seine Erinnerung an den Bauernkrieg zu
ziehen. Sogleich schalt er sich einen Narren, weil er
an Anna zweifelte. Sie war anders. Aufrichtig. Von
einer stillen Schönheit, die sein Herz berührte. Bei
seiner Jugendliebe Magdalena kamen ihm dagegen

die vollen Brüste, ihre roten Locken und der verführerische Mund in den Sinn. Sie forderte ihre Belange bisweilen rücksichtslos ein. Lenz winkte eines der Schankmädchen heran und bestellte einen neuen Krug Bier.

Außerdem ging ihm das Gespräch mit seinem Meister nicht aus dem Kopf. Insgeheim gab Lenz dem Wittenberger Reformator die Schuld, dass er selbst zum *Bauernschlächter* geworden war. Doch das würde er Meister Kießling nicht erzählen. Hinzu kam, dass es für ihn gefährlich werden konnte, wenn Kießling ein Anhänger der Gartenbrüder war. Das hatte er in Zürich hautnah miterlebt. Lenz war sich sicher, dass es in Augsburg unter den verschiedenen reformatorischen Gruppen ebenfalls Spannungen gab. Während Luther, Zwingli oder Bucer nur über kirchliche Fragen stritten, stellten die Gartenbrüder auch die Obrigkeit infrage.

Auf seiner Walz hatte Lenz die unterschiedlichsten Ausprägungen der Reformation kennengelernt, doch die Freiheit des Christenmenschen legte man überall anders aus. Seiner Meinung nach hatte diese Freiheit immer einen Preis, den er nicht bezahlen wollte. So war er ein Heimatloser in Glaubensdingen, auch wenn er die Hoffnung nicht verloren hatte, dass es selbst für ihn einen Platz im Paradies gab.

Die Eingangstür wurde schwungvoll aufgestoßen und eine Gruppe durstiger Kerle drängte herein.

„Ist hier noch frei?"

Lenz stellte überrascht seinen Krug ab. Vor ihm hatte sich ein schlaksiger Mann um die Vierzig aufgebaut. Mit seinem Kinnbart erinnerte er Lenz an einen Ziegenbock. Er trug eine zerschlissene Jacke und sah Lenz neugierig an.

„Gelobt sei Jesus Christus!", rief der Unbekannte unvermittelt aus.

„In Ewigkeit, Amen", antwortete Lenz. „Setzt Euch zu mir. Ein wenig Abwechslung kann mir heute nicht schaden."

„Riexner Utz ist mein Name. Mit wem habe ich das Vergnügen?"

„Kirchperger Lenz, ich bin ein Fremdgeschriebener auf Wanderschaft."

„Ein Wandergeselle also! Welcher Zunft gehört Ihr an?" Riexner schob sich auf die Eckbank und ließ Lenz dabei nicht aus den Augen.

„Ich bin eigentlich Zimmermann, aber derzeit arbeite ich am *Hinteren Lech* bei Meister Kießling."

„Ihr arbeitet bei meinem guten, alten Freund Hans Kießling. Ich nenne eine kleine Weberwerkstatt im Lechviertel mein Eigen."

„Wo im Lechviertel?"

„Im Geißgässchen. Keine Bogenschussweite entfernt von Hansens Werkstatt."

Bald waren die beiden in eine angeregte Unterhaltung vertieft über das Handwerk, die Zünfte, die immer reicher werdenden Handelsgesellschaften der

Fugger und Welser, die explodierenden Lebensmittelpreise in der Stadt, Martin Luther, Zwingli und die Reformation.

Utz, der eigentlich Ulrich hieß, war ein interessanter Gesprächspartner. Lenz war überrascht, dass Utz als armer Weber lesen und schreiben konnte. Selbst eine Schrift hatte er verfasst: *Gespräch zwischen einem Weber und einem Kramer*. In diesem Büchlein prangerte Utz den Umstand an, dass ein Händler mehr Geld verdiente als ein Handwerker mit ehrlicher Arbeit. Ebenso kritisierte er darin den lasterhaften Lebenswandel der altgläubigen und lutherischen Prediger.

„Ich saß deswegen sogar schon im Gefängnis", enthüllte Utz nach dem zweiten Bier.

Lenz war so gefesselt, dass er seine eigenen Sorgen vergaß.

Drei Stunden später trat Utz den Nachhauseweg an. Lenz begleitete ihn vor die Tür des Gasthofs *Adler*, um ihn zu verabschieden. Beschwingt diskutierten sie weiter, nicht einmal den stinkenden Unrat in der Bäckergasse nahmen sie wahr. Nach einer geschlagenen halben Stunde verabschiedete sich Utz endgültig, nicht ohne das prächtige, dreigeschossige Gebäude mit sieben Fensterachsen zu bewundern, in dem Lenz logierte. Dieser erklärte hastig: „Ich wohne nur in einer kleinen Dachkammer."

„Der *Adler* ist ein solides Haus mit erschwinglichen Preisen. Unter diesem Dach wohnen viele Wandergesellen. Kein Grund, sich zu genieren."

Lenz nickte. „Morgen muss ich früh raus. Ich danke Euch für den schönen Abend." Damit bot er ihm seine Hand zum Abschied an. „Vielleicht sehen wir uns ja mal wieder, jetzt, da ich weiß, wo Ihr wohnt. Würde mich freuen."

Der Webermeister schlug ein: „Kommt doch am Sonntag mit in die Barfüßerkirche zur Messe. Die Franziskaner dort sind tolerante Mönche, die reformatorischen Gedanken gegenüber sehr aufgeschlossen sind."

„Ich weiß. Ich war da schon öfter, weil da auch Freidenker zu Wort kommen."

„Dann wisst Ihr vielleicht auch, dass für kommenden Sonntag ein inspirierender Mann als Prediger angekündigt ist. Er hat Vorlesungen bei Doctor Melanchthon in Wittenberg gehört und Professor Luther persönlich getroffen."

Lenz schüttelte den Kopf. „Nein, das wusste ich nicht. Ehrlich gesagt, kann ich mit Luther nichts mehr anfangen", platzte es aus ihm heraus. Er hätte sich ohrfeigen können für seine lose Zunge. Sich in Glaubensdingen offen festzulegen, war nicht ratsam. Gerade, wenn man das Gegenüber eigentlich nicht kannte.

Doch Utz lächelte: „Dann wird Euch sicher interessieren, dass dieser Prediger auch zu einer Disputation mit einem Gelehrten aus Nürnberg bereit ist, der den Gartenbrüdern nahesteht." Er zwinkerte Lenz zu, kramte umständlich in seinem Wams und holte ein Blatt Papier hervor. „Die neueste Flugschrift!" Er sah sich verschwörerisch um. Da niemand zu sehen war, bot er Lenz den Zettel an. Es zeigte in der Mitte einen Mann mit einem Buch vor den Augen. Eingerahmt von einem Lamm und einer Schlange.

„*Vom Gsatz Gottes*", erklärte Utz.

„Was bedeutet der Titel?", hakte Lenz nach.

„Das kann Euch sicher Euer Meister erklären." Utz grinste.

Lenz kam der Verdacht, dass sein Treffen mit dem Webermeister kein Zufall war.

„Zuletzt werde sie der Herr alle wieder zusammen versammeln und mit seiner Zukunft dazukommen. Allda werden dann die Heiligen strafen die anderen, nämlich die Sünder, die nicht Buße getan hätten, da müssten die Pfaffen, so falsch gepredigt, Antwort geben über ihre Lehre und die Gewaltigen über ihr Regiment."

Hans Hut (1490 – 1527)
Fahrender Buchdrucker
Täufermissionar in der Reformationszeit

Kapitel 8

„Mein Bruder Gebhart hat sich von Doctor Luther auch mehr erhofft. Deshalb ist er in den Bauernkrieg gezogen. Von Jos weiß ich, dass Luther die Fürsten aufgestachelt hat, die Bauern totzuschlagen. Könnt Ihr mir sagen warum? Ihr habt mir vorhin erzählt, er habe immer gepredigt, dass keine Macht zwischen Gott und den Menschen stehen darf. Und viel besser noch, dass alle Menschen vor Gott gleich sind. Also auch die Bauern. So steht es doch in der Bibel." Anna deutete auf das aufgeschlagene Neue Testament auf dem abgewetzten Holztisch in der Wohnstube des Färber-Jos.

Seit geschlagenen zwei Stunden lauschte sie gebannt den Worten von Meister Hans Hut. Er nahm ihre Fragen ernst und versuchte, sie zu beantworten. Das kannte sie bisher nicht.

„Gemach, gemach, junge Frau." Hut schmunzelte. „Alles, was die Bauern zum Leben brauchen, müssen sie sich mühsam erarbeiten. Ackern, schneiden, mähen, dreschen, holzhacken ..."

„Das braucht Ihr mir nicht zu erzählen, das habe ich am eigenen Leib erfahren," fuhr Anna ihm ins Wort. „Und ..." Ihre Stimme wurde lauter, „... und wir dür-

fen nicht jagen und fischen, wir sind Leibeigene."
Bitter schob sie nach: „Wir zahlen die *Gilt* für etwas,
was uns nicht gehört und zusätzlich den Zehnten an
die feisten Pfaffen und Bischöfe, damit sie noch
mehr goldene Leuchter in die Kirchen stellen können und ihre Mätressen in Samt und Seide gehen."

Meister Hans wiegte den Kopf. „Ihr seid ziemlich
mutig, wenn ich das so sagen darf."

„Hier." Anna zeigte auf den Tisch. „Hier brauche ich
keinen Mut. In diesem Haus darf ich alles sagen,
was in meinem Herzen brennt. Dafür bin ich so
dankbar. Es ist das Beste, was mir in meinem bisher
armseligen Leben passiert ist."

„Das höre ich gern." Der Färber-Jos kam mit einem
Kienspan in der Hand aus der Werkstatt der Färberei im tiefer gelegenen Erdgeschoss des Hauses.
Draußen war es dämmrig. Die Sonne schaffte es am
Abend nicht in die Gassen des Lechviertels. Anna
sah, dass die Gichtknoten an seinen Fingern nach
einem langen Arbeitstag in dem kalten Wasser an-
geschwollen und entzündet waren. Sie sprang auf.
„Ich hole deine Salbe für die Hände. Das Essen ist
schon fertig."

Der Färber-Jos winkte ab: „Nun langsam. Ich wollte
euch nicht unterbrechen. Du willst ja schließlich
wissen, wie es zu den Bauernkriegen gekommen ist.
Und wer könnte dir da mehr erzählen als Hans, der
das Schlachtfeld von Frankenhausen vor zwei Jahren leibhaftig erlebt hat."

„Wohl eher überlebt." Hut schauderte. „Ihr habt mich gefragt, warum Luther die Bauern verraten hat. Das ist schnell erzählt. Man kann Doctor Luther nicht absprechen, dass er großen Mut bewiesen hat, als er sich gegen die Macht der Kirchenfürsten stellte. Er prangerte richtigerweise den Ablasshandel und die Prunksucht der Kirche an. Wie du schon gesagt hast, predigte Luther, dass der Christenmensch ein freier Herr über alle Dinge und niemand untertan ist. Das haben die Bauern wörtlich genommen. Sie wollten nicht mehr leiden. Sie wollten auch nicht mehr nur reden. Sie sahen die Freiheit und Gleichheit als ihr göttliches Recht an, das sie sich mit Waffengewalt holen wollten, wenn schon niemand anderer für sie einstand. Mit Waffengewalt ..." Hut lachte bitter. „Das Einzige, was sie hatten, waren Dreschflegel, Hämmer und Äxte gegen übermächtige Kanonen, Schwerter und Arkebusen." Er sackte in sich zusammen. Die Bilder, die in seinem Innersten auftauchten, schienen ihn zu überwältigen.

Der Färber-Jos legte ihm die Hand auf die Schulter. Anstelle seines Freundes fuhr er fort: „Als einige Bauern Kirchen und Klöster plünderten, Burgen und Schlösser brandschatzten und die Grundherren bestialisch abschlachteten, war das für Luther zu viel. Obwohl er das Pulverfass selbst angezündet hatte. Mit einem Mal wollte er nicht, dass Unrecht mit Unrecht vergolten wird. Seiner Meinung nach zielten seine Thesen auf die Freiheit im Jenseits und nicht auf die Befreiung von der Obrigkeit. Er sah die Aufstände als ein Werk des Teufels. In Thomas Müntzer, dem Geistlichen, der, anders als Luther, stets auf Seiten der Bauern blieb, sah er den Satan selbst."

Hut hatte seine Fassung wiedergefunden. „Ich glaube, dass es Luther um seine eigene Sache ging. Wenn er den Aufständischen beigestanden wäre, hätte er die Unterstützung der sächsischen Fürsten verloren. Und damit wäre auch seine Vision einer neuen Kirche im Feuer der Schlacht verbrannt. Das wollte er nicht riskieren. Luther will die Kirche verändern, aber nicht die Gesellschaft, auch wenn sich das anfangs anders darstellte. Und als sich Luther dann endgültig auf die Seite der Fürsten schlug, weil er keinen Bruch zwischen Kirche und Obrigkeit wollte, war es zu spät. Das besiegelte auch das Schicksal meines Freundes Thomas Müntzer. Während ich fliehen konnte, wurde er nach der Schlacht von Frankenhausen im Mai 1525 verhaftet, als Ketzer und Aufrüher gefoltert und schließlich hingerichtet."

Die letzten Worte verstand Anna kaum, so tonlos und voller Trauer waren sie. Eine drückende Stille entstand, nur unterbrochen durch das leichte Knacken des harzigen Kieferholzes.

Der Färber-Jos erhob sich. „Kommt, lasst uns das Nachtmahl nehmen. Es ist schon spät und unser Gast muss morgen früh los."

Während sie wortlos die Bohnensuppe löffelten, betrachtete Anna ihr Gegenüber verstohlen. Meister Hans war mit seinen 37 Lenzen acht Jahre jünger als der Färber-Jos. Sie waren beide nicht groß. Aber im Gegensatz zu dem Färbermeister wirkte Meister Hans sehr gepflegt. Sein lichtbraunes Haar und der Oberlippenbart waren gestutzt. Seine vornehme Kleidung war ohne Flecken und Risse. Das Imposanteste an ihm war die Art und Weise, wie er sprach. Vor allem, wenn er sich für etwas begeisterte. Seine Stimme klang dann prophetisch und die Augen glühten wie von einem inneren Feuer genährt.

Der Färber-Jos schob den Teller zurück und strich sich über den Bauch. „Mein Tag war lang und ich bin müde. Lasst uns schlafen gehen."

Anna sprang auf. „Ich mache noch die Kuchl sauber. Aber erst hole ich die Salbe für deine Hände." Sie eilte hinüber in die Wohnstatt, wo der Tiegel stets griffbereit stand. An manchen Tagen konnte Jos kaum die Tücher tragen und das Balsam war das Einzige, was ihm Linderung verschaffte.

Zurück an der Kuchltür, hörte sie ihren Namen. Gebannt blieb sie stehen, obwohl sie nicht lauschen wollte.

„Du kannst Anna vertrauen, Hans. Nachdem ich sie bei Jörg Sedlmaier erlebt habe, war ich sicher, dass sie gut zu uns passt."

„Du weißt, wie oft ich in den letzten beiden Jahren verraten und vertrieben wurde. Ich will nichts riskieren. Gerade jetzt, wo unsere große Versammlung ansteht. Ich muss meinen göttlichen Auftrag erfüllen. Bisher kennt sie mich nur als Buchdrucker und fahrenden Buchhändler, der dem Bauernkrieg entkommen ist, und nicht als Missionar, der das Jüngste Gericht verkündet."

„Sie ist ein hungriger Geist, der offen ist für alles, was über ihr altgläubiges Hürben hinausgeht."

„Aber das, was ich verkünde, geht selbst über die Lehren Luthers hinaus. Das brauche ich dir nicht zu erzählen." Huts Stimme hatte wieder diesen besonderen Klang angenommen, der die Haare auf ihren Unterarmen aufstellte. Gleichzeitig fiel ein Stuhl zu Boden. „Dass Luther die Bauern verraten hat, ist die eine Sache. Ich glaube aber, dass die Niederlage der Bauern eine gerechte Strafe war. Sie kämpften eigennützig mit der Waffe in der Hand dafür, allzeit einen vollen Bauch zu haben. Feindesliebe und die wahre Nachfolge Christi sind für mich etwas anderes. Ich kann mir nicht vorstellen, dass sie mir dann noch zugetan ist."

Kapitel 9

Obwohl es früh am Morgen war, schien die Sonne
warm von einem wolkenlosen Himmel und es ver-
sprach ein heißer Tag zu werden. Doch bisher war
die Luft klar und frisch und der beißende Gestank
der Abwasserkanäle drückte noch nicht in die engen
Gassen des Lechviertels. Mit einem Seitenblick betrachtete der Färber-Jos seine Magd Anna, die versuchte, mit ihm Schritt zu halten. Seit der Abreise
von Hans Hut war sie nachdenklich. Ihre lebhafte
Art schien verschwunden. Hatten sie die Schilde-
rungen von Hans so mitgenommen? Es würde ihn
nicht wundern. War doch ihr Bruder Gebhart selbst
im Bauernkrieg gewesen und als anderer Mensch
zurückgekommen. Das Gespräch mit Susanna Daucher würde sie aufmuntern. Er deutete auf ein gepflegt wirkendes Anwesen zu seiner Linken. „Hier
wohnt meine Freundin Susanna. Wir holen sie und
ihre beiden Buben ab."
Ein kurzes Lächeln huschte über Annas Gesicht.
„Du wirst sie mögen. Sie kümmert sich um die Wit-
wen und Waisen und ...", er zwinkerte verschwörerisch, „ihr Mann ist ein überzeugter Anhänger der
Thesen von Doctor Luther. Wie ich dir ja schon ge-

sagt habe, hält sie in ihrer Stube Bibelkreise ab und bringt jungen Frauen wie dir das Lesen bei."

In diesem Moment flog die Tür des Hauses auf, ein Bub von fünf Jahren stürmte in die Gasse und umschlang sofort die Beine des Färber-Jos. In der Tür erschien eine Frau mit einem Zweijährigen auf dem Arm, der sich an den Hals seiner Mutter klammerte.

„Anna, das ist Susanna Daucher, die gute Seele des Lechviertels. Aber eigentlich sagen alle nur die *Adolfin* zu ihr."

Mit einem warmen Lächeln wandte sie sich an Anna: „Mich nennen alle so, weil ich meinem Mann Adolf in seiner Bildhauerwerkstatt zur Hand gehe und mich um seine Lehrlinge und Gesellen kümmere."

Unvermittelt streckte Susannas kleiner Sohn die speckigen Händchen nach Anna aus.

„Oh!" Susanna Daucher betrachtete die Magd aufmerksam. „Das spricht für dich. Normalerweise weicht mir Paul nicht von der Seite. Ganz im Gegensatz zu Adolf." Sie deutete auf ihren größeren Sohn, der immer noch an den Füßen des Färbers hing.

Anna hatte ihre Unbekümmertheit wiedergefunden. „Ich habe mich immer um meinen kleinen Neffen Ignaz gekümmert. Ich mag Kinder. Das spürt er vielleicht." Mit einer Handbewegung wischte sie sich die über die Augen.

„Ignaz fehlt dir, nicht wahr?" Susanna Daucher trat aus der Tür und hielt Anna den kleinen Buben hin. Sofort kuschelte der seinen Kopf in ihre Halsbeuge.

Zum Färber-Jos gewandt fuhr die *Adolfin* fort: „Das ist also meine neue Schülerin, die du mir so warm ans Herz gelegt hast."

„Ja, sie ist jetzt seit fast drei Wochen in Augsburg und sie versorgt meinen Haushalt und mich mit ihren Kochkünsten." Lächelnd strich er sich über den Bauch. „Sie ist übrigens die Schwester von Gebhart."

„Von unserem Gebhart Schuster? Wollte der nicht ...?"

Jos schnitt ihr das Wort ab. „Komm, lass uns gehen. Ich muss mit dem Kießling Hans noch etwas besprechen wegen der Disputation heute Nachmittag."

Anna saß mit dem schlafenden Paul auf dem Schoß in einer der mittleren Bänke und betrachtete staunend dieses riesige Gotteshaus mit dem dreireihigen Gestühl. Sie konnte es immer noch nicht fassen, dass es hier Sitzbänke gab. In der kleinen Kirche in Hürben standen alle. Eine Frau unterhielt sich angeregt mit Susanna Daucher. Die Freundin von Jos war eine beeindruckende Person. Anna schätzte sie auf Anfang dreißig. Ihr ebenmäßiges Antlitz, in dem sich erste feine Linien um Mundwinkel und Augen zogen, umrahmten braune wellige Haare, die über der Stirn gerade abgeschnitten waren. Ihr Gewand

verbarg eine leicht gedrungene Figur. Der Rock war
an der Brust viereckig ausgeschnitten. Ein gestickter
Einsatz zeugte von einem gewissen Wohlstand. Die
langen Ärmel bedeckten die halbe Hand. Unterarm
und Achsel waren so geschlitzt, dass das Hemd daraus hervorquoll. In ihrem Festtagsgewand wirkte
die *Adolfin* würdevoll. Man sah ihr an, dass sie es
gewohnt war, sich durchzusetzen. Anna fragte sich,
was die *Adolfin* mit dem Färber-Jos verband. Sie
wirkten sehr vertraut. Auf dem Weg zur Kirche hatten sie sich leise unterhalten, während Anna mit den
beiden Buben Steinchen aus dem Weg getreten hatte. Außerdem schien Susanna ihren Bruder Gebhart
zu kennen, der ihr immer rätselhafter wurde. Was
ihr nicht mehr aus dem Kopf ging, war das be-
lauschte Gespräch zwischen dem Färber-Jos und
dem fahrenden Buchhändler Hans Hut. Meister
Hans hatte sich darin als Missionar bezeichnet, der
das nahende Jüngste Gericht verkündete. Davon
hatte bereits der Färber-Jos im Hüterhäusl in Hürben gesprochen. Eine Botschaft, die ihr Angst ein-
flößte, gleichzeitig aber neugierig machte. Die vielen
Eindrücke hier in Augsburg hatten sie das fast vergessen lassen.

Mehr und mehr Menschen strömten in die Kirche
und lenkten Anna von ihren Gedankenspielen ab.
Bald waren die Bankreihen bis auf den letzten Platz
besetzt. Während in Hürben die Männer auf der

einen und die Frauen mit den Kindern auf der anderen Seite standen, saßen hier in der Barfüßerkirche alle gemischt. Eine gespannte Erwartung lag in der Luft, die sich auch auf Anna übertrug. Dem lutherischen Prediger eilte der Ruf voraus, neue Sichtweisen auf die Reformation in flammenden Reden zum Besten zu geben.

Sie sah, dass die *Adolfin* mit ihrem Erstgeborenen einige Reihen vor ihr Platz nahm. Beim Anblick ihrer zukünftigen Lehrerin gewann Annas alte Zuversicht wieder die Oberhand. Susanna war eine Frau, die sie alles fragen konnte. Dann brauchte sie dem Färber-Jos nicht zu gestehen, dass sie zweimal gelauscht hatte. Ihre Anspannung verflog. Als Anna sah, dass Lenz Kirchperger die Kirche betrat, begann ihr Herz schneller zu klopfen.

Kapitel 10

Anno Domini, 4. August 1527, Augsburg,
Barfüßerkirche

Lenz betrat die Klosterkirche der Franziskaner und ließ den Blick schweifen. Er war schon ein paar Mal in der Barfüßerkirche gewesen, die sich eine halbe Meile von seiner Herberge entfernt befand. Die Kirche *St. Ulrich und Afra*, die näher am *Weißen Adler* in der Bäckergasse lag, kam für ihn nicht mehr infrage. Die dortigen Messen nach altem Ritus in Latein stießen ihn ab. Meister Kießling schien nicht überrascht, als Lenz die Begegnung mit Utz Riexner erwähnte. Sogleich hatte ihn der Meister zur heutigen Disputation in seinem Hause eingeladen. Davon hatte schon der Weber Utz berichtet. Lenz war gespannt.

Bereits eine gute halbe Stunde vor Beginn der Messe wimmelte es in der Klosterkirche vor Menschen aller Schichten. Arme und wohlhabende Handwerker, Hukler und Händler, Bauern, Mönche und sogar vereinzelt Patrizier. In freudiger Erwartung drängten sich die Gläubigen in den Bankreihen, in dem Wissen, dass der Augsburger Rat tolerant war in Glaubensangelegenheiten.

Lenz suchte nach einem bekannten Gesicht, doch in diesem Durcheinander entdeckte er weder Utz Riexner noch Hans Kießling. Er hatte schon Sorge, keinen Platz zu finden, als ihm jemand auf die Schulter tippte. Lenz drehte sich um. Hinter ihm stand ein junger Kerl in schwarzem Talar. Er war gut und gerne zwei Zoll größer als er. Leuchtend blaue Augen grinsten ihn aus einem kantigen Gesicht an. Das war doch ... Zwiespältige Gefühle übermannten ihn.

„Lenz, altes Haus! Beinahe hätte ich dich nicht wiedererkannt. Der Vollbart macht dich irgendwie älter. Wo um Himmels willen hast du diese Narbe her?"

„Christof!" Lenz grüßte den Freund aus Kindertagen.

„Jetzt schau mich nicht so an, als sei ich ein Geist." Er deutete auf Lenz' Narbe: „Du siehst ja aus wie ein alter Landsknecht."

„Die Narbe?" Lenz wich aus. Er war sich nicht sicher, ob Christof von seiner Verwundung wusste. „Nun ... die ist ein Andenken an einen schrecklichen Tag. Aber sag, was machst du hier? Du bist doch Student an der theologischen Fakultät in Ingolstadt. Weiß dein Professor Eck, dass du dich im lutherischen Augsburg herumtreibst?"

Das Strahlen der blauen Augen erlosch. „Das ist eine lange Geschichte, die ich dir ein anderes Mal erzähle." Unvermittelt wechselte Christof das Thema: „Was führt dich hierher? Du bist doch bei deinem

Vater in die Lehre gegangen, wenn ich mich recht erinnere."

„Das ist lange her. Ich bin jetzt auf Wanderschaft; schon über zwei Jahre."

„Und dabei arbeitest du so nahe an Landsberg?" Ein süffisantes Grinsen huschte über Christofs Gesicht. „Ich sehe schon, auch du hast deine Geheimnisse."

„Holst du dir Anregungen bei dem Prediger? Der soll angeblich nicht schlecht sein. Bei dem Andrang verkündet er vermutlich die Halbierung der Brotpreise."

Utz Riexner gesellte sich zu den beiden: „Wenn das kein Zufall ist, mein lieber Kirchperger. Da suche ich Euch überall und Ihr habt den Prediger von ganz alleine gefunden. Darf ich vorstellen: Christof Pfettner aus Ingolstadt."

Lenz war sprachlos. „*Du* sprichst zu uns? Aber ..."

„Ja *ich* spreche zu den Menschen hier. Traust du mir das nicht zu?" Sofort verengten sich die blauen Augen zu feindseligen Schlitzen.

„Natürlich", beeilte sich Lenz, zu sagen. „Als altgläubiger Theologe?"

„Ja! Er ist sogar ein Magister der Theologie", warf Utz Riexner erklärend ein. „Doch danach hat er sich den reformatorischen Lehren zugewandt."

Bevor Lenz antworten konnte, wandte sich Christof Pfettner abrupt ab und begrüßte eine Gruppe Franziskanermönche.

Utz Riexner sah ihn fragend an: „Ich wusste nicht, dass ihr euch von früher kennt ...“

Lenz machte eine wegwerfende Handbewegung. „Wir sind bereits als Kinder in den Lechauen herumgestromert.“

„Kommt!“ Riexner wandte sich zum Gehen. „Darüber reden wir ein anderes Mal. Hans Kießling hält uns Plätze frei.“ Damit eilte er los. Vor einer Bank im Mittelschiff blieb er stehen, wo zu seiner Freude nicht nur Meister Hans, sondern auch Anna mit einem kleinen Jungen auf dem Schoß saß.

Lenz genoss es, neben Anna zu sitzen. Es war das erste Mal, dass er ihr so nahekam. Bevor er etwas sagen konnte, erstarb das Stimmengemurmel. Christof erschien auf der Kanzel und legte einige Blätter vor sich auf das Pult.

„Kennst du den Prediger? Ich habe dich vorhin mit ihm sprechen sehen“, flüsterte ihm Anna ins Ohr.

Lenz sah zur Seite. Ihre goldfarbenen Augen sahen ihn neugierig an. Brünettes, schulterlanges Haar umschmeichelte ihr schmales Gesicht. „Den kenne ich von früher.“

Anna flüsterte nahe an seinem Ohr. „Das kannst du mir vielleicht bei einem Becher Wein erzählen. Letztes Mal hat es ja leider nicht geklappt.“

Lenz lächelte. „Gerne, nur heute Nachmittag ist es schlecht. Ich gehe gleich nach der Messe zu meinem Meister zu einer Disputation.“

Grinsend erwiderte sie: „Ich bin sicher, dass wir uns heute noch einmal treffen."

Bevor Lenz nachfragen konnte, hielt sie den Finger an die Lippen und deutete zur Kanzel, wo Christof zu predigen begann.

Kapitel 11

„Er war sehr überzeugend, nicht wahr?" Annas Feststellung riss Lenz beim Verlassen der Kirche aus seinen Gedanken.

„Ich muss zugeben, er ist ein hervorragender Redner; der beste, den ich je erlebt habe."

Anna sah ihn mit ernster Miene an. „Er wirkte auf mich, als ob er im Fieber sprechen würde."

Lenz nickte: „Er verbindet rednerisches Geschick mit Enthusiasmus. Damit fesselt er die Menschen."

„Dich fesselt er nicht", konstatierte Anna. „Ich sehe es in deinen Augen und ich spüre es sogar in deiner Gegenwart."

Lenz starrte sie mit offenem Mund an. War er so leicht zu durchschauen?

Im Gang zwischen den Bankreihen trafen sie auf Susanna Daucher, die ihren quengelnden Sohn von Anna entgegennahm. Sie verabschiedete sich mit einem kurzen Gruß von Meister Kießling.

Der trat zu den anderen. „Die *Adolfin* geht nach Hause; sie wäre gerne mitgekommen, muss sich aber ums Essen für ihre Gesellen und Lehrlinge kümmern, weil ihr Mann auf Reisen ist." Er sah Lenz an. „Wie ich höre, kennst du den Prediger?"

„Ein Freund aus Kindertagen. Ich habe ihn lange Zeit nicht gesehen und heute erst wiedergetroffen."

„Dann hast du nach der Disputation Gelegenheit, alte Zeiten wieder aufleben zu lassen." Er deutete auf Anna, die neben Jos stand. „Anna geht übrigens mit uns mit. Meine Frau kann eine helfende Hand gut gebrauchen."

Jetzt begriff Lenz.

Anna grinste. „Ich hatte dir doch gesagt, dass wir uns heute noch sehen werden."

Während sie sich angeregt miteinander unterhielten, folgten sie dem *Mittleren Lech* bis zum Schleifergässchen. Dort bogen sie in den *Hinteren Lech* ein, wo auf der rechten Seite die Maurer-Werkstatt von Hans Kießling lag. Sie überquerten den stinkenden Lechkanal, traten ins Haus und gelangten über eine enge, knarzende Stiege ins obere Stockwerk. Kießling schickte Anna in die Küche und lotste Lenz in die Wohnstube. „Ich stelle dir jemanden vor."

Ein junger Mann mit glattrasiertem Gesicht und kurzgeschnittenem Haar saß am Tisch, um den herum bereits etliche Besucher standen. Lenz schätzte ihn auf Mitte zwanzig. Der Unbekannte sprang auf und verbeugte sich formvollendet. „Denck Hans, zu Euren Diensten", stellte er sich mit baierischem Zungenschlag vor. „Seid Ihr der Magister Pfettner?" Dabei betrachtete er Lenz abschätzend.

„Nein, nein. Magister Pfettner ist in der Barfüßerkirche aufgehalten worden", warf Kießling ein. „Das hier ist ein Gleichgesinnter, der mit uns seine Predigt hörte. Ich schlage vor, wir essen erst einmal. Am Nachmittag kommen noch weitere Interessierte zu Eurer Disputation."

Denck setzte sich wieder.

Lenz deutete auf das Buch, das vor dem Gelehrten auf dem Tisch lag. „Das ist der Titel der neuesten Flugschrift!"

„*Vom Gsatz Gottes*", erklärte Denck. „Es schmeichelt mir, dass Ihr sie kennt. Vom Gesetz Gottes ist eine Streitschrift, die schriftgläubige Theologen als Narren darstellt. Das Lamm symbolisiert Christi und die Schlange den Satan. Wer alles – wie dieser Doctor Luther als bare Münze nimmt in der Heiligen Schrift – ist nichts weiter als ein borniertes Buchgelehrter ohne Sinn und Verstand."

Lenz erinnerte sich, dass Riexner davon gesprochen hatte, dass Denck den Gartenbrüdern nahestand. Von seiner Wanderschaft wusste Lenz, dass diese eine andere Meinung zur Bibel und zu den lutherischen Thesen hatten. Beim hitzigen Temperament von Christof konnte das am Nachmittag spannend werden.

Die Frau von Hans Kießling trat in die Stube. Sie klatschte in die Hände: „Bevor wir uns jetzt schon dem Disput widmen, sollten wir uns erst einmal stärken. Setzt euch, wir tragen die Speisen auf."

Kießling bedeutete Lenz, sich neben ihn und Denck zu setzen.

Lenz sah sich um. An der Tafel der Kießlings saßen zwei Dutzend Menschen, von denen er nur die wenigsten kannte. Anhand ihrer Kleidung vermutete Lenz, dass es sich bei den meisten um Handwerker und ihre Frauen handelte. Sie schienen sich gut zu kennen, denn der Umgangston war vertraut und freundschaftlich. Er fragte sich, ob alle an diesem Tisch Gartenbrüder waren.

Es roch verführerisch, als Frau Kießling zusammen mit einer Magd und Anna Linseneintopf und frisches Roggenbrot auftischte. Für den Nachtisch stellte sie noch Honig, Butter, Weizenbrot und einen Korb erntefrischer Jacobi-Äpfel dazu. Zum Leidwesen von Lenz setzte sich Anna ans andere Ende der Tafel.

Nach einem Tischgebet, das der Gastgeber sprach, ließen es sich alle Anwesenden schmecken.

Immer wieder warf Lenz Anna verstohlene Blicke zu. Selbst wenn sie mit vollen Backen kaute, war sie bezaubernd. Als sie es bemerkte, schenkte sie ihm ein strahlendes Lächeln.

Es verschwand jedoch sofort, als Christof Pfettner den Raum betrat. Die angeregten Tischgespräche verstummten. Zwei Dutzend Köpfe drehten sich in seine Richtung. Pfettner war in Begleitung eines kräftigen Mannes mit schulterlangem Haar und

Vollbart, der eine schwere Tasche über der Schulter trug. Diese ließ er mit einem lauten Poltern direkt neben Anna auf die Bank fallen.

Christof Pfettner sah sich um. „Bitte entschuldigt unser Zuspätkommen, Meister Kießling. Wir sind aufgehalten worden."

„Ihr habt einen Begleiter dabei, Magister Pfettner."

„Hubertus assistiert mir bei dieser Disputation. Ich gehe davon aus, es findet Eure Zustimmung ..."

„Das ist natürlich in Ordnung." Kießling deutete auf den freien Platz neben Denck. „Stärkt Euch! Die Disputation beginnt erst in einer Stunde. Bis dahin könnt Ihr und der Denck Hans euch ein wenig kennenlernen."

„Das Essen nehme ich gerne für mich und Hubertus an. Was Herrn Denck betrifft – mein Gesprächsbedarf beschränkt sich ausschließlich auf unser Streitgespräch." Mit diesen Worten nahm er die Tasche seines Begleiters von der Bank und setzte sich neben Anna.

Betretenes Schweigen breitete sich im Raum aus. Christof Pfettner schien ohnehin nicht auf eine Antwort gewartet zu haben. An Anna gewandt säuselte er: „Was macht so eine schöne junge Frau wie Ihr in dieser Runde?"

„Die Heilige Schrift halte ich über alle menschlichen Schätze, aber nicht so hoch, wie das Wort Gottes, das da lebendig, kräftig und ewig ist, welches aller Elemente dieser Welt ledig und frei ist ... Darum ist auch die Seligkeit nicht an die Schrift gebunden, wie nützlich und gut sie dazu auch sein mag."

Hans Denck (1500 – 1527)
Deutscher Theologe, Humanist,
Schriftsteller und Bibelübersetzer

Kapitel 12

Anno Domini, 4. August 1527, Augsburg

Anna kam sich verloren vor, nachdem ihre Arbeit in der Küche erledigt war. Suchend blickte sie sich in der Wohnstube um. Lenz war in ein Gespräch mit Meister Kießling und dem Färber-Jos vertieft. Christof Pfettner unterhielt sich aufgeregt im Flüsterton mit seinem Begleiter Hubertus Culinula. Pfettner schien ihren Blick zu bemerken und drehte sich zu ihr um. Er musterte sie durchdringend. Unangenehm berührt wandte sie sich ab. Die Gattin von Meister Kießling eilte auf sie zu und hielt ihr einen Weidenkorb mit irdenen Bechern entgegen. „Anna, kommst du mit nach unten? Du kannst mir helfen, den Wein zu verteilen."

Dankbar, von Pfettner wegzukommen, folgte sie der Meisterin hinunter in die Werkstatt, aus der bereits reges Stimmengewirr ertönte. Am Treppenabsatz blieb sie abrupt stehen. Im großen Werkstattraum hatten sich mittlerweile gut und gerne fünfzig Personen eingefunden, darunter zahlreiche Frauen. Sie verteilten sich zwischen den Arbeitsplätzen, Gerätschaften und Werkzeugen. Einige von ihnen trugen prachtvolle Gewänder, andere wiederum einfache Kleider wie sie selbst. Die Fenster waren weit geöffnet, um Licht und Luft hereinzulassen. Es herrschte eine ausgelassene Stimmung, die ansteckte. Beschwingt fing sie an, das irdene Gut zu verteilen, da sprach sie eine bekannte Stimme an.

„Bekommen wir auch einen Becher?"

Überrascht drehte sie sich um. Mit einem breiten Grinsen standen der Sedlmaier Jörg und ihr Bruder Gebhart vor ihr. „Was, was macht ihr denn hier?" Dann brachte sie keinen Ton mehr heraus.

„Jetzt stell mal deinen Korb ab und lass dich umarmen."

Anna wusste nicht, wie ihr geschah, als sie ihr Bruder in die Arme schloss. Wie sehr hatte sie ihn vermisst. Sein vertrauter Geruch trieb ihr die Tränen in die Augen.

Jörg schob ihn beiseite. „Augsburg scheint dir gutzutun. Dann hast du deine Entscheidung, wegzugehen, nicht bereut?"

„Nein. Ich fühle mich wohl hier. Aber was macht ihr bei einem protestantischen Streitgespräch?" Sie sah ihren Bruder an. „Weiß das die Agnes?" Sein Gesichtsausdruck verdüsterte sich. Bevor sie weiterfragen konnte, traten Hans Kießling und Utz Riexner hinzu. Sie begrüßten Gebhart und Jörg wie alte Freunde. Anna war verwirrt. „Ihr kennt euch?"

Der Sedlmaier Jörg wich aus: „Ich glaube, die Gäste brauchen deine Becher. Sonst müssen sie den Wein aus der hohlen Hand trinken. Wir fahren erst heute Abend zurück nach Hochdorf und können uns nach der Disputation weiter unterhalten."

In ihren Gedanken versunken verteilte Anna die restlichen Weinbecher. Was verband zwei Bauern aus dem Fürchelmoos mit einem Maurermeister in der Reichsstadt Augsburg? Auch für Susanna Daucher war Gebhart kein Unbekannter. Zumindest war das heute Morgen Annas Eindruck gewesen. Was ging hier vor?

Ein Klatschen von Meister Kießling beendete ihre Grübeleien. Sie stellte den leeren Korb beiseite und suchte sich einen Platz in der Nähe der Treppe. Das Stimmengewirr ebbte ab, bis es ganz verstummte.

Während Hans Kießling die Anwesenden begrüßte, sichtete Christof die Reihen der Zuhörer. Einige kannte er bereits von früheren Treffen. Meist Lutherische und Zwinglianer. Wie er aus der namentlichen Begrüßung heraushörte, waren auch einflussreiche Augsburger unter den Anwesenden. Darunter die Patrizier Eitelhans Langenmantel und Andreas Rem, der eng mit den Welsern zusammenarbeitete. Christof horchte auf, als der Name Georg Regel fiel. Von seinem Auftraggeber wusste er, dass diesem Kaufmann das Gut Lichtenberg am Lech im Landgericht Landsberg gehörte. Dieses Gut hatte einen zweifelhaften Ruf erworben, seit es der Landsberger Pfleger vor drei Jahren ausgehoben hatte. Dort fanden unter Regels Schirmherrschaft reformatorische Zusammenkünfte statt, bei denen auch der umstrittene Prediger Ludwig Hätzer anwesend war. Heute stand der in Verdacht, ein Gartenbruder zu sein. Welch ein verniedlichender Ausdruck für Leute, die in Wirklichkeit gefährliche Ketzer waren. Dass sie die Kindertaufe in Frage stellten, war dabei das kleinste Übel. Sie erdreisteten sich, ihre Prediger selbst zu wählen. Obendrein lehnten sie Eid und Wehrdienst ab, was sie für die Obrigkeit gefährlich machte.

Diese Namen und Gesichter galt es sich zu merken. Waren sie doch für seinen Gönner, dem Bürgermeister Rehlinger, von großem Interesse. Sein Auftrag lautete, Abweichler der anerkannten reformatorischen Lehren Luthers und Zwinglis herauszufinden. Der Rat der Stadt fürchtete nichts so sehr wie verwirrte Geister, die das Volk in Aufruhr versetzten. Wie damals beim Schilling-Aufstand vor drei Jahren. Von einem radikalen Prediger aufgestachelt, hatte der Pöbel sogar das Augsburger Rathaus gestürmt. Und auch jetzt braute sich wieder etwas zusammen.

Sein Blick blieb an der zauberhaften Anna hängen. Bewusst hatte er beim Essen ihre Nähe gesucht. Aufmerksam lauschte sie nun den Worten von Kießling. Als Christof sah, dass sich Lenz dicht hinter sie stellte, loderte kurz eine heftige Wut in ihm auf. Was hatte sein alter Freund mit dieser Schönheit zu schaffen? Mehr noch: Was suchte Lenz hier und wie stand er zu diesem Denck? Er hatte ihn und seinen Kontrahenten beim Essen im vertrauten Gespräch beobachtet. Christof nahm sich vor, Lenz auf einen Krug Wein einzuladen. Das würde seine Zunge lösen.

Erst einmal musste er sich auf die heutige Disputation konzentrieren. Dieser aalglatte Denck war ein Meister des Disputs. Christof war begierig, sich mit ihm zu messen. Er würde ihn heute in seine Schranken weisen, auch wenn Denck bisher fast alle seine Disputationen gewonnen hatte. Ihm haftete der Ruf an, die lutherischen Lehren zu verdrehen und Irrlehren zu verbreiten. Außerdem hieß es, er sei ein Gartenbruder. Deshalb wollte ihn der Augsburger Rat schon im Herbst letzten Jahres der Stadt verweisen. Dem war Denck durch seine Abreise zuvorgekommen. Jetzt stand er wieder hier und bestritt öffentlich Streitgespräche.

Kapitel 13

Anno Domini, 4. August 1527, Augsburg

Gebhart Schuster starrte wie gebannt auf den narbengesichtigen Mann, der sich dicht hinter seine Schwester gestellt hatte. Sie flüsterte ihm etwas ins Ohr, was dieser mit einem Lächeln erwiderte. Daraus schloss er, dass die beiden vertraut miteinander waren. Irgendetwas kam ihm bekannt vor an diesem Kerl. Als Anna auf Gebhart zeigte, sah ihn der Fremde direkt an. Eine Arkebuse wurde in Gebharts Kopf abgefeuert. Schweiß brach ihm aus allen Poren. Er schwankte. Hielt sich an Jörg Sedlmaier fest, der ihn verwundert ansah. Dann verließ er fluchtartig den Raum.

„Warum geht mein Bruder, jetzt wo es losgeht?" Fragend sah sie Lenz an. Er schien sie nicht gehört zu haben. Mit mahlenden Kiefern starrte er ins Leere. Sein ganzer Körper war angespannt. „Lenz! Was ist los?"

„Was hast du gesagt?" Lenz schien seine Fassung wiedergewonnen zu haben.

„Ruhe jetzt!", zischte der Färber-Jos, der sich zu ihnen gesellte. „Meister Kießling stellt gleich die Kontrahenten vor."

„Heute werden wir alle Zeugen, wie der Baccalaureus der Artes Liberales Denck Hans seine Streitschrift *Vom Gesetz Gottes* präsentiert. Der Magister der Theologie Pfettner Christof wird heute gegen diese Schrift als Gegenspieler disputieren."

Einige der Zuhörer klatschten. Als Ruhe eingekehrt war, versicherten sich die Kontrahenten, dass alles, was im Eifer des Gefechts gesagt werde, nicht gegen den anderen verwendet werden darf.

Anna versuchte, dem Geschehen zu folgen. Dass dieser Christof Pfettner ein Lutheraner war, wusste sie bereits vom Färber-Jos. Doch wer war dieser Hans Denck? Sie musste sich eingestehen, dass sie bis auf das, was in den Gassen von Augsburg getratscht wurde, nicht viel Ahnung von den unterschiedlichen religiösen Anschauungen hatte.

Auf ein Zeichen Kießlings hielt Hans Denck nun seine Schrift *Vom Gesetz Gottes* in die Höhe. Er fing an, seine These vorzutragen: „Verehrte Anwesende, ich warne davor, den Wortlaut der Bibel oberflächlich mit der Wahrheit gleichzusetzen. Das zeigt auch das Bild der Schrift. Wie ihr seht, hat der Theologe das Buch so dicht vor den Augen, dass er die Welt links und rechts von ihm nicht wahrnehmen kann. Dabei stellt das Lamm Jesus dar und die Schlange den Teufel. Dieses Bild soll deutlich machen, dass die Thesen Doctor Luthers zu kurz gedacht sind."

Ein Raunen ging durch die dicht gedrängt stehenden Zuhörer.

Anna sah, dass Christof Pfettner nur mit Mühe eine Bemerkung unterdrückte. Seine Lippen pressten sich zusammen und die Hände ballten sich zu Fäusten, die er eilig in die Taschen seines Umhangs steckte.

Denck schien den niedergerungenen Gefühlsausbruch seines Gegners zu spüren. Unbeirrt fuhr er fort: „Niemand wird bestreiten, dass in den biblischen Büchern höchst unterschiedliche Aussagen stehen, die sich zum Teil widersprechen. Somit verbietet sich nach meinem Dafürhalten eine wörtliche Auslegung."

„Ketzerei!", rief der junge Mann, der Christof wie ein Schatten folgte. „Die Bibel offenbart Gottes Willen!"

Hans Kießling ging dazwischen. „Magister Pfettner, wir hatten uns doch auf einen akademischen Disput geeinigt. Ihr bekommt noch Gelegenheit, Eure Gegenthesen vorzutragen. Würdet Ihr Euch bitte dafür verwenden, dass Euer Begleiter Hubertus sich ebenfalls an die Regeln hält."

„Ihr könnt mit mir selbst sprechen, wenn Ihr mir etwas zu sagen habt", brauste dieser erneut auf. „Außerdem sind mir die Regeln bestens bekannt. Ich bin Hubertus Culinula von der Universität Ingolstadt."

„Aus Ingolstadt? Seid Ihr ein Altgläubiger?"

Unmutslaute erklangen.

„Altgläubige sind hier nicht erwünscht. Magister Pfettner, was wird hier gespielt?" Hans Kießlings Stimme klang gereizt.

„Doctor Culinula ist Mathematiker und Astronom. Er ist ein heimlicher, aber glühender Anhänger der Reformation und ... ein persönlicher Freund von mir."

„Dürfte ich nun fortfahren, meine These zu untermauern?" Denck ließ sich durch die Unterbrechung nicht aus der Ruhe bringen, was Anna gefiel. „Die Bibel also offenbart zwar den göttlichen Willen, dennoch ist sie von Menschen gemacht und kann deshalb nur der irdischen Welt angehören. Sie ist lediglich ein äußeres Zeichen. Das Pochen auf den Wortlaut ist Selbstgefälligkeit und führt zu Sektenbildung und Zwietracht." Dabei warf er einen spöttischen Blick zu Pfettner und Culinula. „Man muss den Sinn erfassen und darf sich nicht an den Buchstaben festklammern."

Christof fixierte Denck wie eine Raubkatze vor dem Sprung, bevor er einwarf: „Wollt Ihr uns damit sagen, dass ein jeder selbst darüber entscheiden kann, wie er die Bibel versteht?"

Vereinzelt wurde geklatscht. Fragend sah Anna zu Lenz.

Er beugte den Kopf dicht an ihr Ohr und flüsterte: „Christof stellt ihm eine Falle."

Noch bevor Anna weiterfragen konnte, antwortete Denck: „Hegt Ihr Zweifel, dass die gläubigen Menschen nicht die Gnade Gottes besitzen, um sein Wort zu verstehen?"

Applaus brandete auf.

Christof Pfettner fixierte Denck und antwortete betont gleichgültig: „Solus Christus, sola gratia, sola fide, sola scriptura! Das lehrt uns Martin Luther. Allein Christus, allein durch die Gnade, allein durch den Glauben und allein die Bibel! Das ist Quelle und Norm für den christlichen Glauben. Es braucht keine Interpretationen des Papstes und von Konzilen, um die Heilige Schrift zu verstehen." Christof machte eine rhetorische Pause, um die Reaktion seiner Zuhörer abzuwarten.

Niemand klatschte. Mit einem zynischen Lächeln fuhr er fort: „Dies gilt auch für den entlassenen Rektor einer Lateinschule in Nürnberg. Nicht wahr, Herr Denck?"

Ärgerliches Gemurmel hob an.

Sinnierend legte Christof einen Finger an seine Nase. „Seid Ihr nicht letzten Herbst auch aus Augsburg rausgeflogen, nachdem Ihr die Lehren Luthers verdreht habt?"

Zwischenrufe schälten sich aus dem Gemurmel.

Denck nahm diese Spitze mit unbeeindruckter Miene hin.

Anna flüsterte dem neben ihr stehenden Jos zu: „Stimmt das?"

Der Färber nickte kaum merklich. „Man hat ihn aus der Lateinschule in Nürnberg hinausgeworfen."

„Warum?"

„Es war eine lutherische Lateinschule und Meister Denck propagierte das freie religiöse Denken. Doch das und seine Schwierigkeiten hier in Augsburg sind andere Geschichten und sollten nicht in einem Disput verwendet werden."

Ohne auf Pfettners Vorwurf einzugehen, fuhr Denck fort: „Wir alle haben eine Vergangenheit. Der eine fliegt aus einer Schule, der andere von der Universität in Ingolstadt. Nicht wahr, Herr Magister Pfettner? Oder könnt Ihr uns erklären, wie man nach einem Studium in Wittenberg noch altgläubiger Magister werden kann? Seid Ihr Professor Eck dafür in den Hintern gekrochen? Und jetzt tretet Ihr hier wieder als lutherischer Prediger auf."

Das Klatschen einiger Zuhörer trieben Christof und dem Doctor Culinula Zornesröte ins Gesicht.

Denck winkte ab. „Das ist jedoch nicht von Belang. Es kommt auf den Lebenswandel an. Glaube und ethisches Handeln müssen Hand in Hand gehen. Nur durch den Glauben und die Gnade Gottes wird niemand zum guten Menschen. Man muss sich schon auch anstrengen. Glaube allein hilft nicht."

Pfettner rang nach Worten. „Alles ist vorherbestimmt. Gott allein entscheidet über das Schicksal der Menschen. Es liegt allein in seiner Hand, welchem Menschen das ewige Leben zuteilwird und wer zur ewigen Verdammnis verflucht ist."

„Die Prädestinationslehre ..." Denck schüttelte gelangweilt den Kopf. „Wenn das stimmte, läge der Ursprung des Bösen in Gott selbst. Dann wäre ja Gott der Urheber der Sünde und damit wäre der Mensch jeglicher Verantwortung für seine Taten enthoben. Ich aber sage: Wir brauchen eine wahrhaftige Kirche. Prediger, die in Demut und Armut leben – egal, ob altgläubig, lutherisch oder reformiert."

Beifall brandete auf. Anna und Lenz klatschten begeistert mit. Denck sprach Anna aus der Seele. Auch sie stießen Pfarrer ab, die Wasser predigten und selbst Wein tranken. Dem Jubel nach zu urteilen, war das selbst in protestantischen Kreisen so.

Denck hob die Arme. „Nächstenliebe, Feindesliebe, ja – die Nachfolge Christi! Sonst bleibt alles wie bisher, nur dass dann ein Reformator die Richtung vorgibt und nicht der Papst."

Hubertus Culinula tuschelte mit Christof. Sie schlugen ein Büchlein auf, in das sich Christof kurz vertiefte. Anschließend erhob er sich und es wurde wieder still im Raum, in dem mittlerweile die Luft zum Schneiden dick war, trotz der geöffneten Fenster. „Martin Luther sagt, dass der Mensch frei ist. Er kann in seinen Handlungen jeden Tag entscheiden. Somit macht jeder Mensch alltäglich Freiheitserfahrungen, die kein unwirklicher Schein sind. Ist es nicht so, dass der Mensch imstande und frei ist, dem rechtfertigenden Gott durch sein Alltagshandeln zu antworten? Damit, und nur damit kann ein jeder freiwillig am Aufbau des Reiches Gottes in der Welt mitwirken. Denn von ihm und durch ihn und zu ihm sind alle Dinge. Ihm sei Ehre in Ewigkeit! Amen."

„Wohl gesprochen!", rief Hubertus Culinula aus und klopfte ihm anerkennend auf die Schulter.

Anna verstand diese gelehrten Ausführungen nicht. An den irritierten Blicken der Umstehenden erkannte sie, dass es den anderen ähnlich erging.

Denck setzte sich auf einen Stuhl und kratzte sich genüsslich am Kinn.

Pfettner sah ihn abwartend an.

Schließlich erhob sich Denck und antwortete: „Gilt das auch für den Bauernstand?" In einer mahnenden Geste hob er den rechten Zeigefinger. „Hat nicht Luther den Bauern selbst erzählt, dass sie ebenfalls freie Christenmenschen seien? Sie haben die Aussagen Luthers wörtlich genommen. Dann aber schlug er sich aus reinem politischen Kalkül auf die Seite der Herrschenden. Er befand mit einem Male, dass sie ihr Schicksal verdient hätten und somit auch das Leid und den Hunger schon im diesseitigen Leben. Diese Menschen kämpften für ihre Rechte. Euer Doctor Luther hat sie verraten."

Diese Worte erinnerten Anna an ihr Gespräch mit dem fahrenden Buchhändler Hans Hut. Denck und Hut forderten die Freiheit schon für das diesseitige Leben, aber auch die Gewaltlosigkeit.

Pfettner verlor die Fassung. „Was erlaubt Ihr Euch?" Culinula schrie: „Die Bauern waren Rotten- und Mordgeister und sind zurecht wie tolle Hunde erschlagen worden."

Nach einer kurzen Schrecksekunde brach Tumult aus. Alle redeten durcheinander und gestikulierten heftig. Anna spürte, wie Lenz sie am Arm packte und wegzog. Im Weggehen sah sie, dass auch Jörg nicht mehr an seinem Platz stand.

Kapitel 14

Anno Domini, 7. August 1527, Augsburg

„Hier wohnst du also." Christof Pfettner sah sich abschätzend in der Gaststube des *Weißen Adler* um.

Lenz kannte diesen Blick von früher. Christof bewertete alles und jeden. Sich selbst dagegen hielt er für etwas Besseres, allein schon deshalb, weil ihn seine Eltern auf die Universität geschickt hatten. Dass er als Zweitgeborener schlicht nicht für die Leitung des Weinhandels infrage kam, blendete er stets aus.

Nach einem peinlichen Augenblick erklärte Lenz: „Ich habe seit vier Wochen oben eine Kammer." Dabei zeigte er hoch zur niedrigen Decke.

„Du bist erst einen Monat hier in Augsburg?" Christof sah ihn erstaunt an.

„Ja, vorher war ich ein knappes Jahr in der Schweiz. Erst in Bern, dann in Zürich. Zuletzt ein Jahr in Memmingen und wie du schon weißt, arbeite ich jetzt bei Meister Kießling. Der *Adler* ist nahe bei der Arbeit und man bekommt meist vernünftiges Essen vorgesetzt."

„Wo wohnt denn diese Anna? Du scheinst ihr ja recht nahe zu stehen."

Dass Christof Anna erwähnte, verwunderte Lenz nicht. Ihm war nicht entgangen, dass er ein Auge auf sie geworfen hatte.

Bevor er etwas erwidern konnte, fuhr Christof fort: „Warst du nicht mit der großen Schwester von unserem Georg verbandelt? Da du jetzt auf Wanderschaft bist, hast du die rothaarige Schönheit vermutlich nicht geheiratet. Hatte Georg etwas gegen eure Verbindung?", bohrte Christof nach. Im selben Moment tippte er sich theatralisch an die Stirn. „Was bin ich für ein Narr! Er ist ja auf dem Schlachtfeld in Kleinkitzighofen geblieben, während du nur eine Narbe heimgebracht hast. So zumindest hat mir das meine Mutter geschrieben."

Lenz fehlten die Worte. Mit welcher Unverfrorenheit legte dieser Hundsfott den Finger in seine Wunden. Das war schon früher so und hatte sich bis heute nicht geändert. „Wenn du eh schon alles weißt, kannst du dir deine Fragen sparen." Er wandte sich zum Gehen.

Christof hielt ihn am Arm zurück und deutete auf einen freien Tisch. „Es tut mir leid. Komm, lass uns auf die alten Zeiten anstoßen."

Nach einem Moment des Zögerns setzte sich Lenz und fixierte Christof argwöhnisch. Fieberhaft überlegte er, wie er seinem *Freund* beikommen konnte. Er hatte keine Lust, auf Spielchen, an deren Ende er als Narr dastand. Unvermittelt fragte er: „Weiß deine Mutter, dass du hier als lutherischer Prediger tätig bist?"

Christofs Gesicht färbte sich rot, doch er ging auf die Frage nicht ein. Stattdessen winkte er ein dralles Schankmädchen an den Tisch: „Ich bekomme einen Krug Rotwein; Bodenseewein – wenn ihr hier so was überhaupt habt", blaffte er.

„Selbstverständlich haben wir Wein vom Bodensee, werter Herr." Sie wandte sich an Lenz: „Willst du auch einen Wein, oder nimmst du wie immer unser Schwarzbier?"

„Ich bleibe beim Bier, das Getränk für ehrliche Handwerker. Bring uns noch einen kalten Braten und zwei Scheiben Brot. Das Essen geht auf mich."

Gönnerhaft erklärte Christof: „Wenn du für mich noch einen Teller warme Suppe zahlst, übernehme ich die Getränke. Schließlich haben wir uns lange nicht gesehen."

„Wie lange ist das nun her? Drei Jahre?", nahm Lenz den Faden auf.

„Über drei. Das war im Jahr des Herrn 1524. Ich hatte gerade meinen Baccalaureus erworben und war zu Besuch bei meinen Eltern."

Lenz beschloss, gute Miene zu Christofs hinterlistigem Geplauder zu machen. „Waren wir da nicht zusammen in der Osternachtsfeier und haben uns danach die Gloriawürste schmecken lassen zu einem süffigen Bier im Schafbräu im Hinteren Anger?"

„Stimmt. Anschließend bin ich dann nach Wittenberg." Er wurde unterbrochen, als das Schankmädchen die Bestellung brachte. Dabei beugte sie sich weit nach vorne, damit die beiden geldigen Herren einen guten Blick auf ihre üppigen Brüste werfen konnten.

Christof grinste anzüglich. „Mädle, pass auf, dass dir deine Dinger nicht aus dem Mieder fallen."

Die Bedienung trollte sich mit einem aufgesetzten Lächeln.

Zu Lenz gewandt fuhr er fort: „Ich stehe ja eher auf schlanke, anmutige Frauen. So dralle Formen sind doch eher deine Vorliebe, wenn ich da an Magdalena denke."

Jetzt war es an Lenz, die Spitze zu ignorieren. „Iss deine Suppe, bevor sie kalt wird. Ich lasse mir einstweilen den Braten schmecken." Lenz sah, wie Christof einen teueren Rosenholzlöffel mit einer Einlegearbeit aus Silber aus der Tasche zog. „Eine schöne Arbeit. Woher hast du ihn?"

„Ein Geschenk meines Vaters zum bestandenen Magister."

„Und warum bist du dann als altgläubiger Magister der Theologie zum lutherischen Prediger geworden?"

Christof wischte sich den Mund ab. „Du spielst sicher auf den Vorwurf beim Disput an. Das ist schnell erklärt. Nach unserem gemeinsamen Osterfest bin ich nach Wittenberg gereist. Ich wollte bei Professor Melanchthon mein Griechisch aufbessern, um die Heilige Schrift im Original lesen zu können. In diesem Zusammenhang habe ich sogar Vorlesungen bei Martin Luther gehört, wenngleich der ja in unseren Kreisen als Geächteter galt. Nach drei Semestern bin ich zurück nach Ingolstadt. Dort hat man mich aber nicht mit offenen Armen empfangen. Im Gegenteil: Professor Eck hat mich befragt, um herauszubekommen, ob man mich umgedreht hatte. Am Ende hat er mich sogar gezwungen, Doctor Luther und seinen Lehren abzuschwören."

„Wie hast du ihn davon überzeugt, immer noch ein braver altgläubiger Student zu sein?"

Christof grinste: „Ich habe ihm erzählt, dass ich nur dort war, um bei dem berühmten Professor Melanchthon zu lernen und mein Griechisch zu verbessern. Außerdem habe ich geschworen, dass ich aus tiefstem Herzen an unsere Mutter Gottes glaube."

„Du alter Fuchs! Sonst hättest du vermutlich nicht Magister werden können, habe ich recht?"

Christof nahm einen tiefen Schluck, um den aufwallenden Zorn hinunterzuspülen. Was bildete sich dieser ungebildete Handwerker eigentlich ein? Mit hitzigem Unterton fuhr er auf: „Willst du damit sagen, ich würde mein Fähnlein nach dem Wind hängen?"

„So habe ich das nicht gemeint. Ich frage mich nur, warum du noch deinen altgläubigen Magister gemacht hast, wenn du doch von Luther überzeugt warst?"

„Ich wollte mein Studium erfolgreich beenden, weil ich nur als ausgebildeter Theologe glaubwürdig etwas verändern kann. Ich habe danach sogar selbst Vorlesungen gehalten in Ingolstadt. In Latein und Griechisch."

Lenz nickte. „Das erklärt aber noch nicht, wie du dann als lutherischer Prediger nach Augsburg gekommen bist."

Christof kochte innerlich immer mehr. Eigentlich wollte er aus Lenz herauskitzeln, warum er in radikal-reformatorischen Kreisen verkehrte. Und nun reizte ihn dieser Tölpel mit seinen einfältigen Fragen. Christof beschloss, den wunden Punkt seiner Geschichte als Niederlage zu offenbaren. Vielleicht war Lenz ihm gegenüber dann aufgeschlossener und er erfuhr mehr über die Kreise, in denen Lenz und Anna verkehrten. Mit leiser Stimme erzählte er: „Bei einer meiner Vorlesungen über den Brief des Paulus an die Römer habe ich Luthers Sichtweise eingestreut."

„Ganz schön mutig! Was geschah dann?"

„Einer meiner Studenten hat mich wohl bei Professor Eck denunziert. Eck hat daraufhin meine Wohnung durchsuchen lassen. Er hat mich angeklagt und wollte mir als Ketzer den Prozess machen. Er hat anscheinend alle Unterlagen an den Herzog in München geschickt, der alles Luthrische mit dem

Belzebub austreiben möchte. Beinahe wäre ich auf dem Scheiterhaufen gelandet."

Täuschte sich Christof, oder war da Schadenfreude auf dem Gesicht seines Gegenübers?

„Wie bist du dem Henker entronnen?"

Christof blieb äußerlich gelassen. „Ich musste, um heil aus der Sache zu kommen, eine Auflistung von 17 angeblich *falschen* Thesen widerrufen, die ich in meiner Vorlesung verbreitet hatte. Zum Dank hat man mich am Ende *nur* eingesperrt."

„Du warst im Gefängnis?" Ehrlich betroffen legte Lenz sein Messer weg.

Christof fühlte sich geschmeichelt: „Du darfst nicht vergessen, ich war in Baiern. Da ist der Besitz einer Bibel in deutscher Sprache schon strafbar. Lange Rede, kurzer Sinn: Man hat mich verurteilt und im Kloster Ettal eingesperrt. Die Brüder dort sollten mich läutern." Triumphierend rammte Christof sein Messer in die vernarbte Tischplatte. „Leider haben die Mönche in den Bergen das gar nicht gut gemacht."

Fragend hob Lenz die Augenbrauen.

„Was soll ich sagen? Vor einem halben Jahr konnte ich fliehen und habe mich nach Augsburg durchgeschlagen."

„Wieso Augsburg und nicht Wittenberg? Das wäre doch sicherer, oder?"

„Na, weil die freie Reichsstadt Augsburg nah an Ingolstadt liegt und sehr wohlwollend mit den Anhängern Luthers umgeht. Die ganze Stadt ist praktisch lutherisch. Und Bischof Christoph von Stadion und der Augsburger Stadtschreiber Konrad Peutinger lassen uns als liberale Humanisten gewähren. Außerdem habe ich noch viele Freunde in Ingolstadt. Nicht alle Studenten und Professoren dort sind verbohrte Altgläubige. Hubertus Culinula zum Beispiel, der in Ingolstadt eine Druckerei aufgebaut hat, besucht mich öfter hier in Augsburg. Er lehrt und arbeitet mit Apianus, dem berühmten Professor der Mathematik. Auch von ihm munkelt man, er sei ein Lutherischer."

„Culinula? Das war doch dein Begleiter bei der Disputation mit dem Gelehrten Hans Denck."

Christof spuckte verächtlich auf den Boden. „Hans Denck, ein Gelehrter! Wenn mich nicht alles täuscht, ist er ein Anhänger der *Wiedertäufer*! Ein Gartenbruder und ein Ketzer. Ich habe mich umgehört. Diese Rottgeister halten in Gärten und Städeln ihre Winkelpredigten. Ich kann dir nur raten, dich von denen fernzuhalten. Es würde mich nicht wundern, wenn der Rat der Stadt Augsburg Denck eines Tages ergreifen und verbrennen ließe." Christof nahm seinen Becher, leerte ihn in einem Zug und setzte ihn eine Spur zu energisch auf dem Tisch ab.

„Wieso? Nur, weil er dich als schriftgläubigen Theologen verspottet hat?", hakte Lenz nach.

„Ich bin nicht schriftgläubig!", fuhr Christof auf. „Außerdem treffen mich die Vorhaltungen eines

Ketzers nicht. Diese *Wiedertäufer* sind hier nur so frech, weil der Rat der Stadt mit denen nachsichtig ist. In Zürich hat Zwingli dafür gesorgt, dass die *Wiedertäufer* in der Limnat ersäuft wurden wie Katzen." Er funkelte Lenz böse an. „Aber das müsstest du ja wissen, wenn du dort warst."

Lenz hob beschwichtigend die Hände. „Also gut, du magst den Denck Hans nicht. Er machte aber auf mich nicht den Eindruck, als ob er gänzlich anders argumentierte als du letzten Sonntag. Vielleicht denkt er nur Luthers Reformation weiter?"

Christof war endgültig bedient. Er beschloss, diesem Handwerker eine Lektion zu erteilen: „Luthers Thesen weiterdenken? Bist du von Sinnen? Da gibt es nichts weiterzudenken. Professor Melanchthon hat alles niedergeschrieben. In den *Loci Communes* hat er schon vor Jahren eine Dogmatik der reformatorischen Theologie verfasst. Darin ist die Theologie Luthers schlüssig dargelegt. Das, was Denck von sich gibt, sind ketzerische Gedanken. Wie du bei der Disputation sicher gehört hast, wurde Denck aus Nürnberg von den eigenen Leuten ausgewiesen. Er war dort Rektor einer lutherischen Lateinschule, bis er sich als verwirrter Geist herausstellte und wegen Verbreitung seiner giftigen Irrtümer vor die Tore der Stadt gesetzt wurde. Das Gleiche dann in Augsburg. Das ist der Grund, warum die reformatorische Lehre ein strenges Gerüst braucht. Damit solche

Narren wie du nicht von falschen Propheten wie Denck verführt werden."

Lenz starrte ihn an. Nach einer längeren Pause erwiderte er ruhig. „Ich habe auf meiner Wanderschaft viele Formen der Reformation kennengelernt. So wie ich es verstehe, ist allen gemein, dass die Menschen wieder das Wort Gottes hören wollen. Sie wollen in der Nachfolge Christi leben. Warum sich Menschen deswegen streiten müssen, verstehe ich nicht." Er erhob sich. „Ich wollte dich nicht verärgern. Vielleicht ist es besser, wenn wir unsere Unterhaltung an dieser Stelle beenden." Er warf fünf Kreuzer auf den Tisch und wandte sich zum Gehen.

Christof sprang auf und hielt ihn am Arm fest. Er zischte: „Meine Mutter hat mir geschrieben, dass dich die schöne Magdalena verschmäht hat, weil du ihren kleinen Bruder tot heimgebracht hast."

Wütend schüttelte Lenz seine Hand ab. „Ich musste meine Pflicht tun, weil dein feiner Herr Luther mit seinen Versprechungen erst die Mordgeister gerufen hatte."

Christofs Stimme war kalt wie Eis, als er fortfuhr: „Deine neue Freundin Anna stammt doch sicher aus einem armseligen Bauerndorf. Weiß die eigentlich, dass du auf dem Schlachtfeld wie ein Berserker gewütet hast und man dich deshalb in Landsberg den *Bauernschlächter* nennt?"

Kapitel 15

Ihm stockte der Atem, als er sah, wie Lenz zärtlich seine Hand auf die von Anna legte. Sie lächelte ihn an. Christof wünschte sich, dieses Lächeln aus den goldbraunen Augen mit den langen Wimpern würde ihm gelten und nicht diesem Lenz Kirchperger. Alleine, wenn er an das Treffen im *Weißen Adler* zurückdachte, packte ihn die kalte Wut. Hasserfüllt spuckte er auf den Boden, der von der Hitze der letzten Wochen aufgesprungen war.

Seit seiner Disputation im Haus des Maurers Kießling ging ihm Anna nicht mehr aus dem Kopf. Regelmäßig zog es ihn ins Lechviertel in der Hoffnung, einen Blick auf sie zu erhaschen. Es war wie ein Zwang, dem er sich nicht entziehen konnte. In seinen einsamen Nächten stellte er sich vor, wie er das Bett mit ihr teilte. Als lutherischer Prediger unterlag er nicht mehr dem Gebot der Ehelosigkeit. Auch wenn der Beischlaf durch die Ehe nichts von seiner Sündhaftigkeit verlor, so durfte er sich als Mann diesem Ehedienst und der Pflicht zur Fortpflanzung nicht entziehen. Deshalb würde er Anna in den Bannkreis von Haus und Familie holen.

Seine Kiefer mahlten, als dieser schöne Mund unvermittelt Lenz auf die vernarbte Wange küsste. Ein unbändiges Begehren keimte in ihm auf, das ihm den Verstand vernebelte. Christof bohrte seine Finger schmerzhaft in seine Oberschenkel, um dieser Sünde Herr zu werden. Dieser verdammte Lenz!

Leise erhob sich Christof von seinem Beobachtungsposten hinter dem Holzstapel. Er musste Beweise sammeln, dass Denck, Kießling und Lenz *Wiedertäufer* waren, und umstürzlerische Pläne hegten. Erst dann konnte er sie beim Rat als Ketzer anzeigen. Dadurch schlug er zwei Fliegen mit einer Klappe. Saß Lenz im Kerker, war Anna frei für ihn. Außerdem hielt er sie damit von diesen ketzerischen Gedanken fern. Zufrieden rieb er sich die Hände. Seine Zeit würde kommen. Er brauchte nur etwas Geduld.

„Stört es dich, dass ich deine Narbe küsse?"

Lenz suchte nach Worten. „Nein, wie kommst du darauf?"

„Du wirkst so nachdenklich."

Zusammen saßen sie am *Schwalllech* im Schatten einer Weide, die mit ihren tiefhängenden Zweigen einen schützenden Mantel um sie breitete. Zärtlich drückte Lenz Anna an sich. „Meister Kießling hatte diese Woche viel Arbeit für mich und er war verärgert, weil ich ein falsches Maß für ein Gerüst verwendet habe." Zögerlich fuhr er fort: „Außerdem geht mir dieses Streitgespräch zwischen Christof und dem Denck Hans nicht aus dem Kopf."

„Die beiden haben sich ganz schön aufeinander eingeschossen. Wobei mich mehr beschäftigt, warum mein Bruder Gebhart ohne ein Wort verschwunden ist. Er hat vom Disput ja gar nichts mitbekommen. Kannst du dir vorstellen, warum er abgehauen ist?"

„Nein, da frägst du den Falschen." Die Lüge ging ihm glatt von den Lippen. Er konnte ihr nicht anvertrauen, dass seine Narbe von ihrem Bruder stammte. Sie waren sich auf dem Schlachtfeld in Kleinkitzighofen gegenüber gestanden.

Anna fuhr fort: „Das war eine blöde Frage. Du kennst ihn ja nicht. Aber zurück zu Denck: Der hat eindeutig mehr Beifall bekommen als dein alter Freund."

„Christof ist nicht mein Freund. War er vermutlich nie." Ein Freund würde seinen zweifelhaften Ehrentitel *Bauernschlächter* nicht als Druckmittel einsetzen. Lenz traute Christof zu, dass er Anna alles erzählte. Wortlos starrte er auf den träge dahinfließenden Lechkanal.

„Bereust du unseren Ausflug hierher?" Sie schien zu spüren, dass er ihr auswich.

Er wandte den Kopf und sah in ihre goldenen Augen. „Nein, den bereue ich auf keinen Fall." Das war die Wahrheit. Für alles andere konnte Anna nichts.

Sie strahlte. Unvermittelt wechselte sie das Thema: „Warum ist Christof ein Anhänger Luthers?"

„Du stellst Fragen. Bei Christof bin ich mir nicht sicher, ob er nicht zum neuen Glauben gewechselt ist, weil er sich da mehr Ruhm erhofft. Ich vermute mal, dass er nach höheren Weihen strebt und bei den Gelehrten des alten Glaubens damit keinen Platz fand. Und reden kann er, das muss man ihm lassen. Warum interessiert dich das?"

Anna bohrte weiter: „Welche Lehren vertritt Denck? Mit seiner Schrift *vom Gsatz Gottes* hat er Christof eigentlich als schriftgläubigen Lutheraner verspottet, dem es nur um die Macht geht."

Sie hatte gut aufgepasst. „Nun, er denkt vermutlich die Lehren Luthers weiter."

„Das macht der Hut Hans auch. Jos beherbergt ihn immer wieder in seinem Haus."

Hätte es noch eines Beweises bedurft, so war sich Lenz jetzt gewiss. Denck war wie Hut ein Anhänger der Gartenbrüder in Augsburg. Und mit den beiden auch Kießling, der Färber-Jos und Riexner. Bei Susanna Daucher war er sich nicht sicher. Er kannte sie zu wenig. Momentan war diese Gruppe noch geduldet. Aber das würde nicht mehr lange dauern. Das hatte er in der Schweiz erlebt. So, wie er Christof einschätzte, würde der dafür sorgen, dass die Gartenbrüder beim Rat bald in Ungnade fielen. Wie zur Bestätigung schoben sich in diesem Moment dunkle Wolken vor die Sonne.

„Was ist nun mit Denck?" Ungeduldig hakte Anna nach.

„Ich denke, das fragst du am besten Susanna. Du siehst sie ja sicher gerade öfter."

„Stimmt, die letzte Woche war ich dreimal zum Lesen bei ihr. Sie nimmt sich viel Zeit für mich, obwohl sie selbst so viel Arbeit hat. Ihren Glauben nimmt sie sehr ernst, ohne dabei frömmlerisch zu sein wie meine Schwägerin Agnes. Ich werde sie alles fragen, wass mir seit einer Weile durch den Kopf geht. Vielleicht weiß sie auch, warum Gebhart so plötzlich verschwunden ist. Immerhin scheint sie ihn zu kennen."

Das bezweifelte Lenz, kannten doch nur Gebhart und er den wahren Grund. Er deutete auf den Himmel, an dem sich riesige Wolkenberge türmten. „Lass uns zurückgehen. Die Gewitterwolken verziehen sich heute nicht mehr wie in den letzten Tagen." Anna stand auf und sah sich um.

„Ist etwas? Bereits beim Hergehen hatte ich den Eindruck, dass du dich ständig umdrehst. Möchtest du nicht mit mir gesehen werden?"

„Nein, nein, das hat nichts mit dir zu tun. Ich, ich ..." Sie zögerte. „Vermutlich sehe ich nur Geister. Aber in den letzten Tagen habe ich ständig das Gefühl, verfolgt zu werden. Und einmal glaubte ich, in der Menge Christofs Gesicht zu sehen."

Lenz wurde hellhörig. Angst um Anna schlich sich in sein Herz. „Bist du sicher?"

„Ich weiß nicht. Vielleicht kommt es auch daher, weil er mich auf der Disputation ständig angestarrt hat. Ich mag ihn nicht und möchte ihm nicht alleine begegnen."

Lenz erwiderte nichts. Erneut fasste er ihre Hand. Zusammen eilten sie über Hochzoll und die Bleicherwiesen zurück zum Schwibbogentor, wo sie sich verabschiedeten. Wie selbstverständlich näherte sich sein Gesicht dem ihren. Sie ließ es geschehen. Ihre Lippen schmeckten süß. Als seine Zunge den Weg in ihren Mund fand, zuckte ein Blitz wie ein schlechtes Omen über den dunklen Himmel.

Kapitel 16

Anno Domini, 14. August 1527, Augsburg

„Ein göttlich und ...." Eifrig versuchte Anna die Buchstaben auf dem Büchlein zu entziffern. Obwohl sie erst seit einer guten Woche bei Susanna Daucher Lesen lernte, hatte sie sich diese Wörter bereits eingeprägt. Alles Weitere ergab jedoch noch keinen Sinn und der Färber-Jos kam ihr zu Hilfe.

„Ein göttlich und gründlich Offenbarung." Er zog sich einen Stuhl heran und setzte sich zu Anna an den Küchentisch, auf dem sich die Schriften stapelten. Der Geruch von Bohnen und Speck des Abendessens mischte sich mit der stechenden Note der frischen Druckerschwärze, die Anna in der Nase kitzelte.

„Was sind das für Bücher?" Fragend sah sie den Färber an.

„Die sind für eine Versammlung bestimmt und enthalten wichtige Gedanken."

„So wie die Schrift von Denck auf der Disputation vor zwei Wochen?"

„So ähnlich. Wie hat dir das Streitgespräch bei Meister Kießling gefallen?"

Die Frage kam unvermittelt und Anna überlegte kurz, bevor sie antwortete: „Ehrlich gesagt habe ich nicht alles verstanden. Besonders das, was dieser

Pfettner von sich gegeben hat. Es klang so abgehoben."

Jos nickte.

Anna erklärte: „Verstehe mich nicht falsch. Es war bestimmt alles richtig, was dieser Prediger von sich gegeben hat. Schließlich hat er ja die Lehren von Doctor Luther studiert. Im Grunde begeistert es mich, dass jemand den Mut hat, all die Übel in der Kirche anzusprechen."

Jos sah sie nachdenklich an. „Und was hältst du von Denck?"

Dieses Mal überlegte Anna nicht lange. „Ich mochte ihn auf Anhieb. Er hat so eine bedächtige Art zu sprechen. Ihm konnte ich folgen. Vielleicht auch deshalb, weil mich das Bild auf seiner Schrift so angesprochen hat. Du weißt schon, das mit dem Prediger, der die Bibel so dicht an die Augen hält, dass er die Schlange und das Lamm nicht sieht." Sie hielt kurz inne. „Aber dadurch hat er Pfettner ja verspottet. Vielleicht denkt Meister Denck die Lehre Luthers weiter, so wie dein Freund, der Hut Hans." Erschrocken über sich selbst schlug sie die Hand vor den Mund.

„Wie kommst du jetzt darauf?" Der Färber-Jos sah sie mit hochgezogenen Augenbrauen an.

Anna spürte, dass eine verräterische Röte in ihr Gesicht stieg. Sie konnte Jos nicht anlügen. „Ich habe es damals zufällig gehört, als ich mit deiner Salbe zurück in die Kuchl wollte."

„Zufällig?"

„Ja, also, ich ..."

„Du hast gelauscht! Wieso?"

Hatte Anna sich zuerst geschämt, so stieg in diesem Moment eine unbändige Wut in ihr auf. „Weil ich einfach mehr wissen will. Weil mir Agnes stets erzählt hat, dass ich den von Gott mir zugewiesenen Platz annehmen muss. Aber das will ich nicht!" Sie redete sich in Rage. „Außerdem macht es mir Angst, dass nächstes Jahr das Jüngste Gericht kommen soll. Das waren übrigens auch deine Worte, damals im Hüter-Häusl in Hürben."

Jos stockte kurz. Beschwichtigend erklärte er: „Ich weiß, dass du uns damals belauscht hast. Du bist ein wacher Geist und du sollst die Antworten bekommen, nach denen es dich dürstet. Aber zuerst bring Susanna ein paar dieser Schriften."

Der Färber-Jos sah ihr nach, wie sie mit einem Dutzend Büchern im Beutel das Haus verließ. In den Pfützen spiegelte sich das Licht der untergehenden Sonne. Am Himmel zeigte sich ein Regenbogen. War diese Himmelserscheinung das Zeichen, auf welches er gewartet hatte? Konnte er Anna vertrauen? Das allein war es nicht. Wenn er Anna wie alle anderen getauften Hürbener in die Gemeinschaft der Brüder und Schwestern einführte, setzte er sie einer Gefahr aus. Irgendetwas braute sich seit der Ankunft von diesem Pfettner in Augsburg zusammen. Das spürte er. Warum wohnte dieser Prediger nicht in einem Gasthaus, sondern beim Bürgermeister Ulrich Rehlinger? Angeblich war er dort als Hausgeistlicher angestellt. Rehlinger war ein überzeugter Anhänger der Lehre Luthers, welche die alte Kirche verändern würde. Eine Veränderung der Gesellschaft, wie Jos und seine Gartenbrüder es anstrebten, würde er nie dulden. Was Jos ebenso Sorge bereitete, war, dass Gebhart, Annas Bruder, ohne ein Wort des Abschieds verschwunden war. Selbst Jörg Sedlmaier wusste den Grund nicht. Irgendein namenloser Dämon, den Jos nicht kannte, war über ihn gekommen. Er faltete die Hände zum Gebet. Alles lag in Gottes Hand.

Die Schönheit des Regenbogens berührte Anna heute nicht. Sie bereute den heftigen Gefühlsausbruch Jos gegenüber. Gleichzeitig war sie neugierig auf die versprochenen Antworten. Mit einem Mal keimte eine unbestimmte Angst in ihr auf. Sie beschlich das Gefühl, dass etwas Unheilvolles bevorstand.
„Wohin des Weges, junge Frau?"
Anna zuckte zusammen. Sie hatte Christof Pfettner nicht kommen hören. Mit einem kurzen gemurmelten „Grüß Gott" eilte sie weiter.
Er schnitt ihr den Weg ab. „Eine junge Frau wie du sollte so spät nicht mehr unterwegs sein. Vor allem nicht ohne deinen treuen Begleiter Lenz. Wobei ich

zugeben muss, dass die Lechauen ein lauschiges Plätzchen sind."

„*Ihr* habt uns beobachtet!", platzte es aus ihr heraus.

„Und vermutlich nicht nur dort."

„Warum so aufbrausend. Ich sorge mich nur um deine Sicherheit."

„Ich brauche Eure Fürsorge nicht. Geht mir aus dem Weg. Ich habe noch einen Botengang für meinen Herrn zu erledigen."

„Einen Botengang?"

Christof rückte so nah an sie heran, dass sie seinen nach Wein riechenden Atem wahrnahm.

Unvermittelt riss er ihr den Beutel aus der Hand.

Sie schrie auf: „Was soll das?"

„Temperament hast du, das muss man dir lassen. Das geziemt sich zwar nicht, aber es macht dich noch hübscher, als du eh schon bist." Er strich ihr über die Wange.

Für einen Moment war Anna wie gelähmt. Sie schlug seine Hand fort und versuchte, ihm den Beutel zu entreißen. Die Schriften fielen zu Boden.

Christof bückte sich blitzschnell. *„Ein göttlich und gründlich Offenbarung"*, murmelte er mit zusammengekniffenen Augen vor sich hin. „Interessant!" Er musterte Anna von oben bis unten. „Es war sehr aufschlussreich, dich heute getroffen zu haben." Er lächelte süffisant. „Du wirst noch einmal froh um mich sein. Denn dein Lenz kann dir dann nicht mehr helfen." Mit diesen Worten verschwand er in der hereinbrechenden Dunkelheit.

Mit zitternden Fingern hob Anna die verbliebenen Schriften vom feuchten Pflaster auf. Wie sollte sie das Susanna erklären? Sie hastete die wenigen Schritte auf das Haus der *Adolfin* zu und pochte wild mit ihren Fäusten gegen die Haustüre. Als Susanna öffnete, brach Anna in Tränen aus.

„Es tut mir so leid! Ich konnte nicht verhindern, dass er eine der Schriften an sich genommen hat." Mit verweinten Augen saß Anna mit dem Färber-Jos und der *Adolfin* in deren Wohnstube. Mitleidsvoll betrachtete Susanna Daucher die in sich zusammen gesunkene Gestalt. Die junge Frau war eine gelehrige Schülerin, die das Gelesene verstand und nötige Fragen an der richtigen Stelle einbrachte. Sie verdiente jetzt Antworten von ihr und Jos. Susanna hielt ihr einen Becher hin. „Trink einen Schluck. Der Wein wird dich beruhigen."

„Du brauchst dir das nicht zu Herzen nehmen. Du kannst nichts dafür, dass dir Pfettner die Schrift abgenommen hat", beschwichtigte der Färber-Jos.

Anna stellte den Becher zurück auf den Tisch. „Aber wenn er mich nicht ständig verfolgen würde ..."

„Wie, verfolgen ...?" Jos sprang auf. Susanna bedeutete ihm mit einer beschwichtigenden Handbewegung, sich wieder zu setzen.

Anna fuhr fort: „Er wusste, dass ich mich mit Lenz in den Lechauen getroffen habe. Ich hatte auch in den letzten Tagen stets das Gefühl, beobachtet zu werden."

Susanna sah, dass Anna bei der Erwähnung der Lechauen leicht errötete. Die erfahrene Frau war taktvoll genug, sie nicht darauf anzusprechen. „Ist dieser Christof nicht ein Freund vom Kirchperger Lenz?" Fragend sah sie Anna an.

Die junge Frau schüttelte den Kopf. „Die kennen sich zwar aus Landsberg, aber die beiden sind nicht befreundet."

„Das hätte mich auch gewundert. Der Kießling Hans vertraut Lenz. Sonst hätte er ihn nicht zu der Disputation mit Denck eingeladen. Und wir vertrauen dir, liebe Anna. Es ist an der Zeit, deine Fragen zu beantworten. Gerade weil Pfettner als stolzer Lutheraner die Disputation verloren hat, ist er gefährlich. Ich schätze diese Niederlage lässt er nicht auf sich sitzen. Und verzeih meine Offenheit: Dass Lenz und er um deine Gunst buhlen, macht die Sache nicht einfacher."

Kapitel 17

Anno Domini, 15. August 1527,
Mariä Aufnahme in den Himmel, Augsburg

Genervt vom Geläute der Kirchenglocken schloss Christof die Fenster seiner Stube im Haus von Bürgermeister Rehlinger. Die Gläubigen der alten Religion feierten heute am 15. August mit zahlreichen Gottesdiensten die leibliche Aufnahme Mariens in den Himmel. Ein Kirchenfest, das bei ihm der Vergangenheit angehörte. Missmutig setzte er sich wieder an den wackeligen Holztisch und blätterte in der Schrift, die er gestern Abend Anna abgenommen hatte. Einige Textstellen des Büchleins waren so brisant, dass sie den Verfasser direkt auf den Scheiterhaufen bringen konnten. Nur, dieser, ebenso wie der Name der Druckerei, waren nicht vermerkt. Der unbekannte Autor beklagte, dass der Papst irren und alle Gläubigen ins Verderben führen würde. Mit dieser Aussage stimmte Christof überein. Sie war kein Grund, jemand hier in Augsburg zu verfolgen. Allerdings hielt der Verfasser auch die neuen Reformatoren für falsche Prediger und nicht von Gott gesandt. Was aber dem Fass den Boden ausschlug, waren die Aussagen am Ende des Werkes. Nur wer zuerst das Evangelium verkünde und dann erst Menschen taufe, der sei in Wahrheit kein *Wiedertäufer*. Stattdessen handelten diejenigen, die an der Kindstaufe festhielten, wider Jesu Gebot. Das war Ketzerei! Jetzt hatte er ein Dokument in der Hand, das er als Corpus Delicti gegen diese wirren Geister verwenden konnte!

Fieberhaft überlegte er, ob Anna den unbekannten Verfasser kannte. Und wenn nicht sie, dann vielleicht ihr Meister Jos oder die vielgerühmte *Adolfin*? Doch genau das war sein Dilemma! Susanna Daucher war in ganz Augsburg ob ihrer Mildtätigkeit und Frömmigkeit bekannt. Sie in Verbindung mit dieser Ketzerschrift zu bringen, war aussichtslos. Anna oder ihren Meister zu denunzieren, würde unweigerlich übel für seine Auserwählte enden. Das wollte er nicht. Denn allein schon der Gedanke an seine gestrige Begegnung mit ihr erregte ihn. In ihrem Zorn war sie ein Ausbund von Sinnlichkeit. Sie schlug eindeutig der sündigen Eva nach, die Schuld trug am Sündenfall und der Vertreibung aus dem Paradies. Die Ehe mit ihm würde sie zähmen.

Es klopfte. Ohne auf sein *Herein* zu warten, wurde die Tür aufgerissen. Bürgermeister Rehlinger kam schnellen Schrittes in den Raum. Er deutete auf die Schrift.

„Seid Ihr weitergekommen?" Seine Stimme klang ungeduldig.

Der hatte ihm gerade noch gefehlt. „Der Inhalt ist übelste Häresie. Leider sind weder Schreiber noch

Druckwerkstatt vermerkt. Ich habe zwar einen Verdacht ..."

Der Bürgermeister winkte ab. „Verdacht, Verdacht! Das reicht nicht und das wisst Ihr selbst. Wen wollt Ihr verdächtigen? Etwa Denck? Wie mir mein anderer Informant gesteckt hat, ist Denck bei Eurer Disputation lediglich als Anhänger des reformierten Glaubens aufgetreten. Er hat keine ketzerischen Reden geschwungen, sondern nur davor gewarnt, dass die neue lutherische Lehre in eine falsche Richtung läuft. Und damit hat er nicht ganz unrecht, wenn ich mir Euch so anschaue. Euer Disput mit ihm war ja nicht sehr erfolgreich." Sein abschätzender Blick offenbarte, was er von seinem Hausgeistlichen in Wirklichkeit hielt.

Christof kochte innerlich. Er hasste Niederlagen. Er hatte sie in Ingolstadt bei Professor Eck nicht hingenommen. Ebenso wenig würde er das hier in Augsburg tun. Er wusste, dass Rehlinger vier hochrangige Geistliche offiziell damit beauftragt hatte, in ihren Predigten vor den neuen Irrlehren der Erwachsenentaufe zu warnen. Für ihn, Christof, blieb nur die Drecksarbeit. Das Beschatten von fragwürdigem Gesindel in den stinkenden Gassen von Augsburg. Er musste sich zusammenreißen, um diesem eingebildeten Patrizier nicht in die höhnisch grinsende Fresse zu schlagen.

„Was ist mit dem Kießling Hans?" Christof zog seinen letzten Trumpf aus dem Ärmel.

Der Bürgermeister wiegte den Kopf. „Der Maurermeister ist beim Rat gut beleumundet. Nur weil die Disputation in seinem Haus stattfand, ist das erst einmal kein Grund, ihn zu verdächtigen. Behaltet Kießling aber im Auge." Seine Stimme wurde lauter. „Wo habt Ihr die Schrift gefunden? Dort würde ein vernünftiger Spitzel ansetzen. Für jemanden wie Euch doch sicher kein Problem. Immerhin seid Ihr ja sogar aus dem Kloster Ettal entkommen." Mit einem höhnischen Lachen wandte er sich zur Tür, wo er sich noch einmal zu Christof umdrehte. „Eines sage ich Euch. Wenn Ihr nicht bald Ergebnisse liefert, ist es schlecht um Euren Posten als Hausgeistlicher bei mir bestellt. Als freier Christenmensch sorge ich dann selbst für mein Seelenheil." Nach diesen Worten fiel die Tür krachend ins Schloss.

Anno Domini, 16. August 1527, Augsburg

Die Hitze des vergangenen Tages staute sich im Hinterhof der Werkstatt des Bildhauers Adolf Daucher. Ein geschützter Platz, von außen nicht einsehbar.

Lenz beobachtete Anna, wie sie unruhig auf und ab lief. Warum hatte sie ihn heute Mittag an seiner Arbeitsstätte aufgesucht, um sich Schlag acht hier mit ihm zu verabreden? Hatte sie Nachricht von ihrem Bruder?

„Anna, jetzt sag schon, warum du mich unbedingt sprechen willst. Ich spüre, dass dich etwas bedrückt." Er machte einen Schritt auf sie zu und hielt sie am Arm fest. Kurz zuckte sie zurück, bevor sie sich an ihn schmiegte. Er genoss diesen Augenblick, schob sie jedoch sanft von sich. „Was ist los?" Nach einem tiefen Atemzug sprudelten die Worte so schnell aus ihr heraus, dass er kaum folgen konnte. Er zog sie auf die Holzbank an der Rückseite des Wohnhauses. „Jetzt langsam und noch mal von vorne."

„Christof hat mich verfolgt und mir eine der Schriften abgenommen, die ich zu Susanna bringen sollte."

„Was für Schriften?"

„Kleine Büchlein, die für ein großes Treffen der Gartenbrüder benötigt werden. So haben es mir Susanna und Jos erzählt. Gartenbrüder sind …"

Christof unterbrach sie: „Ich kenne diese Gruppe aus Zürich. Es ist kein Geheimnis, dass es hier in Augsburg auch eine große Gemeinde gibt, die vom Rat geduldet wird. Wer weiß, wie lange noch."

„Der Meinung ist auch Meister Jos. Deshalb finden die meisten Treffen in vertraulicher Runde statt. Jos war sehr aufgebracht, dass die Schrift ausgerechnet in die Hände von Christof gelangt ist. Er glaubt, dass er ein Spion des Augsburger Rates ist. Das einzig Gute ist, dass darin nicht steht, wer sie geschrieben hat oder wo sie gedruckt wurde."

Lenz stieß die Luft aus den Lungen. „Wenigstens etwas!"

„Außerdem hat uns Christof in den Lechauen beobachtet."

„Also doch! Dieser Hundsfott." Lenz schlug mit der Faust wütend auf die Bank.

„Was mir aber Angst macht, war seine Aussage, dass ich noch einmal froh sein werde um ihn. Und, dass du mir dann nicht mehr weiterhelfen kannst. Was meint er damit?"

Lenz war sich sicher, dass Christof alles daransetzen würde, um an Namen zu kommen. Er umschloss ihr Gesicht mit beiden Händen. „Mach dir keine Sorgen. Wenn Christof Genaueres wüsste, hätte er schon längst den Rat informiert und die Büttel hätten den Färber-Jos verhaftet. Wobei ich nicht möchte, dass du nächtens alleine unterwegs bist. Deshalb bringe ich dich jetzt nach Hause." Eng umschlungen schlenderten sie im Schutz der Dunkelheit zur Färberei am Ende der Gasse.

Zum Abschied suchte sie seine Lippen.

Er zog sie an sich, wollte sie gar nicht mehr loslassen. Spürte, wie sich Anna in seinen Armen entspannte.

Sie lächelte, als sie sich aus seiner Umarmung löste. „Bevor ich es vergesse. Jos und Susanna haben uns beide am Sonntag zu einem Treffen der Gartenbrüder hier in der Färberei eingeladen. Sie dürfen ihren Glauben ja nicht in einer Kirche feiern, so wie die Altgläubigen oder Reformierten. Dein Meister und seine Familie kommen auch. "

Lenz hielt das momentan für riskant. Doch Jos und seine Glaubensbrüder schienen das nicht zu bekümmern. „Ist dein Bruder auch da?"

Sie schüttelte heftig den Kopf. „Nein. Weder Jos noch Susanna wissen, welcher Teufel ihn geritten hat, als Gebhart so plötzlich verschwunden ist."

Lenz kannte diesen Teufel. Er hoffte, dass sein Geheimnis nie zwischen ihm und Anna stehen würde. „Ich komme gern."

Kapitel 18

Anno Domini, 17. August 1527, Augsburg

Missmutig trat Christof die eingetrockneten Pferde-
äpfel zur Seite. Am Himmel dräuten dunkle Wolken
und im Westen der Stadt zuckten die ersten Blitze.
Eine bleierne Düsternis hing in den Gassen. Der Geruch des brackigen Abwassers aus dem Lechkanal
verursachte ihm einen Würgereiz und er hielt sich
ein parfümiertes Tuch vor die Nase. Das Gespräch
mit Bürgermeister Rehlinger lag ihm immer noch
im Magen. In den letzten beiden Tagen hatte er dem
Wein mehr zugesprochen, als ihm guttat. Wie von
selbst trugen ihn seine Füße zum Haus des Färber-
meisters, wo Anna in Diensten stand. Als er dabei
am Haus von Kießling vorbeikam, sah er, wie ein in
edles Tuch gekleideter Mann vor die Tür trat. Trotz
des tief ins Gesicht gezogenen Baretts erkannte ihn
Christof sofort. „Seh ich richtig?", rief er ihn an.
„Hansi Mittermaier aus Ingolstadt! Was machst du
denn in Augsburg?"
Der Angesprochene zuckte erschrocken zusammen.
Christof hatte für einen Augenblick das Gefühl, dass
sein Gegenüber nicht erkannt werden wollte.
„Christof? Christof Pfettner. Das Gleiche könnte ich
dich fragen. Wobei, dass du nicht mehr in Ettal bist,
hat sich schon bis zu mir herumgesprochen." Er

zwinkerte, was Christof in Rage versetzte. Er bemühte sich, seinen Unmut zu verbergen. Jovial schlug er seinem Gegenüber auf die Schulter. „Wir haben uns seit unserer gemeinsamen Zeit auf der Universität in Ingolstadt nicht mehr gesehen. Hast du Zeit für einen Becher Wein? Im Gasthof *Zu den drei Mohren* gibt es sogar welchen aus Südtirol. Ich lade dich ein."

Mittermaier zögerte kurz, bevor er antwortete. „Gut, aber Schlag vier muss ich weg."

„Das passt. Der *Mohren* ist nur eine viertel Meile entfernt. Da haben wir noch eine knappe Stunde, um uns auszutauschen."

Mittermaier schlug zielsicher den Weg zum Weinmarkt ein, was Christof irritierte. Sein alter Bekannter kannte sich in Augsburg bestens aus. Als sie die Tür zum Gasthof öffneten, empfing sie der Geruch von abgestandenem Bier und ranzigem Fett. Bis auf ein paar Fuhrknechte, die an einem Samstagnachmittag den Lohn für ihre Dienste in Gerstensaft umsetzten, war der Schankraum leer. Christof deutete auf einen Tisch an der Fensterfront. „Lass uns dort Platz nehmen, da gibt es wenigstens frische Luft." Mit einer gebieterischen Handbewegung winkte er dem Wirt. „Bring uns zwei Südtiroler, aber von dem Guten. Nicht den Fusel, den du sonst für teueres Geld verkaufst."

Mittermaier grinste. „Ich sehe schon. Ganz der alte Christof. Immer noch gewohnt, zu bestimmen. Dein Aufenthalt in Ettal scheint dich nicht geläutert zu haben."

„Sollte es das? Das war vielleicht das Ansinnen derjenigen, die mich dorthin verbannt haben. Ich habe das Joch der alten Kirche abgeschüttelt und predige in der Barfüßerkirche in Augsburg." Das entsprach zwar nicht ganz der Wahrheit, weil er bisher nur einmal dort gewesen war. Doch das band er seinem alten Kommilitonen Hansi nicht auf die Nase.

„Die Mönche im Barfüßerkloster sind aufgeschlossen für neue Strömungen", bestätigte Mittermaier.

„Gab es da nicht diesen berühmten Mönch Johann Schilling?"

„Ja. Mit seinen Predigten hat er viel Volk angezogen. Am Ende haben Aufrührer die lateinische Bibel eines Priesters zerrissen und ins Weihwasserbecken geschmissen. Dieser Aufstand ist jetzt drei Jahre her, trotzdem spricht der Rat noch immer davon. Aber lassen wir die alten Zeiten und stoßen auf uns an." Christof erhob seinen Becher, den der Wirt mit süßlichem Lächeln und zahlreichen Verbeugungen an den Tisch gebracht hatte. Hansi nahm einen tiefen Schluck, während Christof nur kurz nippte. Er brauchte einen klaren Kopf. „Jetzt sag schon. Was machst du in Augsburg?"

Mittermaier wischte sich den Mund ab. „Da gibt es nicht viel zu erzählen. Luther hat auch mich mit seinen Thesen begeistert. Zum Leidwesen meiner Eltern bin ich jetzt Hauslehrer bei einer lutherischen Familie in Ulm." Wieder setzte er den Krug an. Er schien durstig zu sein.

„Und was führt dich dann nach Augsburg?"

„Du meinst, warum ich in Augsburg bin?"

Christof nickte. Stellte sich Hansi absichtlich blöd?

„Ich treffe mich hier mit ... mit Gleichgesinnten."

Christof wurde hellhörig. „Gleichgesinnte sind gerade in unserem Stand besonders wichtig. Es würde mich freuen, wenn wir uns wiedersehen, nachdem du heute nicht viel Zeit hast. Wie lange bist du denn in der Stadt?"

„Ich bin gerade erst angekommen und bleibe fünf Tage in Augsburg. Da gibt es sicherlich noch die Möglichkeit, uns zu sehen."

„So machen wir das. Wo schläfst du denn? Dann weiß ich, wo ich dich finde."

„Ich bin bei Meister Kießling untergekommen. Er ist sehr gastfreundlich und unterstützt die Reformation."

Die Turmuhr der nahen Kirche schlug viermal und Hansi erhob sich. Er deutete auf seinen Becher. „Danke für die Einladung. Ich muss los. Wir sehen uns."

Christof wusste, dass sich sein ehemaliger Studienfreund nicht mehr melden würde. Trotzdem hatte sich die Ausgabe für den Wein gelohnt. Hansi war vermutlich ein Gartenbruder! Kießling war der

Schlüssel, um diese *Wiedertäufer* zu Fall zu bringen. Er musste es nur richtig anstellen.

Anno Domini, 18. August 1527, Augsburg

Gedankenverloren trocknete Anna eine Schüssel mit einem groben Tuch und stellte sie auf das Brett neben dem Holzfeuer in der Kuchl des Färber-Jos. Von nebenan aus der Wohnstube klang die erregte Stimme von Meister Kießling herüber. Lenz und Jos waren nicht zu hören.

Ihre Gedanken schweiften zur Zusammenkunft von vorhin, deren Rituale für Anna fremd, aber doch einladend waren. Mehr als ein Dutzend Menschen hatten sich versammelt: die Familie Kießling mit drei Gesellen und einer alten zahnlosen Magd. Neben Lenz war auch Jos' rechte Hand Schorsch da. Er half gelegentlich in der Werkstatt aus, vor allem, wenn Jos Tuch färbte. Utz Riexner war mit Frau und Sohn gekommen. Susanna Daucher war die Letzte, die dreimal an die Tür geklopft hatte.

Der Färber-Jos entzündete die Kerzen auf dem Tisch. Mit kraftvoller Stimme begrüßte er alle Anwesenden. Susanna las eine Stelle aus dem Neuen Testament vor. Meister Kießling erinnerte anschließend daran, dass nur die göttliche Kraft des Evangeliums zur Erneuerung führe.

Beim *Vater unser* fassten sie sich an den Händen. Anna war der deutsche Text fremd, dennoch beeindruckten sie die Worte. Das gemeinsame Schlusslied: *Das Licht und Tag ist uns Christus,* kannte sie ebenfalls nicht, versuchte aber die eingängige Melodie mitzusummen. Bei keinem ihrer bisherigen Kirchenbesuche hatte Anna gesungen. Das Singen, das nur Priestern und Mönchen vorbehalten war, hob ihre Stimmung. Sie fühlte sich in dieser Gemeinschaft geborgen. Beim gemeinsamen Nachtessen ließen sich alle die Gemüsesuppe mit dem Speck und das grobe Brot schmecken.

Die Tür öffnete sich knarzend und Lenz trat ein. Wortlos setzte er sich an den Tisch und zog mit dem Finger die Furchen in dem alten Holz nach. So ernst hatte sie ihn bisher noch nie gesehen. Zärtlich kraulte sie seinen struppigen Bart und küsste ihn auf die Lippen. Mit einer Kopfbewegung deutete sie Richtung Wohnstube. „Was wollt ihr wegen dem Pfettner Christof unternehmen? Dein Meister war sehr aufgebracht."

„Vorerst nichts. Meister Kießling hat vom bevorstehenden Concilium gesprochen."

„Das Concilium, für das ich die Schriften verteilt habe?"

„Ja. Diese Versammlung gleichgesinnter Brüder aus den unterschiedlichsten Teilen des Reiches findet auf jeden Fall in den nächsten Tagen statt."

„Das ist ganz schön mutig."

„Der Färber-Jos und Meister Kießling glauben, dass Christof mit der Schrift allein nichts in der Hand hat. Deshalb geht von ihm keine Gefahr aus. Zudem genießt Meister Kießling im Rat hohes Ansehen. Er hat schon für mehrere Ratsherren gearbeitet, und wegen der Disputation in seiner Werkstatt wird ihm keiner der hohen Herren ans Bein pissen."

Anna hakte nach: „Was geschieht auf diesem Concilium?"

„Was da genau besprochen wird, kann ich dir nicht sagen. Ich vermute mal, dass unterschiedliche Auffassungen diskutiert werden. Man wird versuchen, eine gemeinsame Richtung zu finden. Sie werden Prediger aussenden, um neue Anhänger für die Nachfolge Christi zu gewinnen."

„Auch nach Baiern?"

Lenz zögert kurz, bevor er mit leiser Stimme antwortete: „Kann sein. Besorgt dich das wegen deinem Bruder?"

„Du hast doch selbst gesagt, dass in Baiern, anders als hier, die Anhänger Luthers verfolgt werden. Was machen die dann erst mit einem Gartenbruder, wenn sie ihn erwischen?"

Lenz nahm sie in den Arm. „Du darfst nicht so schwarz sehen. Die Gemeinde trifft sich wieder nächsten Sonntag bei meinem Meister Kießling. Dann ist das Concilium vorbei und wir wissen mehr."

Kapitel 19

Anno Domini, 22. August 1527,
Heiliger Symphorianus, Augsburg

„Mein hochgeschätzter Doctor Peutinger. Ich bitte Euch, Ihr müsst dieses Mandat annehmen. Bedenkt, es geht hier um die Aufrechterhaltung von Ruhe und Ordnung in unserer Stadt. Muss ich Euch daran erinnern, was im August 1524 über uns kam?"

Peutinger nickte gedankenschwer. „Der Augenblick, als der Mob das Rathaus gestürmt hat, verfolgt mich bis heute in meinen Träumen. Ich hatte Angst um mein Leben."

„Eben! Wir müssen diese Aufrührer abwehren. Damals war es der Franziskanermönch Schilling, der die Menge aufstachelte, und morgen sind es die *Wiedertäufer*."

Der Jurist und Stadtschreiber Konrad Peutinger sah den Bürgermeister forschend an. Dabei strich er sich die pelzbesetzte Schaube glatt. „Worauf gründet sich Euer Verdacht gegen die *Wiedertäufer*, Herr Bürgermeister?"

Ein Lächeln huschte über Ulrich Rehlingers Gesicht, als er zurück zu seinem Schreibtisch ging und mehrere Dokumente an sich nahm. Er hielt ein Schriftstück hoch. „Das hier ist ein Schreiben des Nürnberger Rats. Er warnte uns schon im März vor den gefährlichen Umtrieben dieses Hans Hut. Wie ihr wisst, hat Hut zusammen mit Thomas Müntzer in Thüringen die Bauern aufgestachelt." Er übergab Peutinger den Brief.

Der überflog ihn kurz. „Wissen wir, wo sich Hut gerade aufhält?"

Rehlinger schüttelte den Kopf. „Vielleicht schon in der Stadt? Laut unseren Spionen soll sich jedenfalls in diesen Tagen hier in Augsburg etwas Großes ereignen. Die uns bekannten Anhänger dieser Irrlehre sind in Aufregung und täglich kommen neue auswärtige Prediger in die Stadt. Wir bestellen sie natürlich aufs Rathaus, um sie dringend zu ermahnen, keinen Unfrieden zu stiften." Er las aus einem weiteren Schreiben vor: „Und dieser Brief hier ist vor wenigen Tagen aus Zürich eingetroffen. Darin warnt uns der Magistrat vor den *Wiedertäufern* im allgemeinen und besonders vor einem gewissen Hans Denck."

„Denck? Hat der nicht als Lehrer für alte Sprachen in unserer Stadt gearbeitet? Wenn ich mich recht entsinne, beherrscht der Mann Griechisch, Latein und Hebräisch. Ein wahres Sprachgenie. Ist der jetzt auch ein *Wiedertäufer*?"

„Erinnert Ihr Euch nicht mehr? Letzten Oktober kam er einer drohenden Ausweisung aus der Stadt zuvor, indem er über Nacht verschwand."

Peutinger sah verdutzt drein. Schließlich tippte er sich mit dem Zeigefinger an die Stirn. „Richtig! Es lag eine Anzeige gegen ihn vor. Wenn ich mich recht entsinne, konnten wir ihm allerdings damals nichts nachweisen. Was haben die Züricher gegen ihn vorzubringen?"

„Das ist es ja. Auch nichts Konkretes. Nur, dass er nach deren Meinung mit seinen Winkelpredigten die öffentliche Ordnung gefährdet hat."

Peutinger verzog das Gesicht: „Wenn ich richtig informiert bin, hat Denck vor zwei Wochen bei einer Disputation im Hause des Maurermeisters Kießling Euren Hausprediger ganz schön vorgeführt. Das ist ja an sich nicht strafbar."

Rehlinger winkte ab. „Mein Hausgeistlicher hat diese Abfuhr verdient, wenn er sich so blöd anstellt. Man hat mir zugetragen, dass dort keine ketzerischen Reden geführt wurden." Der Bürgermeister sah seinen Stadtschreiber mit ernster Miene an: „Die Zürcher schreiben, sie hätten durch Verhöre erfahren, dass Denck hier in Augsburg an einem Concilium teilnehmen wird."

„Ein Concilium? Haben diese Teufel die Stirn, eine Versammlung über ihren Irrglauben direkt unter unserer Nase abzuhalten? Wiederum würde das die Beobachtungen unserer Informanten bestätigen."

Rehlinger nickte mit krauser Stirn. „Wir sollten diese Warnung sehr ernst nehmen. Die öffentliche Ordnung ist in Gefahr."

Peutinger wandte ein: „Sicher, auch ich habe immer wieder Gerüchte gehört über die Gartenbrüder und ihre Winkelpredigten hier bei uns. Für mich sind das nur fromme Spinner. Wer mit gesundem Menschenverstand glaubt denn, dass das Jüngste Gericht bevorsteht, so wie es dieser verrückte Hut prophezeit? Ich fresse einen Besen, dass Hut auch zu diesem Concilium kommt."

Rehlinger seufzte innerlich. Er wusste, dass sein Stadtschreiber liberal eingestellt war. Doch hier war kein Platz mehr für seinen Humanismus. „Darüber habe ich keine Informationen. Um noch mal auf die öffentliche Ordnung zurückzukommen: Gepaart mit gefühlter sozialer Ungerechtigkeit und hohen Brotpreisen ist das ein Pulverfass. Da kann ein Concilium dieser *Wiedertäufer* wie ein Zündfunken wirken. Deshalb hat der innere Rat endlich beschlossen, gegen diese Ketzer vorzugehen. Wir waren viel zu nachsichtig. Damit ist Schluss!"

Der Stadtschreiber stieß die Luft aus den Lungen. „Also gut."

Bürgermeister Rehlinger rieb sich die Hände. „Zunächst brauchen wir die Anführer, die wir dann peinlich befragen."

„Unter der Folter hat noch jeder geredet", stellte Peutinger resigniert fest.

„Ihr sagt es. Mein Hausgeistlicher Pfettner hat bereits einige dieser Gartenbrüder im Visier. Leider ist der von Euch so geschätzte Maurermeister Kießling auch darunter. Außerdem wertet Pfettner gerade eine Schrift aus, die vermutlich nur für dieses Concilium bestimmt ist. Das wird uns hoffentlich mit Fakten versorgen. Eure Aufgabe ist es, zunächst ein Gutachten zu erstellen, das uns die juristische Verfolgung erlaubt. Außerdem wäre es zweckmäßig, bereits einen entsprechenden Fragenkatalog für die Verhöre aufzustellen."

Peutinger dachte einen Augenblick nach. Schließlich antwortete er: „Also gut, aber ich brauche Fakten, um die Anklage aufbauen zu können."

„O ewiger Gott, wie bin ich sein so notdürftig, wie stehen wir in einem großen Irrtum, dass wir nimmer wissen, wem wir vertrauen sollen, dieweil die ganze Welt wider einander ist."

Jakob Dachser (+ 1567),
protestantischer Prediger, Kirchenliederdichter
und Täuferführer in
„Ein göttlich und gründlich Offenbarung"

Anno Domini, 24. August 1527, Augsburg

Hans Hut schlich die knarzende Treppe hinunter in die Küche. In der letzten Nacht hatte er kein Auge zugemacht. Vor seinem Bett kniend hatte er Gott inständig angefleht, dass der Zorn nicht aus ihm sprechen möge. In der Schrift, die Jakob Dachser zum Concilium drucken und verteilen ließ, fand sich zu Huts Leidwesen kein Wort von seiner Endzeitprophezeiung! Mehr noch, der Vorsteher der Augsburger Gartenbrüder-Gemeinde, hatte ihm bisher das Sprechen darüber verwehrt.

Heute war die letzte Gelegenheit, seine Prophetie vorzutragen und offiziell absegnen zu lassen. Er hoffte aus tiefster Seele, die anderen Brüder davon überzeugen zu können, dass er der Sendbote des Herrn war. Er war überzeugt, dass an Pfingsten 1528 das Jüngste Gericht über die Erde kam. Mit einem Seufzer öffnete er leise die Küchentüre.

Überrascht blieb er stehen. Anna, die aufgeweckte Magd des Färber-Jos, lief mit einem Buch in der Hand auf und ab. Sie deklamierte daraus Wörter.

„Anna, was machst du da?"

Sie hielt inne. „Meister Hut! Ihr seid schon auf?" Verlegen fuhr sie fort: „Ich übe lesen und das fällt mir im Gehen leichter."

Lächelnd hob er die Schrift *Ein göttlich und gründlich Offenbarung* in die Höhe.

144

„Ihr habt ja dasselbe Buch! Ich habe dutzende Exemplare davon verteilt in den letzten Tagen. Aber meine Lesekünste reichen trotz der Mühen der *Adolfin* noch nicht aus, um die Worte zu verstehen."

Er sah sie lange an. „Da drin steht das wesentliche zu unserer Glaubensüberzeugung." Er hielt kurz inne. „Also fast. Ein wichtiger Aspekt fehlt."

Sie trat neben ihn. „Ihr klingt ärgerlich, obwohl es so bedeutend zu sein scheint."

„Ja. Du musst wissen, dass wir uns nicht immer einig sind. Es gibt mittlerweile viele verschiedene Auslegungen unter unseren Brüdern. Eigentlich bin ich froh, dass die Augsburger als Gastgeber die unstrittigen Punkte zusammengefasst haben. Aber ich will dich nicht mit theologischen Streitereien langweilen."

„Mir hat die Zusammenkunft hier bei Jos gut gefallen. Deshalb interessiert es mich schon, was da drin steht."

Huts Ärger verflog. Die junge Frau meinte es ernst. „Nun, es geht um die innere Stimme in deinem Herzen. Du musst entscheiden, ob du dich der Sünde hingibst oder nicht; ob du zu Christus fliehen willst."

Sie sah ihn verwirrt an. „Wie hört man diese innere Stimme? Kann ich sie auch hören?"

„Das kannst du. Jeder Mensch kann das. Du musst nur Buße tun, also vor Gott demütig zugeben, dass du manches mal falsch handelst. Dass du zukünftig nach seinen Worten lebst, und ihm vertraust."

Anna nickte stumm. Sie schien darüber nachzudenken. Schließlich antwortete sie: „Ihr habt gesagt, dass ein wichtiger Aspekt fehlt im Buch. Welcher?"

Hut bedachte sie mit einem anerkennenden Blick. „Du bist eine aufmerksame Zuhörerin."

Anna errötete. „Geht es dabei um das Jüngste Gericht nächstes Jahr an Pfingsten?"

Bevor Hut antworten konnte, betrat der Färber-Jos die Küche: „Wie ich sehe, seid ihr beide schon wieder am disputieren." Zu Hans gewandt fuhr er fort: „Ihr trefft euch heute im Haus des Metzgermeisters Finder Matheis."

„Wo ist das?"

Jos entgegnete: „Es ist nicht weit – hier im Lechviertel. Anna kann euch beide hinführen."

„Euch beide? Wer kommt noch mit?" Anna sah ihn fragend an.

„Der Sedlmaier Jörg ist auch als Teilnehmer geladen."

„Unser Jörg aus Hochdorf?"

„Ich habe ihn statt meiner empfohlen. Er soll das Feuer des heiligen Geistes in einer so großen Gemeinschaft verspüren. Um unsere Mission im Lechrain auszuweiten, brauchen wir Unterstützer wie ihn. Er verfügt als Seldbauer über die nötigen Mittel, um unser Werk dort voranzutreiben."

„Du kennst doch seine alte Magd Gretl. Die ist in ihrem Glaubenseifer noch schlimmer als meine Schwägerin Agnes. Vor ihr kann er nichts verheimlichen."

„Das lass nur meine Sorge sein."

Anna lenkte ein. „Wann kommt er denn?"

„Er müsste jeden Moment hier sein." Wie zur Bestätigung klopfte es unten an der Haustür. Jos öffnete und kam bester Laune wenige Augenblicke später mit Jörg Sedlmaier zurück. Er klatschte in die Hände. „Lasst uns noch ein Frühessen einnehmen. Der Tag wird für die beiden lang."

Schweigend löffelten alle den mit Honig gesüßten Gerstenbrei. Der Färber-Jos ließ den Blick schweifen. Über Hans, seinen alten Freund und Bauernkrieger, dessen glühende Reden so sehr bei den enttäuschten Veteranen verfingen. Er sah Anna an, seine aufgeweckte Magd. Jos war froh, sie hier in Augsburg zu haben. Sie hielt nicht nur seinen Haushalt in Ordnung. Mit ihrem wachen Geist passte sie gut in die Gemeinschaft. Zuletzt blieb sein Blick an Jörg hängen. Er war ihm der innigste Freund. Seit seiner Taufe Anfang des Jahres war Jörg sein Gewährsmann im Fürchelmoos, der im Hintergrund die Fäden zog. Dennoch fragte er sich nicht zum ersten Mal, ob der Sedlbauer genauso für die Mission brannte, wie er selbst.

Jos legte seinen Löffel auf den Tisch. „Es ist Zeit. Anna, du bringst die beiden, aber nicht auf dem direkten Weg. Wenn ihr dort seid, geht um das Haus von Matheis herum. Am Hintereingang ist am Türrahmen unten rechts ein kleiner blauer Fisch aufgemalt. Das ist das Erkennungszeichen. Man gewährt euch Einlass, wenn ihr drei Mal klopft: tok, tok-tok. Das Treffen beginnt Schlag acht."

Kapitel 20

Kurz bevor die Glocke der nahen Barfüßerkirche die achte Stunde läutete, betraten Hans Hut und Jörg Sedlmaier das Haus des Metzgers Finder. Der Hausherr selbst begrüßte sie an der Türschwelle. Nachdem sie eingetreten waren, streckte er vorsichtig den Kopf ins Freie. „Ich hoffe, euch ist niemand gefolgt?"

Hut zuckte mit den Schultern. „Warum hast du Angst? Wir sind alle in Gottes Hand."

Der Metzgermeister verzog das Gesicht. „Der Rat hat überall Spitzel."

„Ihr könnt beruhigt sein." Jörg ergriff das Wort. „Jos´ Magd hat uns auf Umwegen hergeführt. Wir hätten Verfolger bemerkt."

Sie betraten einen großen Raum des Erdgeschosses, wo schon mehrere Dutzend Teilnehmer des Conciliums lebhaft miteinander diskutierten. Suchend sah sich Hut um. Vom Färber-Jos wusste Jörg, dass Hut auf der Versammlung bisher nicht sprechen durfte. Für Jörg war der Buchhändler ein Fanatiker. Angesichts eines angeblich nahenden Weltuntergangs versuchte er, so viele Getreue wie möglich zu taufen. Wobei die Wassertaufe nur das äußere Zeichen für ein gottgefälliges Leben ist. Viel wichtiger war für

Hut das Aushalten von Leid und Ungerechtigkeit in der kurzen Zeitspanne bis zum Jüngsten Gericht. Nur dadurch würde man gerecht vor Gott. Was für ein Schwachsinn!

Hans Kießling trat auf sie zu. Mit einem kurzen Nicken begrüßte er Jörg. „Auf ein Wort, mein lieber Hut. Die Versammlung heute wird von Bruder Jakob Dachser geleitet. Er wird noch einmal auf die bislang disputierten Punkte zu sprechen kommen."
Missmutig sah ihn Hut an. „Die ersten beiden Versammlungen hat Denck geleitet. Er hat mir versichert, dass ich heute dem Concilium vorstehe. Schließlich habe ich viel Zeit in die Vorbereitung gesteckt."
„Dafür sind wir Euch auch dankbar."
„Ihr wollt also meine Thesen vom Jüngsten Gericht verhindern!", entfuhr es Hut.
Kießling zuckte mit den Schultern. „Die Zeit drängt. Wir haben Kunde erhalten, dass der Rat der Stadt etwas gegen uns plant. Wir sollten vor allem die weitere Mission festlegen."
Jörg sah, dass Huts Gesicht zu einer Maske gefror. Schmallippig erwiderte er: „Vielleicht sollte das die Versammlung der Brüder entscheiden, meint Ihr nicht?"
Kühl konterte Kießling: „Wir als Augsburger tragen das größte Risiko. Deshalb haben Jakob als Vorsteher der Gemeinde und ich als ihr Diakon hier das

Recht, diese Versammlung zu einem zügigen und guten Ende zu führen. Ihr könnt ja einen Antrag stellen – vor der Versammlung." Damit ließ er ihn stehen.

Der Raum füllte sich nun rasch. Jakob Dachser bestieg ein kleines Podest und versuchte, für Ruhe zu sorgen. „Liebe Mitbrüder, hiermit eröffne ich die dritte Versammlung unseres Conciliums. Bitte schließt die Fenster und haltet euch diszipliniert an unsere Regeln. Denkt daran, dass wir nicht auffallen dürfen. Wir disputieren deshalb in leisem Ton, was unserer Leidenschaft keinen Abbruch tun soll." Er ließ den Blick über die sechzig Anwesenden schweifen. „Gibt es noch Anträge, bevor wir uns dem Thema der Missionierung zuwenden?"

Noch ehe der neben Jörg stehende Hut etwas sagen konnte, preschten die Schweizer Brüder unter der Führung von Jakob Groß aus Waldshut vor.
Dachser rang die Hände. „Jakob aus Waldshut, wir haben doch eure Forderungen nach einer einheitlichen Kleidung ebenso verworfen wie die Übernahme des Schleitheimer Täuferbekenntnisses. Ihr braucht Euch hier nicht mehr zu bemühen."
Jörg ahnte, was kommen würde. Er hielt die Schweizer für weltfremde Fantasten. Ihr Verständnis einer Gemeinde war genauso naiv, wie die Ideen von Hans Hut.

Jakob Groß gab nicht auf: „Letzten Februar hatten wir mit sehr vielen klugen Köpfen unser Gemeindeverständnis niedergeschrieben und ...“

„... ja, ja! Das ist uns bekannt“, fiel ihm Jakob Dachser ins Wort. „Dieses Thema ist ausreichend disputiert worden und wir haben es gestern mehrheitlich abgelehnt. Wie Ihr wisst, Jakob von Waldshut, dürfen wir der Obrigkeit keinen Vorwand liefern, gegen uns vorzugehen. Wir schulden dem Augsburger Rat Gehorsam.“

„Das ist ein Irrweg, liebe Brüder!“, riefen die Schweizer Abgesandten wie aus einem Mund. „Weltliche Verantwortung, Eid und Wehrdienst sind das Werk des Teufels. Wir müssen eine neue, abgesonderte Kirche aufbauen.“

Ärgerliches Gemurmel erfüllte den Raum. Mit hochrotem Kopf stürzte Hut zum Podest. „Was nützt uns eine abgesonderte Kirche, wenn das Jüngste Gericht vor der Tür steht?“

Dachser schob ihn zurück in die Menge. „Stell einen Antrag, wenn du etwas zu sagen hast.“ An die übrigen Teilnehmer gewandt fuhr er fort: „Bitte, liebe Brüder, wahrt die Disziplin. Ein jeder bekommt seine Gelegenheit, zu sprechen. Aber alle“, damit sah er Hut und Groß an, „halten sich an die Regeln!“

Je länger sich das Concilium zog, desto verlorener fühlte sich Jörg Sedlmaier. Er stand in der hintersten Reihe und beobachtete die Teilnehmer, die wortreich um ein Dutzend Anträge rangen. Sein Blick kreuzte sich mit dem von Hans Denck, der ihm müde zulächelte. Vermutlich setzte ihm diese Debatte um Spitzfindigkeiten ebenso zu wie Jörg. Er schätzte Denck. War er doch gänzlich anders als Hut. Der verkündete seinen getauften Anhängern, dass sie beim Jüngsten Gericht an allen Gottlosen selbst Rache nehmen durften für das erduldete Leiden. In Dencks Lehren verhalf das Evangelium zu einem Leben mit Christus und zur Vergebung der Sünden. Freiwillig und ohne Zwang von außen. Auch Jörg glaubte, dass der Allmächtige nicht darauf schauen würde, wer wann getauft wurde. Alle Menschen, die gottgefällig lebten, würde die Gnade Gottes retten.

Jörg war heilfroh, als Hans Kießling um die zwölfte Stunde eine einstündige Pause verkündete, nicht ohne darauf hinzuweisen, dass niemand auf die Gasse gehen solle. Jörg holte sich einen Becher Wein und gesellte sich zu einem Grüppchen um Hut, das eifrig weiterdebattierte. Hut gab sich große Mühe, in allen Fraktionen Unterstützer zu werben. Insbesondere bei den auswärtigen Teilnehmern warf er sich ins Zeug, weil die Augsburger nicht für die Endzeitprophetie zu gewinnen waren. Jörg überlegte, ob der Färber-Jos die Meinung von Hut teilte. Er war sich nicht mehr sicher, obwohl er mit Jos befreundet war. Der Färber hatte auch die Idee, dass Jörg am heutigen Tag am Concilium teilnahm. Immerhin ging es am Nachmittag um die Aussendung der Missionare.

Um die zweite Stunde nach dem Mittagsläuten bekam Hans Hut endlich seine Gelegenheit. Eifrig begann er: „Es wird wohl von niemandem in Abrede gestellt, dass genau dreieinhalb Jahre nach dem Bauernkriege das Gericht Gottes kommen wird."
Viele Augsburger, aber auch die Schweizer, Elsässer, Tiroler und die Brüder aus Mähren verdrehten demonstrativ die Augen oder winkten ab.
Unbeirrt fuhr Hut fort: „Das ist eine höchst schlüssige endzeitliche Erklärung dafür, dass an Pfingsten im nächsten Jahr die Sünde, die ohne Buße bleibt, gestraft und die Obrigkeit ausgerottet wird. Dann, wenn die Pfaffen, die falsch predigen, Antwort geben müssen über ihre Lehre und die Gewaltigen über ihr Regiment. Dann schlägt die Stunde der Heiligen, der auserwählt Getauften."
Erste Zwischenrufe wurden laut. Schließlich hob Jakob Dachser die Arme und ging dazwischen: „Liebe Brüder, wir sollten uns nicht entzweien." An Hut gewandt erklärte er: „Niemand wird die nahende Wiederkunft Christi bezweifeln, aber kein Irdischer kann den Zeitpunkt berechnen."
Jakob aus Waldshut schrie mit einem Mal: „Was ist das für ein krankes Denken, dass die Auserwählten am Tag des Jüngsten Gerichts alle Gottlosen erschlagen?"

„Warum nicht?", ereiferte sich Hans Hut in seinem breiten Fränkisch. „Vor diesem Gericht wird nur die Schar der 144.000 Auserwählten geschützt. Erstens durch die innere Geisttaufe, zweitens durch die Wassertaufe in der Nachfolge Christi und zuletzt durch die Leidens- und Bluttaufe des christlichen Martyriums. Erst diese letzte Taufe versiegelt den wahren Gläubigen."

„Das wissen wir doch schon und teilen es", ereiferte sich Hans Kießling. „Aber ..."

Hans Hut war nicht zu bremsen: „In der kurzen Leidenszeit bis Pfingsten sollten wir nach dem Grundsatz leben: *Omnia sunt comunia*, alle sind gemeinsam."

„An Pfingsten wird nichts geschehen!", rief der Gastgeber Matheis Finder. „Das ist doch Wahnsinn."

Hut rang die Hände: „Wir sollten mit aller Macht so viele erretten wie möglich. Wir müssen taufen, taufen, taufen."

Nach zwei endlos scheinenden Stunden heftiger Auseinandersetzungen einigte sich die Versammlung auf folgenden Kompromiss, den Jakob Dachser verlas: „Unser Bruder der Hut Hans wird seine Endzeitprophetie nur noch denen kundtun, die ..."

„Die dies herzlich begehren!", ergänzte Hut mürrisch.

„Nichtsdestotrotz", fuhr Dachser mit lauter Stimme fort, „werden wir Sendboten in die wichtigsten Missionsgebiete schicken. Scheppach Peter aus Augsburg und Trechsel Ulrich gehen nach Worms."

Die beiden Angesprochenen nickten.

„Denck Hans und Beck Hans aus Basel gehen ins Züricher Gebiet. Maler Gregor aus Chur geht nach Vorarlberg, Nespitzer Georg aus Passau missioniert in Franken."

So ging es weiter, bis die Reihe war an den Sendboten, die nach Baiern gehen sollten. „In das Gebiet zwischen Augsburg, München und Landsberg entsenden wir Spörle Leonhard aus Prittriching und Schiemer Leonhard aus Oberösterreich."

Jörg Sedlmaier atmete befreit auf. Er war nicht dabei.

„Es scheint mir, dass du über diese Entscheidung erleichtert bist." Hut war unbemerkt neben ihn getreten und sah ihn prüfend an.

Jörg wusste im ersten Moment nicht, was er darauf sagen sollte.

Gott sei Dank ergriff Dachser noch einmal das Wort: „Liebe Brüder, wir müssen schnell handeln. Nicht nur, weil Pfingsten nahe ist", dabei sah er zu Hut hinüber, „sondern auch, weil der Augsburger Rat jederzeit gegen uns losschlagen könnte. Darum lasst uns um den Beistand des Allmächtigen beten:
Unser Schutz, Herr, sieh auf uns her,
die uns nachstellen, drück unter.

Leit deine Diener wohl in Hut,
die du erlöst hast mit deim Blut.
Dir, Gott Vater, sei Ehr und Lob,
mit deinem Sohn Jesu Christo.
Send uns dein Geist durch deinen Namen,
der uns allzeit behüt.
Amen."

Kapitel 21

Anno Domini, 25. August 1527, Augsburg

Obwohl es sein arbeitsfreier Sonntag war, verließ Lenz Kirchperger mit dem Sechsuhrläuten seine Kammer im Gasthaus *Weißer Adler*. Sein Frühessen, das er sonst in der Gaststube am Tag des Herrn einnahm, fiel heute aus. Ein Kanten Brot und ein Schlauch Bier genügten ihm. Er musste nachdenken. Das konnte er am besten in der freien Natur. Sein Weg führte ihn vorbei an den Bleicher-Wiesen zum Schwalllech, zu dem Platz, wo er vor zwei Wochen mit Anna gewesen war. Am Ziel angekommen, setzte er sich unter die alte Weide. Ihn fror und er zog seinen Umhang fester um seine Schultern. Gleichzeitig stieg die Scham über seine Lüge wie eine heiße Welle in ihm auf. Hier hatte er Anna erzählt, dass er ihren Bruder nicht kannte. Aber sie musste wissen, wer er war; bevor es ihr Christof steckte. Er holte das alte Brot aus seiner Tasche und kaute darauf herum, bis er nur noch eine breiige, süßlich schmeckende Masse im Mund hatte. Das eintönige Kauen beruhigte ihn. Es half ihm, seine Gedanken zu ordnen. Er würde Anna erzählen, dass er vor der Schlacht in Kleinkitzighofen ein einfältiger Narr gewesen war. Der Sohn eines Handwerksmeisters, der den Hunger nicht kannte. Er würde ihr seine geplante Heirat mit Magdalena Mitterhuber gestehen. Eine rothaarige, temperamentvolle Schönheit, um die ihn alle Burschen in Landsberg beneideten. Alles war gut. Wäre dieser verdammte Bauernkrieg nicht gewesen. Sorglos waren er und Magdalenas Bruder Georg losgezogen. Schließlich galt es, ein paar aufsässigen Bauern Angst einzujagen. Ihre wahren Beweggründe interessierten ihn damals nicht. Erst auf seiner Wanderschaft begriff er, dass die Rotten- und Mordgeister, wie Luther sie nannte, in Wirklichkeit arme Schweine waren. Sie kämpften nur für ihr Recht auf ein selbstbestimmtes Leben. Dass sie mit ihrem Aufstand das konstantinische Bündnis von Kirche und Staat in Frage stellten, war ihr Untergang. Sein alter Meister in Memmingen hatte ihm diese Zusammenhänge erklärt. Seitdem war sein Schuldgefühl gewachsen. Ahnte Anna, dass etwas zwischen ihnen stand? Falls ja, vermutete sie sicherlich nicht ihren Bruder dahinter. Lenz musste zu seiner Vergangenheit stehen, denn nur dadurch gab es Hoffnung auf eine gemeinsame Zukunft mit ihr. Mit dem lauwarmen Bier spülte Lenz die Krümel aus seinem Mund. Er sprang auf. Nachher fand im Haus von Meister Kießling die sonntägliche Zusammenkunft der Brüder und Schwestern statt. Lenz freute sich auf das Treffen. Nicht nur, weil Anna auch da sein würde. Seit seiner Zeit in Zürich waren die Gartenbrüder für ihn das Sinnbild für Gewaltlosigkeit und Brüderlichkeit. Gut, dieser Hut hatte extreme Ansichten. Denck dagegen sprach Lenz aus der Seele. Es gefiel ihm auch, dass sie ihre Redner aus den eigenen Reihen wählten. Er hatte die Ungerechtigkeiten satt, die selbstgerechte und korrupte Pfaffen gut beteten. Die ihre ach so große Demut stolz zur Schau trugen. Da waren die Reformierten nicht besser. Das beste Beispiel dafür war Christof Pfettner. Lenz verdrängte diesen Heuchler aus seinen Gedanken. Er freute sich jetzt einfach darauf, Anna zu sehen. Nach dem gemeinsamen Essen ergab sich sicher eine Gelegenheit, um ihr reinen Wein einzuschenken. Zum ersten Mal seit Monaten wusste Lenz, was zu tun war. Alles würde gut werden.

Als er die Gasse am Hinteren Lech erreichte, sah er Anna schon vor dem Haus stehen. Sie winkte ihm aufgeregt. Er beschleunigte seine Schritte. „Was ist geschehen?"

Sie rang um Fassung. „Meister Jos ist die Stiege heruntergefallen. Ich fürchte, er hat sich das Bein gebrochen. Er kann nicht aufstehen. Kannst du ihm hochhelfen?"

Lenz fand Jos am Fuß der Treppe im Erdgeschoss. Er lag stöhnend auf dem gefliesten Boden und hielt sich das rechte Knie.

„Ich bin gefallen. Es tut höllisch weh. Denkst du, es ist gebrochen?"

Lenz verzog das Gesicht. „Ich bin kein Bader. Aber ich helfe dir hoch. Dann kannst du ja versuchen, ob du es belasten kannst."

Es ging nicht. Jos sackte sofort mit schmerzverzerrtem Gesicht wieder zu Boden. „Helft mir hoch in meine Kammer. Dort kann Anna mir einen Umschlag machen und ihr könnt anschließend zu Meister Kießling gehen."

Lenz schüttelte den Kopf. „Ich hole erst einen Bader."

„Das ist nicht nötig", brummte der Färber-Jos. Es klang jedoch nicht überzeugend.

„Wo ist der nächste?"

„Also gut", willigte Jos ein. „Geh zum Bader am Haunstetter Tor. Die anderen kann ich mir nicht leisten."

Lenz rannte los; das Haunstetter Tor lag eine halbe Meile entfernt.

„Wo bleiben Jos, Anna und Lenz?" Hans Kießling fragte seine Frau zum wiederholten Mal.

Doch sie zuckte nur lächelnd mit den Schultern. „Sie werden schon kommen. Vielleicht sind sie aufgehalten worden. Hast du denn schon die Bibelstelle ausgewählt, über die wir heute sprechen wollen?"

Kießling nickte mürrisch und ging die Heilige Schrift holen.

Einige Gesellen fanden sich in der Stube ein. Sie halfen sofort beim Decken des Tisches.

Je mehr Zeit verstrich, umso ungeduldiger wurde Kießling. „Ich schicke jetzt einen Lehrling los, um nach dem Rechten zu sehen. Ist denn das Essen überhaupt schon fertig?"

Genervt antwortete seine Frau: „Alles ist bereit. Niemand wird hungern und es gibt sicherlich eine gute Erklärung für die Verspätung. Der Färber-Jos ist sonst pünktlich. Du wirst sehen, alles klärt sich auf." In diesem Augenblick pochte es heftig an die Eingangstür.

Seine Frau sah Kießling triumphierend an. „Siehst du, sie kommen."

Eine halbe Stunde, nachdem Lenz losgelaufen war, erreichte er zusammen mit dem Bader die Gasse am *Hinteren Lech*. Der Bader war um die fünfzig, ein eindrucksvoller Bauch wölbte seine Schaube. Ihm lief der Schweiß unter seinem Barett hervor, obwohl Lenz vom südlichen Stadttor bis hierher seine schwere Tasche geschleppt hatte. Lenz blieb stehen. Geschrei und Befehle erklangen vom Ende der Gasse. Aus den umliegenden Häusern eilten Leute aufgeregt dorthin. Ein furchtbarer Verdacht stieg in ihm auf.

Ungeduldig raunzte ihn der schwer atmende Bader an: „Wo ist denn nun der Verunglückte?"

Lenz brachte den Bader hoch zur Schlafkammer. An Anna gewandt erklärte er hastig: „Irgend etwas geht hier vor. Ich schaue nach und komme gleich wieder."

Er sprang die Stufen hinunter, rannte auf die Gasse und folgte dem Strom der Schaulustigen. Vor dem Haus von Meister Kießling war ein Trupp Wachen aufmarschiert, der das Anwesen umstellte. Reflexartig verbarg sich Lenz hinter einem Mann, um nicht erkannt zu werden. Fassungslos musste er mit ansehen, wie die Stadtwache seinen Meister, dessen Familie und einige Gesellen in Ketten abführte.

Kapitel 22

Zurück am Haus des Färber-Jos verabschiedete Anna gerade den Bader. Beim Anblick von Lenz verstärkte sich der sorgenvolle Ausdruck auf ihrem Gesicht. „Was ist los? Du schaust aus, als wärst du dem Gottseibeiuns begegnet."

Wortlos zog er sie hoch in die Schlafkammer. Der Färber-Jos lag blass auf seinem Bett. Mit schmerzverzerrtem Gesicht fingerte er an dem Verband herum, den ihm der Wundarzt angelegt hatte.

„Jetzt sag schon, was los ist", drängte Anna. „Du machst mir Angst."

„Die Stadtwache hat meinen Meister verhaftet."

Erschrocken schlug sie eine Hand vor den Mund. Tonlos erwiderte sie: „Das ist wegen mir! Weil ich mir das Buch abnehmen ließ." Tränen traten in ihre goldfarbenen Augen.

Lenz nahm sie tröstend in den Arm. „Das glaube ich nicht. Wie du selbst gesagt hast, sind darin keine Namen ersichtlich."

„Das stimmt", fuhr der Färber-Jos dazwischen. „Dieser Hundsfott Christof ist nur ein Spitzel von vielen. Der Sedlmaier Jörg hat mir erzählt, dass der Rat der Stadt etwas plant. Das ganze Concilium hat gestern davon gesprochen."

Anna und Lenz starrten ihn an.

„Haltet keine Maulaffen feil. Wir müssen verschwinden, für den Fall, dass die Büttel auch nach uns suchen." Entschlossen sah er in die Runde. „Danach müssen wir herausbekommen, was gerade vor sich geht. Helft mir hoch."

„Meister, du solltest erst einmal nirgendwo hingehen in deinem Zustand." Anna sah Lenz hilfesuchend an, doch der stimmte dem Färber-Jos zu: „Meister Jos hat recht. Wir können nicht rumsitzen und warten. Wir müssen etwas tun."

Anna gab ihren Widerstand auf. Sie und Lenz nahmen Jos in die Mitte und hievten ihn ins Treppenhaus. Jos dirigierte sie eine enge Stiege hinauf auf den Dachboden. Mehrmals stießen sie mit an, was ihm große Schmerzen verursachen musste. Doch er biss die Zähne zusammen. Oben angekommen, verschnauften sie einige Herzschläge.

Fragend sah Anna ihren Meister an. „Und jetzt? Hier hänge ich die Wäsche zum Trocknen auf."

„Wir müssen weiter", presste Jos hervor. Der Schweiß rann ihm in die Augen. „Nach hinten, in den von der Gasse abgewandten Teil." Vor der Westseite des Dachstuhls blieben sie stehen. Jos grinste mit schmerzverzerrtem Gesicht. „Dahinter liegt eine Kammer. Meine Fluchtburg." Er öffnete eine klinkenlose Tür, die Lenz bis dahin nicht aufgefallen war. Lautlos schwang sie auf und gab den Blick frei auf einen winzigen Raum, mit einem Bett, zwei

Stühlen und einem Tisch. Auf einem Regal befanden sich zahlreiche Schriften, darunter eine Luther-Bibel.

Anna war sprachlos.

„Legt mich aufs Bett! Ich kann nicht mehr."

„Was ist das für eine Kammer?" Anna hatte die Frage gestellt, die auch Lenz auf der Zunge lag.

„Das ist meine Geheimkammer, falls es mal gefährlich werden sollte."

Die Turmuhr der Barfüßerkirche schlug die dritte Stunde nach dem Mittag. Der Färber-Jos kämpfte mit dem Schlaf. Immer wieder fielen ihm die Augen zu. Der Schmerztrank des Baders tat seine Wirkung. Die ganze Zeit über hatten sie im Flüsterton darüber debattiert, warum der Rat der Stadt es gerade auf Meister Kießling und seine Familie abgesehen hatte. Schließlich kamen sie überein, dass es das Beste wäre, Erkundigungen einzuziehen.

Anna wandte sich an Lenz: „Da dein Meister verhaftet wurde, wird vielleicht auch nach dir gesucht. Ich gehe zu Susanna Adolf und höre mich im Lechviertel um."

„Das ist eine gute Idee. Die *Adolfin* hat viele Verbindungen. Sie weiß sicher auch, ob noch jemand in Gewahrsam genommen wurde", murmelte Jos schlaftrunken.

Widerstrebend stimmte Lenz zu. „Bitte sei vorsichtig und setze dich keiner Gefahr aus."

Anna nickte und drückte verstohlen seine Hand. „Ich komme so schnell wie möglich zurück. Versprochen."

Sicherheitshalber ging Anna nicht den direkten Weg am Haus von Hans Kießling vorbei, sondern nahm einen Umweg an der Stadtmauer entlang. Durch die dort verlaufende Schlossergasse schlenderte sie betont lässig Richtung Norden. Heute am Sonntag waren die Schmiedefeuer aus und es qualmte nicht, wie sonst üblich. Doch der beißende Geruch nach Verbranntem hing trotzdem in der Luft wie ein dunkles Omen. Dreihundert Schritte später erreichte sie das Ende der Schlossergasse und bog vorsichtig in Richtung *Hinterer Lech* ab. Sie war angespannt, wusste nicht, was sie dort erwartete. Die Gasse war voller Menschen, die aufgeregt miteinander diskutierten. Anna atmete tief durch und mischte sich unauffällig unter die aufgewühlten Bewohner des Lechviertels. Die Verhaftung des bekannten Maurermeisters Kießling war in aller Munde. Vor ihrem Haus entdeckte sie Susanna Daucher, die sich mit zwei Nachbarn unterhielt. Gerade, als sie zu ihr gehen wollte, warf ihr Susanna einen warnenden Blick zu. Kaum merklich bewegte die *Adolfin* ihren Kopf nach links, dorthin, wo Kießlings Werkstatt lag. Anna erkannte sofort Christof Pfettner, der mit zwei Bütteln sprach. Entsetzt sah sie die *Adolfin* an, die ihr wortlos bedeutete, zum Hintereingang im

Schleifergässchen zu gehen. Mit zitternden Knien umrundete sie das Daucher-Anwesen. Susanna wartete bereits an der geöffneten Hintertür der Werkstatt. Sie schloss sie in die Arme und flüsterte ihr ins Ohr: „Ich bin so froh, dass sie dich nicht erwischt haben. Komm mit nach oben. Wir haben viel zu bereden."

Von der Barfüßerkirche hallte die Glocke zu ihnen herüber. Lenz sprang auf und ging in der kleinen Kammer auf und ab. „Schlag sechs und sie ist immer noch fort. Wir hätten sie nicht alleine losschicken sollen."

Der Färber-Jos versuchte, ihn zu beruhigen: „Sie hat gute Nerven. Wenn es jemand schafft, dann die Anna. Vertrau auf Gott und vertraue ihr."

Lenz musste ihm insgeheim recht geben. Hinter dem liebenswürdigen Äußeren von Anna Schuster verbargen sich ein eiserner Wille und ein kluger Kopf. Dennoch war er in Sorge. Gerade, als er die Tür zum Dachboden öffnete, um nach ihr zu suchen, rief eine Männerstimme aus dem Erdgeschoss: „Meister Thoma! Seid Ihr zuhause?"

Jos zischte: „Das ist der Schorsch. Der hilft mir, wenn ich Barchent färbe."

Die Stimme rief ein weiteres Mal, dieses Mal fordernder: „Die Stadtwache will Euch sprechen." Unvermittelt stapften schwere Stiefel die Stiege herauf und Schorsch schimpfte: „He! Das könnt ihr nicht machen." Doch die Wache schien das nicht zu kümmern. Den Geräuschen nach zu urteilen, wurde das Haus von mehreren Personen durchsucht, begleitet von Schorschs Protesten.

Lenz schloss leise die Tür und schob den Riegel vor. Sie hielten den Atem an, als sie Schritte direkt vor ihrem Versteck vernahmen. Eine bekannte Stimme erklang.

„Wo ist die Magd Anna?"

Lenz zuckte zusammen. Christof Pfettner!

„Vermutlich ist sie mit Meister Jos unterwegs." Der Geselle Schorsch klang ungehalten.

„Sag ihr, sie soll morgen früh aufs Rathaus kommen und nach Magister Pfettner fragen." Die Schritte entfernten sich und Lenz sah Jos erleichtert an.

„Du hattest den richtigen Riecher. Gut, dass wir uns versteckt haben. Aber nachdem Christof gezielt nach Anna sucht, ist meine Sorge um sie noch größer. Ich …" Er hielt inne. Die Treppe zum Dachboden knarzte erneut. Zielstrebige Schritte näherten sich dem Versteck.

Es klopfte leise an der Tür. „Macht auf! Ich bin es, Anna."

Aufgeregt entriegelte Lenz die Tür. Erleichtert nahm er sie in die Arme. „Dem Himmel sei Dank! Du bist zurück. Christof war hier; mit den Bütteln!"

Anna nickte wissend. „Ich habe die Kerle ins Haus gehen und wieder herauskommen sehen."

Jos richtete sich im Bett auf. „Sprich! Was sagt die *Adolfin*?"

„Bislang wurde nur der Hausstand von Meister Kießling verhaftet. Sie vermutet, dass Christof Pfettner dahinter steckt. Susanna glaubt, dass Meister Kießling zunächst wegen der Disputation mit Denck in Verdacht geraten ist. Schließlich war diese in seinem Haus. Vermutlich wurde er anschließend bespitzelt."

„Das sieht ihm ähnlich". Lenz schlug mit der Faust auf den Tisch.

Anna fuhr fort: „Der Rat war wohl schon vorher alarmiert, da viele auswärtige Prediger in der Stadt waren. Einige von ihnen hat Kießling beherbergt. Christof hat dann vermutlich seine Schlüsse gezogen zwischen der Schrift, die er mir abgenommen hat und dem Concilium. Da ist es einerlei, dass in der Schrift kein Name steht." Anna senkte den Kopf und schwieg.

Lenz wusste im ersten Moment nicht, wie er sie trösten konnte. „Natürlich hätte die Schrift niemals in die Hände von Christof fallen dürfen. Aber du trägst keine Schuld."

Der Färber-Jos nickte. „Ich teile Susannas Verdacht, dass der Rat der Stadt Wind von dem Concilium bekommen hat. Das wurde unserem Bruder Kießling zum Verhängnis."

„Das würde auch zu dem passen, was ich sonst noch in Erfahrung gebracht habe. Nachbarn haben mir erzählt, dass der Anführer der Büttel davon gesprochen hat, dass Meister Kießling der Kopf einer aufrührerischen Sekte ist."

„Ich hätte nie gedacht, dass sie gegen uns vorgehen." Lenz sah, dass der Färber-Jos um Fassung rang.

„Da ist noch etwas. Susanna meint, dass Lenz und ich verschwinden sollen. Christof geht es nicht nur um unsere Gemeinschaft."

Jos wiegte den Kopf. „Da hat sie vermutlich recht. Wenn ich der Bürgermeister wäre, hätte ich den Gemeindevorsteher, den Dachser Jakob oder einen der Gastgeber des Conciliums verhaftet." Er zählte mit seinen Fingern auf: „Den Fischer Gall, den Nestler-Konni oder den Finder Matheis. Schließlich können diese Namen den Spitzeln nicht verborgen geblieben sein. Doch keiner von denen wurde bisher behelligt, stattdessen haben sie die armen Kießlings eingekerkert!" Er deutete mit dem Finger auf Lenz. „Vermutlich ärgert sich dieser Pfettner jetzt schwarz, weil du nicht dabei warst."

Lenz stieß die Luft aus. „Und Anna? Vorhin hat Christof nach ihr gesucht. Du sollst morgen auf das Rathaus kommen und dich bei ihm melden."

„Was?" Anna sah ihn an. „Denkt ihr, dass es Christof auch auf mich abgesehen hat?"

„Ich denke, auf euch beide", warf der Färber-Jos ein.

„Warum wir beide?"

„Ich weiß nicht, was in seinem kranken Gehirn vor-geht. Vielleicht will er Lenz aus dem Weg räumen, damit er an dich rankommt. So oder so, ihr müsst weg von hier." Der Färber sah die beiden jungen Leute eindringlich an. „Zumindest so lange, bis wir wissen, wie es weitergeht."

Kapitel 23

Anno Domini, 26. August 1527, Hochzoll am Lech

Es war noch früh am Morgen. Bauern, Tagelöhner, Hukler und fahrende Händler drängten sich über die halbe Länge der Afrabrücke vor dem Zollhaus, das den Weg hinein nach Augsburg versperrte. Die Tautropfen in den Spinnweben am Geländer glitzerten im Licht der aufgehenden Sonne. Doch die Menschen hatten keine Augen für diese Schönheit. Sie drängten auf die Märkte der großen Reichsstadt, um ihre Waren oder ihre Arbeitskraft feilzubieten.

Auf der Augsburger Seite stadtauswärts war der Andrang bei Weitem geringer. Nur wenige Menschen verließen um diese Stunde die Stadt. Umso größer war die Gefahr, dass die Torwachen Reisende einer genauen Kontrolle unterzogen. Lenz und Anna wussten nicht, ob bereits öffentlich nach ihnen gefahndet wurde. Mit einem flauen Gefühl im Magen erreichten sie das Tor.

„Wo wollt ihr so früh schon hin?", nuschelte der Torwächter. Die Branntweinfahne verriet, dass der junge Mann letzte Nacht zu tief in seinen Becher geschaut hatte.

Anna deutete auf ihr Bündel. „Wir bringen Schuhe nach Kissing, um sie dort reparieren zu lassen."

„Zu einem Flickschuster? Sind euch die Augsburger Schuster nicht gut genug?"

„Doch, aber das teure Brot lässt uns keine andere Wahl. Unsere Familie hungert, mein Herr."

Der junge Wachmann zögerte kurz, bevor er sie durchwinkte. Lenz atmete erleichtert auf. Das war ein kluger Schachzug von Anna gewesen, denn die steigenden Brotpreise betrafen alle.

Sie verließen die imposante Lechbrücke und betraten in Hochzoll baierischen Boden. Lenz warf einen Blick hinüber nach Friedberg, das sich auf einem Bergrücken drängte. „Baiern ist so ziemlich der letzte Ort, wo ich hinwollte." Missmutig wich er den dampfenden Pferdeäpfeln aus.

Anna erwiderte nichts. Schweigend gingen sie nebeneinander her. Eine Zeit lang waren nur ihr Atem und die Schritte ihrer Schuhe zu hören. Nach dem gestrigen Tag fiel ihnen das Reden schwer.

Lenz wäre lieber nach Memmingen gegangen, sein alter Meister dort hätte sie sicher aufgenommen. Aber Jos und Anna hatten ihn überredet, vorübergehend bei Jörg Sedlmaier um Unterschlupf zu bitten. Die beiden vertrauten ihm. Außerdem war er für die Gartenbrüder eine wichtige Stütze und Anlaufstelle im Lechrain. In seinen Augen ein Gehirnfurz. Aber ohne Anna wollte er nicht nach Memmingen. Eine Meile später kam zu ihrer Rechten der Galgen in Sicht. Zwei Verurteilte hingen dort. Anna zog sofort ihr Tuch vors Gesicht und beschleunigte ihren Schritt. Lenz blieb stehen. Er starrte die hängenden Leichen an.

Auch Anna hielt nun widerstrebend an, vermied es aber, den Galgen anzusehen. „Was ist los? Warum gehst du nicht weiter?"

„Vor Christof können wir uns vielleicht in Sicherheit bringen. Aber wenn der Kießling Hans im peinlichen Verhör unsere Namen nennt, werden wir als Ketzer gejagt und enden wie die hier am Galgen oder auf dem Scheiterhaufen."

„Wir sind keine Verbrecher!", stieß sie trotzig hervor. „Wir wollen nur das glauben, was uns richtig erscheint. Ist das nicht die Freiheit des Christenmenschen, von der Luther und Denck sprechen? Zumindest habe ich es so verstanden."

Lenz schnaubte: „Dann gehen wir in die falsche Richtung. In Baiern wird bereits alles Lutherische verfolgt. Dort sind die Oberen darauf bedacht, dem alten Glauben Geltung zu verschaffen. Was glaubst du, was die erst mit Gartenbrüdern machen. In deren Augen sind das vermutlich schlimmere Ketzer als die Lutherischen."

Sie sah ihn lange an, bevor sie antwortete: „Gut, wir gehen zurück nach Baiern. Aber Jörg hilft uns. Ich kenne ihn. Außerdem gibt es auf dem Sedlhof immer Arbeit."

Er lachte höhnisch. „Was macht dich da so sicher, dass Kießling nicht Jörgs Namen preisgibt? Er war schließlich auch beim Concilium dabei."

„Das haben wir doch gestern Nacht ausführlich besprochen. Er war nur Teilnehmer, der weder gesprochen hat, noch als Missionar auserwählt wurde. Es gibt also keinen Grund, den Teufel an die Wand zu malen."

Lenz ließ sich nicht von seiner Meinung abbringen. „Selbst wenn ich mich den Gartenbrüdern am ehesten zugehörig fühle, gehe ich nicht freiwillig dorthin, wo ich verfolgt werde." Das war aber nur die halbe Wahrheit, denn er wollte einfach Gebhart nicht begegnen. Doch das konnte er ihr jetzt nicht sagen. Er versuchte es ein letztes Mal: „Schau, in Memmingen ..."

Anna winkte ab und ging wortlos weiter.

Er folgte ihr schweren Herzens. So abweisend kannte er sie nicht. Was trieb sie an?

Nach kurzer Zeit erreichten sie den Kuhsee. Eine Stunde Fußmarsch später kam die alte Turmburg der Hofmark Kissing in Sicht. Sie lag weithin sichtbar auf einer Anhöhe. Das darunter liegende Dorf mieden Anna und Lenz.

Drei Meilen weiter tauchte Mering auf, das ebenfalls um eine verfallene Burg herum errichtet worden war. Daneben stand die Kirche.

Anna versuchte das quälende Schweigen zwischen ihnen zu brechen. „Das ist Sankt Michael. Mein Bruder hat hier schon so manches Paar Schuhe repariert. Die Menschen hier wären am liebsten Augsburger und keine Baiern. Außerdem mögen sie die Leute aus dem Fürchelmoos nicht. Wir sind arme Schlucker für die, weil wir im Sumpf hausen. Wenn es viel regnet, läuft der Dreck in unsere Hütten und die Ernte verfault auf den Feldern. Hochdorf liegt höher, deshalb ist es dort besser."

Er konnte es nicht fassen. Abrupt hielt er sie am Arm fest. „Ich weiß nichts über den Lechrain. Mehr noch, ich verstehe dich nicht. Du schilderst mir gerade in den düstersten Farben dein Zuhause und doch zieht es dich mit aller Macht zurück. Was erwartet dich hier? Eine Schwägerin, die dich hasst und ein Bruder, der scheinbar nichts von dir wissen will. Denn sonst hätte er sich nach seinem überstürzten Aufbruch schon längst gemeldet. Du wirst immer in der Angst leben, dass dir kein falsches Wort über die Lippen kommt, weil du nicht weißt, wer Freund und wer Feind ist, auch wenn es im Lechrain Reformierte geben mag. In Augsburg warst du frei, konntest lesen lernen, über deine Ansichten reden. Genau wie in Memmingen. Willst du das alles aufgeben?"

Er sah die Betroffenheit in ihren Augen. Mit kalter Stimme antwortete sie: „Ich habe es nicht freiwillig aufgegeben. Ich glaube nicht, dass mein Bruder mich meidet. Ich habe Jörg nach dem Concilium gefragt. Auch er weiß nicht, warum Gebhart so plötzlich verschwunden ist. Selbst bei ihm hat er sich rar gemacht. Da steckt etwas anderes dahinter. Das werde ich herausfinden."

Das war der wahre Grund! Er musste ihr die Wahrheit sagen, bevor es ihr Bruder tat. Eindringlich fuhr er deshalb fort: „Momentan hat der Sedlbauer vielleicht Arbeit. Aber wie lange noch? Herbst und Winter stehen vor der Tür. Und dann?"

Anna zuckte mit den Schultern.

„Auch wenn ich mich wiederhole: In Memmingen hätte ich sicher bei meinem ehemaligen Meister eine Anstellung gefunden. Und wir hätten unser Auskommen gehabt."

War Anna seinem Blick bisher immer wieder ausgewichen, so sah sie ihn jetzt direkt an: „Du redest dauernd von *wir*. Bist du sicher, dass du das auch so meinst? Ich mag dich sehr. Aber wenn ich mit dir zusammen bin, habe ich ständig das Gefühl, dass etwas zwischen uns steht. Ich will in Memmingen nicht erkennen, dass ich dir eigentlich nicht vertrauen kann. Dann hätte ich gleich den Kleinhäusler Quirin heiraten können. Da wusste ich wenigstens, was mich erwartet." Mit diesen Worten wandte sie sich ab.

Lenz wusste, dass es keinen Sinn machte, weiter in sie zu dringen.

Je näher sie auf Hochdorf zukamen, umso mehr streckte sich ihnen die Moorlandschaft des Fürchelmooses entgegen. Schwarzbeeren wuchsen in den Waldstücken am Wegesrand. Die allgegenwärtigen Brombeeren dagegen waren noch nicht reif. Gegen Mittag erreichten sie den Sedlmaier-Hof in Hochdorf. Das stattliche Anwesen lag gegenüber der Kirche, und ein repräsentativer Torbogen mit einer mannsgroßen Heiligenfigur drauf führte in den weitläufigen Hof mit vielen Gebäuden, Städeln und Stallungen. Lenz räusperte sich und deutete auf die Figur. „Wer ist das?" Er hoffte mit dieser unverfänglichen Frage, ein Gespräch in Gang zu bringen.

„Der heilige Nepomuk. Er ist der Schutzheilige des Beichtgeheimnisses."

Lenz zweifelte daran, dass das tatsächlich immer gewahrt wurde. Dass ihn aber der Bruch des Beichtgeheimnisses dereinst in Lebensgefahr bringen würde, ahnte er in diesem Moment nicht.

Nach kurzer Suche fanden sie Jörg Sedlmaier im Stall. Als er sie erkannte, verzog sich sein Gesicht zu einer bestürzten Miene. Sofort eilte er auf sie zu und zog sie in einen Nebenraum mit Gerätschaften. „Was wollt ihr hier?"

Anna schilderte ihm rasch das Geschehene und Lenz sah, dass sich sein Gesichtsausdruck mit jedem Wort verdüsterte.

„Das war keine gute Idee, hierher zu kommen."

„Wo sollten wir sonst hin?", hielt ihm Anna entgegen.

„Was weiß ich? Lenz ist doch ein wandernder Geselle, der überall unterkommt. Ihr hättet mit eurer Vorgeschichte in eine Stadt gehen sollen, die ebenso wie Augsburg liberal ist; Memmingen zum Beispiel." Lenz bemühte sich, seine Genugtuung nicht zu offen zu zeigen.

Jörg schlug mit der Faust gegen die Holzwand. „Wie konnte der Färber-Jos euch nur hierherschicken? Es ist etwas anderes, wenn ich hin und wieder einen Bruder unserer Gemeinschaft beherberge, oder ihm Arbeit verschaffe. Hier ahnt niemand, dass ich zu Winkelpredigten nach Augsburg fahre. Selbst die Zusammenkünfte im Hüterhäusl in Hürben sind mir zu gefährlich. Das können dein Bruder und der einbeinige André machen. Die haben keinen großen Hof zu verlieren."

Annas Gesicht wurde blass. Diesen Empfang hatte sie vermutlich nicht erwartet. Lenz ergriff das Wort. „Ihr habt recht mit dem, was Ihr sagt. Aber jetzt sind wir erstmal hier, und wie sollen wir weitermachen?"

Lenz' eindringliche Stimme schien Jörg zu beruhigen. „Anna, du kennst die alte Hütte am Rand vom Hof."

Anna nickte.

„Dahin geht ihr jetzt. Ich besorge euch Speis und Trank und überlege mir in Ruhe, was zu tun ist. Vor allem muss ich mir eine gute Ausrede für die Gretl ausdenken. Sie frägt sich sonst, warum du nicht zurück zu deinem Bruder gehst."

Lenz sah ihm nachdenklich hinterher, als Jörg den Stall verließ. „Ich wusste nicht, dass Jörg verheiratet ist."

Anna sah ihn verdutzt an. „Wie kommst du darauf?"

„Weil er eine Ausrede für die Gretl braucht."

„Die Gretl! Das ist seine Amme aus Kindertagen. Sie ist seine Magd und führt hier das heimliche Regiment. Wehe, du sagst etwas gegen Jörg. So schnell kannst du gar nicht schauen, wie sie dir das um die Ohren haut, was sie gerade in der Hand hat. Die ist viel schlimmer als Agnes." Anna schüttelte sich.

Sie fuhr mit leiser Stimme fort: „Komm, wir gehen in die Hütte. Vielleicht findet Jörg einen Ausweg."

Lenz war sich sicher, dass er das tat. Aber nicht nur zu ihrem, sondern noch mehr zu seinem Schutz.

Anna kamen die Tränen, als Lenz mit einem gemurmelten Gruß den Hof verließ. Obwohl es schon später Nachmittag war, hatte ihn Jörg zu einem befreundeten Bauern ins benachbarte Schmiechen geschickt. Der brauchte dringend einen Zimmermann für seine Stallungen. Lenz schien erleichtert zu sein, von hier wegzukommen. Mit gesenktem Kopf schlich sie zurück in die Hütte, die für die nächsten Wochen ihr Zuhause sein würde. Ein Zuhause mit einem Loch im Dach und verschimmelten Binsen auf dem Boden. Viel mehr sorgte sie jedoch, dass Jörg über ihr Auftauchen nicht begeistert war. Vielleicht hätte sie doch mit Lenz nach Memmingen gehen sollen. Aber nun war es zu spät.

Kapitel 24

Herzog Wilhelm stand am Fenster seines Arbeitszimmers in der Neuveste und sah mit gerunzelter Stirn hinunter zur Baustelle. Unter ihm lag der halbfertige Hofgarten. „Ob dieses Vorhaben jemals beendet wird?", murmelte er vor sich hin. Er sah sich zum Kanzler Leonhard von Ecken um, der am großen Besprechungstisch saß. „Haben wir noch Korrespondenz zu bearbeiten? Es ist schon spät und ich empfange heute zum Nachtessen den berühmten Professor Johannes Eck, der sich gegen diesen Luther stellt. Begleitet wird er von Petrus Apianus der in meiner Universität in Ingolstadt eine mathematische Fakultät aufgebaut hat."

Der Kanzler nickte. „Ist er nicht auch ein Astronom und leidenschaftlicher Drucker?"

„Stimmt. Aber Apianus ist über jeden Zweifel erhaben. Er druckt sicherlich keine lutherischen Ketzerschriften."

„Gewiss." Er hielt einen Brief in die Höhe. „Auch wenn Euer Gnaden pressiert sind, sollten wir uns noch diesem Schreiben widmen."

„Von wem ist es?"

„Vom Augsburger Stadtschreiber Konrad Peutinger, Eure Exzellenz."

Der Herzog seufzte. „Lest ihn mir vor, Von Ecken!" Dann hob er die Hand: „Nur das Wichtigste."

Der Kanzler überflog das Schreiben und begann: *„... möchten wir Eurer Durchlaucht anzeigen, dass wir hier in Augsburg sechs Bauern in Gewahrsam genommen haben, die aus Eurem Lande stammen. Sie hatten an Winkelpredigten teilgenommen, die von Anhängern der Wiedertaufe abgehalten wurden. Sektierer, die in ihren Lehren unseren Magistrat und seine Rechtmäßigkeit infrage stellen, dulden wir nicht in unserer Stadt."*

„Selbst Schuld!", fiel ihm Wilhelm ins Wort. „Das kommt davon, wenn der Rat nicht mit einer Stimme spricht und dadurch dem Protestantismus Vorschub leistet. Einflussreiche Augsburger sympathisieren offen mit diesen Luther, Zwingli oder Bucer. Alleine die Fugger und Welser halten dem alten Glauben die Treue."

Leonhard von Ecken hielt inne und war erfahren genug, dem Zorn seines Herrn ausreichend Raum zur Entfaltung zu geben. Schließlich fuhr er fort: *„Alle Verhafteten gaben an, von einem gewissen Hans Hut getauft worden zu sein. Wir haben diese Personen eingehend verhört und zum Revocieren bewegt. Da sie keine Augsburger Bürger sind, haben wir sie anschließend aus unserem Etter verwiesen."*

Wilhelm schnaubte. „Diese sogenannten Humanisten! Strafen hätten sie sie sollen. Milde ist hier fehl am Platz. Nur weil ich bislang hart und konsequent gegen luthrische Umtriebe in unserem schönen Baiern vorgegangen bin, konnte ich den Wahnsinn fernhalten. Was geschieht, wenn dem einfachen Volk Flausen in den Kopf gesetzt werden, konnte man im Bauernkrieg sehen. Lest weiter!"

Der Kanzler räusperte sich. „*Wir zeigen Eurer durchlauchtigsten Hoheit diesen Fall an, weil gemäß unserer Befragungsprotokolle diese Personen aus dem unteren Lechrain stammen. Sie kamen aus den Dörfern Schmiechen, Eresing, Hausen und Prittriching, also aus dem Gebiet Eures Landgerichts Landsberg. Einer der Ausgewiesenen nannte sich Leonhard Spörle von Prittriching und stand im Verdacht, selbst zu taufen.*"

„Und weiter?"

„Nichts weiter. Der Augsburger Rat hat die Ketzer laufen lassen."

Wilhelm warf die Hände in die Höhe. „Diese Narren! Wir müssen handeln und umgehend an den Pfleger in Landsberg schreiben. Er muss in diesen Dörfern im Lechrain nach dem Rechten sehen. Wegen dieser reformatorisch verwirrten Augsburger haben wir vermutlich luthrische Anhänger der Wiedertaufe in Baiern."

Kanzler von Ecken erhob sich. „Ich lasse sofort einen Schreiber holen, Exzellenz."

Der Herzog gebot ihm mit einer Handbewegung Einhalt: „Wer bekleidet gerade das Amt des Landrichters in Landsberg?"

Von Ecken blieb stehen. Er rieb sich die Hände. „Die Richterstelle in Landsberg ist seit einem Dreivierteljahr vakant. Euer Gnaden haben noch nicht die Zeit gefunden ..."

„Wer spricht in meinem Namen Recht am Lech?", verlangte Wilhelm zu wissen.

„Nun ja. Der Administrator ist ein gewisser Hanns Haidenbucher. Er ist eigentlich der Kastner dort und vertritt den Richter nur."

„Haidenbucher? Der Name sagt mir etwas."

Kanzler von Ecken nickte. „Er war der Jägermeister Eures Onkels Herzog Wolfgang, der ihn zum Kastner in Landsberg gemacht hat."

Wilhelm schlug die Hände vors Gesicht. „Wusste ich's doch, daher kenne ich ihn. Der ist jetzt Landrichter in der *Silbergrueb* in Landsberg?"

„Ja, Landrichter und Kastner. Wie man mir berichtet hat, ist er ein eher leutseliger Zeitgenosse und lässt die gebotene Strenge missen. Wir sollten ihm schreiben und ihn an seine Pflichten erinnern."

Der Herzog nickte grimmig. „Es wird Zeit, dass wir dort die Zügel anziehen. Wir müssen herausfinden, wie viele unserer Untertanen diesen Irrlehren anheimgefallen sind und was die Adligen und Amtmänner dort wissen. Liegt nicht die Hofmark Grunertshofen unseres Landsberger Pflegers Egloffstein ebenfalls im Lechrain?"

Von Ecken nickte: „Ja, in der Nähe des Fürchelmooses."

„Gut. Egloffstein sitzt zwar als Pfleger in Landsberg auf der Burg, aber er hat Gewährsmänner in der Gegend. Außerdem ist er ein Mann der Tat. Das hat er schon in Kleinkitzighofen bei der Abwehr marodierender Bauernhaufen bewiesen. Er wird diesen Haidenbucher schon in unserem Sinne anleiten. Egloffstein soll zunächst einmal in seiner eigenen Hofmark nach dem Rechten sehen und dabei ganz nebenbei den unteren Lechrain inspizieren."

„Und was machen wir mit den anderen? Schmiechen ist ebenfalls eine Hofmark und Prittriching liegt im mittleren Lechrain."

„Dorthin soll Egloffstein zuverlässige Amtmänner entsenden. Mit der richtigen Belohnung als Köder werden wir schnell wissen, wer alles an dieser Ketzerei beteiligt ist."

„Wie sollen unsere Amtmänner und Schergen einen *Wiedertäufer* erkennen?", hakte Kanzler von Ecken nach.

Herzog Wilhelm hielt inne. „Das ist eine gute Frage. Wisst Ihr was? Wir setzen nicht nur in den betroffenen Dörfern, sondern überall im Lechrain eine Belohnung für die Anzeige eines Luthrischen aus. Die erkennt man am Gottesdienst und am Gesinge in deutscher Sprache. Damit gehen uns auch *Wieder-täufer* ins Netz. Mehr Details würden unsere Dienstmänner überfordern. Ich denke da an zwanzig Gulden. Das verdient ein Handwerker in einem halben Jahr und löst jede Zunge."

„Gewiss, mein Herzog." Von Ecken eilte hinaus.

Wilhelm trat ans Fenster und sah wieder zum halbfertigen Hofgarten hinunter. Die nachlässige Einstellung des Augsburger Rates hatte vor nicht allzu langer Zeit zu massiven Zusammenrottungen der Armen und Hungernden in der Reichsstadt geführt. So eine Baustelle konnte er in seinem Herzogtum nicht gebrauchen. Er musste durchgreifen.

Kapitel 25

Christof saß in seiner Lieblingsgaststube *Zu den drei Mohren* am Weinmarkt, wo die reichen Patrizier ihre Häuser hatten. Zufrieden strich er sich über seine schwarze Schaube. Der erste Schlag gegen die *Wiedertäufer* war hart und erfolgreich gewesen. Diesen Kießling zuerst zu verhaften, hatte sich als Volltreffer erwiesen und ihm vor allem bei Bürgermeister Rehlinger zu Ansehen verholfen. Denn unter der Folter hatte Maurermeister Kießling gesungen wie eine Nachtigall. Der erste Name, den ihm der Henker im wahrsten Sinn des Wortes abgepresst hatte, war der des Vorstehers der Gartenbrüder gewesen: Ein gewisser Dachser Jakob, den Christof flüchtig von der Universität her kannte. Er war auch einer der Urheber der Ketzerschrift, die er Anna Schuster abgenommen hatte. Das und sein Treffen mit Hansi Mittermaier aus Ingolstadt brachten Christof auf die richtige Spur, der Henker erledigte den Rest. Einen nach dem anderen hatten die beiden ihre ketzerischen Kumpane verraten. Aus den detailreichen Vernehmungsprotokollen Kießlings und Dachsers hatte der Stadtschreiber und Advocatus Peutinger anschließend eine Liste mit Verdächtigen erstellt. Dass der Färber-Jos darauf verzeichnet war, wunderte Christof nicht. Aber der bekannte Bildhauer Adolf Daucher wäre sicher nicht begeistert, wenn er wüsste, dass seine Frau fortan unter verschärfter Beobachtung stand.

Christof hob den Becher, prostete sich selbst zu und nippte an seinem so geliebten Südtiroler Rotwein. Er spürte dem trockenen Rebensaft nach, wie er seine Kehle hinab lief. Hier im beliebten *Drei Mohren* am Weinmarkt fühlte er sich wohl. Dort wähnte er sich an der richtigen Stelle. Nicht in den Vierteln, die von Handwerkern und Habenichtsen bewohnt wurden. Er wollte aufsteigen. Darum erfüllte es ihn auch mit tiefer Genugtuung, dass ihn sein Dienstherr auf einen der wichtigen Mittelsmänner auf der Peutinger-Liste angesetzt hatte: den Webermeister Fischer Gallus. Der stand im Verdacht, in seiner Werkstatt Winkelpredigten abzuhalten, an denen Dutzende Personen teilnahmen. Männer und sogar Frauen maßten sich an, die Heilige Schrift zu lesen und selbst auszulegen. Was für ein Frevel! Er freute sich schon darauf, dieses Ketzernest auszuheben und dadurch den Irrglauben mit Stumpf und Stiel auszurotten.

Ein Wermutstropfen mischte sich in Christofs Selbstzufriedenheit. Seine wohldurchdachte Falle war vor zwei Wochen zugeschnappt, nur dass sich weder Lenz noch Anna Schuster darin verfangen hatten. Wo waren sie? Allein der Gedanke, dass sie mit seinem ehemaligen Freund unterwegs sein könnte, trieb ihm die Zornesröte ins Gesicht. Ins streng altgläubige Landsberg waren sie wohl nicht geflüchtet. Vielleicht nach Memmingen? Er wusste es nicht; es war zum Haareraufen.

Er war überzeugt, dass Anna über jeden Verdacht erhaben war. Selbst, wenn sie ketzerische Gedanken hegte, würde sie eine Ehe mit ihm davon abbringen. Ob der Färber-Jos nur ein Mitläufer war, würde sich bald zeigen. Schließlich konnte der ja auch nur nachbarschaftlichen Kontakt zu Kießling gepflegt haben. Das reichte nicht aus, um ihn anzuklagen, denn sonst hätte man das gesamte Lechviertel in Eisen legen müssen.

Nur welche Rolle Lenz in diesem Komplott wider die göttliche Ordnung spielte, musste er noch herausbekommen. Dessen Name jedenfalls stand auf der Fahndungsliste, weil er als Geselle bei Meister Kießling gearbeitet hatte.

Mit einem Grinsen im schmalen Gesicht stand plötzlich Doctor Culinula vor ihm.

Christof sprang auf. „Hubertus! Du bist zurück von deinen Nachforschungen. Bringst du frohe Kunde?"

Christofs Freund aus seiner Zeit in Ingolstadt setzte sich. „Das will ich doch meinen. Eine Nachbarin des Färber-Jos am Hinteren Lech hat mir erzählt, dass deine Anna aus einem Dorf im baierischen Lechrain stammt."

„Aus dem Lechrain?"

„Ja, von irgendwoher hinter Mering. Anna hatte ihr gegenüber mal erwähnt, dass sie aus der Nähe eines Moores komme."

Christof überlegte.

„Sie glaubt sogar zu wissen, dass das Dorf Moorenweis heißt."

„Das könnte stimmen: Moorenweis." Christof leerte seinen Becher und winkte dem Schankkellner zu. „Willst du auch einen Becher Wein? Du hast ihn dir verdient."

Sie prosteten sich zu und Christof rekapitulierte noch einmal: „Anna stammt also aus dem nördlichen Lechrain. Kennen wir da jemanden?"

Culinula warf ein: „Hatten wir nicht einen Kommilitonen in Ingolstadt, der aus dieser gottverlassenen Gegend stammte?"

„Stimmt! Da war einer. Wie hieß der Kerl noch gleich?"

„Wie ein Erzengel, wenn ich mich recht erinnere. Sein Vater war ein kleiner Landadeliger aus dem Lechrain. Und nach dem *Baccalaureus* seines Sohnes war ihm das Geld ausgegangen."

Christof schlug sich an die Stirn. „Raphael!"

„Genau. Raphael Sättelin. Der musste doch gegen seinen Willen eine altgläubige Pfarrstelle annehmen. Im Lechrain in einer Hofmark mit einem lustigen Namen. Aber ich weiß nicht mehr, in welcher."

Christof klopfte mit der Hand auf den Tisch. „Hofhennaberg! So hieß die Hofmark."

Culinula nickte. „Wenn ich mich recht erinnere, war Raphael darüber nicht gerade begeistert. Wie wir auch, stand er Luthers Thesen näher als den Verkündigungen, die die päpstlichen Schranzen verbreiten."

Christof warf lachend ein: „Zudem war ihm der Zölibat nicht besonders wichtig. Reden nicht die Weiber *auf der Schanz* immer noch sehnsuchtsvoll von seinem Gemächt?"

„Das kann ich dir nicht sagen." Hubertus Culinula nahm einen Schluck.

„Weißt du was, Hubertus, wir gehen zurück in meine Studierstube. Bürgermeister Rehlinger verfügt über viele Karten, auch aus Baiern. Wir müssen schauen, wie weit dieses Hofhennaberg von Mering und Moorenweis entfernt liegt. Trinken wir aus."

Christof warf ein paar Münzen auf den Tisch und setzte sein Barett auf.

Doctor Culinula folgte ihm unsicheren Schrittes.

Eine Stunde später hatten sie Gewissheit. Hofhennaberg lag nur fünf Meilen südlich von Mering. Moorenweis weitere sechs Meilen im Süden von Hofhennaberg. Die Pfarrstelle ihres Studienkollegen Raphael befand sich genau in der Mitte zwischen diesen Orten, wo sie Anna vermuteten. Außerdem nahm der Taxis-Postreiter die Route nach München über Friedberg, Mering, Merching, Steinach und Hofhennaberg. Wenn das keine göttliche Fügung war.

„Wir setzen sofort einen Brief an Raphael auf."

Culinula bemerkte spitz: „Dabei kann ich dir nicht behilflich sein. Wie du weißt, muss ich morgen zurück nach Ingolstadt. Professor Apianus braucht mich in der Druckerei. Wir sind kurz davor, detaillierte Karten des Reiches zu drucken."

„Und heimlich auch lutherische Traktate." Christof hob scherzhaft den Zeigefinger. „Lasst euch vom Zerberus Johannes Eck nicht dabei erwischen. Ihr wollt ja nicht auf dem Scheiterhaufen landen oder in Ettal, wie ich. Danke für deine Hilfe. Ich bring dich runter. Nicht, damit du dich noch im Palast meines Dienstherrn verläufst."

Zurück an seinem Schreibtisch zermarterte sich Christof den Kopf, wie er Raphael für seine Sache gewinnen konnte. Noch dazu, weil er ein altgläubiger Pfarrer war, dem das Silber für die Verwirklichung seiner reformatorischen Träume gefehlt hatte. Geld! Das war der Schlüssel! Aber nicht sein Geld oder das des Bürgermeisters Rehlinger. Christof rieb sich die Hände. Der baierische Herzog würde dafür bezahlen. Ulrich Rehlinger hatte sich vor kurzem über einen Brief aus München aufgeregt. Darin hatte Herzog Wilhelm verkündet, fortan zwanzig Gulden auf die Anzeige eines „Lutherischen" an seine

Amtmänner und Pfleger auszuloben. Welch eine Frechheit! Stadtschreiber Peutinger hatte dem baierischen Herzog *Wiedertäufer* angezeigt und der ließ nun zum Dank die Anhänger Luthers in seinem Herzogtum verfolgen.

Christof überlegte. Sein alter Studienkollege würde es vermutlich nicht verstehen, wenn Christof einen entlaufenen Lutherischen denunzieren würde. Anders aber sah es aus, Lenz als Anhänger der Wiedertaufe auszugeben. Er musste es nur so formulieren, dass Anna nicht zu Schaden kam.

„Ich fange dich mit baierischem Silber, du Hundsfott!"

Kapitel 26

„Wann kommt dein Begleiter, dieser Lenz, zurück auf den Hof?" Gretls Stimme klang bissig wie immer.

Anna legte Holz nach, um Zeit zu gewinnen. Bei der Alten wusste man nie, woran man war. Ein unbedachtes Wort und die Magd verwandelte sich in eine Furie. Hinzu kam ihre Heimtücke. Nur zu oft hatte Anna das selbst erlebt. So mancher Knecht musste sein Bündel packen, weil er es sich mit ihr verscherzt hatte. Vermutlich war Jörg Sedlmaier deshalb nicht verheiratet. Gretl duldete keine Frau neben sich. Anna setzte sich zu der Alten an den Tisch, die das Gemüse für das Nachtessen putzte. „Das kann ich dir nicht sagen. Ich kenne ihn kaum." Gretl sah sie misstrauisch an.

Anna beeilte sich, weiterzusprechen. „Er ist ein wandernder Zimmermannsgeselle, dem es in Augsburg nicht mehr gefallen hat. So wie mir."

„Das kann ich verstehen. Da wohnen nur Gottlose." Gretls Blick wurde stechend. Sie legte das Messer zur Seite und zog einen Rosenkranz aus der Schürzentasche, wie um eine drohende Gefahr abzuwenden.

„Du kennst meinen Meister, den Färber-Jos, auch. Er wollte nicht, dass ich mich alleine auf den Weg zurück zu euch mache."

Gretl nickte kurz, wobei Anna aus ihrem verschlossenen Gesichtsausdruck nicht erkennen konnte, was die Magd von dem Augsburger hielt.

„Wie gesagt: Ich wollte zurück und der Färber-Jos hat Lenz gebeten, mich zu begleiten. Zudem weiß der Sedlbauer immer, wo jemand gebraucht wird." Ihre Worte entsprachen zwar nicht der Wahrheit, doch Anna hoffte, dass dies fürs Erste die Neugierde der Alten befriedigte. Außerdem nannte Anna bewusst den Sedlbauern nicht beim Vornamen, um keine allzugroße Vertrautheit mit ihm zu zeigen. Sie nahm das Messer vom Tisch. „Lass mich das Gemüse schneiden. Dann kannst du den Rosenkranz für uns beten. Das beruhigt auch meine aufgewühlte Seele." Anna fühlte sich in diesem Moment wie eine Heuchlerin. Aber sie musste Gretl auf ihre Seite ziehen.

Die verkniffenen Züge von Gretl entspannten sich und ihr fast zahnloser Mund verzog sich zu einem Lächeln. „Was drückt dich denn mein Kind?"

Anna schnitt das Kraut in Streifen, während sie vorgab, nach Worten zu suchen. Schließlich musste sie der Alten das Gefühl vermitteln, dass es ihr schwerfiel, über das Erlebte zu sprechen. „Ich bin dem Sedlbauern sehr dankbar, dass er mir hier Brot und Arbeit gibt. Zurück auf den Hof meines Bruders kann ich gerade nicht, weil meine Schwägerin Agnes und ich verstritten sind."

„Das habe ich schon gehört, selbst wenn einige Meilen zwischen hier und Hürben liegen."

Das wunderte Anna nicht, denn im ganzen Umkreis war die Magd des Sedlbauern als streitlustige *Ratschn* verschrien. Anna senkte die Stimme. „Das brennt auf meiner Seele, so wie die Angst vor der Läuterung im Fegefeuer." Die Worte kamen ihr nur schwer über die Lippen, wobei sie einen Funken Wahrheit enthielten. Der Streit mit Agnes belastete Anna wirklich. Aber dabei ging es ihr nicht um ihre Schwägerin, sondern um das Verhältnis zu ihrem Bruder. Sie war jetzt seit fast zwei Wochen auf dem Hof, doch Gebhart hatte sich nicht ein Mal blicken lassen.

Die Magd fasste Annas Hand und legte den Rosenkranz darauf. „Wichtig ist, dass du deine Seelenpein erst einmal bei Pfarrer Sättelin beichtest. Er wird dir die richtige Buße aufzeigen und du kannst deine Sündenstrafe im Fegefeuer sicherlich durch einen kleinen Obulus verkürzen. Agnes ist eine gottesfürchtige Frau wie ich. Wenn sie sieht, dass du deine Schuld vor Gott und der Kirche bereust, wird sie dir bestimmt verzeihen."

Anna senkte den Kopf, damit Gretl ihren Blick nicht sah. Den Teufel würde sie tun. Der Pfaffe bekam keinen roten Heller von ihr. Wobei die Erwähnung der alten Gretl Agnes gegenüber sicher hilfreich sein würde. Waren die beiden doch aus dem gleichen Holz geschnitzt.

Die Magd deutete das wohl als ein Zeichen von Demut und Reue. Mit zittriger Hand strich sie Anna über die Haare.

In diesem Moment stieß Jörg Sedlmaier die Tür zur Kuchl auf. Verwundert sah er zwischen den beiden Frauen hin und her. „Da bist du ja, Anna. Ich suche dich schon überall für einen Botengang. Hier hast du einen Schlauch Bier für unterwegs."

Erleichtert sprang Anna auf, froh, dieser Situation entkommen zu können. Mit einer entschuldigenden Geste wandte sie sich an Gretl. „Ich kann dir leider nicht mehr beim Kochen helfen. Aber heute Abend beim Verräumen des Nachtmahls bin ich sicher wieder da. Vielen Dank für deinen guten Rat. Ich werde ihn beherzigen."

Mit einer für ihr Alter ungewöhnlich schnellen Handbewegung fasste Gretl nach Annas Arm und hielt sie fest.

Überrascht sah diese sie an. „Ist noch was?"

„Wenn du Unheil über unseren Hof oder über Jörg bringst, werde ich persönlich dafür sorgen, dass du in der Hölle schmorst", zischte die Alte.

Draußen im gleißenden Sonnenlicht atmete Anna tief durch. Ihre Knie zitterten.

Jörg zog sie hinter das Haus in den Schatten, wo sich eine Katze auf den warmen Steinen räkelte.

„Was war das denn gerade?" Seine Stimme klang ärgerlich. „Verbrüderst du dich jetzt mit meiner
Magd? Wenn die wüsste, dass ich in Augsburg nicht
nur mit Viktualien handle ..."

Anna hob abwehrend die Hände: „Bist du sicher,
dass sie nichts ahnt? Sie hat ihre Augen und Ohren
überall. Du hast schließlich das Fürchelmoos auf
dem Concilium vertreten."

Jörg wurde blass.

Noch bevor er etwas sagen konnte, fuhr sie fort:
„Was heißt hier Verbrüderung? Du hast doch selbst
gesehen, wie sie mich angegangen ist. An ihr ist eine
inquisitorische Dominikanerin verlorengegangen.
Allein für meine heutigen Lügen müsste ich an den
Pfaffen Sättelin viele Silberpfennige Ablass bezahlen, um meine Sündenstrafe im Fegefeuer zu verkürzen." Sie lachte bitter. „Verstehe mich nicht
falsch. Ich bin dir so dankbar, dass du mich aufgenommen und Lenz Arbeit verschafft hast. Aber ich
muss hier weg. Ich vermisse das Lesen und die Ge-
spräche mit Susanna Daucher. Meine Arbeit beim
Färber-Jos. Dort fühle ich mich zu Hause. Hier bin
ich nur geduldet, mehr nicht." Anna bückte sich und
streichelte das weiche Fell der Katze. Tränen brannten in ihren Augen.

„Ich verstehe dich ja." Jörgs Stimme klang betreten.
„Aber auch in Augsburg ist es nach wie vor gefährlich. Der Färber-Jos hat mir gestern erzählt, dass er
und Susanna auf das Rathaus zitiert wurden. Man

hat beide ermahnt, sich von ketzerischem Gesindel fernzuhalten. Aber ich bin sicher, dass sie unter Beobachtung stehen und somit weiß vermutlich dieser Pfettner über jeden ihrer Schritte Bescheid. Außerdem hat man letzten Sonntag sechs Lechrainer bei einer Winkelpredigt in Augsburg verhaftet. Sie wurden mit Ruten aus der Stadt geschlagen. Der Sohn des Schmiechener Bauern, bei dem Lenz arbeitet, war auch dabei. Ich bin deshalb gestern auf dem Rückweg von Augsburg dort vorbeigeritten, um mit Lenz zu sprechen."

„Wieso? Denkst du, er ist in Gefahr?"

„Ich will offen zu dir sein. Ich habe ihm geraten, sofort von Schmiechen nach Memmingen zu gehen. Aber er will erst die Scheune fertigmachen. Außerdem möchte er vorher noch mit dir reden. Davon hat er sich nicht abbringen lassen. Wenn du meinen Rat hören willst: Geh mit ihm mit!"

Anna war erschüttert, dass sie nicht zurück nach Augsburg konnte. Gleichzeitig bestätigte sich ihre Vermutung, dass Jörg sie nicht mehr auf dem Hof haben wollte. Aber mit Lenz nach Memmingen gehen? Ihr blieb nichts anderes übrig, als abzuwarten, was Lenz mit ihr zu besprechen hatte.

Jörg unterbrach ihre Gedanken. Er griff nach einem Sack, der an der Hauswand lehnte. „Diese Schuhe hier hat mir Jos für deinen Bruder mitgegeben. Bring sie nach Hürben. Rede mit ihm. Aber hüte deine Zunge, wenn du Agnes triffst. Das letzte, was wir brauchen können ist, dass sie Verdacht schöpft."

„Genau das und nichts anderes sollte mein Gespräch mit der alten Gretl bewirken", entgegnete Anna schmallippig.

„Ich wollte dir nichts unterstellen, aber wir müssen vorsichtig sein. Ich fürchte, die Geschehnisse in Augsburg sind erst der Anfang. Diese Verhaftungswelle wird bald den Lechrain erreichen."

Anno Domini, 5. September 1527, Fürchelmoos

Es war erst knapp zwei Monate her, dass sie diesen Weg von Hochdorf hinunter nach Hürben ins Moos gegangen war. Trotzdem kam es Anna vor, als lägen Jahre dazwischen. Der Sack mit den kaputten Schuhen wog schwer in ihren Armen. Sie setzte ihn ab und pflückte die ersten reifen Brombeeren. Sie genoss die warme Süße in ihrem Mund. Ihre Gedanken wanderten zurück zu der alten Weide in den Lechauen. Seit damals verfolgte sie das Gefühl, dass etwas zwischen ihr und Lenz stand. Daran änderten auch die ausgetauschten Zärtlichkeiten nichts. Auf ihrer Flucht nach Hochdorf war das Gefühl zur Gewissheit geworden. Seine Augen hatten ihn verraten. Sie kannte Lenz Kirchperger als Handwerksgesellen aus Landsberg, der auf seiner Wanderschaft einiges erlebt hatte. Davon zeugte auch die Narbe. Wer war er wirklich? Ihr Abschied vor zehn Tagen war flüchtig gewesen, dennoch vermisste sie ihn. Die Zeit bis zur Rückkehr von Lenz galt es nun auszuhalten. Vielleicht gab es ja doch eine gemeinsame Zukunft in Memmingen. Nachdem, was Jörg vorhin erzählt hatte, waren sie weder in Augsburg noch hier wirklich sicher.

Mit dem Bier aus ihrem Lederbeutel spülte sie den klebrigen Geschmack der Beeren fort. Am Rande der abgeernteten Felder lief sie weiter. Die ersten Blätter an den Bäumen färbten sich braun und rot. Bald würde der Winter seine eiskalten Finger ausstrecken. Anna graute davor. Wo würde sie dann sein? Nach einiger Zeit kamen die ersten Häuser von Hürben in Sicht. Bevor sie klopfen konnte, wurde die Tür des Schuster-Gütls aufgerissen. Ein freudestrahlender Ignaz hüpfte auf sie zu.

„Anna da! Wasser spielen."

Sie sank auf die Knie. Er schlang seine weichen Kinderarme um ihren Hals. „Langsam, Ignaz, du erstickst mich ja."

„Was willst du hier? Gebhart ist nicht da."

Anna hatte nicht bemerkt, dass Agnes vor das Haus getreten war. Sie entwand sich Ignaz' Umarmung, erhob sich und klopfte sich den Staub vom Rock. „Das macht nichts", täuschte Anna vor. „Bitte gib ihm die Schuhe zum Flicken. Außerdem wollte ich mit dir reden."

„Ich wüsste nicht, was wir uns zu sagen hätten." Ihre Schwägerin packte Ignaz unsanft am Arm und zog ihn mit sich.

Der stemmte sich mit aller Kraft dagegen und brach in lautes Geschrei aus: „Anna bleiben! Anna bleiben!"

Hilflos hielt Agnes inne.

Anna beugte sich zu ihrem Neffen. „Weißt du was? Wenn deine Mama es erlaubt, gehen wir nachher zum Finsterbach." Sie blickte zu Agnes, die widerstrebend zustimmte. Anna nahm eine Holzschale, die neben dem Kräutergarten stand. „Du sammelst hierin Steine, damit wir später das Wasser stauen können."

Ignaz nickte eifrig, sah aber ängstlich zu seiner Mutter, die sich mit schmerzverzerrtem Gesicht auf die morsche Bank vor dem Haus niederließ. „Mama, aua?"

Liebevoll strich ihm Anna über den Kopf. Sie war erstaunt, wie sich Ignaz in den letzten Wochen entwickelt hatte. „Deine Mama ist nur müde."

Das schien ihn zu befriedigen. Mit der Schale in der Hand stapfte er los.

Anna wandte sich an ihre Schwägerin. Tiefe dunkle Augenringe hoben sich in dem fahlen, blassen Gesicht deutlich ab. Feine Schweißtropfen standen auf ihrer Oberlippe. Ihr Körper wirkte ausgezehrt und nur an dem kleinen Spitzbauch erkannte man ihren Zustand. Die zweite Schwangerschaft setzte ihr sichtbar zu. Obwohl Anna nie ein gutes Verhältnis zu ihrer Schwägerin gehabte hatte, keimte Mitleid in ihr auf. Sie ließ sich Agnes gegenüber auf dem Boden nieder. „Ich wollte dir nur erzählen, dass ich auf dem Sedlmaier Hof in Diensten stehe."

Obwohl es ihr sichtbar schlecht ging, zischte Agnes boshaft: „Das ganze Dorf spricht darüber, dass du es nicht lange in Augsburg ausgehalten hast. Aber das dachte ich mir schon, als du am Tag der Heiligen Radegunde weggegangen bist. Mit Arbeit hattest du ja noch nie etwas am Hut. Du bist ja lieber am Bach gesessen und hast nachgedacht." Das letzte Wort spie sie mit so einer Abscheu aus, als wäre es eine der sieben Todsünden. „Aber ich warne dich. Halte dich von Gebhart fern. Ich will nicht, dass du ihn mit deinen ketzerischen Gedanken aus Augsburg ansteckst. Eure ganze Familie hat seit jeher kein gottgefälliges Leben geführt. Das sagt auch Pfarrer Sättelin. Und als Strafe dafür ist deine Mutter im Kindbett gestorben."

Anna sprang auf. Nur mühsam beherrschte sie ihre Wut. „Dann können wir alle froh sein, dass du uns auf den rechten Weg geführt hast."

Agnes schien die Verachtung hinter ihren Worten nicht zu verstehen, denn ihre Stimme klang mit einem Mal freundlicher, als sie weitersprach: „Ja, das ist die Aufgabe, die ich mit Gottes und der Hilfe der Kirche erfüllen werde."

Anna erkannte in diesem Moment, dass ein Gespräch mit der verblendeten Agnes sinnlos war. Sie atmete tief durch, damit ihre Worte nicht falsch klangen. „Dann hast du sicher nichts dagegen, dass ich mit Ignaz noch an den Bach gehe. Und wenn du es erlaubst, würde ich ihn mal zum Sedlmaier Hof mitnehmen, wo er sicherlich übernachten könnte."

Agnes runzelte die Stirn.

Anna fuhr hastig fort: „Deine Schwangerschaft kostet dich vermutlich viel Kraft und du hättest dann mehr Zeit für ein Gebet in der Kirche. Außerdem hat die gottesfürchtige Gretl auch ein Auge auf ihn."

Die Erwähnung der Magd schien den Ausschlag zu geben. Agnes nickte, bevor sie sich mühsam erhob und wortlos ins Haus verschwand.

Kapitel 27

Missmutig verließ Pfarrer Raphael Sättelin das ärmliche Pfarrhaus der Hofmark. An manchen Tagen war das Gekeife der Haushälterin und Mutter seines Sohnes kaum auszuhalten. Ihm war auch klar, dass der Kleine für den Winter Schuhe brauchte. Doch woher nehmen und nicht stehlen? Da blieb ihm nur der Weg ins Wirtshaus des winzigen Ortes, wo er seine Unzufriedenheit mit Bier hinunterspülte. „Dafür habe ich nun studiert!", murrte er vor sich hin. Er war 21 Jahre alt und hatte das Gefühl, sein Leben zu vergeuden. Während seines Studiums hatte er ständig in dem Hochgefühl gelebt, dass ihm die ganze Welt offenstand. Luther hatte mit seinen Thesen Schwung in die verstaubten Ansichten der Theologie gebracht. Nächteweise war er mit seinen Kommilitonen bei billigem Wein debattierend zusammengesessen. Was hatte er damals für Pläne! Nach dem *Baccalaureus* wollte er seinen *Magister* machen. Dann hatte ihm sein Vater den Geldhahn zugedreht. Für Raphael blieb nur noch diese armselige Pfarrstelle im gottverdammten Fürchelmoos. In seinen Predigten drohte er fortan mit der ewigen Verdammnis, obwohl ihn Luthers Freiheit des Christenmenschen seit seinem Studium begeisterte. Sein einziger Trost war Finni, die ihm nachts sein Bett wärmte und seine Gelüste befriedigte.

Raphael betrat den Schankraum der windschiefen Gaststätte, wo der Taxis-Postreiter bei einem Roggenbier saß.

„Gelobt sei Jesus Christus!", rief der Reiter aus, als er Raphael Sättelin bemerkte. „Da spare ich mir einen Weg. Ich habe einen Brief aus Augsburg für Euch, Hochwürden."

Sogleich wandten sich die übrigen Zecher dem jungen Pfarrer zu. Raphael murmelte: „In Ewigkeit, Amen." Er hasste es, außerhalb seiner Kirche im Mittelpunkt zu stehen.

Der Postreiter sprang auf und übergab ihm das Schreiben, das Raphael hastig einsteckte.

„Wollt Ihr ihn gar nicht lesen? Ich habe Zeit, bis ich mein Bier ausgetrunken habe", fügte der Reiter leutselig an. „Ihr könnt mir dann gleich Eure Antwort mitgeben."

Doch Raphael dachte nicht daran, den Brief in aller Öffentlichkeit zu lesen. Stattdessen bestellte er ein Bier.

„Von wem ist er denn?", hakte jetzt auch der Wirt nach.

Um seine Ruhe zu haben, holte der Pfarrer den Brief wieder hervor. Hastig überflog er den Absender.

Bevor er antworten konnte, warf der Postreiter ein: „Ist von einem gewissen Magister Christof Pfettner.

Er soll Hausgeistlicher beim Augsburger Bürgermeister sein, wie man so hört."

„Bürgermeister Ulrich Rehlinger ist ein Lutherischer!", bellte eine durchdringende Stimme. Der Scherge Peter Galhart betrat den Raum.

Raphael zuckte zusammen. Der ehemalige Feldwebel der Landsknechte fehlte ihm gerade noch. Der bullige Kerl mit dem ausladenden Bauch führte die Verwaltung in Hofhennaberg wie sein Fähnlein: mit eiserner Hand und Disziplin.

„Ihr steht mit einem Ketzer im Briefkontakt, Hochwürden? Weiß das der Hofmarkspfleger Adelzhauser?" Kleine Schweinsäuglein stierten ihn an.

Raphael stammelte: „Das ist nur ein alter Studienkollege aus Ingolstadt. Er wird sich nach meinem Befinden erkundigen. Was er in Augsburg macht, darüber habe ich keine Kenntnis."

Der harte Blick des Schergen durchbohrte den Pfarrer. „Wenn ich mich recht erinnere, hat dieser Rehlinger in einem von ihm gekauften Dorf auf der anderen Lechseite die Reformation eingeführt."

„Die Reformation?", kiekste Sättelin. Das Herz rutschte ihm vollends in die Hosen.

„Im Dorf Leeder südlich von Landsberg predigt nun ein Lutherischer zu den armen Seelen. Will dieser Rehlinger auch bei uns die Ketzerei einführen?" Galhart trat näher und baute sich vor dem Pfarrer auf.

Raphael schluckte trocken. „Ich weiß nicht, was Christof von mir will."

„Vielleicht solltet Ihr uns den Brief vorlesen, um diesen schweren Verdacht auszuräumen, Hochwürden?"

„Euch vorlesen, hier vor allen?" Raphael konnte es nicht fassen, mit welcher Dreistigkeit der Scherge zu Werke ging. „Wieso sollte ich das tun? Das Schreiben ist an mich adressiert und privater Natur."

Galhart rückte näher, sodass Raphael seinen fauligen Atem in der Nase hatte. Sich seiner Macht bewusst, erklärte er: „Ich kann ihn auch konfiszieren und selbst lesen. Eure Entscheidung, *Hochwürden*."

Der Pfarrer wusste, dass der Scherge als verlängerter Arm des Landrichters das Recht repräsentierte. Andererseits war er als Geistlicher nicht einem aufgeblasenen Beamten untergeordnet. Er nahm seinen ganzen Mut zusammen und erwiderte trotzig: „Ich bin der Pfarrer dieses Ortes und unterstehe als solcher nur dem Bischof in Augsburg. Was maßt Ihr Euch an, Herr Galhart?" Er schob sein Bier zur Seite und wandte sich zum Gehen.

Doch der Scherge war ein kampferprobter Mann und gewohnt, Widerstand zu brechen. Er packte den jungen Geistlichen am Arm.

Raphael protestierte: „Was fällt Euch ein? Lasst sofort los!"

Galhart hielt ihn mit eisernem Griff fest. „Entweder, Ihr lest mir den Brief vor, oder ich konfisziere ihn hier und jetzt." Seine Augen verengten sich zu Schlitzen. „Seit letztem Jahr hat unser Herr Herzog nämlich das Privileg der Ketzergerichtsbarkeit beim Papst erwirkt. Er darf nun im Herzogtum Baiern auch ohne die Zustimmung Eurer Oberen gegen abtrünnige Pfarrer vorgehen."

„Was?"

„Das heißt, wenn der Verdacht vorliegt, dass Ihr den Lehren dieses Ketzers Martin Luther anheim gefallen seid. Also – vorlesen oder mir übergeben!" Damit ließ er den Pfarrer los und sah ihn herausfordernd an.

Raphael zog resigniert den Brief hervor und erbrach das Siegel.

Der Scherge bestellte ein Bier und machte es sich neben dem Taxis-Reiter bequem. „Wir hören, Hochwürden."

Raphael räusperte sich geräuschvoll. *„Mein lieber Raphael, es tut mir in der Seele weh, dass ich mich schon über drei Jahre nicht bei Dir gemeldet habe."*

Der Wirt prustete los, verstummte jedoch sofort, als ihn der Blick des Schergen traf. „Fahrt fort, Hochwürden."

„Als Entschuldigung möchte ich anfügen, dass mich meine Studien zum Magister voll und ganz in Beschlag genommen haben. Du musst mir schreiben, wie es Dir ergangen ist, seit Du die Universität in Ingolstadt verlassen hast. Ich für meinen Teil habe erst vor wenigen Tagen die Gewissheit erlangt, dass Du nicht weit entfernt von mir als Geistlicher

wirkst und ich hoffe, dass Dich meine Zeilen in gu-
ter Verfassung und Stimmung erreichen." Raphael
war starr vor Angst. Er hoffte inständig, dass sein alter Studienfreund nicht davon schrieb, wieso er ins
Kloster Ettal verbannt wurde. *„Vor einigen Wochen*
hat es mich nach Augsburg verschlagen, wo ich ..."
„Genug!" An der Tür der Gaststätte stand der Hofmarkspfleger, Heinrich Adelzhauser. „Lasst unseren
Herrn Pfarrer in Ruhe, Galhart."
Raphael atmete innerlich auf. Adelzhauser war seine
letzte Rettung!
Der Pfleger trat ein und baute sich vor Galhart auf.
„Was soll das? Darf ich Euch daran erinnern, dass
das hier eine Hofmark ist und kein Landsknechts-
fähnlein? Unser Pfarrer dient Gott und der heiligen
Mutter Kirche und Ihr solltet ihm mehr Respekt
entgegenbringen."
„Aber er hat Kontakt zu Lutherischen aus Augsburg!", protestierte Galhart.
„Habt Ihr einen Beweis dafür?"
Galhart deutete auf den Brief. „Vermutlich steht da
alles drin."
Der Pfleger der Hofmark sah Raphael an. „Ich schlage vor, dass der Herr Pfarrer das Schreiben liest und
uns anschließend sagt, was drinsteht. Wäre das für
Euch in Ordnung, Hochwürden?"
Raphael nickte erleichtert. Er setzte sich und überflog die Zeilen. *Ich muss Dich davon in Kenntnis*
setzen, dass der Rat der Stadt Augsburg seit jeher

nur sehr nachlässig gegen alle Arten von Ketzerei vorgeht. Diese laxe Haltung lockt immer mehr verwirrte Gestalten der unterschiedlichsten Sektionen zu uns in die Stadt. Ein besonderes Übel sind dabei die Anhänger der Wiedertaufe. Nach langem Zögern hat sich der Rat nun endlich dazu entschlossen, gegen diese Sektierer vorzugehen. Viele selbsternannte Prediger jener Sekte sitzen mittlerweile bei uns hinter Schloss und Riegel. Leider sind einige entkommen und zu euch in den Lechrain geflohen. Ich weiß, dass zumindest einer nach Mering oder Moorenweis unterwegs ist. Dieser Bursche nennt sich Lenz. An seiner großen Narbe im Gesicht ist er leicht zu erkennen. Er hat einer mir nahestehenden jungen Frau mit seinen Lehren den Geist vergiftet. Diese armen Sünder müssen ausfindig gemacht werden, um ihre Seelen vor der ewigen Verdammnis zu erretten. Mein lieber Raphael, es soll Dein Schaden nicht sein, wenn Du bei dieser Suche behilflich bist. Ich weiß von Rehlinger Ulrich, dass der baierische Herzog Wilhelm vor wenigen Tagen ein Kopfgeld in Höhe von zwanzig Gulden ausgesetzt hat. Derjenige erhält diese Summe, der hilft, einem dieser Ketzer habhaft zu werden. Dabei geht es mir vor allem darum, die Seele der Frau – sie heißt Schuster Anna – zu retten.

Raphael stockte kurz. Er kannte diese Frau! Sie war aus Hürben und Schwägerin der gottesfürchtigen Agnes Schuster. Er las weiter.

Für diesen Lenz magst Du die gerechte Belohnung erhalten.

Raphael sah auf und bemerkte, dass ihn alle aufmerksam beobachteten. Fieberhaft überlegte er, was er von diesem heiklen Inhalt wiedergeben konnte, ohne selbst in Schwierigkeiten zu geraten. „Also, in dem Brief steht, dass der Rat der Stadt ketzerische Umtriebe nur sehr nachlässig verfolgt." Das war zumindest nicht gelogen.

Adelzhauser nickte. „Das ist mir auch bekannt."

Galhart sprang auf und trat auf den Pfarrer zu. „Und vermutlich ist Euer Freund einer von denen." Er streckte die Hand aus. „Lasst mich selbst nachsehen und Ihr seid von jedem Verdacht befreit."

„Galhart!", schalt ihn Adelzhauser. „Mäßigt Euch." An den Pfarrer gewandt, fragte er: „In welcher Angelegenheit schreibt Euch Euer Freund?"

Raphael bemühte sich, ruhig zu bleiben. Er log: „Der Bischof von Augsburg hält tapfer den alten Glauben hoch inmitten lutherischer Umtriebe. Deshalb wollte er mir als seinem alten Freund den Hinweis geben, dass einige Ketzer endlich verhaftet wurden. Einige konnten jedoch in den Lechrain fliehen und ich soll deshalb die Augen aufhalten. Für Hinweise zur Ergreifung eines *Wiedertäufers* hier in Baiern wurden von unserem durchlauchtigsten Herzog Wilhelm zwanzig Gulden ausgesetzt."

Adelzhauser hielt nichts mehr auf seinem Platz. „Genau! Ich habe heute ein Schreiben erhalten. Al-

lerdings wird dort nach Lutherischen gefahndet. Aber so groß wird der Unterschied nicht sein. So viel ich weiß, sind *Wiedertäufer* verwirrte Lutherische. Deshalb war ich auf der Suche nach euch beiden. Hochwürden, Ihr müsst den Brief des Herzogs kopieren und an jede unserer Kirchentüren nageln. Galhart, Ihr verlest das Schreiben nach jeder Messe in den sieben Dörfern, die zur Hofmark gehören."
Als der Scherge immer noch mürrisch dreinblickte, schlug ihm Adelzhauser burschikos auf den Rücken. „Mensch, Galhart! Ich brauche euch beide. Den Pfarrer und Euch. Also, vertragt euch!"
Missmutig nickte Galhart. Der Hofmarkspfleger machte auf dem Absatz kehrt und verließ die Schänke. Beim Hinausgehen packte der Scherge den schmächtigen Pfarrer grob am Arm. „Ich habe ein Auge auf Euch, Hochwürden."

Kapitel 28

„Gott zum Gruße!", rief der Anführer der kleinen Truppe und versperrte mit seinem Rappen den Weg. Gebhart Schuster brachte das Ochsengespann mit einem Ruf zum Stehen. Misstrauisch musterte er den Amtmann und seine Büttel, die auf Mauleseln ritten. Der neben ihm auf dem Kutschbock sitzende André Drexler begann von einem Ohr zum anderen zu grinsen. Alarmiert legte ihm Gebhart die Hand auf die Schulter. „Schhh, André."

Der Anführer im roten Wams starrte sie drohend an. „Vor euch steht der Amtmann Schaller Hanns", begann er wichtigtuerisch. „Ich bin im Auftrag des Pflegers Gregor von Egloffstein zu Grunertshofen unterwegs. Wo finde ich die Burg Hofhennaberg?"

Immer noch grinsend brabbelte André: „Hof - Hof - Hennaberg. Gaanz weit weg!" Dabei lief ihm der Speichel aus dem herabhängenden Mundwinkel.

Barsch wandte sich der Amtmann an Gebhart: „Ist der einbeinige Krüppel verrückt?"

„Man nennt ihn André *auf der Stelzen.* Er hat eine Verletzung am Kopf. Er wollte Euch nur sagen, dass Ihr in der Nähe von Hennaberg seid. Die neue Burg liegt höher in Hofhennaberg." Beunruhigt schielte

Gebhart auf die zwei Büttel. „Warum habt Ihr Bewaffnete dabei?"

Der Amtmann fixierte ihn mit finsterem Blick. „Das geht dich einen feuchten Dreck an."

„Dreck, Dreck, Dreck", kicherte André.

„Kopfverletzung hin oder her. Wenn dieser Krüppel meint, er könnte sich über einen Amtmann lustig machen ..."

Gebhart beschwichtigte: „Habt Nachsicht mit ihm, Herr. Er meint es nicht so. Der André ist zwar nicht mehr ganz richtig im Kopf, aber ein tüchtiger Knecht. Er hat sein Bein im Dienst für Herzog, Kaiser und Vaterland verloren."

„Woher weiß ich, dass dein André nicht im Bauernkrieg für die falsche Seite gekämpft hat?", konterte Schaller.

Gebhart bemühte sich, seiner Stimme einen festen Klang zu geben, damit der Amtmann die folgende Lüge nicht erkannte: „Der André wurde vom Dorfvierer im Auftrag unseres geliebten Herzog Wilhelm ausgehoben. Er hat unter Georg von Frundsberg als Landsknecht gedient und gegen die Franzosen gekämpft."

Die Bewaffneten nickten zustimmend. Anscheinend waren auch sie Bewunderer des berühmten Feldherrn. Der Amtmann winkte ab. „Na, wenn das so ist ..."

Gebhart nutzte die Gelegenheit und wechselte das Thema: „Wir haben hier im Fürchelmoos nicht oft

Besuch von so hohen Herrn aus Landsberg. Darf ich fragen, warum Ihr den weiten Weg auf Euch genommen habt?" Gebhart wusste, dass er mit dem Feuer spielte, doch er musste wissen, wieso die Büttel im Moos unterwegs waren. Die ganze Gegend war in Aufruhr, seit an den Kirchentüren ein Schreiben des Herzogs hing.

Mit gefährlich leiser Stimme zischte der Amtmann: „Bist du von Sinnen? Ich bin Schiebochsen wie euch keine Rechenschaft schuldig. Zeig mir den Weg nach Hofhennaberg und du kannst unbehelligt deiner Wege gehen." Er legte demonstrativ die Hand auf den Griff seines Rapiers. „Es liegt bei dir."

Amtmann Schaller warf seinen Männern einen auffordernden Blick zu. Murrend stiegen sie aus den Sätteln, fassten ihre Hellebarden fester und traten auf die Bauern zu.

Gebhart überlegte fieberhaft. Eine Auseinandersetzung mit dem Dienstmann des Landsberger Pflegers konnte er nicht gebrauchen. Hastig lenkte er ein: „Verzeiht meine Neugierde, Herr. Ich bin ein Narr, wie mein Freund. Wir sind nur auf dem Weg nach Moorenweis. Fahren reparierte Schuhe, Weizen und Krautköpfe für den Sedlbauern aus Hochdorf aus."

„Das ist mir einerlei", dröhnte Schaller. „Meine Geduld geht zu Ende." Er klopfte auf die Tasche, die um seine Schulter hing. „Ich habe hier einen Haftbefehl. Wenn du uns noch länger zum Narren hältst, kannst du der armen Sau Hoffmair gleich Gesellschaft leisten."

„Hoffmair Mathes. Kenn ich", brabbelte André auf dem Kutschbock unvermittelt.

Gebhart war wie vom Schlag gerührt. Bei dem Einbeinigen wusste man nie, was er ausplauderte. Wenn herauskam, dass Mathes Hoffmair ein enger Freund war und an ihren geheimen Zusammenkünften teilnahm, konnte das ihren Tod bedeuten.

„Was hat der blöde Krüppel da gesagt?" Der Amtmann zog sein Rapier und schwang es drohend über dem Kopf.

André gab plötzlich einen gurgelnden Laut von sich, den Gebhart nur zu gut kannte. Im nächsten Moment ließ sich André vom Kutschbock fallen. Hastig kroch er unter den Wagen, hielt die Hände vors Gesicht und kreischte wie ein Dämon.

Erschrocken wich der Amtmann zurück. „Was ist mit ihm? Ist er vom Teufel besessen?"

Gebhart fing sich wieder. „Nein, mein Herr. Nicht der Teufel wohnt in ihm. Es sind die Erinnerungen an die Schlacht, die ihn quälen."

„Bring den Idioten zum Schweigen, oder ich –" Der Amtmann hob erneut das Schwert. André kreischte ohrenbetäubend.

„Bitte, Herr, nehmt Euer Rapier weg. Dann beruhigt er sich wieder und ich zeige Euch den Weg."

Schaller rang mit sich. Er steckte sein Schwert weg. „Warum nicht gleich so. Spuck's aus – aber schnell!"

Hastig erklärte Gebhart: „Reitet eine Meile nach Westen, edler Herr. Haltet Euch rechts von diesem Wald, bis Ihr einen Bach erreicht. Dann biegt nach Südwesten ab. Nach einer weiteren Meile seht Ihr die Burg schon. Ein Ritt von einer halben Stunde."

Schaller sah vom mittlerweile wimmernden André zu seinen blassen Soldaten und wieder zurück zu Gebhart. Schließlich gab er den Befehl zum Aufbruch: „Wir reiten weiter. Wir sind spät dran und haben keine Zeit für diese Schiebochsen." Er zeigte mit dem rechten Zeigefinger auf Gebhart. „Gnade dir Gott, wenn du etwas mit diesem Hoffmair zu schaffen hast."

„Nein, Herr, ganz sicher nicht. Ich schwöre es auf die heilige Mutter Gottes."

Amtmann Schaller schnaubte verächtlich und saß auf.

Gebhart zog André unter dem Wagen hervor und streichelte beruhigend seine Schulter. Was war geschehen, dass Mathes verhaftet werden sollte? Gebhart war sich sicher, dass sein Freund einer peinlichen Befragung in Landsberg nicht standhalten würde. Die Gemeinschaft des Hürbener Hüterhäusls war in großer Gefahr. Und damit auch seine Schwester Anna in Hochdorf.

Peter Galhart sah die drei Männer schon von Weitem kommen. Das wurde auch langsam Zeit.

Schließlich hatte der Landsberger Pfleger ihre Ankunft für den Vormittag angekündigt. Er zog an seiner Schaube mit Pelzbesatz, die er trotz der Hitze zur Schau stellte. „Ihr kommt spät, Herr Amtmann."

Amtmann Schaller nahm sein Barrett ab und wischte sich die Stirn mit einem Tuch. „Galhart, wenn ich mich nicht irre? Habt Ihr Angst, dass Euch der Gefangene davonlaufen könnte?"

Peter Galhart rollte mit den Augen. Er hasste es, verspottet zu werden. Als ehemaliger Feldwebel hatte er es nicht nötig, sich von einem Stubenhocker aus Landsberg schwach anreden zu lassen. Zornig erwiderte er: „Ich habe meine Zeit nicht gestohlen!"

Amtmann Schaller hielt dagegen: „Ihr kräht ziemlich laut für jemanden, der im Rang unter mir steht."

Der kampferprobte Haudegen Galhart erkannte, dass sich sein Gegenüber nicht provozieren ließ. In gönnerhaftem Ton fuhr er fort: „Nichts für ungut, Schaller. Als Amtskollegen ziehen wir letzten Endes am gleichen Strick, um diesen Ketzern das Handwerk zu legen. Kommt, ich lade Euch auf einen Krug Wein in unsere Schänke ein."

„Also gut. Heute können wir sowieso nicht mehr zurück nach Landsberg. Warum nicht ein wenig feiern? Hat der Wirt auch ein Bett für mich?"

„Für einen so hohen Herren aus der Stadt wird er seine beste Kammer herrichten und Eure beiden

Männer können in der Scheune schlafen. Kommt mit."

„Also, Meister Galhart, mein Befehl lautet, hier bei Euch einen Lutherischen abzuholen. Ihr seid der Erste, der nach dem Rundschreiben des Herzogs so einen Fang gemacht hat. Sagt mir, wie seid Ihr dieses Ketzers habhaft geworden?"

Galhart setzte seinen Becher auf dem Tisch ab und wischte sich derb mit dem Handrücken den Mund.

„Dieser Mathes Hoffmair ist der Sohn eines reichen Bauern. Sein Vater ist über jeden Verdacht erhaben. Ein guter Christ, der keine Messe versäumt und regelmäßig zur Beichte geht. Aber sein Sohn ..."

„Der Gefangene ist der Sohn eines Vollbauern?", stellte Schaller fest. „Ich dachte, Ihr habt einen Kleinhäusler oder Tagelöhner in Gewahrsam."

„Ja, wundert mich auch. Doch der Filius trinkt gerne einen über den Durst. Das wäre nicht weiter schlimm, wenn er dann nicht ketzerische Reden schwingen würde."

„Ketzerische Reden?"

„Nun, er lästert über unsere Gottesmutter Maria. Sagt, dass sie keine Heilige sei, sondern nur ein Vorbild im Glauben. Außerdem hat er zugegeben, dass er in Augsburg lutherische Predigten in deutscher Sprache besucht hat. Und das Abendmahl hat er mit Brot und Wein begangen."

„Was?"

„Ja, zusammen mit Augsburger Ketzern!"

Schaller schlug mit der flachen Hand auf den Tisch. „Dieser Hundsfott hat das freimütig bekannt?"

Galhart grinste. „Ein wenig musste ich schon nachhelfen. Ich habe da so meine Methoden als ehemaliger Feldwebel. Musste doch sichergehen, dass er wirklich ein Lutherischer ist."

Hanns Schaller hob seinen Becher und prostete Galhart zu. „Auf Euren Erfolg, den man auch bei uns in Landsberg zu würdigen weiß."

„Tut man das?", knurrte Galhart. „Ich hoffe, dass Ihr mir dann auch gleich die zwanzig Gulden Belohnung aushändigt, von denen im Schreiben des Herzogs die Rede war."

Kapitel 29

Die untergehende Sonne warf ihre letzten Strahlen auf die fast fertige Scheune. Gott sei Dank. Lenz musste so schnell wie möglich von diesem Bauernhof weg. Er fühlte sich hier nicht mehr sicher. Der Tagelöhner Prenner hatte mit den radikalen Endzeitprophetien von Hans Hut die Menschen rund um Schmiechen entflammt. Selbst der Sohn des Bauern, bei dem Lenz arbeitete, ritt regelmäßig nach Augsburg, um dort an Zusammenkünften der Gartenbrüder teilzunehmen. Bis man ihn vor zwei Wochen verhaftet und aus der Stadt geschlagen hatte. Obendrein hing seit ein paar Tagen dieser Aushang des Herzogs an der Kirchentür, der ein Kopfgeld für den Verrat von *Lutherischen* auslobte. Der Sedlbauer hatte recht gehabt. Vor zwei Wochen hatte er ihn aufgesucht und eindringlich ermahnt, nach Memmingen zu gehen. Am besten mit Anna! Seitdem hatte er viel nachgedacht. Mit der altgläubigen Kirche war er fertig. Auch seine anfängliche Begeisterung für den Reformator Luther war mit dem Bauernkrieg gestorben. In Lenz' Augen trachtete der Wittenberger letztendlich auch nur danach, seine Ziele durchzusetzen. Deshalb schätzte Lenz den spirituellen Führer der Gartenbrüder Hans Denck. In dessen Lehren war der Glaube freiwillig und ohne Zwang von außen. Alle Menschen, die gottgefällig lebten, würde die Gnade Gottes retten. Prenner und Hut dagegen stießen Lenz ab. Er wollte kein Märtyrer sein, der für seinen Glauben starb, nur weil ein Prediger ihn dazu drängte.

Seine Entscheidung war gefallen. Sobald die Scheune fertiggestellt war, würde er nach Memmingen gehen! Dort konnte er zumindest als freier Christenmensch leben, ohne Angst davor, verhaftet zu werden. So weit er wusste, duldete der Memminger Rat alle Formen der Reformation. Vorher würde er Annas Bruder Gebhart in Hürben aufsuchen, sich erklären. Hoffentlich hatte der ihn nicht schon bei Anna verraten. Sie musste von ihm selbst erfahren, dass er ein *Bauernschlächter* war. Nur dadurch gab es eine Chance für sie beide.

Anno Domini, 18. September 1527, Hürben

Seit der Pfarrer letzten Sonntag vorgelesen hatte, was in dem Anschlag an der Kirchentür stand, kam Agnes nicht mehr zur Ruhe. Lutherische Ketzer waren in der Gegend unterwegs. Ihre Schwägerin Anna war sicher eine von denen. Zuerst hatte sie sich von Annas schmeichelnden Worten einlullen lassen. Aber in der Nacht waren die Träume gekommen und sie hatte die wahre Natur ihrer Schwägerin erkannt. Der Leibhaftige wohnte in ihr. Sie war nicht aus Augsburg weggegangen, weil es ihr dort nicht mehr gefiel, sondern weil sie ihren Bruder mit ihren ketzerischen Gedanken anstecken wollte. Agnes lief aufgewühlt vor der Kirche in Hürben auf und ab. Sie wusste, dass sie das Richtige tat. Anna war diejenige, die gesucht wurde, und zum Schutz aller Gottesfürchtigen musste sie auf dem Scheiterhaufen brennen.

Pfarrer Sättelin saß im Beichtstuhl und dachte darüber nach, was ihm die bigotte Schuster Agnes unter Tränen gerade anvertraut hatte. Zunächst war er sich nicht sicher gewesen, ob ihre Vorrede zu nächtlichen Träumen und Satansfantasien nicht einer religiösen Verblendung entsprang. Was sie aber über ihre Schwägerin gesagt hatte, ließ ihn aufhorchen. Das passte so gar nicht zu dem Brief von Christof. In dessen Version war Lenz ein Ketzer, der Anna Schuster mit seinen Worten vergiftete. In den Augen dieser Agnes jedoch war Anna die Ketzerin. Aber Sättelin wusste, wer ihm da weiterhelfen konnte. Gleich morgen früh würde er zu der alten Gretl auf den Sedlmaier Hof reiten, wo die Schuster Anna in Diensten stand. Ob der Sedlbauer ahnte, wem er da auf seinem Hof Arbeit und Herberge verschafft hatte? Vielleicht sollte er ihn warnen. Für Sättelin war Jörg Sedlmaier ein gläubiger Christenmensch, der die Gebote der Kirche ernst nahm. Regelmäßig spendete er für Arme und Kranke. Ketzerische Gedanken waren ihm fremd. Dafür sorgte schon seine Magd.

Was wäre, wenn er Lenz und Anna anzeigte? Dann würde sich sicherlich auch die Belohnung verdoppeln. Zufrieden mit sich und in freudiger Erwartung auf einen warmen Geldregen verließ er den Beichtstuhl.

Anno Domini, 19. September 1527, Hochdorf

„Was wollte denn der Pfarrer auf dem Hof?" Anna sah fragend zu Gretl, die dem Geistlichen nachwinkte, als der mit seinem Maulesel den Hof verließ.

„Er hat sich nach dem Burschen erkundigt, der mit dir aus Augsburg gekommen ist. Er wusste sogar seinen Namen: Lenz."

Annas Herzschlag setzte für einen Moment aus. „Und was hast du ihm gesagt?"

„Natürlich die Wahrheit."

„Die Wahrheit?"

„Dass er mit dir aus Augsburg gekommen ist und dass Jörg ihm bei einem Bauern im Umland Arbeit verschafft hat. Leider wusste ich nicht, wo. Aber wenn er dort fertig ist, wird er wieder auf den Sedlmaier Hof zurückkommen. Ich vermute mal, weil ihm Jörg dann Arbeit hier versprochen hat."

Annas Hände begannen zu zittern. Sie schlang die Arme um ihren Oberkörper, um es vor Gretl zu verbergen.

„Und ..." Gretl hob den Zeigefinger. Sie deutete auf Anna. „Und ich soll ein Auge auf dich haben."

„Auf mich?"

„Schließlich warst du mit ihm unterwegs, auch wenn du ihn *angeblich* kaum kennst."

Das Gesicht der Magd strahlte eine Selbstzufriedenheit aus, die Anna abstieß. Ihre Angst verwandelte sich in Wut, die sie nur mühsam beherrschte. „Ich werde dich und den Pfarrer nicht enttäuschen."

„Das ist gut so. Denn er schließt mich in seine ganz persönlichen Gebete mit ein. Deshalb werde ich ihm auch Bescheid geben, wenn dieser Lenz wieder auftaucht."

Kapitel 30

Christof Pfettner hätte zufrieden sein können. Bürgermeister Ulrich Rehlinger hatte ihm als Anerkennung für den erneuten Schlag gegen die Wiedertäufer eine offizielle Predigerstelle in der Sankt-Anna-Kirche verschafft. Vor vier Tagen war es mit Christofs Hilfe gelungen, eine große Versammlung im Haus des Webers Gallus Fischer auszuheben. Dabei waren ihnen nicht nur mehrere Dutzend Ketzer ins Netz gegangen, sondern auch so schillernde Figuren wie Hans Hut oder Eitelhans Langenmantel.

Dass Anna immer noch wie vom Erdboden verschluckt war, nagte an ihm. Selbst sein geliebter Südtiroler Wein vermochte es nicht, diesen Schmerz über ihr Verschwinden fortzuspülen. Seine letzte Hoffnung war der Brief an seinen Freund Raphael gewesen, doch der war noch immer ohne Antwort. Es war zum Haareraufen. Als lutherischer Prediger hätte er jede haben können, aber ihm stand der Sinn nach dieser Dorfschönheit. Er brauchte frische Luft. Mit einem Seufzer setzte er sich sein Barrett auf und stieg die mit kostbaren Schnitzereien verzierte Treppe hinunter ins Erdgeschoss. Für die teuren Gobelins und Gemälde der bekanntesten Maler hatte er heute keinen Blick. Mit eiligen Schritten durchmaß er den Empfangsbereich und verließ das stattliche Anwesen der Rehlinger am Weinmarkt. Das vierstöckige Gebäude mit neun Fensterachsen war das größte in der Nachbarschaft. Es lag direkt gegenüber des Siegelhauses. Kaum war er aus der Tür getreten, rief jemand seinen Namen.

„Magister Pfettner! Magister Pfettner, ich habe eine Nachricht für Euch."

Christof sah sich um. Aus Richtung des Rathauses eilte ein abgerissen wirkender Mann auf ihn zu. Er wedelte mit einem Brief. „Ihr seid doch der Prediger Pfettner Christof, der in Diensten von Bürgermeister Rehlinger steht? Zumindest passt die Beschreibung, die ich bekommen habe."

Christof taxierte ihn von oben bis unten. „Wer will das wissen?"

„Ich habe eine eilige Nachricht für Euch von Hochwürden Sättelin Raphael. Es ist dringend, soll ich ausrichten."

Jetzt hatte der unbekannte, schmutzstarrende Mann Christofs volle Aufmerksamkeit. „Ich bin Magister Pfettner. Gib mir den Brief!"

„Der Absender hat mir zwar aufgetragen, diesen Brief schnellstens zu überbringen. Er hat aber auch gesagt, dass Ihr mir einen Schilling dafür gebt."

„Was? Du willst dreißig Silberpfennige für einen Brief, den du lumpige fünfzehn Meilen weit befördert hast?" Dann stutzte er. „Du siehst überhaupt nicht aus wie ein Postreiter der Taxis. Was für eine Teufelei ist hier im Gange?"

„Ich bin der Bote, der Euch einen wichtigen Brief bringt. Der Pfarrer in Hofhennaberg hat mir gesagt, dass Euch dieses Schreiben einen ganzen Schilling wert sein wird. Also. Was ist nun mit dem Porto?" Dabei sah der junge Mann Raphael herausfordernd an.

Widerstrebend stimmte Christof zu, für den Brief einen Tageslohn zu bezahlen. Mit vor Aufregung zitternden Fingern zählte er dem ominösen Postreiter die dreißig Silberpfennige auf die schwielige Hand. Er musste sich beherrschen, das Siegel nicht sofort zu brechen. Grußlos ließ er den Mann stehen und eilte in seine Lieblingsgaststätte *Zu den drei Mohren*. Er bestellte einen Becher Wein und begann zu lesen. Nach den üblichen Begrüßungsfloskeln kam er zum interessanten Teil des kurzen Briefs: *Mein lieber Christof, Deine Zeilen haben mich in guter Stimmung erreicht. Du wirst Dich vielleicht wundern. Aber Du hast dieses Schreiben vom Bruder meiner Haushälterin erhalten.*

„Die du wahrscheinlich regelmäßig vögelst", murmelte Christof. Dann las er weiter: *Der Taxis-Postreiter ist schlimmer als ein Waschweib und hätte sofort den hiesigen Schergen ins Vertrauen gezogen. Ich habe dem Bauernjungen gesagt, dass er das Porto von Dir bekommt. Bitte entschuldige die-*

se Unannehmlichkeit, die alleine der Geheimhaltung geschuldet ist.

„Und ich bin dreißig Pfennige ärmer", schnaubte Christof.

Die zwanzig Gulden Belohnung, die Du in Deinem Brief erwähnt hattest, waren bei uns durch ein Schreiben unseres Herzogs Wilhelm schon bekannt. Nur, dass darin nicht nach Wiedertäufern, wie von Dir behauptet, sondern nach Lutherischen gefahndet wird.

Christof pfiff durch die Zähne. „So blöd bist du gar nicht, Raphael."

Sei´s drum. Für den baierischen Herzog sind vermutlich alle Anhänger der Reformation Ketzer. Es gibt tatsächlich mehrere Personen, die vor Kurzem aus Augsburg zu uns in den Lechrain gekommen sind und in Verdacht stehen, Lutherische zu sein. Der narbengesichtige Lenz, den Du in Deinem Brief als Wiedertäufer bezeichnet hast, arbeitet gerade auf einem Hof bei uns in der Umgebung. Näheres konnte ich noch nicht in Erfahrung bringen. Die von Dir ebenfalls erwähnte Anna steht auf dem Sedlhof in Hochdorf in Diensten. Der Sedlbauer ist ein guter Christ und über jeden Verdacht erhaben. Der Bruder dieser Anna geht im Nachbardorf Hürben dem Schusterhandwerk nach. Dessen Frau Agnes hat mir in der Beichte anvertraut, dass sie Anna für eine Dienerin Satans hält. In den Augen der Schustersfrau ist sie die Ketzerin.

Christof unterdrückte einen Fluch. Wie im Fieber las er weiter: *Der Scherge hat aufgrund des herzoglichen Schreibens schon einen gewissen Hoffmair Mathes verhaftet, der hier aus dem Fürchelmoos stammt. Sobald dieser Lenz wieder auf dem Sedlhof auftaucht, sehe ich zu, dass er seiner gerechten Strafe zugeführt wird. Lass mich noch eines anmerken: Vielleicht ist diese Anna am Ende diejenige, von der alles ausgeht? Dann müsste ich eigentlich auch sie beim Schergen anzeigen und somit die doppelte Belohnung verdienen.*

Christof ließ den Brief sinken. Diese Ratte! Er ahnte, worauf Raphael hinauswollte. Sättelins Gier nach einem besseren Leben kannte er schon aus Ingolstadt.

Ich bin sicher, wir finden eine gemeinsame Lösung für dieses Dilemma. Was hältst Du davon, wenn ich nur Lenz anzeige und Deine Anna verschone? Eingedenk unserer alten Freundschaft würde ich mich mit einem Handgeld von zehn Gulden zufriedengeben. Außer mir weiß bislang niemand von den Anschuldigungen der Schustersfrau. Ich kann ihr nicht befehlen, darüber den Mund zu halten. Aber wenn Du mir zusätzliches Silber schickst, bringe ich sie damit zum Schweigen.

Christof ließ den Brief sinken. Anna war also in Hochdorf. So nah und doch so fern, als wäre sie in der Neuen Welt. Er hätte aus der Haut fahren können. Ihm war klar, dass er das nicht diesem Idioten

Sättelin überlassen konnte. Der würde das ganze Geld am Ende in die eigene Tasche stecken. Gleichzeitig war es ihm als geflohenem Lutheraner unmöglich, im streng altgläubigen Baiern herumzuspazieren. Selbst, wenn er in der Gewandung eines gemeinen Mannes auf dem Sedlhof auftauchte, konnte er Anna nicht einfach mitnehmen. So, wie er sie kannte, würde sie das ganze Dorf zusammenbrüllen. Trotzdem war Eile geboten. Zum ersten Mal seit langem war er ratlos. Er brauchte einen weiteren Becher Wein. Lag nicht dort die Wahrheit?

Anno Domini, 19. September 1527, Hofhennaberg

Raphael Sättelin saß am Tisch in der Wohnstube des bescheidenen Pfarrhäusls, um die Sonntagspredigt vorzubereiten. Die Tür flog auf und seine Haushälterin Finni stürzte herein. Auf dem Arm trug sie das Ergebnis ihrer beider Lust: den kleinen Loisl. „Stell dir nur vor. Mein Bruder hat sage und schreibe dreißig Silberpfennige für den Brief erhalten, den er für dich nach Augsburg gebracht hat." Ihre Stimme klang anklagend. „Warum hat er einen ganzen Schilling verdient und wir können uns nicht einmal Schuhe für den kleinen Loisl leisten?"
Das saß. Gereizt antwortete Raphael: „Ich sorge mich halt nicht nur um dich und den Loisl, sondern auch noch um deinen Bruder."

Doch Finni war auf Streit aus. „Ich wasche dir die Wäsche, koche für dich, lasse mich von dir besteigen und du hast nichts Besseres zu tun, als meinem verblödeten Bruder Geld zuzuschanzen."

Raphael stieg die Zornesröte ins Gesicht. Er wollte aufspringen, doch Finni setzte ihm kurzerhand seinen Bankert auf den Schoß.

„Wir gehen in Lumpen und du sorgst für meinen Bruder. Er wird das Geld versaufen und wir gehen wieder einmal leer aus."

„Aber Finni, ich werde schon bald ..."

„Hörst du, was ich dir gesagt habe, *Hochwürden*? Loisl braucht Schuhe, wenn der Herbst kommt. Was sollen denn die Leute denken?"

Finni hatte ja recht, aber ihr Ton gefiel ihm nicht.

„Vielleicht ist es der hochwohlgeborenen Dame entgangen, aber du bist nicht mein Weib, sondern meine Haushälterin."

Ihr fiel die Kinnlade herunter. Ihre Unterlippe zitterte und Tränen traten in ihre großen braunen Augen.

Loisl fing an zu schreien. Raphael bereute, was er gesagt hatte, aber es war zu spät.

Mit erstaunlich fester Stimme spie ihm Finni entgegen: „Wenn der gnädige Herr wieder mal ficken möchte, muss er halt zu den alten Zossen in den Stall gehen. Die Haushälterin hat dann etwas anderes zu tun." Sie nahm ihm den greinenden Loisl vom Schoß. Krachend fiel die Tür hinter ihr ins Schloss.

Mit einer wütenden Handbewegung wischte Raphael seine Notizen vom Tisch. Er war in einer Zwickmühle! In seinem Brief an Christof hatte er den Mund ein wenig voll genommen. Zeigte er diesen Lenz an, würde der Scherge Galhart den Brief sehen wollen. Das Schreiben, dessen Inhalt er vor versammelter Mannschaft falsch wiedergegeben hatte. Wenn er aber diese Schuster Anna anschwärzte, brach er das Beichtgeheimnis, das unter dem Schutz des Heiligen Nepomuk stand.

Er hoffte, dass Christof auf seinen Vorschlag einging. Das würde zwei Fliegen mit einer Klappe schlagen. Dreißig Gulden waren schließlich besser als zwanzig. Doch solange er keine Antwort aus Augsburg bekam, waren ihm die Hände gebunden.

Anno Domini, 20. September 1527, Augsburg

Christof Pfettner hatte sich entschieden. Er würde die Angelegenheit selber in die Hand nehmen. In seiner Kammer legte er sich die richtigen Worte zurecht. Sprach sie aus, wählte die passende Stimmlage, wog ihre Wirkung ab, verwarf sie wieder. Er bekam den Gedanken nicht mehr aus dem Kopf, dass man Annas wunderbaren Körper auf einem Scheiterhaufen verbrennen könnte. Auf diesen Raphael war kein Verlass. Er musste selbst nach Hürben reisen, um diese Schuster Agnes zu bestechen. Jeder war käuflich, vor allem Hungerleider aus dem Fürchelmoos. Eine wahnwitzige Idee – zugegebenermaßen, doch er wusste keinen anderen Weg, um Anna zu retten. Jetzt galt es Ulrich Rehlinger zu überzeugen, ihm Urlaub zu geben. Ihm war klar, dass er dafür nur einen Versuch hatte. Der Wind trug die neun Glockenschläge von *Sankt Ulrich und Afra* ungewöhnlich laut bis in seine Kammer. Er kam vermutlich aus Süden, aus Richtung der Berge. Heißer Wind aus Italien! Abgestandener Odem aus Rom. Christof stieß die Luft aus, schlug ein Kreuz und machte sich auf den Weg.

Eiligen Schrittes stieg er hinunter ins erste Obergeschoss, wo die Wohnräume der reichen Patrizierfamilie lagen. Christof wusste, dass der Bürgermeister zusammen mit der engsten Familie gerne ein ausgiebiges Frühessen einnahm, bevor er zum Rathaus aufbrach. Er selbst war als Hausgeistlicher meist nur zum Abendessen eingeladen. Als er vor der mit prunkvollen Schnitzereien verzierten Tür zum Speisezimmer stand, hielt er kurz inne. Er sah an sich herunter, strich sein Wams glatt und klopfte, bevor er eintrat.

Rehlinger saß am Kopfende des großen Esstisches und nahm einen Schluck Rotwein aus einem teueren venezianischen Glas. Als er Christof sah, winkte er ihn sogleich heran. „Magister Pfettner! Guten Morgen. Wollt Ihr eine Schüssel Bohnensuppe? Sie schmeckt ausgezeichnet. Unglaublich gut gewürzt. Setzt Euch, setzt Euch, mein Lieber."

Christof verneigte sich und nahm zur Rechten des Familienoberhaupts Platz. „Ich bin ein wenig pressiert, Herr Bürgermeister." Als Rehlinger eine Augenbraue hochzog, schob Christof nach: „Doch eine Schüssel Eurer köstlichen Suppe nehme ich gerne an."

„Also, mein lieber Pfettner, was brennt Euch denn auf der Seele? Habt Ihr wieder einen Ketzer ausgemacht in unserer schönen Stadt?"

Christof ließ diese humorvolle Bemerkung unbeantwortet. Stattdessen begann er seine einstudierte Ansprache: „Herr Bürgermeister, ich muss Euch um Urlaub bitten."

„Wie das? Habt Ihr ein lukrativeres Angebot als Hausgeistlicher erhalten?" Rehlinger musterte ihn aus zusammengekniffenen Augen.

Christof legte seinen eigenen Rosenholzlöffel mit der Einlegearbeit aus Silber weg und hob die Hände. „Gott bewahre, Herr Bürgermeister. Ich bin stolz, in Euren Diensten zu stehen."

Ohne auf Christofs Erwiderung einzugehen, schlug Rehlinger vor: „Ihr könntet auch meinen Kindern Lateinunterricht geben, wenn Ihr das wünscht ..."

„Meine Schwester ist krank!", platzte Christof heraus.

Rehlinger sah ihn verwirrt an.

„Ich habe es noch nie erwähnt, aber ich habe eine ältere Schwester, die in Mindelheim verheiratet ist. Sie ist an einem Fieber erkrankt und ein verzweifelter Brief ihres Gatten hat mich gestern erreicht."

Rehlinger wirkte betroffen. „Das ... das tut mir leid, mein lieber Pfettner."

„Alles, worum ich Euch bitte, Herr Bürgermeister, ist, sie besuchen zu können. Wenn Ihr mir dazu eine Woche Urlaub zugestehen würdet und ein Pferd, so stünde ich auf ewig in Eurer Schuld."

„Betrachtet Eure Bitte als gewährt. Ich lasse sofort Reiseproviant für Euch zusammenstellen, und einer unserer Stallknechte kann Euch begleiten. Xaver versteht sich als alter Landsknecht auf den Umgang mit dem Rapier und wird Euch beschützen."

Mist! Einen Aufpasser konnte er nicht gebrauchen. Fieberhaft überlegte er, wie er diesen Xaver loswerden konnte. „Herr Bürgermeister, ich denke, dass das nicht notwendig sein wird."

„Doch, doch. Zwischen Augsburg und Mindelheim liegen Landschaften mit verwirrten Zeitgenossen. Manche Gemeinden hängen am alten Glauben, andere sind der Reformation aufgeschlossen. Da kann ein Leibwächter nur von Nutzen sein. Außerdem – ist Mindelheim als Stammsitz der Familie Frundsberg nicht altgläubig?"

„Eben. Ich denke, dass ich ohne einen Waffenknecht reisen sollte, um nicht Aufmerksamkeit auf mich zu ziehen. In der Gewandung eines gemeinen Mannes.

Übrigens hängt meine Schwester immer noch am alten römischen Glauben und – wenn es ihr Wille ist – werde ich ihr als altgläubiger Pfarrer zur Seite stehen." Christof hoffte, dass diese Notlüge bei seinem Dienstherrn durchging.

Rehlinger sah ihn lange an, nahm einen Schluck Rotwein und stellte das Glas mit Bedacht ab. „Nun denn, so sei es. Ich muss konstatieren, dass Ihr trotz Eurer Jugend ein überaus erfahrener und umsichtiger Mann seid. So reist denn mit meinen besten Genesungswünschen für Eure liebe Schwester nach Mindelheim und kommt bald mit froher Kunde zurück."

Gegen Mittag verließ Christof Pfettner auf einem geliehenen Zelter das Haunstetter Tor im Süden der Reichsstadt. Eine Meile lang folgte er der alten Handelsstraße nach Verona, der Via Claudia. Sobald er außer Sichtweite der Mauern war, bog er nach Osten ab. Durch den Augsburger Stadtwald lenkte er sein Pferd in Richtung Lech, wo der Stadtbach abgeleitet wurde. Eine knappe Stunde später stand er vor der Afrabrücke und verließ den Augsburger Etter nach Baiern. Hinter Hochzoll rutschte ihm das Herz in die Hosen. Was hatte er sich nur dabei gedacht, ins streng altgläubige Herzogtum Baiern zu gehen? Vor nicht einmal fünf Monaten war er von hier ins liberale Augsburg geflohen. Er wollte sich gar nicht ausmalen, was mit ihm geschah, wenn sie ihn erwischten. Bei erster Gelegenheit schlug er sich in die Büsche und holte seine alte Soutane aus der Packtasche. Den restlichen Weg würde er als altgläubiger Priester zurücklegen. Eine glaubwürdige Verkleidung auch für die Schuster Agnes.

Der ruhige, unerschütterliche Töltschritt seines Zelters gab ihm mit jeder Meile ein Stück Zuversicht zurück. Unterwegs musste er immer wieder nach dem Weg fragen. Als Respektsperson gaben ihm die Bauern bereitwillig Auskunft. Alles lief bestens. Hoffentlich blieb das auch so bis Hürben.

Kapitel 31

Anno Domini, 20. September 1527, Hürben

Gebhart beobachtete seine Frau, die stumm ihre Suppe löffelte. Er fragte sich, was in dem Kopf von Agnes vorging. Dass sie bigott war, duldete er. Aber dass sie seine Kleidung mit Weihwasser besprengte, brachte ihn zur Weißglut. So wie heute Morgen, als sie sich unbeobachtet wähnte. Nur mit Mühe hatte er seinen Zorn gezügelt und sich schlafend gestellt.

„Papa, essen!" Sein Sohn Ignaz deutete auf Gebharts unberührte Schüssel.

Unwillkürlich lachte er, obwohl ihm momentan nicht danach zumute war. Genauso wenig, wie nach Essen. Er fischte eine Steckrübe aus der dünnen Brühe und hielt sie seinem Sohn hin. Freudestrahlend steckte er sie sich in den Mund. Unvermittelt wandte sich Gebhart an Agnes: „Ich fahre nach dem Mittagsmahl nach Augsburg. Dann bin ich vor dem Schließen der Stadttore da."

Abrupt sah sie auf. Ihre Augen flackerten. „Was willst du dort? Anna ist doch in Hochdorf."

„Du stellst Fragen. Ich fahre die Flickschuhe zurück, die Anna vor zwei Wochen gebracht hat. Dabei nehme ich die Viktualien vom Sedlbauern mit. Wir brauchen das Geld! In drei Wochen, am Gallus-Tag steht die *Stift* an. Unsere Ernte war mager, aber dem Grundherren ist das egal. Er will trotzdem seine siebzig Silberpfennige. Ganz abgesehen von den Ablasspfennigen, die du regelmäßig zum Pfaffen Sättelin trägst."

Agnes verzog beleidigt das Gesicht und senkte den Kopf.

Wenn sie wüsste, dass die Flickschuhe nur die halbe Wahrheit waren. Gebhart wollte sich in Augsburg mit Jos Thoma, dem Färber, treffen. Die Verhaftung vom Hoffmair Mathes lag wie ein Fluch über Gebharts Kopf. Es war nur eine Frage der Zeit, bis Mathes unter der peinlichen Befragung die ersten Namen nennen würde. Vielleicht wusste der Färber-Jos, was zu tun sei. „Falls es dich beruhigt: Ich habe Anna nicht gesehen, seit sie wieder hier ist. Als ich den Karren beim Sedlbauern geholt habe, war sie mit der Gretl beim Äpfelklauben." Er hatte gehofft, bei dieser Gelegenheit endlich mit seiner Schwester reden zu können; sie vor diesem Lenz warnen. Vom Jörg erfuhr Gebhart, dass das Narbengesicht in Schmiechen war. Wenn es nach dem Sedlbauer ging, sollten Anna und der *Bauernschlächter* zusammen nach Memmingen gehen. Dem würde er niemals zustimmen.

Er stand auf und nahm Ignaz auf den Arm, der sich sofort an ihn schmiegte. Gebharts Hals fühlte sich wie zugeschnürt an. Eine dunkle Vorahnung überkam ihn. Vielleicht war sein Sohn bald vaterlos. Abrupt setzte er ihn auf Agnes Schoß. Das laute Wehgeschrei verfolgte ihn bis nach draußen. Er sprang auf den Kutschbock.

Agnes stellte sich dem Karren in den Weg. „Wann kommst du wieder?"

Der aufgestaute Zorn brach sich Bahn. Gebhart brüllte: „Vor morgen sicher nicht. Ich bin froh, wenn ich dich und dein frömmlerisches Getue nicht mehr sehe. Geh mir aus dem Weg, bevor ich dich über den Haufen fahre."

Das lief ja besser als erwartet. Christof Pfettner saß im Schutz einiger Büsche am Wegesrand und beobachtete das Geschehen. Sein Pferd hatte er im nahen Wald angebunden. Annas Bruder würde also frühestens morgen wieder hier sein. Mit so viel Glück hatte Christof gar nicht gerechnet. Mit einem stummen *Vater unser* dankte er seinem Schöpfer für diese Gnade. Am Stand der Sonne sah er, dass er noch mindestens vier Stunden Zeit hatte, bis es dunkelte. Dann würde er dieser Agnes einen Besuch abstatten. Geduckt schlich er zu seinem Pferd zurück. Er holte Brot und Käse aus der Tasche. Gerade als er mit Essen beginnen wollte, kamen zwei Torfstecher aus dem Schutz der Bäume. Dem Aussehen nach zu urteilen, Vater und Sohn. Beide schlugen ein Kreuzzeichen, als sie ihn sahen.

„Gelobt sei Jesus Christus. Was macht Ihr denn hier, Hochwürden?"

„Ich habe nur eine kurze Rast eingelegt, bevor ich weiterreite." Er versuchte, seiner Stimme diesen liebevollen süßlichen Klang zu geben, mit denen er die altgläubigen Schafe früher gebannt hatte. „Aber habt Dank für eure Anteilnahme, für die ich euch gerne segne." Er hob die Hände und murmelte etwas in Latein.

Ehrfürchtig zogen die beiden ihre Filzhüte und senkten die Köpfe.

„Und nun geht in Frieden."

Mit einer kurzen Verbeugung verschwanden die beiden wieder im Wald.

Gott sei Dank hatte er sich für die Priesterkleidung entschieden. Bei einem altgläubigen Pfarrer schöpfte niemand Verdacht, besonders nicht hier in Baiern. Genüsslich kaute er das frische Brot und hing seinen Gedanken nach. Er wäre jetzt lieber bei Anna auf dem Sedlhof. Zuerst musste er ihre Schwägerin zum Schweigen bringen, um Anna vor übler Nachrede zu schützen. Wie er seine Angebetete dazu bewegen konnte, mit ihm in Augsburg zu leben, wusste er noch nicht. Aber eins nach dem anderen. Mit Gottes Hilfe würde es gelingen.

Die untergehende Sonne zog rote Schlieren an den Himmel und er schlich zurück zu dem Häuschen von Gebhart Schuster am Dorfrand. Es war ruhig geworden. Nur vereinzelt hörte man Kindergreinen und das Meckern von Ziegen. Er strich sich den

Staub von der Soutane, bevor er klopfte. Erst nach dem dritten Pochen öffnete sich die Tür.

Als ihn Agnes sah, schlug sie sofort das Kreuzzeichen. „Hochwürden, wollt Ihr zu mir?"

„Ja, liebe Schwester, wenn Ihr die Schwägerin der Schuster Anna seid."

Argwöhnisch sah sie ihn an. Kurz schien es ihm, als wolle sie ihn im Freien stehen lassen. Sie trat dann aber doch zur Seite und bat ihn in die Hütte. Unter dem Tisch saß ein kleiner Junge, der mit Kiefernzapfen spielte. Bei seinem Anblick drehte er sofort den Kopf weg. Christof setzte sich ungefragt auf den Stuhl und inspizierte die karge Behausung. Woher nahm diese Anna ihren Stolz, wenn sie aus solchen Verhältnissen stammte? Na ja, den würde er schon noch brechen, wenn sie seine Frau war.

„Wie kann ich Euch helfen, Hochwürden?" Agnes stand mit verschränkten Armen an ein Regal mit irdenen Schüsseln gelehnt.

„Wie bereits gesagt, geht es um Anna. Mir ist zu Ohren gekommen, dass sie ketzerische Gedanken verbreiten soll."

Agnes stutzte. „Von wem wisst Ihr das?"

Jetzt musste er vorsichtig sein. „Ein befreundeter Pfarrer hat mich um einen Rat gebeten. Ketzerei ist ein schlimmer Verdacht. Sollte er stimmen, muss er natürlich bestraft werden."

Sie nickte zustimmend und ihre Arme sanken zur Seite. „Ich habe nur mit Pfarrer Sättelin in der Beichte darüber gesprochen."

„Stimmt. Aber das Beichtgeheimnis gilt einem anderen Pfarrer gegenüber nicht." Das war gelogen, doch das wusste sie sicher nicht.

„Und was passiert jetzt mit meiner Schwägerin?"

Ihre Augen glänzten wie im Fieber und wieder wählte Christof seine Worte mit Bedacht. „Sie ist eine fromme junge Frau, die unserer Kirche gläubig dient. Ihr liegt das Wohl ihrer Familie am Herzen."

Agnes schnaubte. „Woher wollt Ihr das wissen?"

„Sie hat mich gebeten, zwischen euch zu vermitteln."

„Zu vermitteln? Was soll das, sie war doch erst da."

„Ja, aber mein Priesterkollege hat mir von Euren Anschuldigungen in der Beichte erzählt. Wie Ihr als fromme Christin wisst, betrachtet die heilige Mutter Kirche üble Nachrede auch als Sünde."

Einige Herzschläge lang wirkte Agnes eingeschüchtert.

Das war die Gelegenheit. „Wenn du von deinen Behauptungen Abstand nimmst, würde ich für dich in Augsburg drei Ablassbriefe erwerben." Er holte einen Beutel mit Silber unter seinem Umhang hervor.

„Ihr seid aus Augsburg?" Agnes Stimme klang mit einem Mal schrill.

Der kleine Junge begann zu weinen.

„Ja, ich bin Pfarrer dort und ..."

Mit wutverzerrtem Gesicht stürzte Agnes auf ihn zu und schrie: „Lüge! Alles Lüge."

Christof hob abwehrend die Hände und sprang auf. „Beruhige dich!" Er hätte nicht von Augsburg sprechen sollen.

Wie von Sinnen stürzte sie auf ihn zu. Sie packte ihn so heftig am Gürtel, dass dieser riss und zu Boden fiel. „Sie hat Euch auch verhext. Ich sehe es an Euren Augen. Sie ist der Satan in Weibsgestalt. Aber ich werde dafür sorgen, dass dies ganz Hürben erfährt, und die alte Gretl wird das Gleiche in Hochdorf tun."

Sein Gesicht war nass von ihrer Spucke. Angewidert stieß er sie weg. Ihr Kopf schlug hart gegen das Regal. Sie sackte zu Boden und die irdenen Schüsseln zerbrachen krachend neben ihr. Plötzlich war es still. Der kleine Junge starrte ihn mit weit offenem Mund an, so, als wäre sein Greinen dort steckengeblieben. Ein rotes Rinnsal Blut lief aus Agnes Ohr. Christof beugte sich zu ihr hinunter. Ihre gebrochenen Augen sahen ihn fast verwundert an. Sie hatte alles Irdische hinter sich. Hastig schlug er ein Kreuzzeichen über ihr und raffte seinen gerissenen Gürtel zusammen. Vor der Tür sah er sich vorsichtig um, bevor er Richtung Wald lief. Das hatte er nicht gewollt. Aber jetzt konnte die Wahnsinnige wenigstens keine Anschuldigungen mehr verbreiten. Die

Tür der armseligen Bleibe schlug im Wind, als er wie ein Schatten zwischen den Bäumen verschwand.

Kapitel 32

Anno Domini, 21. September 1527, Hochdorf

Anna erwachte von einem heftigen Pochen. Schlaftrunken öffnete sie die Augen und schlurfte zur Tür. Im Zwielicht des anbrechenden Tages erkannte sie Jörg Sedlmaier, der Ignaz auf dem Arm hielt. Mit einem Mal war sie hellwach. „Was ist los? Was macht der Bub hier?" Sie nahm ihm ihren Neffen ab, der sofort sein dreckiges, rotzverschmiertes Gesicht an sie drückte. Zärtlich streichelte sie ihm über den Kopf. Schlagartig entspannte sich sein ganzer Körper und er schlief erschöpft an ihrer Schulter ein. Ein Holzlöffel entglitt seiner Hand und fiel zu Boden. Jörg hob ihn auf und reichte ihn Anna. „Der Hüter-Christl hat mir deinen Neffen gerade gebracht. Er hat ihn gestern spät abends weinend vor dem Schuster-Gütl gefunden."

„Vor dem Schuster-Gütl? Aber er bekommt alleine die Tür gar nicht auf. Und warum hat er ihn nicht zurückgebracht?" Anna war völlig verwirrt.

Jörg zögerte. „Die Tür stand weit offen und da hat er sie liegen sehen."

„Wie, liegen sehen?" Anna verstand immer noch nicht.

„Na, die Agnes. Sie lag tot auf dem Boden. Vermutlich ist sie hingefallen."

Anna schlug erschrocken die Hand vor den Mund. „Und Gebhart?", hauchte sie.

„Gebhart ist gestern Mittag nach Augsburg gefahren, um Schuhe und Getreide für mich auszuliefern."

„Er weiß noch gar nichts?" Anna sah Jörg fassungslos an.

„Nein, aber ich reite gleich zu ihm. Er übernachtet beim Färber-Jos. Zuvor muss ich mich um den Hüter-Christl kümmern. Er hat die Tür von eurem Gütl geschlossen und den Kleinen kurzerhand zu sich mitgenommen. Aber weil der die ganze Nacht gegreint hat, wusste er sich nicht mehr zu helfen und ist noch vor Sonnenaufgang hierher aufgebrochen. Gretl macht ihm gerade ein Frühessen und ich werde ihm für seine Umsicht noch einen Silberpfennig geben. Den kann er gut gebrauchen."

„Und was passiert mit Agnes? Sie kann doch nicht einfach so auf dem Boden liegenbleiben." Anna kamen die Tränen. Auch wenn sie ihre Schwägerin nicht gemocht hatte, überrollte sie eine Welle von Trauer und Mitleid. Wie würde Gebhart den Tod seiner Frau aufnehmen? Und vor allem: Wer würde sich um Ignaz kümmern, wenn ihr Bruder seiner Arbeit nachging?

„Lass das mit Agnes meine Sorge sein. Ich schicke einen Knecht zu Pfarrer Sättelin. Der soll sich mit den Nachbarn um die Aufbahrung und die Beerdigung kümmern. Heute Abend bin ich mit Gebhart wieder hier." Er strich ihr beruhigend über den Arm. „Die Gretl bringt dir nachher auch ein Frühmahl." Er deutete auf Ignaz. „Ich nehme an, dass der Bub jetzt einige Zeit schlafen wird, so erschöpft, wie der war." Bereits im Weggehen drehte er sich noch einmal um. „Lenz kommt in spätestens drei Tagen. Er kann eine Nacht bleiben, und verschwindet dann nach Memmingen. Du solltest mit ihm mitgehen. Das ist für alle das Beste."

Anno Domini, 21. September 1527, Augsburg

„Wir müssen noch bis Pfingsten nächstes Jahr durchhalten. Dann gibt es auch für uns Gerechtigkeit." Der Färber-Jos schlug mit der flachen Hand auf den Tisch, auf dem die irdenen Schüsseln mit dem dampfenden Gerstenbrei standen. „Wir dürfen uns durch die Verhaftungen nicht von unserem Ziel abbringen lassen. Wir würden all das verraten, für das unsere Freunde Kießling und Hut im Gefängnis sitzen."

„Und wie stellst du dir das vor?" Gebhart sah ihn fragend an. „Du hast mir doch gerade erzählt, dass vor ein paar Tagen die Versammlung im Haus des Webers Gall Fischer ausgehoben wurde. Sechzig Leute! Dabei wurde nicht nur dein Freund der Hut Hans eingekerkert, sondern auch der Langenmantel Eitelhans und der Schweizer Groß Jakob. Männer, die etwas zu sagen haben. Ich finde es sowieso schon gewagt, dass ihr euch nach der Verhaftung Kießlings weiter versammelt. In Hürben treffen wir uns zurzeit nicht mehr. Die zwanzig Gulden Kopfgeld des baierischen Herzogs packt die Menschen da, wo sie nicht nein sagen können: an ihren leeren Bäuchen. Aber das ist sowieso egal, weil der Hoffmair Mathes uns vermutlich alle verraten wird."

„Jetzt schau nicht so düster." Jos schlug ihm aufmunternd auf die Schulter. „Wir werden die Mission im Lechrain fortführen. Wir haben in den Dörfern viele heimliche Anhänger. Ursprünglich hat das Concilium dafür den Spörle Leonhard aus Prittriching ausgesandt."

„Ursprünglich?"

Jos stockte: „Er ist ebenfalls unter den Verhafteten der Versammlung beim Fischer Gallus. Ich rede mit Jörg. Zusammen mit ihm führe ich die Mission fort. Unsere Gedanken müssen hinaus in die Welt. Wir dürfen jetzt nicht ..."

Er wurde von einem lauten Klopfen an der Haustür unterbrochen. Mit gerunzelter Stirn stand der Färber-Jos auf und stieg mit eckigen Bewegungen nach unten. Sein Knie schien ihn immer noch zu schmerzen. Gebhart fragte sich, wie er zusätzlich zu seiner Arbeit in der Werkstatt auch noch die Missionierung bewerkstelligen wollte. Vermutlich würde ihm Jörg da keine große Hilfe sein. In der letzten Zeit war Gebharts Eindruck gewachsen, dass sich der Großbauer eher im Hintergrund hielt. Vielleicht sollte er das selbst auch tun. Zu viel war geschehen.

Überrascht sah Gebhart, dass der Färber-Jos mit Susanna Daucher auf dem Treppenabsatz erschien. „Verzeiht mein frühes Auftauchen. Ich habe deine Ankunft gestern Abend beobachtet. Seitdem lässt mir meine Neugierde keine Ruhe. Sag, wie geht es Anna?" Susanna lächelte Gebhart mit einer entwaffnenden Offenheit an.

„Gut, so weit. Sie steht in Diensten auf dem Sedlmaier Hof und ..."

Susanna winkte ab. „Das hat mir Jos schon erzählt." Sie zwinkerte ihm verschwörerisch zu. „Ich wollte eigentlich wissen, ob Lenz wegen Anna bei dir vorgesprochen hat. Mein Eindruck war, dass sich die beiden sehr zugetan sind. Und du als Vormund ..."

„Was geht dich das an?" Gebhart sprang vom Tisch auf.

„Gebhart! Bist du toll? Du brauchst Susanna nicht so grob anzugehen. Auch wenn du sie kaum kennst: Sie ist die Vertrauenswürdigkeit in Person und meine beste Freundin. Für sie lege ich die Hand ins Feuer." Der Färber-Jos hatte sich so in Rage geredet, dass sein Gesicht rot angelaufen war. „Du kannst ihr also ruhig erzählen, ob Lenz ..."

Weiter kam er nicht. Wieder klopfte es. Lauter und drängender als zuvor. „Gottverdammich ..." Der Färber-Jos verkniff sich einen neuerlichen Fluch und hinkte zur Treppe.

Gebhart hielt ihn zurück. „Lass, ich mach auf." Froh, dieser Situation entkommen zu können, eilte er die knarrende Holztreppe hinunter und öffnete die Tür. Der Sedlbauer stand vor ihm. „Jörg, was machst du hier? Kontrollierst du mich jetzt, ob ich dein Getreide und Gemüse richtig abliefere? Ich bin noch nicht fertig."

Jörg nahm seine wild gestikulierende Hand. „Es ist etwas passiert. Es ist besser, wenn wir gleich zurückfahren."

„Wieso?"

„Deine Frau ist tot. Gott schenke ihr eine freudige Auferstehung."

Kapitel 33

Anno Domini, 21. September 1527, Landsberg

„Ich bin nicht zufrieden mit dem bisherigen Verlauf der peinlichen Befragung, Meister Gerhard."

Der Landsberger Henker legte die Stirn in Falten. Abwehrend hob er seine Hände: „Das liegt nicht an mir, edler Herr. Dieser Bauernbursche Hoffmair ist ungewöhnlich halsstarrig. Auch die Pein im zweiten Grad hat seine Zunge nicht gelöst."

Pfleger Gregor von Egloffstein zog eine Augenbraue hoch. „Ist das so?"

Beinahe entschuldigend erklärte Meister Gerhard: „Ich habe ihm den Daumenstock auf beide Daumen geschraubt."

„Vielleicht hat er schmale Finger, oder Ihr habt nicht ganz zugeschraubt?", stichelte der Pfleger. „Der Kerl ist ein Ketzer der allerschlimmsten Art. Es gibt keinen Grund, ihn mit Samthandschuhen anzufassen. Ihr werdet mir hoffentlich nicht alt und sentimental, Gerhard?"

Der Henker verteidigte sich mit hitzigem Unterton: „Ich mache nur meine Arbeit; wie immer, Herr Pfleger! Ich habe den Delinquenten drei Mal mit auf dem Rücken zusammengebundenen Händen aufgezogen. Trotzdem blieb sein Mund verschlossen."

„Dann unterziehen wir ihn dem dritten Grad! Heute noch."

„Heute noch?"

„Wir haben keine Zeit zu verlieren. Der Herzog will Ergebnisse. Ich trommle den Landrichter, den Bürgermeister und zwei Räte zusammen. Ihr kümmert Euch darum, dass die Fragstatt im Fronvestenturm um die dritte Stunde nach dem Mittagläuten bereit ist." Mit einer Handbewegung entließ der Pfleger den Henker. Doch der rührte sich nicht. „Was denn noch?"

„Eine so kurzfristig angesetzte Befragung kann ich aber nicht für lumpige fünf Silberpfennige machen. Dazu –"

Der Pfleger schnitt ihm das Wort ab. „Es soll Euer Schaden nicht sein, Gerhard. Ihr erhaltet ... sagen wir, zwei Kreuzer für diese Befragung. Wenn Ihr erfolgreich seid, lege ich noch einen Silberpfennig drauf."

Der Henker überlegte. Schließlich nickte er. „Neun Pfennige sind in Ordnung."

Schlag drei brachten die Knechte der Fronveste Mathes Hoffmair in die Fragstatt. Er konnte sich kaum auf den Beinen halten. Seine Schultern und seine schwarzblau unterlaufenen Daumen pochten höllisch. Jedes Mal, wenn ihn die Knechte packten, hätte er aufschreien können. Was würden wohl seine streng altgläubigen Eltern denken, wenn sie ihn so sahen? Vermutlich hätten sie ohnehin kein Mitleid mit ihm.

In der Ecke der düsteren Kammer saßen wieder die aufgeblasenen Ratsherren und der Stadtschreiber. Daneben standen der Landrichter, der Pfleger und der Henker. Als der Züchtiger auf ihn zukam, begann Mathes zu zittern. Die große, schlaksige Gestalt in ihrem schmutzstarrenden Wams sah ihn abschätzig an.

„Heute wirst du reden, Bursche."

„Aber ich habe doch gestanden", jammerte er. „Was wollt ihr denn noch von mir hören? Ich weiß nichts mehr."

Pfleger Egloffstein trat hinzu. „Du weißt mehr, als dir bewusst ist, Hoffmair. Und wir wollen alles von dir erfahren." Dann bedeutete er dem Henker, zu beginnen.

In diesem Augenblick postierte sich ein Priester vor Mathes. Der Bauernsohn hatte ihn vor lauter Angst bisher nicht bemerkt.

„Mein Name ist Haldenberger Magnus. Ich bin der hiesige Stadtpfarrer. Wenn du dein Herz erleichtern möchtest, wäre nun eine gute Gelegenheit. Du würdest zwar den Züchtiger um seinen Lohn bringen, aber dir eine Menge Schmerzen ersparen."

„Hochwürden, das hat doch keinen Sinn." Der Pfleger ging gereizt dazwischen. „Wir brauchen weitere Namen. Ihr könnt seine Seele später retten. Lasst

Meister Gerhard seine Arbeit tun." Damit deutete er auf ein Gewicht in der Ecke, das gut und gerne dreißig Pfund wog. „Wir fangen mit Aufziehen an."
Der Henker nickte und befestigte das Gewicht an den Beinen von Mathes Hoffmair. Dann fesselte er ihm die Hände auf dem Rücken und zog ihn langsam in die Höhe.

Mathes hatte das Gefühl, als würde ihm jemand die Arme ausreißen. Wie beim letzten Mal auch stach ihm ein höllischer Schmerz in beide Schultergelenke. Immer weiter zog der Henker zusammen mit seinem Knecht, bis das Gewicht an Mathes Beinen abhob. Nach wenigen Augenblicken knackte es und beide Schultergelenke sprangen fast gleichzeitig heraus. Mathes schrie und kurz schwanden ihm die Sinne.

Eine Stunde und weitere Gewichte später war Mathes Hoffmair am Ende seiner Kräfte. Lange würde er nicht mehr durchhalten. Doch das Leben und Wohlergehen seiner Freunde hing allein von ihm ab. Auf ein Zeichen des Landrichters erhitzte der Henker in einer Esse einen Eisenstab. Als Mathes sah, was ihm bevorstand, schüttelte er unablässig den Kopf – so, als ob er damit das Unvermeidliche verhindern könne.

Der Richter trat vor ihn und fragte, was er schon ge-fühlte hundert Mal gefragt hatte: „Wer ist im Für-chelmoos noch vom rechten Glauben abgefallen?"

„Ich war nur in Augsburg, in meinem Dorf gibt es niemanden mehr", hauchte Hoffmair heiser.

„Deine Entscheidung. Meister Gerhard, tut Eure Pflicht."

Als das glühende Eisen seine Brust verbrannte und es der Henker immer weiter dort beließ, schrie Mat-hes ohne Unterlass: „Hört auf, hört auf, nein, nein …"

„Einen Namen! Gib uns einen Namen!", drängte der Pfleger.

„Gebhart … Gebhart Schuster von Hürben –", dann schwanden Mathes endgültig die Sinne.

Anno Domini, 22. September 1527, Hochdorf

Pfarrer Raphael Sättelin saß gelangweilt im Beicht-stuhl der kleinen Dorfkirche in Hochdorf und warte-te auf den nächsten Sünder. Eingesperrt in diesen engen Kasten, zusammen mit dem herben Duft der Einheimischen, trug dies nicht gerade zur Besserung seiner Laune bei. Wie ihn das Gejammere der Bauerntölpel aufregte! Da waren die Lutherischen schon besser dran, denn die Beichte hatten sie abge-schafft.

Wie in Hofhennaberg heute Morgen würden auch hier nur wenige Dörfler den Weg zum Gotteshaus finden. Vermutlich trafen sie sich heimlich zu lutherischen Winkelpredigten. Und das trotz der angedrohten Strafen. Ohne den frommen Sedlbauern und sein Gesinde hätte er sich die Sonntagsmesse in der jämmerlichen Dorfkirche hier in Hochdorf sparen können.

Der Vorhang des Beichtstuhls wurde zurückgezogen und Sättelin hielt sofort sein parfümiertes Tüchlein vor die Nase.

Jemand kniete sich ächzend auf das Sünderbänkerl. Eine vertraute Stimme krächzte: „Im Namen des Vaters und des Sohnes und des Heiligen Geistes. Amen."

Sättelin spähte aufmerksam durch das Holzgitter. Wie erwartet, saß die Gretl vom Sedlmaier Hof vor ihm. Hastig leierte er die Begrüßungsformel herunter: „Gott, der unser Herz erleuchtet, schenke dir wahre Erkenntnis deiner Sünden und Seiner Barmherzigkeit."

Stille trat ein. Er räusperte sich geräuschvoll, um Gretl zu ermuntern.

Zögerlich flüsterte sie: »Vater, ich komme nicht, um zu beichten.«

»Was hast du dann auf dem Herzen, meine Tochter?«

„Ich wollte Euch nur sagen, dass dieser Narben-Lenz übermorgen zurück nach Hochdorf kommt. Der Sedlbauer hat mir aufgetragen ihm eine Kammer für eine Nacht herzurichten."

Vor Aufregung fiel Sättelin sein Tüchlein aus der Hand. „Du meinst den Lenz von Augsburg?"

„Ja, Ihr habt doch nach ihm gefragt."

„Du hast gut daran getan, mir diese Nachricht zu übermitteln", lobte Sättelin. „Ich werde dich weiterhin in meine Gebete einschließen. Nun aber geh! Ich muss die Heilige Messe vorbereiten."

Die alte Gretl erhob sich mühsam und schlurfte zu den anderen Bediensteten des Sedlhofs, die bereits den Beginn der Messe erwarteten.

Sätteln rieb sich die Hände. Alles verlief so, wie geplant. Zehn Gulden Handgeld von Christof lagen versteckt unter seiner Herdstelle. Zwanzig Gulden würde er übermorgen erhalten, wenn er dieses Narbengesicht ans Messer lieferte. Er musste nur aufpassen, nicht selbst ins Visier des Schergen Galhart zu geraten. Deshalb war es notwendig, so schnell wie möglich den verräterischen Brief von Christof zu vernichten.

Kapitel 34

Anno Domini, 23. September 1527, Hofhennaberg

Das erste Licht des Tages drang durch die faden-
scheinigen Vorhänge in die ärmliche Wohnstube des
Pfarrhauses. Raphael Sättelin beobachtete, wie die
Flammen die Nachricht seines ehemaligen Studien-
freundes Christof in schwarzen Ruß verwandelten.
Ohne dieses Schreiben hatte der Scherge Galhart
nichts gegen ihn in der Hand. Er konnte ihn weder
der Lüge bezichtigen, noch brachte ihn der Brief in
Verbindung mit der toten Agnes Schuster. In der
Nacht von Freitag auf Samstag war Christof überra-
schend aufgetaucht, um ihm die zehn Gulden auszu-
händigen. Gott sei Dank hatte Finni schon geschlafen. Christof hatte ihm versichert, dass die Schusterfrau in Hürben für immer schweigen würde. Drei
Ablassbriefe und ein wenig Silber hätten genügt,
dass die Schusterin Anna fortan nicht mehr ver-
leumdete. Raphael wusste aus Ingolstadt, dass sein
alter Studienfreund sehr überzeugend sein konnte.
Was ihn jedoch stutzen ließ, war die Nachricht, die
ihm ein Knecht des Sedlbauern am nächsten Tag
brachte. Agnes Schuster war tot aufgefunden worden! Sie musste gleich nach Christofs Besuch ge-
stürzt sein. Raphael war sofort nach Hürben geritt-
ten, um der bereits aufgebahrten Agnes wenigstens

die letzte Ölung zu spenden. Die Ablassbriefe und das Silber fand er dagegen nicht. Vielleicht hatte sie es einfach nur gut versteckt.

Wie dem auch sei, Raphael hatte sein Schweigegeld. Der Tod der Schuster Agnes war nicht seine Sorge. Morgen würde er den Ketzer Lenz dem Schergen Galhart ausliefern und seinen gerechten Lohn dafür erhalten. Dass er dadurch das Beichtgeheimnis verriet, bedrückte ihn. Wenngleich er sich damit tröstete, dass die alte Gretl ja ohnehin nicht richtig gebeichtet hatte. Wahrscheinlich war es dem Schergen sowieso egal, woher Sättelin sein verräterisches Wissen über diesen Lenz bezog. Hauptsache der Ehrgeizling Galhart konnte mit Verhaftungen bei der Obrigkeit glänzen.

Doch zunächst musste Raphael heute Vormittag die Schuster Agnes in Hürben unter die feuchte Erde bringen. Vorher brauchte er ein kräftiges Frühessen. Bei der Beerdigung eines Kleinhäuslers im Moos gab es sicher nichts zu beißen.

Er stieg die morsche Treppe hinauf ins obere Geschoss, um Finni zu wecken. Loisl schlief tief und fest in seinem Bettchen in der Ecke. Er drückte Finni einen Kuss auf die Lippen. Sie lächelte mit geschlossenen Augen. Er schob ihre dünne Decke beiseite und tätschelte ihr einladendes Hinterteil. Kurzentschlossen hob er seinen Rock und drehte seine Haushälterin auf den Bauch. Einen Augenblick später fand sein Gemächt den Weg zum irdischen Glück, das ihm als Pfarrer eigentlich verboten war.

Anno Domini, 24. September 1527,
Landsberg am Lech

Es war früh am Morgen und eine kühle, herbstliche Brise wehte durch das offene Fenster des Herrenhauses auf der Landsberger Burg. Pfleger Gregor von Egloffstein stand vor dem Schreibpult des Landrichters. Es gelang ihm nur mit Mühe, seine Ungeduld im Zaum zu halten.

Hanns Haidenbucher zupfte an seiner pelzverbrämten Schaube. Ein Zeichen, dass er sich in seiner Vertretungsrolle als Landrichter unwohl fühlte. Er starrte auf den Haftbefehl, den ihm der Pfleger vorgelegt hatte. „Meint Ihr wirklich, dass wir all diese Leute in Gewahrsam nehmen sollten?" Er las vor: „Gebhart, der Schuster von Hürben. Christoph Jos, Hüter von Hürben. André Drexler von Hürben."

„Nicht zu vergessen ein gewisser Jos aus Augsburg", warf Pfleger Egloffstein ein. „Angeblich der Prediger. Den bekommen wir wohl nicht in unsere Gewalt. Aber die anderen müssen wir verhaften, um sie befragen zu können."

Haidenbucher schüttelte den Kopf. „Ihr wisst selbst, dass man unter den kundigen Händen eines Henkers alles gesteht. Aber ist es dann die Wahrheit? Ich habe da meine Zweifel."

„Wenn die Kerle unschuldig sind, wird es sich erweisen."

„Mit zerquetschten Fingern und gebrochenen Schultergelenken lebt es sich nicht besonders gut, selbst wenn man die Gewissheit hat, unschuldig zu sein", schoss Haidenbucher zurück. „Danach kann man keine Schuhe mehr flicken oder die Ernte einbringen."

„Aus Euch spricht der Kastner. Aber unser Herzog erwartet ein entschlossenes Vorgehen. Die Einheit der heiligen Mutter Kirche ist in Gefahr. Wenn Ihr jetzt zögert, Herr Haidenbucher, spielt das nur den Lutherischen in die Hände."

„Aber mit meiner Unterschrift unter dieses Dokument überantworte ich diese armen Sünder dem sicheren Tod."

Der Landsberger Pfleger rang innerlich die Hände. Der Landrichter war sein Vorgesetzter, und ohne seine Zustimmung konnte er niemanden verhaften. Es fiel ihm schwer, respektvoll mit jemandem umzugehen, den er für vollkommen unfähig hielt in seinem Amt. Er schluckte eine gehässige Erwiderung hinunter und begann von vorne: „Euer Ehren tragen eine hohe Verantwortung. Bitte denkt daran, dass sich ohne unser beherztes Eingreifen die Ketzerei in unserem geliebten Baiernland ausbreitet." Egloffstein fixierte den Richter mit festem Blick und tat zwei Schritte auf ihn zu. Dieser wich zurück, worauf Egloffstein ebenfalls einen Schritt zurücktrat. Mit gespielter Unterwürfigkeit sah er zu Boden. Wie so oft, zeigte diese Finte ihre Wirkung. Der Landrichter entspannte sich. Schließlich unterzeichnete Haidenbucher mit einem Seufzer.

Der Pfleger griff sich den Haftbefehl. „Was machen wir mit diesem Jos aus Augsburg? Was gedenkt Ihr hier zu unternehmen?"

Haidenbucher zog eine Augenbraue hoch. „Wenn es Euch beruhigt, schreibe ich noch an den Augsburger Rat. Aber versprecht Euch nicht zu viel davon."

Eine Stunde später ritten vier Bewaffnete unter dem Kommando des Amtmanns Hanns Schaller in den nördlichen Lechrain. Bei einer kurzen Rast in Pestenacker fragte einer der Soldaten den Amtmann. „Herr, warum reiten wir nach Hofhennaberg? Kommen die Verdächtigen nicht aus Hürben?"

Missmutig sah Schaller seinen Soldaten an. „Wir treffen uns mit dem Schergen Peter Galhart. Er wird unsere Truppe verstärken."

„Erwartet Ihr, dass sich die Bauern widersetzen?"

„Nein, aber Galhart hat Ortskenntnisse, die wir nutzen sollten. Und jetzt weiter, ich möchte vor dem Mittagläuten in der Hofmark ankommen."

„Warum die Eile? Die Bauern können doch nirgendwo hin. Sie sind an ihre Scholle gebunden und laufen nicht fort."

„Du bist ja ein ganz Schlauer. Wer so neugierig ist, gehört in die Vorhut. Ab sofort reitest du voraus."

Anno Domini, 24. September 1527, Schmiechen

Lenz war bei Sonnenaufgang in Schmiechen aufgebrochen. Der alte Bauer hatte ihn umarmt und ihm
Brot und Käse zugesteckt. Lenz hatte in den vergangenen Wochen den Eindruck gewonnen, dass der
Alte nicht so fanatisch war wie sein Sohn, der ein
glühender Anhänger der Hut´schen Endzeitprophetie war. Das schmälerte jedoch nicht die Gastfreundschaft der Schmiechener Gartenbrüder. Lenz hatte
sich stets willkommen gefühlt. Nicht so, wie bei Jörg
auf dem Sedlhof in Hochdorf, wo er wie ein Hausierer behandelt worden war. Trotzdem war er froh,
von hier fortzukommen. Sein Entschluss stand fest.
Er wollte nach Memmingen und hoffte, dass ihn Anna als seine Frau begleitete. Dafür musste er einen
Umweg über Hürben machen, um dort die Sache
zwischen ihm und Gebhart zu klären.

Als auf einer Anhöhe die Burg Hofhennaberg auftauchte, beschloss er instinktiv, sie weitläufig zu
umgehen. Für einen Flüchtling aus der schwäbischen Metropole Augsburg war es sicher besser, keinem baierischen Schergen oder Amtmann über den
Weg zu laufen. Kaum war er außer Sichtweite der
Burg, kehrte er zurück auf die Straße, die in einen
dichten Wald führte. Hier war das Vorwärtskom-
men deutlich einfacher als durch die matschige Flur.

Nach einer guten Stunde Fußmarsch erreichte er eine Lichtung, wo er kurz rastete. Die freie Fläche umsäumten hohe Bäume. Das Blätterdach einer uralten Eiche schützte ihn vor dem einsetzenden Nieselregen. Er setzte sich und holte die Brotzeit hervor. Schon nach wenigen Bissen packte er beides zurück in seinen Beutel. Er verspürte keinen Hunger, denn das bevorstehende Gespräch mit Gebhart Schuster lag ihm im Magen. Er hoffte auf einen versöhnlichen Ausgang, damit er um Annas Hand anhalten konnte. Alles stand heute auf dem Spiel. Diese innere Unruhe trieb ihn weiter in den Wald hinein. Nach einer guten Meile lichteten sich die Bäume und das Dorf Hürben kam in Sicht. Es lag inmitten einer sumpfigen Landschaft und der Weg dorthin verlief auf einem aufgeschütteten Gangsteig. Je näher er den Häusern kam, desto stärker wurde seine Anspannung.

Kapitel 35

Düstere Wolken hingen am Himmel, die Anna zusätzlich den Hals zuschnürten. Das Gewitter der letzten Nacht hatte mit zuckenden Blitzen und krachenden Donnerschlägen den Herbst gebracht. Die zugige Ladefläche des Karrens bot keinen Schutz gegen den kalten Nieselregen. Auf ihrem Schoß saß dicht an sie geschmiegt Ignaz. Seine Hand umklammerte den Holzlöffel mit der silbernen Einlegearbeit, den er in den letzten beiden Tagen nicht hergeben wollte. Nur im Schlaf, wenn sich seine Glieder entspannten, entglitt er seiner Faust. Irgendeine Bewandtnis musste es mit diesem wertvollen, ihr unbekannten Stück haben. Danach fragen konnte sie Ignaz auch nicht, denn er war seit dem Tod seiner Mutter stumm. Kein Laut kam über seine Lippen. Wenn er etwas wollte, deutete er nur darauf. Selbst die jungen Katzen, die ständig um seine Beine strichen, vermochten nicht, ihm eine Gefühlsregung zu entlocken. Was war in der Todesnacht mit ihrer Schwägerin geschehen? Vermutlich würde sie das nie erfahren. Das war momentan aber ihre kleinste Sorge. Heute sollte Lenz auf den Sedlhof zurückkommen. Gretl hatte ihm eine Kammer hergerichtet. Anna war sich sicher, dass die alte Magd diese

Neuigkeit längst dem Pfarrer gesteckt hatte. Deshalb musste Lenz sofort weiter. Jede Stunde auf dem Sedlhof war gefährlich für ihn. Was bedeutete dies jedoch für sie selbst? Jörg hatte ihr unmissverständlich zu verstehen gegeben, dass sie mit Lenz mitgehen sollte. Da war Agnes aber noch am Leben. Sie fragte sich, was aus Ignaz und Gebhart wurde, wenn sie Hürben den Rücken kehrte.

Als hätte Gretl ihre Gedanken gelesen, wandte sich die Magd auf dem Kutschbock zu ihr um: „Du kannst nach der Beerdigung gleich bei deinem Bruder auf dem Gütl bleiben. Es ist deine Pflicht, sich um ihn und Ignaz zu kümmern."

Mit einem kräftigen Ruck am Zügel brachte Jörg Sedlmaier das Pferd zum Stehen. In barschem Ton fuhr er Gretl an: „Jetzt bringen wir erst einmal die Agnes unter die Erde. Anna kommt anschließend zusammen mit ihrem Neffen zurück zu uns. Alles weitere wird sich finden." Er schlug das Pferd und der Wagen zuckelte weiter.

Lenz näherte sich Hürben aus westlicher Richtung. Der schmale, höher gelegene Gangsteig teilte die sumpfige Landschaft, sodass er trockenen Fußes das Moos durchqueren konnte. Je näher er dem Dorf kam, desto schwerer wurden seine Beine. Der feine Regen verstärkte den Modergeruch des Moores, und trübte seine Stimmung. Vielleicht hätte er zuerst nach Hochdorf gehen sollen, um mit Anna zu reden? Dafür war es nun zu spät.

Das erste Haus des Dorfes, nahe dem Waldrand, musste Annas Beschreibung nach das Schusterhaus sein. Er umrundete die ärmliche Hütte. Hinter dem Haus fand er einen Gemüse- und Kräutergarten vor. Unter Apfel-, Birn- und Mispelbäumen grasten ein Schaf und eine magere Ziege. Eine Bogenschussweite entfernt sah er zwei Bienenstöcke. Aus dem Inneren war kein Laut zu hören.

Er klopfte. Niemand öffnete. Er drückte gegen die grob gezimmerte Tür. Sie war verschlossen. Seltsam. Sollte er warten oder im Ort nach den Schusters fragen? Im Osten ragte der Turm einer kleinen Pfarrkirche auf. Dort gab es sicher eine Gaststätte. Wenn jemand etwas wusste, war es der Wirt. Seufzend machte sich Lenz auf den Weg dorthin, als ihm ein Pfarrer auf einem Maulesel entgegenkam.

Der junge Priester zügelte sein Reittier. „Gelobt sei Jesus Christus, mein Sohn! Bist du ein Wanderer, der den Weg sucht?"

Widerwillig zog Lenz sein Barrett vom Kopf. „In Ewigkeit, Amen. Ich bin auf der Suche nach dem Bruder der Schuster Anna. Wisst Ihr, wo ich ihn finde?"

Der Pfarrer zuckte kaum merklich zusammen. „Du meinst sicher den Schuster Gebhard. Ich habe gerade seine Frau Agnes beerdigt. Er wird sicher gleich kommen. Du kannst hier auf ihn warten."

Noch bevor Lenz sich bedanken konnte, trieb der Pfarrer sein Reittier mit den Hacken an und verabschiedete sich mit einem wortlosen Winken. Verwundert sah ihm Lenz nach. Welche Wanze hatte den denn gebissen? Niedergeschlagen setzte er sich auf die verwitterte Bank vor dem Häusl. Seine Hoffnung löste sich gerade in Luft auf. Die Gedanken drehten sich im Kreis. War eine Aussprache mit Annas Bruder unter diesen Umständen überhaupt möglich? Vor allem: Was würde Anna tun, jetzt, wo ihre Schwägerin tot war? Er hatte keine Ahnung. Diese Nachricht saugte alle Kraft aus ihm. Seine Lider wurden schwer und Müdigkeit übermannte ihn. Sein Kopf sackte auf die Brust.

Gebharts Beine fühlten sich an, als hätte er einige Humpen Bier zu viel intus. Dabei war es nur ein kleiner Becher gewesen, den er zusammen mit dem Hüter-Christl und dem einbeinigen André beim Dorfwirt getrunken hatte. Für den Trauertrunk hatte ihm der Sedlbauer ein paar Münzen zugesteckt. Er selbst war gleich nach dem Aufstellen des grob gezimmerten Holzkreuzes zurückgefahren, zusammen mit Anna und Ignaz.

Gebhart hatte Anna gesagt, dass sie zurück auf sein Gütl musste. Er brauchte eine Frau im Haus. Sein stummer Sohn eine Tante, die sich um ihn kümmerte, wenn er seiner Arbeit nachging. Seltsamerweise verspürte Gebhart keine Trauer über den Tod seiner Frau und seines ungeborenen Kindes. Der Winter stand vor der Tür. Wer konnte sagen, ob die ausgezehrte Agnes und das Neugeborene überhaupt überlebt hätten. Wichtig war, dass Anna in Hürben blieb. Denn dann verschwand hoffentlich auch der Bauernschlächter aus ihrem Leben. Tief in ihm brannte kalte Wut, wenn er an diesen Kerl dachte. Augenblicklich sah er wieder das Schlachtfeld vor sich. Lenz, der wie ein Berserker auf André eingeschlagen hatte. Nur ein Hieb mit der alten Glefe von Gebharts Vaters hatte ihn davon abgehalten, André zu zerhacken. Während der seit dem Bauernkrieg für alle sichtbar verkrüppelt war, war Gebhart wie durch ein Wunder äußerlich heil zurückgekehrt.

Er hielt inne. Auf der Bank vor seinem Haus saß jemand. Plötzlich begann der hinter ihm humpelnde André wie verrückt zu kreischen.

Ein irrsinniges Gebrüll drang durch den Halbschlaf in Lenz' Bewusstsein, und für einen Herzschlag lang hatte er das Gefühl, wieder auf dem Schlachtfeld zu stehen. Erschrocken sprang er auf, taumelte und schloss übermannt vom Schwindel kurz die Augen. Jemand packte ihn grob an der Schulter und stieß ihn auf die Bank zurück. Als Lenz sah, wer ihm da mit tief in den Höhlen liegenden Augen gegenüber stand, sprang er erneut auf.

Gebhart Schuster musste schreien, um André zu übertönen: „Was hast du hier verloren? Mach, dass du verschwindest!"

Lenz hob abwehrend die Hände. „Ich muss mit dir reden."

„Es gibt nichts zu reden!" Gebhart holte einen Schlüssel aus seiner Tasche und bedeute dem Hüter-Christl, den immer noch schreienden André in die Hütte zu schaffen. Als sich die Tür hinter den beiden schloss, stieß Gebhart hörbar die Luft aus.

Lenz flehte: „Bitte hör mich an! Auch wenn du gerade um deine Frau trauerst. Mein Beileid."

„Dein Beileid!" Höhnisch spuckte ihm Gebhart vor die Füße. „Du weißt doch gar nicht, was Leid bedeutet. Du weißt vermutlich nicht einmal, was Hunger bedeutet. Für dich war der Krieg ein willkommener Anlass, um es den widerspenstigen Bauern zu zeigen. Auf einen am Boden Liegenden solange einzuschlagen, bis sein Bein nur noch an einem Hautfetzen hing. Wir haben um unsere Freiheit gekämpft. Ihr dagegen, um zu töten."

Lenz zuckte zurück. Er empfand diese Worte wie einen Schlag ins Gesicht. Vermutlich auch deshalb, weil sie einen Funken Wahrheit enthielten. Er erinnerte sich, wie er mit Georg bei Bier und kaltem Braten gefeixt hatte, dass die Bauern bei ihrem Anblick sofort Fersengeld geben würden. Erst auf dem Schlachtfeld war ihm die ganze Tragweite bewusst geworden. Dann wurde Georg durch die Sense niedergestreckt. Mit seinem Tod starb auch Lenz' Zukunft, denn Magdalena würde ihm das nie verzeihen. Die Wut darüber war in ihm hochgekocht, wie der Kalk in den Kalkgruben von Landsberg. Nur Gebharts Schlag hatte ihn damals aufgehalten. Er suchte nach Worten. „Du hast recht, ich war ein verblendeter Narr! In Landsberg war ich fortan nur noch der *Bauernschlächter*. Eine angebliche Ehrenbezeichnung, auf die ich nicht stolz bin. Einer der Gründe, warum ich von Landsberg fort gegangen bin. Aber in den letzten Jahren verging kein Tag, an dem ich meine Taten auf dem Schlachtfeld nicht bereut habe."

Gebhart trat dicht vor ihn. „Warum soll ich dir das glauben? Mit deinem schleimigen Gerede willst du nur gut Wetter machen. Du bringst nur Unglück über unsere Familie! Halte dich von Anna fern. Sie bleibt in Hürben und versorgt mich und Ignaz."

„Anna soll selbst entscheiden, was sie aus ihrem Leben macht. Sie hat ein Recht auf ..."

Hufgetrappel von vielen Rössern näherte sich aus Richtung Westen. Gebharts Gesicht wurde weiß wie Kreide. Lenz ahnte, dass das nichts Gutes bedeutete.

„Da, leg ihm das unter die Decke. Dann wärmt er schneller auf." Gretl deutete auf Ignaz, der zitternd und blass in Annas Bett lag. Anna nahm dankbar den warmen Mauerstein entgegen, den die Magd mit einem zerfledderten Tuch umwickelt hatte. Die Alte hatte einen Narren an dem Buben gefressen und hätschelte ihn den ganzen Tag. Anna war froh darüber, da Gretls prüfender Blick nun öfter auf Ignaz als auf ihr selbst lag. Aber auch sie brachte ihn nicht zum Reden. Der Nieselregen war mittlerweile in einen heftigen Regenschauer übergegangen. Große Tropfen schlugen gegen die mit Wachstüchern verschlossenen Fenster, die die Wärme besser im Haus hielten. Im Gütl in Hürben gab es nur die verrotteten Fensterläden.

Anna graute vor dem Gedanken, dass die zugige Kate wieder ihr Zuhause sein sollte. Sie verstand ihren Bruder, aber alles in ihr sträubte sich dagegen. Sie musste weg von hier. Selbst wenn es ihr das Herz brach, Gebhart und Ignaz zu verlassen. Anna zog es zurück nach Augsburg. Egal, was Jörg und Lenz darüber dachten. Dort fühlte sie sich frei. Bei Susanna Daucher könnte sie weiter lesen lernen. In dem großen Haus mit der Werkstatt gab es sicher für Anna Arbeit. Außerdem war Susannas Mann ein angesehener Bildhauer. Seine lutherische Gesinnung war bekannt. Auch wenn Susanna vom Rat der Stadt verwarnt worden war, konnte sich Anna nicht vorstellen, dass sie in Gefahr schwebte. Und vor diesem Christof Pfettner hatte Anna keine Angst.

Ihr war klar, dass sie für diesen Wunsch einen hohen Preis bezahlte. Sie gab nicht nur ihre Familie auf, sondern stellte auch ihre Liebe zu Lenz infrage. Sie glaubte nicht, dass er mit ihr mitkam.

Kapitel 36

Anno Domini, 24. September 1527, Hürben

Es gab keinen Zweifel. Er hatte ihn an seiner Narbe erkannt. Pfarrer Sättelin wunderte sich nur, was dieser Ketzer in Hürben trieb. Gretl hatte ihm doch anvertraut, dass sie ihm auf dem Sedlhof eine Kammer herrichten sollte. Einerlei! Wenn er die vom Herzog ausgesetzte Belohnung einstreichen wollte, musste er schnellstens den Schergen aus Hofhennaberg benachrichtigen. Am Ende verschwand dieser Lenz und mit ihm die Gelegenheit, aus zehn Gulden dreißig zu machen. Damit wäre die Aussicht auf ein wenig Wohlstand für seine Familie ebenfalls dahin.

Immer wieder schlug er seine Stiefelabsätze dem Maultier in die Flanken, das widerwillig auf den sumpfigen Wald zu trabte, der zwischen den beiden Orten Hürben und Hofhennaberg lag. Währenddessen versuchte er, sich die Worte zurechtzulegen, mit denen er den Schergen Galhart überzeugen konnte. Doch je näher er dem Forst kam, desto schwerer fiel es ihm, sich zu sammeln. Der moorige Wald erzählte seit Jahrhunderten seine eigenen Geschichten von verschwundenen Seelen und irrlichternden Wesen. Selbst als Mann des Glaubens war er gegen diese Schauermärchen nicht gefeit. Sättelin schlug ein

Kreuzzeichen und zog seine Kutte enger um sich. Hier war es deutlich kühler. Seine Beklemmung nahm zu. Auch irdische Gestalten trieben hier ihr Unwesen. Vor vielen Jahren sollte hier eine Räuberbande für Angst und Schrecken gesorgt haben. Selbst seine Soutane war am Ende kein Garant für Unversehrtheit, wenn Banditen Hunger litten. Der Ruf eines Käuzchens verwandelte seine Beklemmung in Angst. Hektisch trieb er sein Maultier mit der Gerte an, sodass es in einen kurzen Galopp fiel. Immer weiter ging es auf dem schmalen Waldweg bis zu einer großen Lichtung. Hier war es trocken und das Heidekraut stand in voller Blüte. Doch dafür hatte er keine Augen. Ein Geräusch näherte sich, das ihm das Herz in die Hosen rutschen ließ: das dumpfe Trommeln galoppierender Pferde auf feuchtem Waldboden!

Sein Reittier bockte und spreizte seine Hufe in den erdigen Boden. Mit bangem Blick starrte er den Weg entlang, der sich schon nach wenigen Schritten zwischen den Bäumen verlor. Kurz überlegte er, sich in die Büsche zu schlagen, doch dort lauerten Schlangen.

Eine Gruppe Reiter preschte auf ihn zu. Vorneweg der Scherge Galhart von Hofhennaberg! Sättelin atmete erleichtert auf und winkte aufgeregt.

Erst kurz vor Sättelin brachte Galhart seinen tänzelnden Rappen zum Stehen.

Nur mit Mühe gelang es dem Pfarrer, im Sattel zu bleiben. „Zügelt Euren Zossen."

Mit einem breiten Grinsen quittierte der Scherge den hilflosen Protest Sättelins. „Hochwürden sollten nicht im Weg stehen, wenn die Männer des Herzogs auf der Jagd sind."

Ein Herr in einem roten Wams drängte mit seinem teuren Streitross nach vorne. „Warum halten wir an? Wir sind pressiert. Schließlich wollen wir dieser Ketzer habhaft werden. Wie weit ist es noch bis Hürben?"

„Wir sind gleich da, Amtmann Schaller. Vorausgesetzt, dieser Pfaffe macht den Weg frei."

Blitzschnell erkannte Pfarrer Sättelin, dass offenbar eine Verhaftung in Hürben geplant war. Jetzt hieß es, geschickt vorzugehen, damit ihm die zwanzig Gulden nicht durch die Lappen gingen. Er wandte sich direkt an diesen Schaller, der die Truppe zu befehligen schien: „Euer Gnaden wollen Lutherische verhaften? Ich könnte Euch dabei von Nutzen sein."

Der Amtmann sah ihn abschätzig an. „Wer seid Ihr?"

„Sättelin!", donnerte Galhart. „Ihr stehlt uns die Zeit. Wir haben heute drei Ketzer zu verhaften. Schafft Euer Maultier aus dem Weg!"

Sättelin wusste, wenn er jetzt klein beigab, war die herzogliche Belohnung dahin. Der Gedanke an seine Frau und seinen kleinen Sohn verlieh ihm eine Stärke, die ihm sonst fremd war. Er trieb sein Maultier an Galhart vorbei. „Euer Gnaden, ich komme gerade aus Hürben. Wenn Ihr mir sagt, nach wem Ihr sucht, könnte ich behilflich sein."

Schaller hielt inne; kratzte sich am Kinn. „Kein schlechter Gedanke. Vielleicht kann uns der Pfaffe wirklich helfen, Galhart."

„Hört nicht auf ihn", drängte der Scherge. „Ich kenne das Schusterhaus in Hürben. Sein Rat wird nicht gebraucht."

Sättelin horchte auf. „Wollen Euer Gnaden den Schuster von Hürben verhaften? Ihr müsst wissen, dass ich vorhin seine Frau unter die Erde gebracht habe. Ein unglücksseliger Sturz ..."

„Ihr kennt den Schuster Gebhart?"

„Ja, Euer Gnaden. Und ich kenne noch einen Ketzer, den Ihr ..."

Galhart fluchte. Er packte das Zaumzeug Sättelins. „Geht aus dem Weg, Hochwürden, oder ich vergesse mich."

Schaller stieg vom Pferd und entriss dem Schergen die Zügel des Maultiers. „Meister Galhart, ich muss doch sehr bitten. Wir sollten einem Diener unserer heiligen Mutter Kirche mehr Respekt zuteilwerden lassen. Immerhin ist er es, der unseren Glauben zu den Menschen bringt. Benehmt Euch!" Mit einem Lächeln wandte sich Schaller an Sättelin: „Wir sind in der Tat auf der Suche nach dem Schuster Gebhart, einem Drexler André und einem Jos Christl. Wisst Ihr, wo sich diese Kerle gerade aufhalten?"

Sättelin nickte eifrig. „Die drei sind alle zusammen nach der Beerdigung zurück ins Schusterhaus. Ich kann Euer Gnaden hinführen."

Die Adern an Galharts Hals traten dick und rot hervor. Er schnaufte, als ob er einen Ochsen niederringen würde. „Das habe ich doch gesagt. Wir brauchen den Pfaffen nicht, der will sich nur wichtig machen."

Amtmann Schaller sah ihn belustigt an. „Warum so zornig, werter Kollege? Ich denke, wenn uns Hochwürden direkt zu den Ketzern führt, schnappen wir alle auf einmal. Außerdem ist es sicher von Vorteil, wenn bei der Verhaftung von Ketzern der örtliche Pfarrer dabei ist. Dann begreift das Dorfvolk gleich, dass sie es sich nicht mit der Kirche verscherzen sollten. Dafür lasse ich gerne zehn Gulden Belohnung springen."

Sättelins bemühte sich, seine Freude zu verbergen. Das lief ja besser als erwartet. Die Aussicht auf weitere zehn Gulden von diesem Amtmann hob seine Stimmung. Durch das Narbengesicht Lenz war noch mehr drin. Er musste das Eisen nur geschickt genug schmieden. Sorgfältig wählte er die folgenden Worte: „Ich habe Nachricht erhalten, dass sich ein narbengesichtiger Ketzer aus Augsburg gerade in Hürben aufhält. Der Kerl soll ein glühender Anhänger Luthers sein, wie man so hört."

Galhart starrte Sättelin skeptisch an. „Woher wisst Ihr das?", zischte er.

Schaller ignorierte den Einwurf des Schergen aus Hofhennaberg. „Heißt dieser Ketzer vielleicht Jos von Augsburg? Den suchen wir nämlich auch."

„Nein, Euer Gnaden. Er heißt Lenz, kommt aber ebenfalls aus Augsburg."

Gebhart zählte acht Bewaffnete, die in Windeseile sein Haus umstellten. Wie vom Donner gerührt stand er da und sah den Soldaten entgegen. Ein schmächtiger Mann im roten Wams trieb seinen Rappen nach vorne. „Das darf doch nicht wahr sein! Bist du nicht der Kerl, der uns vor zehn Tagen zum Narren gehalten hat?" Mit einem diabolischen Grinsen platzte er heraus. „Am Ende bist du der Schuster von Hürben?"

Gebhart trat einen Schritt zurück. „Das bin ich. Was wollt Ihr von mir?"

„Du bist der Ketzerei angeklagt. Ich verhafte dich im Namen des Herzogs von Baiern." Er zeigte mit seinem Rapier auf Lenz. „Und wer bist du?"

In diesem Augenblick tauchte Pfarrer Sättelin auf. „Das ist der Ketzer Lenz aus Augsburg, Euer Gnaden."

Aus der windschiefen Schusterhütte drang ein hysterisches Kreischen. „Richtig! Und das ist sicher dieser André, der angeblich unter Frundsberg in Italien gekämpft hat. Jetzt schließt sich der Kreis." Auf einen Wink saßen zwei seiner Männer ab und stürmten ins Haus.

Kapitel 37

Anno Domini, 25. September 1527, Hochdorf

Der innere Drang, etwas zu tun, wuchs von Stunde zu Stunde. Nur was? Lenz war gestern nicht wie erwartet auf dem Sedlhof erschienen. War er doch gleich nach Memmingen aufgebrochen? Ohne mit ihr zu reden. Das zumindest hatte der Sedlbauer vermutet. Eigentlich war es ihr egal, weil sie ohnehin nach Augsburg ging. Gleichzeitig war sie enttäuscht. Empfand sie doch mehr für Lenz, als sie sich das selber eingestand?

Anna trug den Nachttopf nach draußen, um ihn ins Gestrüpp zu schütten. Die Sonne kletterte gerade über die gedrungenen Dächer des Bauernhofes und Anna genoss für einen Moment die Strahlen auf ihrem Gesicht.

Die Ruhe währte nicht lange. Stimmengewirr näherte sich. Jörg eilte mit schnellen Schritten auf sie zu. Dicht gefolgt von Gretl. Am entsetzten Gesichtsausdruck des Sedlbauern erkannte sie, dass etwas Furchtbares geschehen sein musste. Ihr Herz setzte für einen Moment aus. „Was ist los?" Ihre Stimme gehorchte ihr kaum.

Noch bevor Jörg antworten konnte, fuhr die Magd dazwischen: „Die Soldaten des Pflegers haben gestern Abend diesen Lenz verhaftet." Sie schlug sich triumphierend auf die Brust. „Das ist auch mein Verdienst, dass dieser Ketzer auf dem Scheiterhaufen landet. Pfarrer Sättelin wird stolz auf mich sein und mich in seine Gebete einschließen."

Wütend blaffte Jörg: „Spar dir dein überhebliches Gekeife. Falls du es vergessen hast: Die haben nicht nur diesen angeblichen Ketzer, sondern auch den Schuster Gebhart, den Hüter-Christl und den einbeinigen André mitgenommen."

Anna presste entsetzt die Hand vor den Mund. „Aber warum?", stammelte sie.

Mit schnippischer Stimme warf Gretl ein: „Die haben vermutlich alle Dreck am Stecken."

„Halt dein giftiges Maul, Gretl!"

Mit entsetzt aufgerissenen Augen starrte die Alte ihren Ziehsohn an.

So wütend hatte Jörg vermutlich noch nie mit seiner Magd geredet. Aber daran erkannte Anna, unter welchem Druck der Sedlbauer stand. Schließlich war er jetzt genauso in Gefahr.

Jörg bemühte sich, seine Erregung zu dämpfen: „Ich kann mir nicht vorstellen, dass sie alle Ketzer sind."

Mit einem Seitenblick auf die alte Gretl fuhr er fort: „Den Lenz kenne ich nicht, aber für die anderen drei lege ich meine Hand ins Feuer. Das sind alles redliche Altgläubige."

Anna hoffte, dass Gretl die Falschheit seiner Worte nicht merkte. Die Alte hatte ein sprichwörtliches Gespür dafür.

Für einen Moment sah sie Jörg tatsächlich zweifelnd an, bevor sie sich umdrehte und murmelnd wegging: „Ich bereite jetzt das Frühessen vor. Ihr werdet schon sehen, dass ich recht habe."

Als Gretl außer Hörweite war, hakte Anna bei Jörg Sedlmaier nach: „Woher weißt du das alles?"

„Ein Nachbar deines Bruders stand in aller Früh vor der Tür. Du kannst dir vorstellen, dass sich das wie ein Lauffeuer im Fürchelmoos verbreitet. Die einen wird es freuen, während die anderen ängstlich der Dinge harren, die da auf uns alle zukommen."

„Sollen wir jetzt einfach abwarten?" Anna war fassungslos.

„Uns sind fürs Erste die Hände gebunden." Jörg klang resigniert. „Sie werden vermutlich alle nach Landsberg in die Fronveste gebracht."

„Nach Landsberg? Da stammt Lenz her."

„Das hilft ihm nicht. Im Gegenteil. Der Pfleger dort ist ein harter Hund und will keine Unruhe im Gerichtsbezirk. Deshalb wird er sich nicht scheuen, auch einen Landsberger der peinlichen Befragung zu unterziehen. Wenn da nur der kleinste Hinweis zutage kommt, ist Lenz' ganze Familie in Gefahr. Der baierische Herzog kennt in Glaubensdingen keine Gnade. Der hat schon Leute wegen Lästerung der heiligen Maria auf den Scheiterhaufen gebracht." Er hielt inne. „Und danach kommen sie zu uns."

Das drohende Unheil war in diesem Moment mit den Händen greifbar. Den Tränen nahe drängte Anna: „Was machen wir jetzt?"

„Du bleibst erst einmal hier. Ich reite sofort nach Augsburg zum Färber-Jos. Er muss erfahren, was passiert ist. Schließlich weiß man nie, welche Namen unter der Folter preisgegeben werden."

Anno Domini, 25. September 1527, Hofhennaberg

Als Lenz nach einem unruhigen Dämmerschlaf erwachte, tat ihm jeder Knochen weh. Doch daran war nicht nur der harte Boden hier im Gefängnis von Hofhennaberg schuld. Die Büttel waren bei der gestrigen Verhaftung nicht zimperlich gewesen. Ächzend setzte er sich auf. Durch das kleine vergitterte Fenster drang das erste Tageslicht. Es vermochte jedoch nicht die stinkende Zelle durchzulüften. In der Ecke schnarchte der Mann, den Gebhart gestern Hüter-Christl genannt hatte. Verschnürt daneben lag André. Er trug einen Knebel im Mund und schnaufte schwer. Immer wieder zuckte er heftig im Schlaf. Weil er seit seiner Verhaftung wild um sich geschlagen und geschrien hatte, war er von den Soldaten des Pflegers kurzerhand mit Stricken gefesselt worden. Im Zwielicht der Zelle sah Lenz, wie Gebhart ihn wütend anstarrte. Er räusperte sich. Seine Stimme klang rau. „Warum wurden wir verhaftet?"

Gebhart schnaubte. „Sie haben vor zwei Wochen unseren Freund Mathes geschnappt und vermutlich hat der unsere Namen ausgeplaudert. Wer hat dich verraten?"

„Ich weiß es nicht. Vielleicht hat der Landrichter in Landsberg Nachricht bekommen aus Augsburg?"

Gebhart schüttelte den Kopf. „Das glaube ich nicht. Der Augsburger Stadtrat ist nicht der Helfershelfer des baierischen Herzogs. Ich bin mir sicher, dass dich die bigotte Hexe Gretl bei Pfarrer Sättelin verkauft hat. Warum sonst war er bei dem Trupp dabei. Eigentlich kann mir das egal sein. Aber wenn das stimmt, ist auch Anna in Gefahr. Das sorgt mich."

Lenz nickte niedergeschlagen. „Der Pfaffe hat mich bei deinem Gütl gesehen und vermutlich an meiner Narbe erkannt."

„Deine Narbe hast du dir selbst zuzuschreiben. Du bringst nur Unglück über unsere Familie." Gebhart verbarg den Kopf zwischen den Händen.

Lenz wusste, dass jedes weitere Wort sinnlos war. Er legte sich wieder hin und versank in dumpfes Brüten.

Der Riegel wurde zurückgeschoben und zwei Büttel postierten sich vor der offenen Tür. Amtmann Schaller erschien im Türrahmen. „Guten Morgen, die Herren. Ich hoffe, ihr hattet eine angenehme Nacht. Er lachte sarkastisch und deutete auf Lenz und Gebhart. Ihr beide tragt den Krüppel auf den

Wagen. Der ist gut verschnürt und braucht keine Eisen. Den Knebel lasst ihr drin. Sein Geschrei macht mich sonst irre."

Andrés Augen rollten wild, als er Lenz auf sich zukommen sah. Durch das dreckstarrende Tuch drangen erstickte Laute. Ein dunkler Fleck auf seiner Hose verriet, dass er sich vor Angst einnässte. So hilflos hatte Lenz sich noch nie gefühlt.

Gebhart trat hinzu und stieß Lenz zur Seite. Er hob seinen vor sich hinwimmernden Freund auf und schleifte ihn nach draußen. Lenz und der Hüter-Christl folgten. Aus den Augenwinkeln zählte Lenz vier Büttel mit ihren Hellebarden im Anschlag. Dieser grobschlächtige Galhart lungerte zusammen mit einem weiteren Waffenknecht hinter einem Wagen mit zwei Ochsen. Sieben Männer! An Flucht war nicht zu denken. Der Schmied der Hofmark führte sie zu einem kleinen Amboss. Lenz war der Erste. Die Handschellen, verbunden mit einer rostigen Kette, fühlten sich kalt an. Der Schlag, mit dem der Schmied den Niet befestigte, ging ihm durch Mark und Bein.

Als sie alle in Eisen lagen, gab Schaller den Befehl zum Aufbruch: „Gebhart Schuster, Christoph Jos und Lenz von Augsburg, ihr werdet heute nach Landsberg gebracht. Aufsitzen!"

Der Scherge Galhart und einer seiner Männer nahmen auf dem Kutschbock Platz. Mit einem spöttischen Grinsen drehte er sich zu den Gefangenen um: „Macht es euch bequem. Die Reise nach Landsberg wird die letzte angenehme Erfahrung für euch werden."

Lenz zog an seinen Handschellen. Vielleicht konnte er sie abstreifen. Als die Haut an seinen Handgelenken aufriss, gab er auf. Sie waren zu eng, um einfach herauszuschlüpfen.

Mit einem Seitenblick beobachtete er die Wachmannschaft, die den Transport begleitete. Er kannte keinen. Sie ihn hoffentlich auch nicht. Zumindest war keine Spur des Erkennens auf ihren Gesichtern. Nachdem er als Lenz aus Augsburg verhaftet wurde, würden sie ihn nicht mit den Kirchpergers in Landsberg in Verbindung bringen. Somit war seine Familie erst einmal nicht in Gefahr.

„Denkst du an Flucht?"

Lenz sah erschrocken zu Gebhart, der dicht neben ihm saß. „Kannst du Gedanken lesen?", raunte er ihm zu. „Bis auf den jungen Kerl, der die Nachhut bildet, sind die Männer alle alt und fett. Die haben ihre besten Tage lange hinter sich. Einen Versuch ist es wert."

Gebhart schüttelte kaum merklich den Kopf. „Die Kerle haben Pferde und Maulesel, schon vergessen? Wie willst du denen entkommen? Bist du etwa schnell wie ein Hase? Ganz abgesehen davon, dass es noch Galhart und Schaller gibt."

„Wenn wir irgendwann anhalten, hätten wir die Gelegenheit, die Büttel zu überwältigen und uns in einen Wald zu flüchten."

„Träum weiter, du Narr!"

In diesem Augenblick sah der Scherge Galhart nach hinten. Mit zusammengekniffenen Augen fixierte er Gebhart und Lenz. Dann zog er ein langes Messer und begann sich die Fingernägel damit sauberzumachen. Beiläufig merkte er an: „Ihr täuscht euch, wenn ihr meint, ich höre nichts. Sollte jemand fliehen wollen, wird er es bitter bereuen."

Nach einer Stunde erreichte der Zug den Weiler Heinrichshofen. Ab hier verlief der Weg am Flüsschen Paar entlang.

„Haaalt!", rief der Amtmann unvermittelt von der Spitze des Zuges.

Der Ochsenkarren blieb stehen.

„Warum halten wir?" Aufgeregt sprang der Scherge Galhart vom Kutschbock. Auch die Soldaten sahen sich fragend an.

Amtmann Schaller, der ein Stück voraus war, wendete seinen Rappen und rief: „Ich muss scheißen! Der Bohneneintopf von gestern fordert seinen Tribut. Hier gibt es wunderbares Schilf am Ufer. Wir machen eine Rast." Ohne ein weiteres Wort stieg er ab und schlug sich in die Büsche.

Galhart unterdrückte einen Fluch und kam zurück zum Wagen. „Dieser aufgeblasene Gockel!" Er stieß seinen Kameraden auf dem Kutschbock in die Seite. „Hab ein Auge auf die Kerle. Wenn wir schon halten, erleichtere ich mich ebenfalls."

Der Mann nickte und setzte sich so, dass er die Gefangenen im Blick hatte. Die Landsberger Büttel saßen ab. Einer von ihnen holte einen Bierschlauch aus seinem Beutel. Er ließ ihn kreisen und bot ihn auch dem Hofhennaberger Kutscher an. Sichtlich erfreut stieg der vom Wagen.

„Jetzt oder nie!", zischte Lenz den anderen zu.

„Wir gehen nicht ohne den André", erwiderte Gebhart. Christl nickte unsicher. Lenz hatte ihn noch kein einziges Wort sagen hören. Auch jetzt blieb er stumm.

Lenz verdrehte die Augen. „Wir können André nicht mitnehmen. Außerdem ..." Er packte Gebhart am Arm und flüsterte: „... werden die ihm nichts tun. Er kann nichts ausplaudern. Uns dagegen würden sie jede Menge an Auskünften abpressen. Also, ich versuche mein Glück. Kommt mit oder bleibt hier." Damit schwang er sich über die Seitenwand des grob gezimmerten Karrens. Aus dem Augenwinkel sah er, dass Gebhart und Christl es ihm doch gleichtaten. Kaum waren sie aus dem Wagen gesprungen, schlug der Kutscher Alarm. Lenz rannte auf ihn zu und sprang ihn mit den Füßen voraus über den Haufen.

Der Landsberger Büttel ließ seinen Schlauch Bier fallen und griff nach seiner Helmbarte. Er holte aus, um Lenz mit einem mächtigen Hieb den Schädel zu spalten. Gebhart warf sich dazwischen und versetzte dem Büttel einen kräftigen Faustschlag, der ihn zu Boden schickte.

Galhart tauchte auf und zog sein Rapier.

Lenz schrie: „In den Fluss, lauft um euer Leben!" Er rannte los, drehte sich nicht mehr um. Schon nach wenigen Schritten erreichte er das Ufer der Paar. Ohne Zögern lief er weiter, Wasser spritzte auf. Er verlor den Boden unter den Füßen, trat ins Leere und stürzte. Das Flüsschen war tiefer als vermutet. Das kalte Nass raubte ihm den Atem. Hektisch strampelnd versuchte er, die Wasseroberfläche zu erreichen. Seine Fesseln behinderten ihn dabei. Er schluckte Wasser. Sein Kopf schien zu bersten. Todesangst legte sich mit kalter Hand um sein Herz. Alles verlangsamte sich. Bilder tauchten auf. Sein Vater, seine Großmutter Julia. Anna und er unter der Weide in Augsburg. Sein Körper wurde schwer. Er sank zu Boden. Nein! Er wollte nicht sterben. Mit letzter Kraft stieß er sich ab. Bekam den Kopf wieder aus dem Wasser. Gierig sog er die Luft ein. Seine Füße fanden Grund. Auf allen vieren schleppte er sich auf der anderen Seite ans Ufer, die Böschung hoch. Er rappelte sich auf und stolperte los. Erst langsam, dann immer schneller. Bis das Blut in seinen Ohren rauschte. Seine nasse Kleidung klebte an ihm. Egal, nur weiter. Panisch lauschte er auf Hufgetrappel, wartete, dass ihn jemand in den Rücken stieß. Nichts dergleichen geschah.

Eine kleine Kirche tauchte vor ihm auf. Im Schutz ihrer Hecke hielt er an und wandte sich um. Niemand folgte ihm, er war allein. Kein Anzeichen, dass Gebhart oder Christl ebenfalls entkommen waren. Langsam beruhigte sich sein Atem. Er mochte gut und gerne eine Meile gelaufen sein. Hinter dem Kirchlein stieß er auf einen weiteren Fluss. Dort im Schilf verbarg er sich, um auf die Nacht zu warten. Mit Ketten gefesselt konnte er ja kaum durch die Gegend laufen. Wenn es dunkel war, würde er versuchen, nach Hochdorf zu kommen. Dann traf es ihn wie ein Blitz – er kannte diese Kirche und den Fluss! Nicht weit entfernt lag die Hofmark Schmiechen, wo er bis vor Kurzem auf einem Bauernhof gearbeitet hatte. Die Bauern dort würden einem Bruder im Geiste die Fesseln lösen.

Kapitel 38

Anno Domini, 25. September 1527, Augsburg

Er war kein Mörder! Christof kniete auf seiner Gebetsbank. Die Finger so fest verschränkt, dass die Knöchel weiß hervortraten. Seine Lippen sprachen tonlos das *Pater Noster*, doch seine Gedanken waren in der armseligen Kate bei der toten Schusterfrau. Wie verwundert ihn die gebrochenen Augen angestarrt hatten. Der aufgerissene Mund des Buben unter dem Tisch. Wie war es so weit gekommen? Schien es doch bis dahin, als würde der Segen des Allmächtigen über seinem Vorhaben liegen. Alles war wie geplant verlaufen. Und dann das. Was wollte ihm Gott damit sagen? Er wusste es nicht.

Christof hoffte nur, dass der geldgierige Raphael Sättelin keinen Verdacht schöpfte. Er war der Einzige, der von seinem Besuch in Hürben Kenntnis hatte. Selbst sein wertvoller Löffel, den er beim Gerangel mit der Schusterin verloren hatte, konnte ihn nicht verraten. Schließlich war kein Name in das Rosenholz mit der silbernen Einlegearbeit geschnitzt.

Es klopfte. Ohne auf sein ´Herein´ zu warten, trat Bürgermeister Rehlinger ins Zimmer. „Verzeiht. Ich wollte Euch nicht bei Eurer Andacht stören."

„Ihr stört nicht." Christof erhob sich und setzte sich an seinen Arbeitstisch. „Ich wollte gerade die Predigt für kommenden Sonntag ausarbeiten. Sie muss besonders gut werden. Schließlich begehen wir das Erntedankfest."

„Nicht zu vergessen", Rehlinger drohte ihm schelmisch lächelnd mit erhobenem Zeigefinger, „Ihr tretet offiziell Eure neue Predigerstelle in der Sankt-Anna-Kirche an. Die Leute sollen hinterher nicht sagen müssen, dass der Bürgermeister einen Dummschwätzer ausgesucht hat."

Das war wieder typisch. Rehlinger konnte seine anzüglichen Sprüche nicht lassen. Christof verkniff sich die gehässige Bemerkung, die ihm auf der Zunge lag. „Diese Sorge kann ich Euch nehmen. In meinem Kopf ist die Predigt schon fertig. Ich muss sie nur noch zu Papier bringen." Er deutete auf den Tisch, auf dem neben dem Papierstapel sowohl die Bibel, als auch einige Werke berühmter lutherischer Denker lagen.

„Das beruhigt mich. Schließlich sind wir seit den Verhaftungen der Gartenbrüder mehr denn je unter Beobachtung. Selbst in unserem liberalen Augsburg stößt die Einkerkerung von Kießling und seinen Kumpanen nicht überall auf Zustimmung. Wir dürfen uns keine Fehler leisten."

Christof nickte. Ihm selbst folgten feindselige Blicke, wenn er durch die Gassen oder über den Stadtmarkt ging. Jedermann in Augsburg wusste, dass durch

Christof Pfettner, den Hausgeistlichen der Rehlingers, der Stein ins Rollen gekommen war.

„Aber eigentlich bin ich nicht wegen der Predigt hier." Rehlinger griff in die Tasche seiner Hose und zog einen Löffel hervor. „Es ist mir nicht entgangen, dass der Eurige nicht mehr an Eurem Gürtel hängt."

„Der ist mir auf dem Weg zu meiner kranken Schwester gerissen. Da muss mir der Löffel vom Pferd gefallen sein", murmelte Christof verlegen. „Leider habe ich es zu spät bemerkt. Und bislang keine Zeit gehabt, mir einen neuen zu besorgen." Wenigstens der letzte Satz entsprach der Wahrheit.

„Ich wollte Euch einfach eine Freude machen. Außerdem habt ihr Euch für Euren Einsatz, die *Wiedertäufer* betreffend, eine kleine Anerkennung verdient."

Christof wehrte ab. „Es ist meine Christenpflicht zu verhindern, dass Ketzer das Wort Gottes verfälschen."

„Das ist Euch auch gelungen. Nicht nur in Augsburg. Mich hat gerade ein Bote des Landsberger Landrichters erreicht. Sein Amtmann ist in den Lechrain aufgebrochen, um Verhaftungen vorzunehmen. Er ersucht uns, nach einem *Jos von Augsburg* zu fahnden, der im Lechrain predigen soll."

Christofs Herzschlag stockte für einen Wimpernschlag. Der Meister von Anna hieß auch Jos. Schnell erwiderte er: „Leider heißt bei uns jeder zweite Jos. Ein aussichtsloses Unterfangen. Kennt Ihr noch weitere Namen?" Insgeheim hoffte er, dass der von Anna nicht dabei war.

Rehlinger schlug ihm kameradschaftlich auf die Schulter. „Nein. Ich gebe Euch das Schreiben bei unserem gemeinsamen Nachtmahl. Dann könnt Ihr es selbst lesen." Er zwinkerte verschwörerisch. „Wir dürfen nur nicht zu lange über unsere Erfolge sprechen. Meine Frau und meine Tochter können das langsam nicht mehr hören."

„Ich bin sicher, wir finden einen Gesprächsstoff, der Eurer werten Gemahlin und dem Fräulein Tochter gefällt."

Kapitel 39

Anno Domini, 25. September 1527, Landsberg

Schlag vier zuckelte der Wagen mit den drei Gefangenen durch das Münchner Tor im Osten der Salzhandelsstadt Landsberg. Die Wachsoldaten ließen Amtmann Schaller und seine Truppe ohne weiteres passieren. Im Hintergrund ragte ein zweiter Turm des massiven Bollwerks auf. Der Hüter-Christl musste unwillkürlich schlucken, als sein Blick dem prächtig bemalten Torturm in schwindelerregende Höhen folgte. So etwas hatte er noch nie gesehen. Selbst der Kirchturm in Hürben war nicht so hoch. Sanft drückte er die eiskalte Hand von Gebhart Schuster, die er seit dem missglückten Fluchtversuch in seiner hielt. Gebhart reagierte nicht. Seit Stunden lag er teilnahmslos auf dem Boden des grob gezimmerten Wagens. Nur das unruhige Flackern der Lider verriet, dass er noch lebte. Um seinen Kopf war ein blutiger Verband gewickelt. Dort hatte ihn die stumpfe Seite einer Hellebarde getroffen, als er diesem Lenz aus Augsburg folgen wollte. Christl war daraufhin starr vor Angst stehen geblieben.
Nachdem Lenz entkommen war, hatte Schaller getobt; seine Männer und Galhart als feige Schweine beschimpft, weil sie den Flüchtigen nicht durch den Fluss Paar verfolgt hatten.

Der Wagen holperte weiter über das Kieselpflaster bergab. Nach kurzer Zeit erreichten sie die Landsberger Burg, wo sie im zweiten Burghof anhielten.

Ein älterer Mann eilte auf sie zu: „Schaller, Ihr kommt spät."

„Wir haben Euren Befehl ausgeführt, Herr Landrichter. Die drei Gesuchten sind in unserer Hand. Wir haben sogar noch einen weiteren Ketzer verhaftet."

Leicht außer Atem hielt der Landrichter am Wagen an und besah sich die Gefangenen. Sein Gesicht verfärbte sich rot. „Haltet Ihr mich für blöd? Ich sehe nur drei, und zwei davon sind mehr tot als lebendig! Was habt Ihr angerichtet? Ihr solltet die Leute nur festnehmen und nicht massakrieren."

Der Hüter-Christl sah, dass sich der bislang so selbstgerechte Amtmann Schaller wie ein Aal wand, bevor er weitersprach: „Euer Ehren, es ist nicht so, wie es aussieht. Der vierte Mann hat die Kerle zur Flucht angehalten. Es gab einen Kampf und er ist uns entwischt."

„Wie hieß der Mann?"

„Lenz von Augsburg. Mehr wissen wir nicht, aber eine Narbe hat seine Visage verunstaltet. Den erkennt man auf den ersten Blick."

Der Landrichter zog eine Augenbraue hoch. „Noch ein Augsburger ohne Nachnamen. Seid Ihr sicher, dass der Geflohene nicht Jos aus Augsburg hieß?"

Schaller sah ihn verwirrt an. „Wie meinen?"

Der Landrichter winkte ab. „Vergesst es! Von diesem Jos heißt es, dass er ein Ketzerprediger im Lechrain sei. Zumindest hat dies der Beschuldigte Hoffmair ausgesagt."

Der Hüter-Christl senkte den Blick und versuchte sich, sein Erschrecken nicht anmerken zu lassen. Jos war sicher derjenige, der bei ihnen in Hürben gepredigt hatte.

In diesem Moment bemerkte der Landrichter, wer mit auf dem Kutschbock saß. Erneut wetterte er los: „Ich kann mich nicht erinnern, Euch befohlen zu haben, den Hofhennaberger Grobian Galhart ins Vertrauen zu ziehen. Dass die Gefangenen halbtot sind, ist ja wohl sein Werk."

Schaller öffnete den Mund, aber Haidenbucher schnitt ihm das Wort ab. „Haltet keine Maulaffen feil. Geht hinunter in die Stadt und holt den Physikus Moritz in die Fronveste. Galhart wird den Weg dorthin ja wohl alleine finden." Er zeigte auf den am Kopf verletzten Gebhart. „Am Ende stirbt uns dieser Mann, bevor er befragt werden kann. Das würde Euch teuer zu stehen kommen, das verspreche ich Euch." Er machte auf dem Absatz kehrt und eilte zurück in den Palas.

Im Rittersaal traf Landrichter Haidenbucher auf den Pfleger Gregor von Egloffstein.

Forsch trat der sogleich auf ihn zu: „Gut, dass ich Euch sehe, Herr Haidenbucher. Einer meiner Gewährsleute bringt mir gerade Kunde, dass noch mehr Ketzer im Lechrain ihr Unwesen treiben. Ich brauche einen weiteren Haftbefehl!"

„Ihr braucht gar nichts, Herr Pfleger!", herrschte ihn der Landrichter an. „Wenn Eure Leute wieder losreiten und jeden, den wir verhören wollen, gleich totschlagen, dann ..."

„Dann was?" Der Pfleger trat mit funkelnden Augen auf ihn zu. „Wollt Ihr mir drohen?"

Erschrocken wich Haidenbucher zurück. Er wusste, dass Egloffstein ein harter Hund und nicht leicht zu beeindrucken war. Außerdem spürte er in jedem seiner Worte den mangelnden Respekt ihm gegenüber. In Egloffsteins Augen war Haidenbucher vermutlich nur ein Möchtegern, der durch eine Laune des Schicksals vom Jägermeister zum Kastner und weiter zum Landrichter befördert worden war. „Mäßigt Euch, Egloffstein!" Doch seine Stimme klang nicht überzeugend. „Amtmann Schaller hat sein Mandat überzogen und dabei zugesehen, wie dieser Grobian Galhart aus Hofhennaberg einen der Beschuldigten halb tot geschlagen hat."

Egloffstein schlug einen versöhnlicheren Ton an: „Ihr wisst selbst: Wo gehobelt wird, fallen nun einmal Späne. Dennoch verlangt unser Herzog Wilhelm, dass wir diese Lutherischen mit Stumpf und Stiel aus unserem Baiernland ausreißen."

„Da mögt Ihr recht haben. Aber wenn es blöd läuft, könnt Ihr einen der Gefangenen nicht mehr verhören, weil er unserem Stadtphysikus unter den Händen wegstirbt."

Egloffstein zuckte mit den Schultern. „Wir haben noch die beiden anderen. Die werden reden, wenn sich unser Henker Gerhard mit ihnen beschäftigt. Aber jetzt müssen wir über weitere Haftbefehle sprechen. Wenn ich Euch bitten darf." Er trat beiseite. „Wir müssen hinüber in Eure Kanzlei."

Resigniert ging der Landrichter in seine Schreibstube voraus. Dort angekommen, nahm er einen Federkiel zur Hand und zog ein Blatt Papier aus einer Truhe hervor. Er sah den Pfleger an. „Um wen geht es?"

Egloffstein zog einen Zettel aus seinem Ärmel und las vor: „In den Dörfern südlich des Fürchelmooses soll es auch Ketzer geben."

„Wo?", hakte der Richter nach.

Der Pfleger zählte auf: „In Dünzelbach soll ein gewisser Sparnraufft an Winkelpredigten teilgenommen haben. Im Weiler Heinrichshofen besitzt ein Gretz Stör eine Bibel in deutscher Sprache."

Der Landrichter hielt sich eine Hand vor den Mund. „Meiner Seel! Woher habt Ihr diese Nachrichten?"

„Ich besitze die Hofmark Grunertshofen und verfüge deshalb über genügend treue Gewährsmänner, die mir zuverlässig berichten. Was jedoch dem Fass den Boden ausschlägt, ist, dass es anscheinend größere Zusammenkünfte in Steindorf gibt, einem kleinen Dorf direkt neben Hofhennaberg!"

Der Landrichter schüttelte ungläubig den Kopf.

„Seht Ihr, wohin es führt, wenn man nicht konsequent durchgreift?"

Haidenbucher stieß die Luft aus. „Ist ja gut. Ihr sollt Eure Haftbefehle bekommen."

Anno Domini, 26. September 1527, Landsberg

Langsam kam die Erinnerung wieder. Gebhart versuchte, sich aufzurichten. Kalter Schweiß trat auf seine Stirn. Ihm schwindelte und er war kurz davor, sich zu übergeben. Ein Gestank nach Exkrementen und schimmligem Moder verstärkte seine Übelkeit. Er blinzelte. Eine flackernde Öllampe ließ unstete Schatten an den Ziegelwänden tanzen. Neben ihm bewegte sich jemand und eine sanfte Hand drückte ihn auf den feuchten Strohhaufen zurück.

Die bekannte Stimme des Hüter-Christls durchdrang den Nebel in seinem Kopf. „Auch wenn du einen harten Schädel hast, bleibst du besser liegen."

Gebhart räusperte sich. „Wie lange habe ich geschlafen?"

„Die ganze Nacht; wie ein Bär. Der Physikus meinte, dass ein anderer vermutlich schon längst krepiert wäre. Anscheinend hat der Trank gewirkt, den er dir gestern eingeflößt hat."

Gebhart erinnerte sich dumpf an das bittere Gebräu. Vorsichtig drehte er den Kopf und versuchte, die

Augen offen zu halten. Im schwachen Licht der blakenden Öllampe nahm er zwei Schritt entfernt eine zusammengekrümmte Gestalt wahr. „Ist das André?", krächzte er.

„Ja. Er hat sich wieder beruhigt. Der Physikus hat gestern sofort angeordnet, dass man ihm die Fesseln und den Knebel abnimmt. Der Trank hat auch bei ihm gewirkt." Christl deutete in die Ecke. „Da hinten liegt der Hoffmair Mathes. Oder das, was von ihm übrig ist. Er ist mehr tot, als lebendig."

„So wird es uns auch bald ergehen", murmelte Gebhart zu sich selbst.

In diesem Augenblick wurde quietschend der Türriegel zurückgeschoben. Ein hochgewachsener Mann mit grauen, schulterlangen Haaren duckte sich unter der niedrigen Kerkertür durch. Er trug ein schwarzes Barett mit gestickter Bordüre und eine abgewetzte Tasche hing über seiner Schulter.

„Wie geht es meinem Patienten?", fragte er mit einem freundlichen Lächeln im Gesicht und trat auf Gebhart zu.

Gebhart hob den Kopf. Der Neuankömmling mit dem grauen Kinnbart stellte seine Tasche neben sich auf den schmutzstarrenden Boden.

Der Physikus deutete auf die Öllampe auf einem Sims an der Wand. „Christl, bist du so gut, und leuchtest mir?" Derweil löste er mit geübten Fingern den blutverkrusteten Verband. Er holte eine Linse aus einer Tasche in seinem Wams und klemmte sie vor ein Auge. Im Licht der funzeligen Öllampe besah er sich die Wunde. „Du hast Glück. Ich sehe keine Anzeichen einer Entzündung. Ist das Pochen in deinem Kopf besser geworden?"

„Etwas. Aber sobald ich mich bewege, ist es kaum auszuhalten."

Der Arzt kramte in seiner Ledertasche und holte ein unförmiges Gebilde hervor, das Gebhart an einen Lappen erinnerte. „Ich habe dir einen medizingetränkten Schwamm mitgebracht. Ich lege ihn dir auf die Lippen. Er hilft nicht nur gegen deine Schmerzen, sondern lässt dich auch schlafen, damit du wieder zu Kräften kommst."

„Wozu soll ich wieder zu Kräften kommen?", antwortete Gebhart resigniert. „Am Ende wartet sowieso der Henker auf mich und meine Freunde." Gebhart sah, dass der Physikus nach Worten rang.

„Du hast recht. Ich soll dich kurieren, damit du befragt werden kannst. Wenn du und deine Kameraden unschuldig seid, wird sich alles zum Guten wenden."

„Für Ketzer gibt es keine Gnade!", platzte es aus Gebhart heraus. „Schaut Euch doch den Hoffmair Mathes dort drüben an."

Der Physikus überging diese Aussage und steckte seine Linse weg. „Was habt ihr angestellt?"

„Nichts! Wir haben uns getroffen, um gemeinsam zu beten und in der Bibel zu lesen."

„Seid ihr Lutherische?"

Gebhart wich aus. „Warum? Ist das wichtig? Wir glauben alle an den selben Gott."

Sein Gegenüber nickte verständnisvoll. „Ich werde für euch beten."

Der Schlafschwamm, den ihm der Physikus anschließend auf die Lippen legte, schmeckte bitter. Kurz würgte Gebhart, doch nach wenigen Herzschlägen fühlte er sich besser.

„Ich schau mir jetzt noch deinen einbeinigen Freund an. Sein Stumpf hat mir gestern nicht gefallen." Er bedeutete Christl, ihm mit der Lampe zu folgen.

Gebhart sah den beiden nach. Er gab sich keiner Wunschvorstellung hin. Wenn der Henker mit der peinlichen Befragung begann, waren Kopfschmerzen sein kleinstes Problem. Doch Gebhart war hart im Nehmen. Er hatte im Bauernkrieg für seine Freiheit gekämpft, die für ihn nichts anderes war als Gerechtigkeit. Nach der Niederlage der Bauern war es jedoch schlechter denn je um ihn bestellt gewesen. Bis er Hans Hut begegnet war. Wie er selbst ein Veteran des Bauernkrieges. Hut hatte von einer zweiten Chance gepredigt, wenn man zu den Auserwählten gehörte. Deshalb hatten sich er und Jörg vor einem halben Jahr in Augsburg von ihm taufen lassen. Doch die Wassertaufe war nur das äußere Zeichen. Erst durch das Aushalten von Leid wurde man gerecht vor Gott. Stand ihm und seinen Freunden jetzt die Prüfung dieser Leidenstaufe bevor, von der Hans Hut gesprochen hatte?

Der Nebel in Gebharts Kopf wurde wieder dichter. Mit ihm kamen Zweifel und Angst. Eigentlich wäre er viel lieber bei seinem kleinen Sohn und seiner Schwester.

Mit einem Mal schien Lenz Kirchperger bei ihm zu stehen. Der war doch geflohen. Bilder schossen durch seinen Kopf: Lenz, wie er ihn mit der Glefe niederstreckte. Der Schock, als er diesen Landsberger neben Anna in Augsburg wiedererkannt hatte. Dann seine Entschuldigung bei ihrem Streit am Schustergütl. Hatte er das ernst gemeint? Doch der gnädige Schlaf des Vergessens ließ diese Frage unbeantwortet.

Kapitel 40

Anno Domini, 26. September 1527, Augsburg

Christof kniete vor dem Altar der Annakirche und kaute nervös auf seinen Fingernägeln. Zweifel nagten an ihm. Die Dämonen im Kopf ließen sich auch von fünf *Pater Nostern* nicht besänftigen. Er fragte sich mehr denn je, warum der Herr seine schützende Hand nicht über seinen Diener zu halten schien. Nicht nur, dass der Tod dieser Schusterin auf seinem Gewissen lastete. Laut dem Brief des Landsberger Landrichters fahndete man auch nach Annas Bruder Gebhard und anderen Hürbenern. Es tröstete ihn, dass Anna selbst nicht in diesem Schreiben erwähnt wurde, wobei er nicht ausschließen mochte, dass sie trotzdem als Beifang in einem bairischen Kerker landete. Sein alter Freund Lenz war auch nicht aufgeführt gewesen. Doch was mit ihm geschah, war Christof egal. Was sollte er nur tun? Er bekreuzigte sich und strebte mit gesenktem Kopf dem Ausgang zu. Er hoffte, dass ihn als zukünftigen Prediger der Annakirche niemand von den vereinzelten Kirchenbesuchern ansprechen würde.

Ziellos streifte er in den belebten Gassen Augsburgs umher. Das Haus der Rehlingers mied er heute. Dummerweise war er gestern beim Nachtmahl mit der Gattin des Bürgermeisters in Streit geraten. Unvorsichtigerweise hatte er erwähnt, dass der Landsberger Landrichter auch nach einem gewissen *Jos von Augsburg* suchte. Als er vorgeschlagen hatte, den Färber-Jos aus dem Lechviertel zu befragen, war Frau Rehlinger außer sich geraten. Ihre keifende Stimme hörte er heute noch in seinem Kopf: „Wisst Ihr, wie viele ‚Jos' es in Augsburg gibt? Eine ganze Menge. Der Färber-Jos wurde verwarnt, wie viele andere auch. Er ist ein rechtschaffener Christ." Ihre Stimme war immer lauter geworden und ihr Mann hatte den Kopf zwischen die Schulter gezogen. Aber damit nicht genug. Mit ihrem knochigen Finger hatte sie auf Christof gezeigt und weiter schwadroniert. „Langsam muss Schluss sein mit diesen Verhaftungen. Hier in Augsburg haben alle Glaubensgemeinschaften ihren Platz, und wenn die Gartenbrüder nicht das Rathaus stürmen, so wie vor Jahren dieser Schilling, dann muss es auch mal gut sein. Jetzt geht es darum, die Menschen mit Nächstenliebe auf den rechten Weg zu bringen. Das müsstet Ihr als lutherischer Prediger eigentlich selbst wissen." Der Rest des Abendessens war schweigend verlaufen.

Christof lenkte seine Schritte Richtung Rathausplatz. Vor dem Perlachturm boten allerlei Händler Rosenkränze, Knochenstaub von Heiligen, Splitter des heiligen Kreuzes oder Votivtäfelchen an. Verächtlich wandte er sich ab. Dieser religiöse Tand war ihm als Anhänger Luthers ein Dorn im Auge. Nicht weit davon entfernt wurden Flugschriften und Traktate verkauft. An normalen Tagen hätte er sich die neuesten Ausgaben angesehen, doch heute stand ihm nicht der Sinn danach. Er ließ das Rathaus links liegen und folgte dem Eisenberg hinunter zum Stadtgefängnis. Kurz blieb er davor stehen, saßen doch hier die führenden Gartenbrüder ein, zu deren Verhaftung er beigetragen hatte. Es kränkte ihn immer noch, dass der Rat der Stadt nicht ihn, sondern bekanntere lutherische Prediger, wie Urbanus Rhegius, beauftragt hatte, die Gefangenen zur Einsicht und Umkehr zu bewegen. Wenn es nach ihm ginge, würden sie längst auf dem Scheiterhaufen brennen.

Rechts von ihm erstreckte sich das Lechviertel mit seinen vielen Kanälen. Wie oft war er am Haus des Färber-Jos vorbeigeschlichen, in der Hoffnung, einen Blick auf Anna zu erhaschen. Vielleicht war sie ja wieder da? Kurzentschlossen machte er sich auf zum *Hinteren Lech*. In der Nähe des Kießling-Anwesens kamen ihm der Färber-Jos mit einem bärtigen Mann entgegen. Der Fremde trug einen aus grobem Stoff gewebten Umhang. Am auffälligsten waren die Beine, die in Stiefeln aus Leder steckten. Das zeugte von einem gewissen Wohlstand. Geistesgegenwärtig zog Christof sein Barett tiefer ins Gesicht und drückte sich in eine schmale Seitengasse. Beim Näherkommen hörte er, dass die beiden heftig

miteinander diskutierten. So bekam er einen Groß-
teil der Unterhaltung mit.

„Warum übernimmst du nicht die Aufgabe der Mission im Lechrain? Jetzt, wo der Spörle Leonhard im
Kerker sitzt."

„Bist du von Sinnen? Soll ich als Sedlbauer durch
die Gegend laufen und Kleinhäusler taufen? Wie
stellst du dir das vor?"

Der bärtige Fremde blieb vor der Gasse stehen und
packte den Färber-Jos am Arm.

Christof zog sich in einen Hauseingang zurück und
hoffte, dass ihn keiner der Bewohner bemerkte.

„Jörg, ich verstehe dich nicht! Warum hast du dich
eigentlich taufen lassen, wenn du nicht hinter unserer Sache stehst?"

„Ich steh dahinter. Du vergisst, dass ich in Baiern le-
be. Bei uns gerät man schon unter Verdacht, wenn
man dem Pfarrer die falschen Fragen stellt. Die Verhaftungen unserer Brüder aus Hürben haben mich
schwer getroffen. Auch dieser Lenz, den du zusammen mit Anna zu mir geschickt hast, wurde von den
Landsberger Bütteln geschnappt. Als aufrechter
Gartenbruder komme ich meiner Pflicht nach.
Schließlich beherberge ich trotz der Gefahr Anna
und Gebharts Sohn Ignaz bei mir."

Den Rest der Unterhaltung bekam Christof nicht
mehr mit. Schritte entfernten sich. Er spähte vorsichtig aus seinem Versteck. Die beiden waren wei-
tergegangen. Christof schickte einen stummen Dank

gen Himmel. Der Herr hatte seine Gebete erhört. Anna war vorerst in Sicherheit. Sein Nebenbuhler Lenz hoffentlich auf dem Weg in die Hölle. Sein Verdacht gegenüber dem Färber-Jos hatte sich als richtig erwiesen. Raphaels Einschätzung dagegen war falsch: Dieser Sedlmaier war kein guter Christ und nicht über jeden Verdacht erhaben! Dieses Wissen konnte noch einmal nützlich sein.

Anno Domini, 26. September 1527, Hochdorf

Mist, an den Hund hatte er nicht mehr gedacht. Laut bellend stellte der Köter Lenz, als dieser über den Sedlhof schlich. Er hätte es wissen müssen. Auch auf dem Bauernhof in Schmiechen hatte der Hund angeschlagen. Nur dort war er kein Fremder gewesen und ein paar Streicheleinheiten hatten genügt, das Tier zu beruhigen. In der Hofmark Schmiechen waren beinahe alle Bewohner Anhänger der Gartenbrüder und der Bauer hatte, ohne lange zu fragen, den Schmied holen lassen. Nachdem die Ketten ab waren, versorgte man Lenz mit trockener Kleidung und einer heißen Suppe. Im Schutz einer Scheune hatte er sich tagsüber ausgeschlafen. Erst nach Einbruch der Dunkelheit war er die fünf Meilen hierher gelaufen.

Das Bellen steigerte sich zu einem heiseren Kläffen. Es würde nicht mehr lange dauern, bis jemand aufmerksam wurde. Wie zur Bestätigung näherte sich der flackernde Schein einer Laterne. Lenz senkte den Kopf und sackte in sich zusammen. Wenn ihn die Gretl fand, war er verloren.

„Wer ist da?"

Er atmete erleichtert auf. Es war der Sedlbauer, der sich aus dem Dunkel der Nacht schälte.

„Ich bin es, der Lenz!" Ein scharfer Pfiff ertönte und der Hund ließ winselnd von ihm ab. Er schloss geblendet die Augen, als ihm Jörg direkt ins Gesicht leuchtete.

„Was machst du hier? Wir dachten, du bist in Ketten auf dem Weg nach Landsberg."

„War ich auch. Aber ich konnte fliehen. Auf dem Bauernhof in Schmiechen bin ich meine Fesseln und die nasse Kleidung losgeworden."

Der Sedlbauer sah sich suchend um. „Und die anderen?"

„Die sind mit mir vom Wagen gesprungen, außer dem Einbeinigen. Den mussten wir zurücklassen. Zuerst waren sie hinter mir, aber auf der anderen Seite des Flusses habe ich sie nicht mehr gesehen", flüsterte Lenz.

„Und wo sind sie?"

„Vermutlich bereits im Kerker in Landsberg."

„Jörg, ist da wer?"

Lenz fuhr zusammen. Die keifende Stimme von Gretl näherte sich.

Jörg fasste den Hund. „Du schleichst dich zu Annas Hütte und ich beruhige die alte Vettel. Ich komme später nach und wir überlegen zusammen, was zu tun ist."

Lenz nickte und hastete im Schutz der Stallwand weiter, während Jörg beschwichtigend auf die Alte einredete.

Durch ein Fenster fiel ein flackernder Lichtschein nach draußen. Anna war noch wach. Er klopfte leise. Die Tür öffnete sich einen Spalt breit. Lenz trat ins Licht. Ihm stockte der Atem. Sie wirkte noch hübscher, als er sie in Erinnerung hatte.

„Lenz! Ich dachte, man hätte dich verhaftet."

„Haben sie auch, aber ich bin ihnen entkommen."

Sie blickte an ihm vorbei ins Freie. „Wo ist mein Bruder?"

Lenz sah zu Boden.

Anna zog ihn in die Stube: „Komm erst mal herein."

Am Zittern ihrer Stimme hörte er, dass sie die Antwort ahnte.

„Du bist verrückt!" Annas goldfarbene Augen blitzten ihn an. „Du kannst doch nicht ins Landsberger Gefängnis marschieren und dem Wachposten erzählen, dass du den Schuster Gebhart befreien willst?", zischte sie leise, um den schlafenden Ignaz nicht zu wecken.

Jörg Sedlmaier beschwichtigte. „Also, erst einmal müssen wir in Erfahrung bringen, ob dein Bruder und unser Hüter-Christl tatsächlich einsitzen. Der André konnte ja nicht weglaufen. Vielleicht sind die beiden auch untergetaucht. Ich reite morgen unter einem Vorwand nach Hofhennaberg und höre mich um."

„Und dann?", warf Anna ein. Ratlos sah sie von Jörg zu Lenz. „Sie werden ja trotzdem weiter gesucht. Genauso wie du."

„Auf dem Hof bleiben kann keiner von euch Verhafteten", konstatierte Jörg. „Als Ketzer werdet ihr in ganz Baiern gejagt. Am besten, du gehst nach Memmingen."

„Dorthin wolltest du ja immer." Anna konnte den galligen Unterton in ihrer Stimme nicht verbergen.

Hilflos antwortete Lenz: „Ich wollte mit *dir* nach Memmingen gehen."

Jörg stand auf. „Klärt das unter euch. Vielleicht müssen die Dinge jetzt einfach ihren Lauf nehmen. Ich versuche, noch ein paar Stunden Schlaf zu bekommen. Das macht ihr am besten auch. Die nächsten Tage werden anstrengend, so oder so." Er hielt kurz inne, schloss aber dann schweigend die Tür.

Anna holte eine Decke. „Du kannst dich vor den Ofen legen. Der ist noch warm. Wir reden morgen weiter. Ich bin müde. Du bleibst am Besten in der Hütte. Jetzt hat es ein Gutes, dass Ignaz nicht spricht. Dann kann er dich nicht verraten." Sie löschte die Öllampe und legte sich zu ihrem Neffen ins Bett.

Hatte sich Lenz zuerst gefreut, Anna wiederzusehen, so war er jetzt über ihre Unnahbarkeit enttäuscht. Eigentlich wollte er ihr so viel erzählen. Ihr seine Vergangenheit anvertrauen. Ihr sagen, dass er sie in den letzten Wochen vermisst hatte. Ja, dass er sie liebte. Wie ein Blitz hatte ihn vorhin diese Erkenntnis getroffen. Anna verdrängte die Erinnerungen an seine Jugendliebe Magdalena, die nicht nur rein äußerlich ganz anders war. Die Schwester seines gefallenen Freundes Georg hatte lange rote Locken, große Brüste und eine schmale Taille über ausladenden Hüften. Anna dagegen hätten seine damaligen Kumpels als *dürre Goaß* bezeichnet, was ihrer Ausstrahlung und stillen Schönheit in Lenz' Augen keinen Abbruch tat. Was ihn an Anna beeindruckte, war ihre Aufrichtigkeit. Ihren Worten fehlte jegliche Falschheit. Bei Magdalena dagegen wusste man nie, woran man war. Sie verstand es meisterhaft, die Menschen in ihrem Umfeld zu beeinflussen. Das hatte er am eigenen Leib erfahren.

Welcher Teufel hatte ihn geritten, so vollmundig die Befreiung Gebharts zu versprechen? Er konnte nicht einfach nach Landsberg zurück. Seine Ankunft dort würde sich wie ein Lauffeuer verbreiten. Es würde nicht lange dauern, bis die Büttel vor der Tür stünden. Schließlich wurde ein Mann mit einer auffälligen Narbe gesucht. Es wäre besser gewesen, Anna gleich zu überzeugen, mit ihm und Ignaz nach Memmingen zu gehen. Doch sie hatte bei seinem unsinnigen Vorschlag Feuer gefangen. Das spürte er. Konnte er noch einen Rückzieher machen? Es war zum Haareraufen. Er wälzte sich auf dem harten Boden hin und her.

Aus der Dunkelheit klang Annas Stimme: „Was wolltest du eigentlich bei meinem Bruder in Hürben?"

Kapitel 41

Anno Domini, 28. September 1527,
auf dem Weg nach Landsberg

Der erste Raureif überzuckerte die Pflanzen und die morgendlichen Sonnenstrahlen suchten sich einen Weg durch die Bäume. Unter anderen Umständen hätte Anna diesen Anblick genossen. Ihre Befürchtungen hatten sich bewahrheitet. Gebhart saß zusammen mit dem Hüter-Christl und dem einbeinigen André in der Fronveste in Landsberg. Im Gegensatz zu Lenz waren sie bei ihrem Fluchtversuch wieder geschnappt worden.

Auf was hatte sie sich da eingelassen? Alles in ihr sprach dagegen, nach Landsberg zu gehen; und doch zog es sie mit Macht dort hin. Selbst, wenn Gebhart nicht befreit werden konnte, so wie es Lenz vollmundig behauptete. Vielleicht war es möglich, ihren Bruder wenigstens noch einmal zu sehen. Anschließend stand ihr Augsburg weiterhin offen.

Kurz hinter Steindorf spähte sie nach allen Seiten. Ein trockener Ast knackte. Lenz tauchte zwischen den Bäumen am Wegesrand auf. Seine Stimme klang betont fröhlich, aber sie spürte seine Unsicherheit. „Die alte Gretl hat nichts bemerkt. Unser Plan ist aufgegangen." Er deutete auf Ignaz, der, in

Decken gehüllt wieder eingeschlafen war. „Dem Kleinen scheint es auch gutzugehen."

„Gretl ist misstrauisch. Sie hat es nicht verstanden, dass ich mit meinem Ketzer-Bruder reden will. Auch nicht, dass ich Ignaz mitnehme. Ihrer Meinung nach hätte er es gut bei ihr. Sie hat mir nur wegen ihm noch einen Sack mit Essen eingepackt."

Lenz wollte ihr die Zugstange des zweirädrigen Karrens aus der Hand nehmen, die sie krampfhaft umklammerte, doch Anna schob ihn weg. „Du bist mir noch eine Antwort schuldig. Warum warst du bei meinem Bruder in Hürben?" Die Frage klang schärfer als beabsichtigt. „Ich gehe nicht weiter, bevor ich es weiß. Ich verstehe auch nicht, wieso du dich so für ihn einsetzt. Ja, sogar dein Leben für seine Befreiung riskieren willst. Vermutlich hast du ohnehin noch keinen Plan."

Erneut griff Lenz nach ihrer Hand. Sein Gesicht wurde ernst. „Ich musste etwas klären."

„Und was?"

In diesem Moment erwachte Ignaz und deutete auf seinen Mund. Er war hungrig. Anna holte eine Birne aus dem Sack und drückte sie ihm in die linke Hand. Rechts hielt er seinen Löffel fest. Zufrieden rollte er sich wieder zwischen die Decken.

„Was musstest du mit ihm klären?" Anna verlor die Geduld.

„Ich kenne deinen Bruder aus dem Bauernkrieg", platzte es aus ihm heraus.

„Du hast gegen uns Bauern gekämpft?"

„Ja. Ich bin schuld, dass André nur noch ein Bein hat. Hätte mich dein Bruder nicht aufgehalten, wäre André jetzt tot."

Anna war fassungslos. Das hatte sie nicht erwartet. Sie deutete auf die Narbe auf seiner Wange. „Die ist also aus dem Krieg."

„Das war dein Bruder. Ich war wie von Sinnen, als André meinen Freund, den Mitterhuber Georg, erschlagen hatte."

Die Zugstange entglitt ihren Händen. Sie rang um Fassung. „Gebhart ist bei der Disputation vermutlich so schnell verschwunden, weil er dich erkannt hat. Habe ich recht?"

„Ja, ich war genauso überrascht."

„Warum hast du mir nicht gleich gesagt, was los ist? Du wusstest, dass mich sein Verschwinden bedrückt. Trotzdem hast du geschwiegen."

Lenz rang verzweifelt die Hände. „Ich wollte es dir sagen, aber ich habe keine Gelegenheit dazu gefunden."

„Oh doch! Die gab es." Ihre Stimme zitterte. „Mehr als einmal. Damals am Lech unter der Weide oder im Hof von Susanna. Selbst auf dem Weg von Augsburg zum Sedlhof hast du kein Wort darüber verloren." Sie bückte sich, um die Zugstangen aufzuheben.

„Bleib doch stehen!" Lenz schloss sie in die Arme, aber sie riss sich los. „Ich wollte reinen Tisch machen und Gebhart fragen, ob er mir dem *Bauern-schlächter*, seine Schwester zum Weib gibt."

Als eine Stadtmauer mit vielen Türmen in Sicht kam, zog sie den Karren an den Rand des mittlerweile vielbefahrenen Weges. Sie sah sich nach Lenz um, der aus dem Gedränge herausragte, da er Ignaz auf den Schultern trug. Ihr Neffe strahlte über das ganze Gesicht. Überhaupt hatte er schnell Zutrauen zu Lenz gefasst. Bereits in der Hütte in Hochdorf war er ihm kaum von der Seite gewichen.

Nachdenklich betrachtete Anna den großen, buntbemalten Turm, auf den alle zuhielten. Das wuchtige Bollwerk beschützte die Bürger von Landsberg. Unverrückbar strahlte es Sicherheit und Macht aus. Anna hatte Angst.

Lenz schloss zu ihr auf. Er setzte Ignaz in den Holzkarren. Weinerlich verzog er das Gesicht, doch als Lenz aus seiner Tasche kleine Tannenzapfen holte, beruhigte er sich wieder.

„Wie machen wir weiter?" Annas Stimme klang dünn.

Lenz deutete auf die Toranlage. „Du gehst mit Ignaz hinunter in die Stadt zum Anwesen der Kirchpergers." Er griff in den Beutel und zog einen Brief hervor. „Den gibst du meiner Großmutter Julia. Ich habe zwar noch keinen Plan, wie ich Gebhart befreie, aber zumindest, wie wir in die Stadt hineinkommen. Ich schleiche über die Krachenbergschlucht hi-

nunter zum *Schießtörl*. Normalerweise ist es tagsüber unbewacht, weil es nur Bauern aus Pitzling be-
nutzen. Im Klösterl-Viertel gibt es eine Stelle, wo
mich mein Vater schon als Kind nicht gefunden hat.
Nur Oma Julia kennt das Versteck." Er schloss Anna
in die Arme. Sie ließ es zu. Spürte ihn, roch ihn.
„Bitte vertrau mir. Wir finden eine Lösung."

Anna sah ihm nach, bis er hinter einem Abhang verschwunden war. Widerstrebend machte sie sich auf
den Weg in die Stadt. Nun gab es kein Zurück mehr.

Ein Wachsoldat stellte sich ihr in den Weg. „Wohin
so schnell, junge Frau? Was sucht Ihr hier?"

„Ich bin eine junge Witwe aus Friedberg auf dem
Weg zur Kirchperger Julia. Ich soll mich dort als
Magd verdingen." Sie deutete auf Ignaz, der munter
das lebhafte Treiben um hin herum beobachtete.
Seine sonstige Scheu Menschen gegenüber schien er
verloren zu haben. „Das ist mein Sohn Ignaz." Bei
der Erwähnung seines Namens strahlte der Kleine.

„So einen habe ich auch zu Hause." Er winkte Anna
durch. „So müde, wie Ihr ausschaut, könnt Ihr froh
sein, dass es nicht mehr weit ist. Ihr müsst nur noch
den Berg runter bis zum Schönen Turm. Dann biegt
Ihr nach links ab und den Hang runter ins Klösterl.
Das schmucke Handwerkerhaus auf der rechten Seite könnt Ihr nicht verfehlen."

Anna nickte dankend und zog den zweirädrigen
Karren auf dem holprigen Pflaster Richtung Stadt.
Landsberg war nicht so groß wie Augsburg. Aus den

imposanten Bürgerhäusern schloss sie, dass auch hier das Geld nicht knapp war. Auf der steilen Berggasse drohte sie der schwere Wagen ständig zu überrollen. Die Pflastersteine waren feucht vom Nebel und sie hatte Mühe, ihn zu bremsen. Als sie am Fuß des Berges ankam, zitterten ihre Beine und sie spürte ihre Arme nicht mehr. Suchend sah sie sich um. Hier standen eine Kirche und ein hoher Turm, nur den Weg sah sie nicht. Durch den Torbogen drang das Stimmengewirr eines Markttages zu ihr herüber. Eine ältere Frau kam auf sie zu.

„Wohin willst du denn?"

„Zum Kirchperger Haus im Klösterl."

Die zahnlose Alte nickte freundlich: „Da gehst du einfach hier ein Stück den Berg hoch und auf dem schmalen Weg runter zum Seelberg. Unten ist es nur noch ein kurzes Stück Wegs zum Klösterl. Es ist das größte Haus dort. Der Weg dorthin ist nicht mehr so steil wie die Berggasse."

Anna bedankte sich. Matt folgte sie der Beschreibung der alten Frau und fand wenig später das Kirchperger Haus. Es unterschied sich deutlich von den kleinen schmalen Häusern, die linker Hand standen und von denen Seile mit Wäsche quer über die Gasse gespannt waren. Anna hob Ignaz aus dem Wagen und klopfte zögerlich.

Die Tür wurde schwungvoll aufgerissen. Eine ältere Frau in einem gestickten Mieder und einer weißen

Haube auf dem Kopf öffnete. In der Hand hielt sie einen Korb.

Sie musterte Anna von Kopf bis Fuß. „Ihr sucht sicher die Seelnonnen. Die sind nicht mehr hier. Die verteilen ihre milden Gaben oben im Heilig-Geist-Spital am Schönen Turm. Ich kann Euch den Weg zeigen, weil ich sowieso auf den Bauernmarkt dort gehe."

„Seid Ihr die Kirchperger Julia?"

„Ja, wer will das wissen?", entgegnete sie scharf.

„Ich heiße Anna Schuster und habe Nachricht von Eurem Enkel Lenz."

Kapitel 42

Anno Domini, 28. September 1527, Landsberg

Anna saß mit Ignaz auf dem Schoß in der warmen Küche des Kirchperger-Anwesens und beobachtete Lenz' Großmutter, die aufmerksam den Brief las. In ihrem von zahlreichen Falten durchzogenen Gesicht wechselten Bestürzung und Freude. Eine Träne stahl sich aus ihrem Auge. Verlegen wischte sie diese fort.

„Ich weiß nicht, was ich sagen soll. Als mein Enkel aus dem Krieg zurückkam, sah ich in seinem Blick, was er wirklich fühlte. Während ihn alle, auch sein eigener Vater, als *Bauernschlächter* hochleben ließen, schämte er sich für diesen Ehrentitel. Eines Morgens war er einfach ohne Abschied verschwunden. Daran war auch das rothaarige Luder Magdalena nicht ganz unschuldig."

Anna horchte auf. „Wer ist Magdalena?"

„Die Schwester seines toten Freundes Georg und eine *gute Partie*, wie man so sagt. Lenz sollte in die Werkstatt ihres Vaters einheiraten. Ich habe erst später erfahren, dass sie ihm die Schuld am Tod ihres Bruders gegeben hat."

„Das wusste ich nicht." Annas Kehle wurde eng. Wieder etwas, das ihr Lenz nicht erzählt hatte.

„Denk dir nichts", sagte Lenz' Oma unvermittelt. „Das sieht meinem Enkel ähnlich. Er hat schon als Kind alles mit sich selbst ausgemacht."

„Das stimmt. Mir hat er erst auf dem Herweg erzählt, was ihn mit meinem Bruder verbindet."

„Verzeih mir, wenn ich so offen bin. Aber seinen Plan, deinen Bruder aus dem Gefängnis zu befreien, kann ich nicht gutheißen. Es ist ein aussichtsloses Unterfangen."

„Ich verstehe es ja auch nicht", antwortete Anna. „Vor allem, weil er selbst gesucht wird."

„Das steht in seinem Brief."

„Ich will nicht schuld daran sein, wenn er dabei zu Schaden kommt", fuhr Anna verzweifelt fort. „Vielleicht hätte ich es ihm ausreden sollen? Aber insgeheim war ich froh über seinen Vorschlag. Auch wenn eine Befreiung unmöglich ist, so hoffe ich doch, meinen Bruder noch einmal zu sehen."

„Lenz ist ein Sturkopf, wie sein Vater. Auch wenn er sich das nicht eingesteht. Er wird sich von seinem Plan nicht abbringen lassen, was auch immer seine Beweggründe sind. Außerdem lese ich zwischen den Zeilen, dass er dich sehr mag."

Anna spürte, wie eine verräterische Röte in ihr Gesicht stieg. „Ich mag ihn auch sehr." Es war das erste Mal, dass sie diese Worte aussprach. „Gleichzeitig möchte ich zurück nach Augsburg gehen, um mein Leben selbst in die Hand zu nehmen." Verwirrt schüttelte sie den Kopf. „Ach, ich weiß gerade selbst nicht, was ich denken soll."

„Deshalb wärme ich die Suppe auf. Ein leerer Bauch überlegt nicht gerne." Trotz ihres Alters sprang sie behände auf und schürte das Feuer im Herd. Dann hob sie den schweren Topf auf die Platte und bereits nach kurzer Zeit strömte der Geruch von Gerstengraupen und Gemüse durch die Küche. Anna merkte erst jetzt, wie hungrig sie war. Selbst Ignaz, der bisher ruhig mit seinen Tannenzapfen gespielt hatte, begann auf ihrem Schoß zu zappeln.

Schwungvoll stellte Julia zwei irdene Schüsseln auf den Tisch. Sie nahm Anna den Buben ab, der das ohne Greinen duldete. „Hast du Hunger, mein Kleiner?"

„Er heißt Ignaz und spricht nicht."

„Ist das Lenz' Sohn?" Die Stimme von Julia klang hoffnungsvoll.

„Nein, er ist der Sohn meines Bruders und meiner verstorbenen Schwägerin Agnes. Er hat ihren Tod mitangesehen und ist seitdem stumm."

„Das wird schon wieder. So, kleiner Mann, nachdem du deinen eigenen Löffel hast, kann ich dich gleich damit füttern. Ein wertvolles Stück", fügte sie zu Anna gewandt hinzu.

„Stimmt, ich habe ihn vorher bei ihm noch nie gesehen. Seit dem Tod seiner Mutter gibt er ihn nicht mehr aus der Hand."

Julia nahm Ignaz vorsichtig den Löffel weg. Erschreckt sah er sie an. Unbeeindruckt davon löffelte sie damit Suppe in seinen weit aufgerissenen Mund. Überrascht schluckte er.

Anna musste lächeln. Zum ersten Mal seit Tagen war sie entspannter. „Warum helft Ihr mir? Mein Bruder wird als Ketzer gesucht."

Ohne das Füttern zu unterbrechen, sah Julia Kirchperger Anna an. „Bei uns in Baiern entscheidet der Herzog, ob jemand ein Ketzer ist. Dann gehöre ich vermutlich auch dazu, weil ich manchmal verbotene Flugschriften lese, oder mir lutherische Winkelpredigten anhöre." Sie deutete auf das Kruzifix an der Wand. „Ich weiß, wo ich meinen Herrgott finde. Dazu brauche ich weder eine altgläubige, noch eine reformierte Kirche. Lenz ist wie ich ein freiheitsliebender Geist. Bis zu seiner Wanderschaft hatte er jedoch alles getan, um seinem Vater zu gefallen."

Anna nickte verständnisvoll. „Wie soll es jetzt weitergehen?"

„Wichtig ist, dass sich Lenz erst einmal versteckt hält. Ich habe den Verdacht, dass unser Pfarrer Haldenberger alle Altgläubigen dazu anhält, lutherische Anhänger zu denunzieren. Mein Sohn aber lässt nichts auf Haldenberger kommen." Sie deutete auf Ignaz, der an ihrer Brust döste. „Wir legen den kleinen in eine Kammer unter dem Dach, wo Ihr offiziell als meine neue Magd wohnt. Deshalb nenne ich dich ab sofort beim Vornamen. Ruhe dich kurz aus.

Mein Sohn kommt heute erst spät am Abend von seiner Baustelle. Bis dahin haben wir noch genug Zeit, um Vorbereitungen zu treffen."

Julia Kirchperger war nicht mehr so zuversichtlich wie noch vor ein paar Stunden. Ihre Freude über die Rückkehr von Lenz war einer bangen Sorge gewichen. Wie würde das Unterfangen ihres Enkels enden? Jammern half nichts! Im Schein einer Laterne suchte sie die vier losen Holzlatten im Schuppen des Kirchperger-Anwesens. Sie zog sie zur Seite. Dahinter verbarg sich ein Hohlraum, der von vorne nicht einsehbar war. Schon früher hatte sich Lenz hier versteckt, wenn er nicht gefunden werden wollte. Sein Vater war nie auf die Idee gekommen, ihn hier zu suchen, stand hier doch nur das ganze Gerümpel der letzten Jahre.

„Lenz. Ich bin es."

„Großmutter! Ich bin so froh, dich zu sehen." Er umarmte sie so stürmisch, dass ihr die Luft wegblieb.

Sie hob die Laterne und leuchte ihm ins Gesicht. Mit einem Mal fehlten ihr die Worte. Zärtlich strich sie über die Narbe.

Er löste sich von ihr und sah sich suchend um. „Wo ist Anna?"

„Sie ist drinnen bei dem Kleinen. Dein Vater hätte sonst komische Fragen gestellt. Er hat sich sowieso schon über die neue Magd gewundert. Noch dazu mit einem Kind." Sie stockte. „Er weiß nicht, dass du hier bist." Seine Enttäuschung streifte sie wie ein kalter Hauch.

„Ja, aber spätestens nachher wird er mich sehen."

„Eben nicht. Sein Groll auf dich ist immer noch groß, weil du einfach abgehauen bist. Am besten gehst du gleich hoch zu unserem Holzlager oben in Phetine." Sie reichte ihm den Schlüssel. „Ich habe vorhin zusammen mit Anna schon Decken und einen Korb mit Essen hinter dem letzten Stapel versteckt."

„Aber da ist doch auch das Holz von Magdal–, den Mitterhubers."

„Ja, aber es ist unwahrscheinlich, dass der alte Mitterhuber oder seine Gesellen dort auftauchen, um Material für eine Baustelle zu holen. Die Maurer gehen bald in die Winterpause."

„Und Vater?"

„Der braucht momentan auch kein Holz von dort. Aber pass trotzdem auf. Anna wird dich in der nächsten Zeit mit Essen versorgen." Sie sah ihn prüfend an. „Bei Gelegenheit sollten wir darüber reden, wie du den Bruder von Anna befreien willst. Ich selbst sehe da keine Möglichkeit."

„Ich vielleicht schon." Er zögerte, bevor er weitersprach. „Bist du noch mit dem Stadtphysikus Moritz zusammen?"

„Daran hat sich nichts geändert. Warum fragst du überhaupt?"

„Er geht sicher noch regelmäßig in die Fronveste, um die Gefangenen zu versorgen."

„Ja, aber ..." Sie schlug sich mit der flachen Hand gegen die Stirn. „Darauf willst du hinaus! Vergiss es! Ich werde Moritz nicht in diese Sache mit hineinziehen."

„Ich will ihn nur fragen, wie es Gebhart und den anderen Hürbenern geht. Vielleicht kann er mich auch mitnehmen, sozusagen als seinen Lehrling."

„Wahnsinn!" Julia war für einen Moment sprachlos. „Ich ahne, warum du das alles auf dich nimmst. Aber wenn du geschnappt wirst, ist weder Annas Bruder, noch ihr selbst geholfen."

Hitzig erwiderte Lenz: „Ich weiß schon, was ich tue. Wenn Gebhart frei ist, gehen Anna und ich nach Memmingen."

„Bist du dir da sicher? Vorhin hat sie davon gesprochen, mit dem Kleinen nach Augsburg zu gehen."

Lenz ignorierte ihren Einwand. „Was ist jetzt mit dem Stadtphysikus?"

Julia seufzte ergeben. „Also gut, ich sehe ihn morgen. Zumindest kann er mir da schon sagen, wie es den armen Teufeln geht. Alles weitere besprichst du mit ihm selbst. Jetzt hau ab!" Sie drängte ihn aus dem schmalen Durchschlupf und fixierte hinter ihm wieder die Bretter. Als er im Schutz der Dunkelheit davonschlich, wusste sie, dass von nun an nichts mehr sein würde, wie es war.

Kapitel 43

Anno Domini, 29. September 1527, Landsberg

Die Glocken *Unserer lieben Frau* läuteten zur Sonntagsmesse. Versonnen betrachtete Julia Kirchperger das Gotteshaus, das ihr Vater Veit Mauer 1488 nach gut dreißig Jahren Bauzeit und vielen Irrungen und Wirrungen vollendet hatte. Nur zu gern erinnerte sich Julia an die Geschichten über die Zeit des Kirchenbaus, die ihr ihre Mutter Katharina abends am heimeligen Feuer erzählt hatte. Als Tochter des vorherigen Baumeisters Valentin Kindlin war ihre Liebesgeschichte schließlich eng mit dieser Kirche verbunden. Ihre Eltern waren tot und Julia bedauerte es mit zunehmendem Alter immer stärker, dass sie keine Geschwister hatte. Auch ihr selbst und ihrem verstorbenen Mann Hans war nur ein einziges Kind, Lienhart, vergönnt gewesen. Umso mehr hing sie an ihrem Enkel Lenz, den sie großgezogen hatte. Der Sensenmann hatte im Kindbett bei seiner Mutter die Sichel angelegt. Ihr Sohn Lienhart war daraufhin seltsam geworden.

Lenz konnte vermutlich deshalb seinem Vater nichts recht machen. Nur nach dessen Rückkehr aus dem Bauernkrieg war er stolz auf ihn gewesen. Das einzige Mal. Als sein Sohn kurz darauf bei Nacht und Nebel auf Wanderschaft gegangen war, hatte Lienhart getobt. Ihn einen Dummkopf geheißen, da er dadurch Magdalenas Hand und somit die Maurerwerkstatt ihres Vaters ausschlug. Deshalb war es auch besser, wenn ihr Sohn vorerst nicht wusste, dass Lenz wieder in Landsberg war.

„Welche Gedanken verdüstern dir denn deinen Blick?"
Julia wurde warm ums Herz, als sie den Stadtphysikus Moritz auf sich zueilen sah. Nach dem Tod ihres Mannes Hans vor drei Jahren waren sie sich wieder nähergekommen. Sie kannten sich seit Kindertagen, aber Julia hatte sich für Hans entschieden. Es war eine gute Ehe gewesen. Die Vertrautheit zwischen ihr und Moritz dagegen war eine andere. Mit ihm konnte sie über alles reden. Er war ein Freigeist wie sie, der sich hinter seinem Arztkoffer und dem Monokel versteckte. Mit seinen sechzig Lenzen war Moritz drei Jahre älter als sie selbst und immer noch so schlaksig wie früher. Nur zu gern strich sie ihm über das halblange, graumelierte Haar und die grauen Bartstoppeln. Nicht nur darüber. Vermutlich wunderten sich die alteingesessenen *Ratschen* von Landsberg, warum sie so oft zu dem Stadtphysikus ging. Und manch mitleidiger Blick streifte sie; vermuteten sie hinter den zahlreichen Besuchen doch eine schlimme Krankheit. Wenn sie alle nur gewusst hätten ...

Sie drückte verstohlen seine Hand. „Du kennst mich gut. Vor dir kann ich nichts verbergen." In kurzen Worten schilderte ihm Julia leise die Ereignisse des vorherigen Tages. Je länger sie redete, desto ernster wurde sein Gesicht.

Beim zweiten Läuten der Glocken unterbrach er sie. „Lass uns in die Messe gehen. Du weißt, dass der Pfarrer Haldenberger genau vermerkt, wer da ist und wer nicht. Bei seinem eintönigen Sermon überlege ich mir, ob und wie ich deinem Enkel helfen kann. Eines ist gewiss: Wenn ich ihn unterstütze, dann nur dir zuliebe."

„Da hast du dir etwas Schönes eingebrockt. Man sollte derlei Versprechen nicht so leichtfertig geben, selbst wenn es darum geht, der Liebsten zu imponieren." Der Stadtphysikus musterte Lenz eindringlich, der in eine Decke gehüllt an einem Holzstapel lehnte.

Lenz' Gesicht verdüsterte sich. „Deine Vorhaltungen kannst du dir sparen! Es geht mir nicht nur um Anna, sondern auch um ihren Bruder. Wenn du mir nicht helfen willst, dann sag es gleich."

„Gemach, gemach. Nicht so hitzig, junger Mann. Hör dir erst einmal an, was ich zu sagen habe. Anschließend können wir immer noch überlegen, was Sinn macht." Moritz stellte seine Tasche auf den Boden und setzte sich auf einen Hackstock. „Der Einzige, dem es körperlich noch gut geht, ist dieser Hüter-Christl. Die Betonung liegt auf *noch*, denn wenn der Henker mit der peinlichen Befragung beginnt, hat auch er nichts mehr zu lachen. Annas Bruder Gebhart hat eine schwere Kopfverletzung. Es grenzt an ein Wunder, dass er überhaupt noch lebt. Der Einbeinige ist mehr tot, als lebendig. Wenn ich seine beginnende Entzündung am Beinstumpf nicht stoppen kann ..." Moritz beendete den Satz nicht. Er zuckte resigniert mit den Schultern. „Und der Hoffmair Mathes ..."

Lenz unterbrach ihn. „Den kenne ich nicht."

„Ihm haben die drei zu verdanken, dass sie verhaftet wurden. Er hat im Verhör ihre Namen preisgegeben. Wie man nach dem dritten Foltergrad aussieht, erspare ich dir lieber."

Lenz hockte sich auf den Boden und verbarg sein Gesicht in den Händen.

Moritz fuhr fort: „Wer hat *dich* dann verraten? Schließlich bist du mit den Hürbenern zusammen geschnappt worden."

Lenz hob den Kopf. „Das war vermutlich der Pfarrer aus Hofhennaberg. Aber wie er auf meinen Namen kommt, weiß ich nicht. Gott sei Dank kennen sie nur meinen Vornamen. Das reicht schon." Er deutete auf die Narbe in seinem Gesicht. „Dadurch bin ich unverwechselbar. Gleichzeitig ist es meine gerechte Strafe."

Moritz packte die Wut. „Selbstgerechtigkeit und Selbstmitleid helfen niemandem. Wer dich wirklich verraten hat, wirst du vermutlich nie erfahren. Aber merke dir eines: Macht, Geld und falsch verstandener Glaube haben noch nie etwas Gutes bewirkt." Er holte Luft. „Fakt ist, dass mich der Landrichter beauftragt hat, die Gefangenen soweit wieder herzustellen, dass sie befragt werden können. Das kann ich zwar etwas verzögern, aber viel Geduld haben die hohen Herren hier nicht. Ich habe mir folgendes überlegt. Dein Einfall, mich als mein Lehrling in die Fronveste zu begleiten, ist gar nicht so schlecht." Moritz öffnete seine Tasche und holte einen kleinen Tiegel hervor. „Das ist eine Paste, mit der du deine Narbe abdecken kannst. Heute Abend, Schlag Sechs, hole ich dich ab. Das weitere findet sich, so Gott will."

Auf seinem Weg zurück in die Stadt war der Stadtphysikus so in Gedanken versunken, dass er die Gestalt hinter sich nicht bemerkte.

„Meister Moritz, was macht Ihr in unserem Holzlager?"

„Magdalena!", entfuhr es ihm.

„Habt Ihr da neuerdings Eure Behandlungsräume?"

Ihre Worte klangen scherzhaft, aber Moritz erkannte in ihren Augen das Misstrauen. Jetzt brauchte er eine gute Ausrede. Er klopfte auf seine Tasche. „Ich habe nach Ebereschen gesucht. Die letzten sind gerade reif geworden. Daraus braue ich für den Winter einen Trank, der gut gegen laufende Nasen und Husten schützt."

„Ach so?" Ihr Tonfall verriet, dass sie ihm nicht glaubte. „Ich dachte, Ihr seid direkt aus dem Lager gekommen." Magdalena tippte sich gegen ihre hübsche Nase. „Wie dumm von mir, Ihr habt ja keinen Schlüssel."

Moritz nickte. „Eben. Ich war hinter dem Lager, wo die Büsche stehen. Jetzt muss ich aber weiter, damit die Beeren nicht matschig werden." Er hob seine Hand zum Gruß. Diese Magdalena Mitterhuber war eine falsche Schlange, vor der man sich hüten musste.

Anna stand mit Ignaz am Lech. Fasziniert beobachteten sie ein Floß, das versuchte, die Einfahrt zu einer langen Rutsche zu nehmen, um das gefährliche Lechwehr zu umfahren. Sie mochte sich gar nicht ausmalen, was mit denen geschah, die die Abfahrt verpassten und über die tosenden Wasserfälle gespült wurden.

Oma Julia hatte ihr nach dem Kirchgang zugeflüstert, dass der Physikus Moritz mit Lenz reden würde. Mehr wusste Anna noch nicht, denn in diesem Moment war Lienhart Kirchperger in die Küche gekommen. Er mochte sie nicht. Das spürte sie. Nur wenn Ignaz mit seinem Löffel die Tannenzapfen in

einer irdenen Schüssel umrührte, huschte ein ge-
quältes Lächeln über sein Gesicht.

In Annas Kopf wirbelten die Gedanken immer noch
durcheinander. Lenz hatte sich ihr offenbart. Ge-
klärt, was zwischen ihnen stand. Er wollte sie heiraten und sich um Ignaz sorgen. Sie war sich sicher,
dass er auch ihren Wunsch, Lesen zu lernen, unterstützen würde. Warum zweifelte sie dann, mit ihm
mitzugehen? Eines aber war ihr mittlerweile klar.
Lenz war nicht verantwortlich für ihren Bruder. Was
mit Gebhart geschah, lag nicht in ihrer beiden Hände. Das würde sie ihm morgen sagen, wenn sie ihm
das Essen brachte.

Kapitel 44

„Lass mal schauen." Im Schein der Laterne prüfte Moritz die Narbe von Lenz. Er schnaubte: „Leider deckt die Paste nicht so gut, wie ich dachte. Es hilft nichts. Zieh dir einfach die Kapuze deines Umhangs tief ins Gesicht. Dann hoffen wir mal, dass die Wache nicht so genau schaut. Das Reden überlässt du mir!"

Die Sonne war bereits untergegangen und dunkle Schatten vertrieben das Zwielicht. Nach wenigen Schritten erreichten sie die Gasse, die an der Stadtmauer entlang zum Münchner Tor führte. Am großen Stadttor grüßte Moritz mit gespielter Fröhlichkeit den Wachtposten. „Hallo, Ludwig, nachts wird es mittlerweile ganz schön zugig. Hilft dir meine Salbe?"

Der Soldat kniff die Augen zusammen. Als er den Arzt erkannte, lächelte er. „Guten Abend, Herr Physikus. Die wirkt wahre Wunder."

Moritz winkte ihm zu. „Dann ist ja alles gut." Sie schritten die Berggasse hinunter. Eines wollte Moritz von Lenz selbst hören. „Sag mir, warum riskierst du für die Gefangenen so viel?"

Lenz ging schneller. „Ich darf es nicht wieder vermasseln", stieß er hervor.

„So wie damals, als du ohne den Mitterhuber Georg aus dem Krieg gegen die Bauern zurückgekommen bist? Ich kann mich noch gut daran erinnern, wie sie dich danach gefeiert haben."

Lenz atmete heftig aus, bevor er weitersprach: „Ich bringe nur Unglück über meine Familie. Meine Mutter ist wegen mir im Kindbett gestorben, mein bester Freund Georg ist tot, weil ich nicht auf ihn aufgepasst habe. Und ..."

Der Physikus unterbrach den aufgewühlten jungen Mann: „Mit Verlaub, das ist alles Mist! Es sterben immer wieder Frauen im Kindbett. Das kann auch ich nicht verhindern. Georg ist auf dem Schlachtfeld geblieben, wie viele andere auch. Da herrschen andere Gesetze. Dass dir Magdalena daran die Schuld gibt, verstehe ich nicht."

„Du weißt davon?"

„Ja. Deine Großmutter hat es mir erzählt. Du hast ein Versprechen im jugendlichen Übermut gegeben, ohne zu wissen, was dich erwartet." Moritz hielt Lenz am Arm fest. „Manchmal ist es besser, Versprechen zu brechen, als weiteres Unheil heraufzubeschwören. Anna wird es sicher verstehen, dass dein Vorschlag, ihren Bruder zu befreien, ein Gehirnfurz ist. Wenn sie dich liebt, geht sie mit dir nach Memmingen, ohne dass du ihr etwas beweist. Sie ist nicht wie Magdalena."

„Das weiß ich."

„Also, wo ist dein Problem?"

Lenz antwortete nicht. Den Rest des Weges legten sie schweigend zurück. Der Marktplatz mit dem Rathaus war menschenleer. Am Beginn der rechts abführenden Judengasse zog Moritz Lenz zur Seite. Normalerweise war er die Ruhe selbst, aber dieses Unterfangen beunruhigte ihn. Er gestand sich ein, dass seine Beweggründe auch nicht besser waren, als die von Lenz. Schließlich machte er das hier nur Julia zuliebe. Er holte tief Luft und stieß sie aus aufgeblasenen Backen aus. „Noch einmal: Wir dürfen nichts riskieren. Du wirst gesucht. Du bleibst dicht hinter mir und vor allem kein Wort!"

„In Ordnung. Du musst dir keine Sorgen machen. Auf meiner Wanderschaft bin ich einem Bader zur Hand gegangen."

Moritz rang die Hände. „Einem *Bader* zur Hand gegangen! Ich bin Arzt und kein Quacksalber. Aber wenn du das sagst, kann ja nichts mehr schiefgehen." Er schmunzelte, obwohl ihm nicht danach zumute war.

Nach wenigen Schritten erreichten sie die Fronveste, vor der ein weiterer Stadtsoldat Wache schob. Moritz begrüßte auch ihn freundschaftlich: „Guten Abend, mein lieber Ulrich. Wie geht es deiner kleinen Tochter?"

„Danke, Herr Physikus. Johanna geht es von Tag zu Tag besser. Euer Trank hat ihr geholfen. Sie hustet immer weniger und scheint über den Berg zu sein."

In diesem Moment wurde das Eingangstor zum Landsberger Gefängnis von innen geöffnet. Heraus trat ein gedrungen wirkender Mann mittleren Alters mit einer Soutane. Der Geistliche blieb abrupt stehen, als er den Stadtphysikus erkannte. „Meister Moritz! Seht Ihr so spät noch nach den Gefangenen?"

„Pfarrer Haldenberger, das Gleiche könnte ich Euch fragen. Warum wollt Ihr zu so später Stunde die armen Seelen retten?"

Haldenberger runzelte die Stirn. „Des Nachts sind die Dämonen stärker. Gerade da bedürfen sie meines Beistands."

Der Arzt schlug ein Kreuz. „Das ehrt Euch, Herr Pfarrer. Ich werde für die armen Sünder beten. Aber jetzt", er winkte Lenz zu, der den Kopf gesenkt hielt, „flicke ich die Burschen wieder zusammen, damit der Henker bald mit seiner Arbeit anfangen kann."

„Habt Dank für Eure freundlichen Worte, Meister Moritz." Der Priester verschwand im Pfarrhaus, das nur wenige Schritte von der Fronveste entfernt lag.

Drinnen zischte Moritz: „Der Kerl bekommt sicher ein Handgeld, wenn er die Ketzer zum *Revocieren* bewegt."

„Gebhart und seine Freunde sollen sich zum alten Glauben bekennen? Das machen die nie ..."

Moritz hielt sofort einen Finger an den Mund. „Psst, nicht so laut, Lenz. Du sollst doch den Mund halten. Wenn uns jemand hört."

Sie stiegen die Treppe hinauf, wo vor einer Tür ein weiterer Wachsoldat postiert stand.

„Die Gefangenen sind sehr ruhig heute, Herr Physikus. Ist das Euer Lehrling?"

Moritz nickte. „Das ist Korbinian, ein Scholar aus Schongau. Er ist neu bei mir."

Der Soldat öffnete ohne Argwohn die schwere Tür und ließ sie ein. Drinnen waren sie schon mal.

Die Laterne des Arztes erhellte kaum das Zwielicht der Gefängniszelle. An den Wänden glitzerten Wassertropfen. Schemenhaft huschten Ratten zurück in die dunklen Ecken. Der Boden des Gefängnisses war mit Stroh bedeckt, das bei jedem Schritt ein schmatzendes Geräusch von sich gab. Am schlimmsten aber war der Gestank. Lenz unterdrückte den aufkommenden Würgereiz. Einer der vier Gefangenen sprang sofort auf und kam auf sie zu. Es war der Hüter-Christl. Lenz senkte den Kopf.

„Gut, dass Ihr kommt, Herr Physikus. André geht es schlechter. Die Entzündung an seinem Stumpf ist schlimmer geworden. Kein Wunder bei dem Dreck hier."

Moritz legte dem Hüter-Christl die Hand auf den Arm. „Mein Lehrling und ich schauen uns alle nacheinander an." Er bedeutete Lenz ihm zu leuchten und kniete sich bei André nieder.

Lenz ging neben dem Arzt auf die Knie. Er hielt die Lampe so, dass der eitrige Beinstumpf des Einbeinigen gut zu sehen war. Dabei achtete er darauf, sich aus dem Lichtschein der Laterne fernzuhalten. Als ihn Annas Bruder anstarrte, zog er seine Kapuze tiefer ins Gesicht. „Wer ist das, Physikus?", krächzte Gebhart.

Moritz wandte sich um und warf Lenz einen warnenden Blick zu. „Das ist mein Lehrling Korbinian. Er geht mir heute zur Hand. Wir schauen gleich nach dir." Nacheinander untersuchte Moritz die Gefangenen. Dabei blieb Lenz stets im Hintergrund und sprach kein Wort, reichte ihm nur das, was er aus seiner Tasche benötigte.

Obwohl ihm sein Kopf wehtat, starrte Gebhart Schuster angestrengt ins Dunkel der Gefängniszelle. Dieser *Lehrling* kam ihm bekannt vor. Nur zu gerne hätte er dessen Gesicht gesehen. Endlich kam der Physikus zu ihm. Der Gehilfe stellte die Laterne ab, reichte dem Arzt einen neuen Verband und zog sich zur Tür zurück. Irgendetwas stimmte nicht mit diesem Kerl. „Ist dein Lehrling stumm?"

„Korbinian stottert", erklärte Moritz hastig. „Lass ihn in Ruhe. Er ist noch sehr jung und schüchtern."

Nachdem Moritz seine Sachen zusammengepackt hatte, verabschiedete er sich von den Hürbenern. „Wir sehen uns morgen wieder." Er klopfte.
Da schoss es Gebhart wie ein Blitz durch den Kopf. „Der *Bauernschlächter*!", flüsterte er.

Als Lenz und Meister Moritz die Fronveste wieder verließen, wussten sie, dass im Stockwerk über den Gefangenen aus Hürben weitere fünf Personen einsaßen. Auch sie wurden verdächtigt, Ketzer zu sein. Das hatte ihnen der Büttel Ulrich anvertraut. Außerdem hatten alle Inhaftierten eine Galgenfrist, bevor sie der Henker in die Finger bekam. Der dazu nötige Befehl von der Burg oben war noch nicht ergangen. Moritz wusste, dass der Landrichter Haidenbucher im Ruf stand, peinliche Befragungen eher selten anzuordnen. Deshalb hatte es Moritz gewundert, dass der arme Hoffmair Mathes alle Grade der Pein erleiden musste. Da steckte sicher der Pfleger von Egloffstein dahinter. Moritz war überzeugt, dass er den Landrichter Haidenbucher so lange bearbeitet hatte, bis dieser eingeknickt war.

Kapitel 45

Eigentlich hatte sie für die Mutter auf den Markt gehen sollen, aber unwillkürlich lenkte Magdalena ihre Schritte Richtung Holzlager. Sie hatte gestern genau gesehen, dass der Stadtphysikus *aus* dem Schuppen gekommen war.

Obwohl es noch früh am Morgen war, herrschte bereits reges Treiben am Münchner Tor. Ein junger Bursche pfiff ihr nach, als sie an einer Gruppe mit Fuhrleuten vorbeischlenderte. Kokett warf sie ihre feuerroten Locken zurück und schürzte ein wenig ihr langes Unterkleid, damit der Blick auf ihre schmalen Fesseln frei wurde. Magdalena wusste um ihre Wirkung auf Männer. Bis auf den feschen Wandergesellen Franz hatte sie keinen Bewunderer erhört. Anfang September war sie ihm aus einer Laune heraus, und weil er Lenz ähnlich sah, in die Gärten an der Stadtmauer gefolgt. Er war mittlerweile wieder verschwunden. Geblieben war ihr die drohende Schande eines Bankerts. Deshalb musste sie den Bräutigam nehmen, den ihre Eltern für sie ausgesucht hatten. Ihr Vater hatte nach zwei Jahren die Geduld verloren und den Kistler Bartholomäus aus dem Vorderen Anger ins Auge gefasst. Magdalena graute bei dem Gedanken an ihn. Er war ein alter Sack, der es vermutlich nur auf ihre Mitgift abgesehen hatte.

Wenn Lenz nur geblieben wäre! Dass Magdalena selbst nicht ganz unschuldig daran war, hatte ihr Julia Kirchperger damals um die Ohren geschlagen. Doch wo Lenz abgeblieben war, wusste auch seine Großmutter nicht.

Magdalena schob die tiefhängenden Zweige auf dem Weg zum Lager zur Seite und die Morgenfeuchte benetzte ihr Gesicht und ihre Haare. Wie oft hatten Lenz und sie sich hier heimlich getroffen und verbotene Zärtlichkeiten ausgetauscht. Alles Vergangenheit. Sie drückte die Klinke herunter. Es war tatsächlich nicht abgesperrt. Sie zögerte. Was, wenn darin fremdes Gesindel nächtigte? Vielleicht hatte die gutherzige Julia armen Hausierern ein Quartier für die Nacht angeboten und der Stadtphysikus Moritz kümmerte sich um deren Blessuren. Kurz überlegte sie, ihrem Vater Bescheid zu geben, schob ihre Bedenken aber kurzerhand beiseite.

Sie öffnete die knarrende Tür und trat ein. Im Inneren war es dämmrig. Licht kam nur durch ein schmales Fenster an der Stirnseite und durch die Ritzen der Holzwand. Ein Geräusch ließ sie innehalten. Ihr Herz schlug schneller. Leise schlich sie näher. Als sie sah, wer da hinter dem Holzstapel lag, setzte ihr Herzschlag für einen Moment aus.

„Ich habe noch einen Topf mit dicker Gemüsesuppe eingepackt. Die ist zwar nur noch lauwarm, aber kräftigender als Brot und Käse." Julia Kirchperger legte ein Tuch über den Korb und drückte ihn Anna in die Hand. „Du kennst den Weg noch?"

Anna nickte und deutete auf Ignaz. „Kann ich ihn bei dir lassen?"

Julia strahlte. „Natürlich, wir haben uns doch schon aneinander gewöhnt. Sie streichelte dem Kleinen zärtlich über den Kopf. Selbst Lienhart scheint ihn zu mögen."

„Ihn schon, aber mich nicht", entgegnete Anna.

„Denk dir nichts. Er ist, wie er ist. Außerdem glaubt er, dass ich keine Magd zur Unterstützung brauche. Er hält deinen Lohn für rausgeschmissenes Geld."

Anna zuckte ergeben mit den Schultern. Sie öffnete die Tür.

Julia fasste sie kurz an der Hand. „Bitte rede mit Lenz. Du bist vermutlich die Einzige, auf die er hört. Versuche ihn von seinem verrückten Plan abzubringen. Er bringt nicht nur sich selbst, sondern uns alle in Gefahr. Geh mit ihm nach Memmingen. Du magst ihn doch. Was willst du in Augsburg?" Sie sah Anna flehend an. „Vielleicht wird dein Bruder vom Landrichter nur verwarnt und des Landes verwiesen. Das gab es schon einmal."

Anna schüttelte den Kopf. „Das glaube ich nicht. Wenn herauskommt, dass die Hürbener nicht nur

Lutheraner, sondern Gartenbrüder sind ..." Anna ließ den Rest des Satzes unausgesprochen. „Es war ein Fehler, hierher zu kommen."

„Was machst du hier im Schuppen?"

Lenz Kirchperger fuhr erschrocken hoch. „Magdalena!"

Sie trat auf ihn zu.

„Ich ... ich bin nur vorübergehend hier."

„Warum wohnst du nicht unten im Haus deines Vaters?"

Seine Miene verdüsterte sich. „Da fragst du noch? Er ist immer noch sauer, weil ich vor zwei Jahren wortlos abgehauen bin."

„Aber du hättest doch bleiben können."

„Bleiben können? Ich fasse es nicht! Mir blieb damals nichts anderes übrig, als wegzugehen. Wie stand ich denn da? Der *Bauernschlächter* bekommt von der schönen Magdalena einen Korb!"

Sein Lachen klang höhnisch und bitter in ihren Ohren.

„Du hast dich verleugnen lassen und wolltest nicht mehr heiraten. Selbst dein Vater konnte mich plötzlich in seiner Werkstatt nicht mehr brauchen. Sehr zum Leidwesen *meines* Vaters. Schließlich hatte er sich von der Zusammenlegung der beiden Werkstätten einiges erhofft." Er deutete auf seine Narbe. „Auch ich habe Wunden davon getragen. Vielleicht hat es dich ja gestört, dass ich Zeit meines Lebens entstellt bin?" Abwartend sah er sie an.

Magdalena wusste nicht, was sie sagen sollte. Alles, was Lenz ihr vorhielt, hatte damals gestimmt. Sie streckte die Hand aus, um ihn zu berühren.

Er schlug sie weg.

Magdalena senkte den Blick. Mit gepresster Stimme fuhr sie fort: „In den letzten beiden Jahren habe ich oft an dich gedacht. Mir vorgestellt, deine Frau zu sein. Ich habe mit deiner Oma gesprochen, doch auch sie wusste nicht, wo du abgeblieben warst."

Lenz sah sie überrascht an. Nach einem Moment des Schweigens fuhr sie fort: „Wir können die Vergangenheit nicht mehr ändern. Vielleicht gibt es für uns eine neue Zukunft."

„Dafür ist es zu spät! Wie gesagt, ich bin nur vorübergehend hier."

Magdalena drang nicht weiter in ihn. Sie legte ihren Kopf auf seine Brust.

Kurz zuckte er zurück, ließ sie aber gewähren.

Magdalena frohlockte innerlich. Die Lösung all ihrer Probleme rückte in greifbare Nähe. Ihre Finger glitten unter sein Wams.

Julia Kirchperger hatte recht. Nur sie selbst konnte Lenz umstimmen. Wenn sie mit ihm nach Memmingen ging, würde sie aber den Färber-Jos und Susanna Daucher nicht wiedersehen. Entschied sie sich jedoch für Augsburg, würde sie Lenz verlieren. Was hätte ihr Susanna wohl geraten? Vermutlich das gleiche wie Julia. Die beiden Frauen waren sich sehr ähnlich. Aus ihrem tief verwurzelten Glauben heraus packten sie an, wo Hilfe nötig war.

Anna wechselte den schweren Korb von der einen in die andere Hand. Sie begann zu schwitzen, obwohl ein kalter Wind durch die Gassen fegte. Der Anstieg über die steile Berggasse hoch zum Holzschuppen war nicht besser als der Abstieg. Grüßend ging sie an den Wachsoldaten vorbei, die ihr freundlich zuwinkten. In Sichtweite des Schuppens blieb sie überrascht stehen. Geistesgegenwärtig verbarg sie sich hinter einem Busch. Ihr Herz klopfte bis zum Hals. Vor der geöffneten Tür stand eine rothaarige Schönheit, die gerade ihr Mieder zurechtrückte. Magdalena Mitterhuber! Ein eiskalter Schauer lief Anna über den Rücken. Was war hier geschehen?

Fassungslos starrte sie der Rothaarigen nach. Ihre Füße trugen sie kaum, als Anna unsicher den Schuppen betrat. Lenz knöpfte gerade sein Wams zu. Das konnte nur eines bedeuten.

Als er sie sah, zuckte er erschrocken zusammen.

„Was wollte Magdalena hier?" Annas Mund war wie ausgedörrt. Sie brachte kaum die Worte heraus.

Lenz trat auf sie zu.

Anna wich zurück.

„Woher weißt du von Magdalena?"

Seine Stimme klang unsicher, was Anna sogleich als Schuldeingeständnis wertete. Wut kochte in ihr hoch. Sie warf den Korb so heftig auf den Boden, dass die Suppe nach allen Seiten spritzte. „Woher ich von Magdalena weiß? Von dir sicher nicht. Deine Großmutter hat mir erzählt, dass du sie heiraten wolltest." Anna holte Luft, doch bevor sie weitersprechen konnte, packte Lenz sie am Arm.

„Jetzt hör mir zu", flehte er. „Stimmt, ich wollte sie heiraten, aber das war vor dir. Das hier ist nicht so, wie es scheint. Es ist nichts passiert."

Anna schüttelte seine Hand ab. „Warum soll ich dir das glauben? Du hast mich schon wegen Gebhart belogen!"

Lenz starrte erschrocken an Anna vorbei. Sie sah sich um. Magdalena stand in der Tür des Schuppens.

„Mit der Wahrheit nimmt er es vielleicht nicht so genau, aber sonst könnte ich mich nicht beklagen. Dachte ich es mir doch, dass da jemand herumschleicht." Magdalena musterte Anna abschätzig von Kopf bis Fuß. „Ich habe dich in Landsberg noch nie gesehen. Aber ich vermute, dass du nicht mehr lange bleiben wirst." Sie lächelte anzüglich.

Das war zu viel. Fluchtartig verließ Anna den Schuppen.

Kapitel 46

„Was sollte das? Du gehst jetzt besser!" Seine Stimme klang kalt und Lenz musste sich beherrschen, damit er die Hand nicht gegen Magdalena erhob.

Sie verzog beleidigt das Gesicht, machte aber keine Anstalten zu verschwinden.

Lenz bückte sich und wischte mit einem Bündel Stroh die verschüttete Suppe vom Boden auf.

„Wie kommt sie dazu, dir Essen zu bringen?"

Lenz war hin- und hergerissen zwischen Wut und seinem schlechten Gewissen ihr nachgegeben zu haben. Gleichzeitig wusste er von früher, dass Magdalena solange nachbohren würde, bis sie eine befriedigende Antwort bekam.

„Das geht dich eigentlich nichts an." Widerwillig erklärte er: „Anna arbeitet bei meiner Großmutter als Magd. Sie hat sie geschickt."

„Ich wusste nicht, dass Julia eine Magd braucht. So gebrechlich schien sie mir nicht, als ich sie letztens gesehen habe."

„Da musst du sie selber fragen", brummte Lenz.

„Aus ihren Worten habe ich geschlossen, dass ihr euch näher kennt."

Die Frage kam unvermittelt und Lenz wusste im ersten Moment nicht, was er darauf antworten sollte.

„Das hat dich nicht zu interessieren", antwortete er ungeduldig. Wenn er Anna gleich nachlief, holte er sie noch vor dem Münchner Tor ein.

„Vielleicht weiß dein Vater ja mehr?" Mit einem unschuldigen Augenaufschlag sah sie ihn fragend an.

„Lass meinen Vater aus dem Spiel!" Er seufzte ergeben und zog Magdalena auf den Hackstock, auf dem vorgestern der Physikus gesessen hatte. „Ich kenne Anna aus Augsburg und habe sie auf dem Weg hierher begleitet."

„Warum gerade Landsberg?"

Lenz zögerte. Das durfte Magdalena nie erfahren. Bevor er darauf antworten konnte, winkte sie ab. „Du brauchst mir nichts erklären. Das geht mich nichts an."

Lenz war erleichtert. Vielleicht hatte sich Magdalena doch verändert?

„Aber eines interessiert mich schon noch, bevor ich gehe." Sie erhob sich. „Was wollte der Stadtphysikus Moritz hier?"

„Was treibt dich in meine Werkstatt?" Überrascht legte Lienhart Kirchperger den Hobel weg.

„Bist du alleine?" Magdalena nestelte an ihrem Tuch und sah sich um. Jetzt, wo sie hier stand, war sie nicht mehr sicher, ob ihr Plan aufgehen würde.

„Ja, meine Gesellen sind noch auf dem Bau."

„Das ist gut. Ich muss mit dir reden. Ich war gestern oben in unserem gemeinsamen Holzlager."

Lienhart sah sie fragend an. „Was wolltest du da?"

Der alte Kirchperger wusste tatsächlich nicht, dass sein Sohn wieder in Landsberg war. Jetzt hieß es, klug vorzugehen. „Ich habe am Sonntag den Physikus aus dem Schuppen kommen sehen."

Lienharts Miene wurde noch verständnisloser. „Unseren Stadtphysikus?"

„Ja. Er hat dort angeblich Beeren gesammelt. Daraufhin habe ich heute geprüft, ob sich dort fremdes Gesindel aufhält."

„Das war klug von dir. Moritz und meiner Mutter traue ich zu, dass sie Hausierer und Huckler dort hausen lassen."

„Es waren keine da. Aber hinter dem letzten Holzstapel habe ich Lenz entdeckt."

„Was hast du?" Seine Bestürzung war so groß, dass sein Gesicht alle Farbe verlor.

„Damit aber nicht genug", bohrte sie weiter. „Deine neue Magd Anna hat ihm gerade etwas zu Essen gebracht."

„Dachte ich mir doch, dass an der etwas faul ist!", entfuhr es ihm. Die Äderchen auf seinen Wangen füllten sich wieder mit Blut und sein Gesicht wurde rot vor Zorn. „Dass meine eigene Mutter dieses Spiel mit mir treibt ..." Fassungslos schüttelte er den Kopf.

„Mein Eindruck ist auch, dass da etwas vor sich geht. Warum der Physikus da war, kann ich dir nicht sagen. Lenz hat behauptet, er hätte sich seine Narbe angesehen. Ob das stimmt?" Sie ließ ihre Frage im Raum stehen. „Ich selbst habe den Verdacht, dass sich diese Anna als Lenz' zukünftiges Weib bei euch ins gemachte Nest setzen will." Sie lächelte ihm vielsagend zu.

Jetzt war es mit der mühsam aufrecht erhaltenen Fassung von Lienhart Kirchperger endgültig vorbei. Heftig trat er mit dem Fuß gegen die Werkbank. „Nur über meine Leiche! Eine Augsburgerin kommt mir nicht ins Haus."

Das lief ja besser als erwartet. „Beruhige dich." Magdalena legte ihre Hand auf die seine und beließ sie eine Spur länger dort, als es sich geziemte. Sie zögert kurz, bevor sie die Katze aus dem Sack ließ: „Man hört, dass deine Werkstatt in der letzten Zeit nicht so gut läuft."

Lienhart wich ihrem Blick aus. Er murmelte: „Die reichen Händler bezahlen mich nicht mehr so pünktlich, wie sie sollten. Seit der Plünderung von Rom durch die kaiserlichen Truppen im Mai ist der Handel schwer getroffen."

„Mein Vater berichtet das Gleiche. Was hältst du davon, wenn ich Lenz überzeuge, dass diese Anna nicht die Richtige für ihn ist."

Lienhart starrte sie an. „Wie meinst du das?"

„Ich heirate ihn, wie vor zwei Jahren ausgemacht. In Zeiten wie diesen müssen wir uns zusammentun. Deine Zimmerei und die Maurerwerkstatt meines Vaters ergänzen sich hervorragend. So wie Lenz und ich. Ich bin sicher, dass ich ihn überzeugen kann, in den Schoß der Familie zurückzukehren."

Kapitel 47

Anna rannte, bis sie nicht mehr konnte. Atemlos blieb sie stehen. Diesen Teil der Stadtmauer kannte sie nicht. Hier im Norden war sie noch nie gewesen. In ihrer Verzweiflung musste sie vorhin den Weg zurück ins Klösterl verfehlt haben. Niedergeschlagen stolperte sie weiter. Sie erreichte einen hohen Turm, von wo die Mauer nach Westen schwenkte. Hangabwärts erblickte sie ein prächtiges Tor, durch das eine Straße in die Stadt hinein führte. Sie folgte einem steilen Saumpfad abwärts. Auf den abschüssigen Wiesen grasten Ziegen. Unten erreichte sie einen kleinen Platz mit einem Brunnen. Es roch nach Eisenbeize und Rauschsud. Anna fühlte sich zurückversetzt in das Haus vom Färber-Jos. Die Erinnerung übermannte sie und Tränen stiegen ihr in die Augen. Nach dem Vorfall im Schuppen konnte sie nicht weiter in Landsberg bleiben. Der einzige Ort, wo sie jetzt noch Unterschlupf fand, war bei Susanna in Augsburg. Gleich morgen würde sie dorthin aufbrechen.

Der Platz gabelte sich in zwei Gassen, die beide Richtung Kirchturm führten, der majestätisch seine Spitze in den Himmel streckte. Von dort aus wusste sie, wie man zurück ins Klösterl kam. Sie folgte der linken Gasse, in der sich der Gestank von Misthaufen mit dem Duft von frisch gebackenem Brot mischte. Sie eilte weiter. Beißender Qualm von Schmiedefeuern brannte in ihren Augen und verfolgte sie den Hang hinauf bis sie den Durchgang unter der Heilig-Geist-Kirche erreichte. Von hier aus waren es nur noch wenige Schritte bis zum Haus der Kirchpergers. Vor dem Gespräch mit Julia graute ihr.

Als sie die Küche betrat, spürte sie den Ärger in der Luft. Julia hackte auf dem Küchentisch so ungestüm auf einen Krautkopf ein, dass die Schnitzel nach allen Seiten flogen. Neben ihr stand Lienhart Kirchperger, der aufgebracht mit den Händen fuchtelte und seine Mutter anfauchte. „Wann wolltest du mir das sagen? Wann!"

Er sah Anna in der Tür stehen. Sofort schoss er auf sie zu. „Wo warst du?"

Julia ging dazwischen. „Lass sie!"

Er stieß seine Mutter zur Seite. „Misch dich nicht ein. Ich will es von ihr selbst hören. Also, wo warst du?"

Anna sah in seinen Augen, dass er Bescheid wusste. Sie drückte sich an Lienhart vorbei zu Ignaz, der eingeschüchtert unter dem Tisch saß. Sofort krabbelte er auf sie zu. Sie bückte sich und hob ihn auf. Sein kleines Herz pochte wild an ihrer Brust. Zu Lienhart gewandt entgegnete sie mit vor Kälte klirrender Stimme: „Ich war bei Eurem Sohn und habe ihm Essen gebracht. Alles andere klärt mit ihm selbst."

Drohend kam er auf sie zu. „Auch noch frech werden! Eines sage ich dir. Deinen Bankert kannst du jemand anderem unterschieben. Von wegen *Neffe*! Da lache ich nur. Lenz wird dich nie und nimmer zum Weib nehmen. Eher zünde ich die Werkstatt an. Dann kannst du schauen, in welches gemachte Nest, du dich dann setzt." Er spie vor ihren Füßen aus. Hinter ihm fiel die Tür krachend ins Schloss.

Alle Kraft wich aus Anna. So müde und erschöpft hatte sie sich noch nie in ihrem Leben gefühlt. Sie bekam kaum mit, dass Julia ihr behutsam den Buben abnahm und sie hoch in ihre Kammer brachte. „Schlaf ein wenig. Ich rede noch einmal mit Lienhart."

Anna hob matt den Kopf. „Du musst ihm nichts mehr erklären. Ich gehe morgen mit Ignaz zurück nach Augsburg. Was mit Lenz und meinem Bruder geschieht, ist nicht mehr meine Sache. Beide schauen sowieso nur auf sich. Der Sedlbauer hatte recht. Vielleicht müssen die Dinge jetzt einfach ihren Lauf nehmen."

Julia Kirchperger warf einen verzweifelten Blick gen Himmel. „Hast du nicht mit Lenz geredet?"

„Das wollte ich. Aber er hatte schon *Besuch* von der rothaarigen Magdalena."

„Daher weht der Wind! Ich habe mich schon gefragt, woher Lienhart weiß, dass sein Sohn hier ist."

In der letzten Nacht hatte Lenz wenig Schlaf gefunden. Das lag nicht nur am Wind, der durch die Ritzen des Schuppens pfiff. Sobald er die Augen schloss, tauchten die Bilder aus der Fronveste vor ihm auf. Vermischten sich mit dem metallischen Geruch nach Blut vom Schlachtfeld in Kleinkitzighofen. Er sah den Einbeinigen vor sich, der wimmernd auf dem von seinen eigenen Exkrementen aufgeweichten Stroh lag. Daneben der Hoffmair Mathes. Sein ausgemergelter Körper war übersät von blauen Flecken. Am schlimmsten aber waren die Brandwunden des Eisens gewesen. Während Moritz die Verletzungen behandelte, war der Hüter-Christl leise betend auf und ab gelaufen. Christl hatte Lenz keines Blickes gewürdigt, nur Gebhart hatte ihn beständig angestarrt. Hatte er ihn erkannt?

Lenz stieß die Tür auf und trat ins Freie. Dunkle Wolkenberge türmten sich über der Stadt. Gierig sog er die Luft ein, um den Geruch zu verdrängen, den er seit der Fronveste in der Nase hatte. Er hielt es in diesem Schuppen nicht mehr aus. Er musste mit Anna reden, die nicht wiedergekommen war. Genauso wenig wie Magdalena. Sie schien sich mit seinen Erklärungen zu Anna zufriedengegeben zu haben. Nur warum wurde er das komische Gefühl nicht los, dass seine frühere Verlobte etwas im Schilde führte?

Was, wenn er morgen Abend einfach hinunter in die Stadt schlich? Am ersten Dienstag im Monat war sein Vater immer auf der Versammlung der Zimmerer. Gut, das war vielleicht mittlerweile anders. Aber einen Versuch war es wert. Allein der Gedanke daran bewirkte, dass seine Zuversicht zurückkehrte.

Kapitel 48

Anno Domini, 1. Oktober 1527, Landsberg,
früh am Morgen

„Warte doch erst einmal ab, bevor du nach Augsburg gehst." Julia Kirchperger versuchte, ihrer Stimme einen festen Klang zu geben, um somit ihrer eigenen Mutlosigkeit Herr zu werden. Die letzte Nacht hatte sie kein Auge zugemacht. Aus den tiefen Augenringen von Anna schloss Julia, dass es der jungen Frau ebenso ergangen war. Was hatte Lenz da angerichtet? Nicht nur, dass Anna wegwollte, auch Lienhart war seit gestern nicht mehr ansprechbar. Heimlichkeiten waren ihm von jeher ein Gräuel. Hinzu kam, dass er an Magdalena einen Narren gefressen hatte. Vermutlich hatte er insgeheim gehofft, dass Lenz zurückkam und Magdalena heiratete. Was Lienhart und Magdalena jedoch nicht wussten: Lenz wurde gesucht. Er konnte nicht in Landsberg bleiben.

Anna legte den Löffel weg. Mit Tränen in den Augen sah sie Julia an. „Es ist das Beste, wenn ich gehe."
„Was geschieht dann mit Ignaz?" Julia deutete auf den Kleinen auf Annas Schoß.

„Was wohl? Ich nehme mit. Ich kann ihn ja schlecht im Gefängnis bei meinem Bruder abgeben", entgegnete Anna barsch.

„Dann warte wenigstens ab, was der Landrichter Haidenbucher entscheidet. Wenn sie abschwören, fällt die Strafe vielleicht milde aus. Sie bekommen ein Büßerhemd und schlimmstenfalls müssen sie Haus und Hof aufgeben. Sie könnten dann mit euch nach Memmingen gehen."

Anna schüttelte den Kopf. „Ich kann nur für meinen Bruder sprechen. Er wird nicht abschwören und dann ist sein Schicksal besiegelt."

Julia versuchte es ein letztes Mal: „Lenz ist kein schlechter Mensch."

„Das weiß ich. So gut kenne ich ihn mittlerweile auch."

„Das mit Magdalena war ein dummer Zufall ..."

„... den er einfach nur ausgenutzt hat", ergänzte Anna bitter.

Julia strich Anna über den Arm. „Du dauerst mich. Ihr beiden passt so gut zusammen. Das spürt man."

Anna zuckte hoffnungslos mit den Schultern.

Julia stand auf. Sie zog sich ihren warmen Umhang über. „Ich gehe zu Moritz. Er war vorgestern mit Lenz im Gefängnis. Ich habe noch keine Nachricht von ihm, wie es den beiden ergangen ist. Esst einstweilen eure Grütze. Lienhart ist bereits im Morgengrauen auf eine Baustelle gefahren. Er wird dich heute nicht mehr behelligen. Bitte –", ihre Stimme klang flehend. „Bitte wartet mit eurer Abreise! Vielleicht findet sich eine Lösung."

Die Uhr vom *Schönen Turm* schlug acht Mal. Julia Kirchperger eilte über den Marktplatz, durch die Judengasse und verließ die Kernstadt durch das Fronvesttor. Der Wind hatte seit gestern zugelegt und peitschte dunkle Wolken über den Himmel. War sie sonst gedankenlos an den dicken Mauern der Fronveste vorbeigeeilt, so erschauderte sie heute bei dem Anblick. Wie mochte es den Burschen aus Hürben gehen? Atemlos betrat sie den schmalen Hausflur im Hinteren Anger, wo Moritz über einer Bäckerei wohnte. Der Duft von frisch gebackenem Brot waberte durch die Luft. An jedem anderen Tag hätte das ihre Stimmung gehoben, heute jedoch nicht.
Oben angekommen, klopfte sie.
Kurz darauf öffnete Moritz mit seiner Arzttasche in der Hand. Überrascht sah er sie an. „Julia?"
Wortlos schob sie ihn beiseite und betrat die notdürftig eingerichtete Kammer. Hier war sie in den letzten Jahren nur einmal gewesen. Sie trafen sich sonst immer im Hinterzimmer der *Ordination* vorne in der Schulgasse. „Wir müssen reden."
Er deutete auf das Bett. „Setz dich. Viel Zeit habe ich aber nicht. In einer halben Stunde stehen die ersten Patienten vor der Tür."

„Siehst du einen Weg, wie die Gefangenen freikommen?" Sie hatte keine Geduld für lange Erklärungen und kam sofort auf den Punkt.

Moritz setzte seine Tasche ab und stieß hörbar die Luft aus. „Nun, ich glaube, der Pfleger Gregor von Egloffstein will ein Exempel statuieren. Er sitzt vermutlich jeden Tag auf dem Schoß des Landrichters Haidenbucher, um einen Permiss zu bekommen. Wenn es nach dem Pfleger geht, werden die armen Kerle allen Graden der Folter unterzogen. Jetzt erst recht, nachdem mittlerweile weitere fünf verdächtige Ketzer in der Fronveste einsitzen. "

„Was? Es wurden noch mehr Leute verhaftet?" Julia schlug die Hände vor den Mund.

„Das hat mir der Büttel Ulrich anvertraut, als ich mit Lenz dort war. Vermutlich habe ich bald sehr viel Arbeit, um die armen Teufel wieder zusammenzuflicken. Aber besser ich mache das, als unser Grobian von Henker."

Resigniert sah Julia ihren Geliebten an. „Dann ist ihr Schicksal besiegelt."

„Ihr Leben liegt in der Hand des Landsrichters. Lenz scheint das mittlerweile ebenfalls einzusehen. Er war auf dem Rückweg sehr wortkarg. Ich habe ihn noch bis zum Münchner Tor gebracht. In meiner Begleitung brauchte er nicht zu fürchten, dass ihn die Wache dort behelligt."

„Ich hoffe, er macht keine Dummheiten."

Moritz sah sie fragend an. „Wieso sollte er? Er hat selbst gesehen, wie streng bewacht die Fronveste ist. Spätestens Ende dieser Woche muss der Landrichter eine Entscheidung fällen. Dann finden die ersten Befragungen statt. Hinterher können die Gefangenen kaum noch stehen, geschweige denn auf eigenen Beinen aus dem Gefängnis fliehen. Abgesehen davon wird der einbeinige André die Tortur vermutlich gar nicht überleben. Außerdem glaube ich, dass Gebhart Schuster Lenz erkannt hat. Ich hoffe, dass er unter der Folter unseren Besuch für sich behält."

„Ehrlich gesagt, hatte ich auf bessere Nachrichten von dir gehofft." Julia ergriff beide Hände des Arztes. „Du musst los. Unterwegs erzähle ich dir, was zwischenzeitlich passiert ist. Und ich habe eine Bitte an dich."

„Wie soll das gehen?" Anna war verwirrt. „Ich kann doch nicht einfach in das Zimmer von Meister Moritz ziehen."

„Warum nicht?" Julia trommelte nervös mit den Fingern auf dem Tisch. „Es ist ja nur vorübergehend. Nur solange, bis wir wissen wie es weitergeht."

„Mein Entschluss nach Augsburg zu gehen, steht fest. Unterwegs gibt es sicher Jemanden, der mich in seiner Scheune nächtigen lässt. Da findet sich schon was."

„Jetzt sei nicht so stur. Moritz schläft einstweilen im Hinterzimmer seiner *Ordination*. Wichtig ist, dass du erst einmal Lienhart aus dem Weg gehst. So aufgebracht, wie der gestern war."

„Was soll ich deiner Meinung nach sagen, wenn mich aus der Bäckerei jemand fragt, was ich in der Stube von Moritz mache?"

„Daran haben wir auch gedacht", entgegnete Julia. „Moritz hatte früher schon immer Besuch von seiner Nichte. Du siehst ihr sogar etwas ähnlich. Jetzt bist du einfach erwachsen und hast einen Sohn."

Anna schüttelte den Kopf. „Und dann?"

„Moritz redet in den nächsten Tagen mit Lenz. Ich kann das gerade nicht. Dafür ist meine Wut zu groß."

„Und wenn mich Lienhart in der Stadt sieht?"

„Das glaube ich nicht. Er verirrt sich selten in den Hinteren Anger. Außerdem führt hinter dem Haus ein Hang hoch zur Stadtmauer. Der ist kaum einsehbar. Da kannst du mit Ignaz gut raus zum Spielen. Du siehst, es ist alles geregelt. Essen bringe *ich* dir. Und Moritz versorgt Lenz. Es muss doch möglich sein, dass wir eine Lösung finden, die für alle passt. Es ist Niemandem geholfen, wenn du jetzt einfach nach Augsburg abhaust. Und Lenz muss so oder so weg. Schließlich wird er gesucht."

Julia Kirchperger erkannte am Gesichtsausdruck von Anna, dass ihr Entschluss ins Wanken geriet.

„Wo ist der Kleine?" Mürrisch stocherte Lienhart Kirchperger in seinem Essen herum.

„Weg!", entgegnete Julia.

„Wie weg?"

„Anna und Ignaz wohnen nicht mehr bei uns. Du hast ihr ja gestern deutlich zu verstehen gegeben, dass sie bei uns nicht erwünscht sind."

„Gut so." Ganz überzeugend klang das in Julias Ohren jedoch nicht.

„Und Lenz?", brummte Lienhart.

„Keine Ahnung. Das musst du mit *deiner* Magdalena besprechen. Sie war es schließlich auch, die dir erzählt hat, dass Lenz im Schuppen wohnt. Oder etwa nicht?"

Lienhart schob so heftig seine Schüssel weg, dass der Eintopf über den Rand schwappte. „Deinen bissigen Unterton kannst du dir sparen. Dass Lenz hier ist, hätte ich lieber von dir erfahren. Magdalena meint es nur gut mit uns."

„Gut mit uns! Dass ich nicht lache. Diese Schlange denkt nur an sich. Sie hat dir bestimmt nicht erzählt, dass Lenz damals nur wegen ihr abgehauen ist."

Lienhart sah sie ungläubig an. „Wie meinst du das?"

„So wie ich es sage. Alles weitere klärst du mit Lenz selbst."

„Einen Teufel werde ich tun. Wenn er etwas will, soll er zu mir kommen. Ich laufe ihm nicht nach!"

Kopfschüttelnd stand Julia auf. „Ihr seid zwei Stur-schädel. Aber vielleicht ist es für ein Gespräch ir-gendwann zu spät."

„Wie, zu spät?"

„So wie ich es sage."

Lienhart winkte ab. „Du mit deinem Altweiber-Ge-wäsch. Dein Sermon ist manchmal schlimmer als der von Haldenberger." Er griff nach seinem Um-hang, den er vorhin achtlos auf den Stuhl geworfen hatte. „Ich gehe jetzt zur Zimmererversammlung. Da muss ich mir kein Weibergekeife anhören."

Der Sturm der letzten Tage hatte die dicken Wolken weggeblasen und der volle Mond stand hell am Nachthimmel. Lenz spähte durch das Fenster der Küche. Der flackernde Schein von Kerzen zauberte sich bewegende Schatten auf die Kräuter, die zum Trocknen an der Wand hingen. Es war niemand zu sehen. Sollte er an die Tür klopfen? Während er noch überlegte, packte ihn jemand von hinten grob an der Schulter und drehte ihn mit einer heftigen Bewegung um.

„Lenz!", zischte Lienhart Kirchperger überrascht.

Lenz schüttelte die Hand ab.

„Warum schleichst du ums Haus, wie ein Dieb in der Nacht?"

„Vater, ich dachte du bist …"

„Ah, ich verstehe!"

Im Zwielicht des Mondes sah Lenz, dass sich das Gesicht seines Vaters zu einem spöttischen Grinsen verzog.

„Du wolltest gar nicht zu mir. Dumm für dich, dass mir nach all den Heimlichkeiten nicht der Sinn nach Geplänkel mit meinen Zunftbrüdern steht."

Lenz zuckte innerlich zusammen. Scheinbar wusste sein Vater, dass er im Schuppen oben am Berg hauste. Hatte Großmutter mit ihm geredet?

„Woher weißt du, dass ich ...?"

Lienhart Kirchperger winkte ab. Bitterkeit vertiefte die Kerben um seine Mundwinkel. „Woher ich weiß, dass du hier bist? Von deiner Großmutter sicher nicht. Da musste schon Magdalena kommen, um mir reinen Wein einzuschenken. Nebenbei bemerkt, wäre sie an einer Heirat mit dir immer noch interessiert."

Lenz hatte richtig vermutet. Seine ehemalige Verlobte führte etwas im Schilde. Doch seinen Vater davon zu überzeugen, war sinnlos.

„Bitte Vater, lass mich ins Haus. Ich muss mit Anna reden."

„Da muss ich dich leider enttäuschen. Die ist nicht mehr hier."

All seine Hoffnungen lösten sich in diesem Moment in Luft auf. Was konnte er jetzt noch tun? Vermutlich war sie schon in Augsburg. Lenz atmete tief durch. „Dann lass mich wenigstens zur Großmutter."

„Verkriech dich nur hinter ihrem Rücken! Das hast du als Kind schon immer getan." Lienharts Stimme hallte laut in der Dunkelheit der Gasse.

„Bitte Vater, sprich leise!"

„Hier kann jeder hören, was ich zu sagen habe. *Ich* habe keine Geheimnisse!"

„Das wäre in meinem Fall aber besser."

„Wie meinst du das?"

„Ich werde als Ketzer gesucht."

Kapitel 49

Anno Domini, 2. Oktober 1527, München

„Wer ist der Nächste?" Herzog Wilhelm wandte sich an seinen Haushofmeister.

Der hielt ein Blatt Papier auf Armlänge von sich weg.

Wilhelm schmunzelte. „Zeit für eine Augenlupe, mein Lieber. Ihr werdet langsam blind wie ein Maulwurf."

„Bitte entschuldigt, Eure Durchlaucht. Ich werde mich gleich morgen darum kümmern."

„Wer kommt denn nun?"

Der Haushofmeister kniff die Augen zusammen. Schließlich konnte er den Namen auf der Liste entziffern. „Rentmeister Heinrich Seiberstorffer aus ..."

„Aus Burghausen. Ich weiß. Lasst ihn ein."

Nachdem er aufgerufen worden war, betrat ein kräftiger Mann um die vierzig den Thronsaal der Neuveste. Gemessenen Schrittes trat er vor den Herzog.

„Danke, dass Ihr mich so schnell empfangt, durchlauchtigster Herr."

„Was gibt es denn so Dringliches, mein lieber Seiberstorffer? Ist die Salzach ausgetrocknet?"

Der Rentmeister lachte gequält über den Witz. „Das nicht, mein Herzog. Aber immer weniger Salz wird bei uns in Burghausen angelandet. Man hat mir zugetragen, dass irgendwer größere Mengen Salz abzweigt und es direkt nach Böhmen schmuggelt."

Wilhelm schlug mit der Faust auf die Lehne seines Throns. Seine gute Laune war mit einem Mal verflogen: „Was sagt Ihr da? Jemand bestiehlt uns?"

In diesem Moment betrat der missmutig dreinblickende Kanzler Leonhard von Ecken den Thronsaal. Er suchte Wilhelms Blick, und als dieser ihm mürrisch zunickte, eilte er nach vorne.

„Gut, dass Ihr kommt, Von Ecken. Wie es scheint, haben wir ein Problem."

Leonhard von Ecken sah ihn entgeistert an. „Woher wisst Ihr das? Wir haben tatsächlich ein Problem in der *Silbergrueb* in Landsberg."

Nun war es der Herzog, der erstaunt die Augenbrauen hob. „In Landsberg? Ich spreche von Schmugglern im Rentmeisteramt Burghausen."

„Und ich von Ketzern im Landgericht Landsberg, Euer Gnaden."

„Ketzer in Landsberg?" Mit einem Schlag hatte der Kanzler die ungeteilte Aufmerksamkeit seines Herrn. Mit einer herrischen Geste wies er dem Rentmeister die Tür: „Bitte wartet draußen. Wir sprechen später über Eure Sache." Als Seiberstorffer die Tür ins Schloss gezogen hatte, herrschte er Von Ecken an: „Berichtet mir, was Ihr erfahren habt!"

Von Ecken entfaltete einen Brief. „Nun, der Pfleger Gregor von Egloffstein schreibt, dass er neun mutmaßlich protestantische Ketzer in der Fronveste in Landsberg einsitzen hat. Er hat sie allesamt im Fürchelmoos im unteren Lechrain gefangen und bittet um Order, wie er weiter verfahren soll."

„Wie er verfahren soll? Dafür haben wir doch einen Landrichter in Landberg sitzen. Warum klärt er das nicht mit dem?"

Leonhard von Ecken sah seinen Herrn geduldig an. „Es ist Eurer Gnaden sicherlich entfallen, dass wir schon darüber gesprochen haben. Die Stelle des Landrichters in Landsberg ist seit Längerem vakant."

Wilhelm hielt inne. „Richtig! Der Kastner amtiert dort als Richter in Vertretung. Himmelherrgott, jetzt verstehe ich Euch. Der Kastner ist dieser Haidenbucher!"

Kanzler Von Ecken nickte.

Aufgeregt fuhr sich Wilhelm durch den Bart. „Dass dieser Haidenbucher nicht die nötige Härte an den Tag legen würde, hattet Ihr schon einmal erwähnt. Also denn, was schlagt Ihr vor?"

„Wir müssen diesen ketzerischen Sumpf der Irrlehren trockenlegen. Wenn man sich vorstellt, dass Euer Befehl, lutherische Umtriebe zu melden, die Landrichter, Pfleger und Amtmänner erst vor zwei oder drei Wochen erreicht haben kann, dann ..."

„Was dann?" Der Herzog sah ihn ungeduldig an.

Der Kanzler bemühte sich, die Begriffstutzigkeit seines Herrn zu ignorieren. „Wenn der Landsberger

Pfleger in nur zwei Wochen schon neun Ketzer verhaftet hat, dann dürfte das nur ein Vorgeschmack sein für die Horden an Ketzern, die im Lechrain ihr Unwesen treiben. Wir müssen durchgreifen. Landsberg ist unsere Grenzstadt zu Schwaben, wo bereits etliche Reichsstädte den Lehren Luthers anheimgefallen sind. Meine Spitzel berichten mir aus der Stadt, dass nicht wenige der dortigen Patrizier zumindest Sympathie hegen für Luthers Lehren."

„Ihr habt recht, Von Ecken. Wir müssen herausbekommen, welches Ausmaß die Ketzerei im Landgericht Landsberg angenommen hat. Wenn der Landrichter sein Amt nicht ausübt, dann greifen wir ein. Der Pfleger Von Egloffstein hat gut daran getan, uns ins Bild zu setzen. Er soll diese verwirrten Geister einer peinlichen Befragung mit allen Graden unterziehen. Wenn es nötig ist, auch ohne Gnade oder Ansehen der Person. Die *Silbergrueb* in Landsberg darf nicht den Lutherischen in die Hände fallen!"

„Und die Causa Haidenbucher, mein Herzog?"

„Der muss jetzt schnellstens ersetzt werden, und zwar von jemandem, der unbarmherzig die Ordnung wiederherstellt."

„Ich werde Euer Gnaden umgehend entsprechende Vorschläge unterbreiten."

Anno Domini, 2. Oktober 1527, Landsberg

Gebhart Schuster kauerte auf dem harten Boden.
Die feuchte Kälte kroch unter sein dünnes Hemd.
Trotzdem schwitzte er. Vor seinen Augen flimmerte
es und das Herz klopfte ihm bis zum Hals. Kurz
presste er die Hände auf seine Ohren. Das durchdringende Wimmern von André war nicht mehr
auszuhalten. Er fühlte sich wie vor zwei Jahren auf
dem Schlachtfeld von Kleinkitzighofen. Damals, als
sie nur für ihre eigene Freiheit und nicht zur Ehre
Gottes gekämpft hatten. Er versuchte, die Bilderfet-
zen in seinem immer noch schmerzenden Kopf zu
verdrängen. Mühsam rappelte er sich auf. Ihn
schwindelte. Er atmete flach. Der Gestank in der
Zelle war unerträglich. Am Lager von André sank er
auf die Knie. Strich seinem Freund beruhigend über
das Gesicht. Es schien zu helfen, sein Wimmern
wurde leiser.

„Er macht es nicht mehr lange." Der Hüter-Christl
war hinter Gebhart getreten. „Gut für ihn, dann
bleibt ihm die Folter erspart."

Gebhart wandte sich um. „André ist zäh. Vielleicht
werden wir gar nicht gefoltert und sie schlagen uns
nur aus der Stadt." Er spürte selbst, dass er sich
nicht sehr glaubwürdig anhörte. Möglicherweise
kam doch noch Hilfe von anderer Seite. Warum
sonst war dieser Lenz zusammen mit dem Physikus

in der Zelle gewesen? Gebhart musste sich eingestehen, dass er sich in dem *Bauernschlächter* getäuscht hatte. Statt sich selbst in Sicherheit zu bringen, tauchte er hier auf. Doch, wo waren seine Schwester Anna und sein Sohn Ignaz? Immer noch in Hochdorf auf dem Sedlhof oder hier in Landsberg? Wenn der Physikus wieder kam, würde ihn Gebhart danach fragen.

Der Hoffmair Matthes wisperte aus der Dunkelheit zu ihnen: „Wir werden alle auf dem Scheiterhaufen sterben."

Gebhart verstand ihn kaum, so leise wie er sprach.

„Es ist meine Schuld, dass ihr hier seid."

„Du musst dir keine Vorwürfe machen. Auch wir hätten nicht standgehalten." Gebhart mochte sich im Moment nicht ausmalen, was da auf sie zukam. Die Verletzungen von Matthes verhießen nichts Gutes. War das das Martyrium, von dem der Hut Hans gesprochen hatte? Das Leid, durch das der Mensch zu Gott kam?

Hoffmair krächzte: „Ich habe ihnen nur erzählt, dass wir in der Bibel gelesen haben. Zusammen mit dem Jos aus Augsburg. Dass wir zu den Gartenbrüdern gehören, habe ich nicht verraten. Deshalb sind wir doch für die nur Lutherische, oder?" Matthes Stimme klang zustimmungsheischend.

Gebhart nickte zögerlich. „Wenn wir das gleich zu Beginn zugeben, hat der Henker keinen Grund mehr weiter zu fragen."

„Da bin ich mir nicht so sicher", wandte der Hüter-Christl ein. „Ich habe gestern an der Tür gelauscht, als sich die Büttel des Eisenmeisters unterhalten haben. Sie vermuten, dass der Pfleger durchgreifen wird. Und wenn nicht er, dann der Herzog. Dafür wird schon dieser Egloffstein sorgen."

Das befürchtete Gebhart auch. Gregor von Egloffstein hatte schon in Kleinkitzighofen nicht verhandelt und die Bauern zu hunderten massakriert.

„Und wenn wir abschwören?" Die Frage vom Hüter-Christl klang eher wie eine Feststellung.

In Gebhart sträubte sich alles bei diesem Gedanken. Voller Hoffnung auf Freiheit war er zusammen mit dem André in den Krieg gezogen. Zurückgekommen waren sie als Verlierer und Krüppel. Agnes hatte ihn anschließend jeden Tag daran erinnert, endlich den Platz einzunehmen, den Gott ihm zugedacht hatte. Ein Bauer in Leibeigenschaft. Wollte Gott das wirklich? Dieser Zweifel hatte ihn aufgefressen. Erst durch den Hut Hans war seine Zuversicht zurückgekommen. Er hatte ihm und vielen anderen Veteranen einen neuen Weg aufgezeigt. Diesen würde er nicht verraten! Gebhart wurde innerlich ganz ruhig. Er erhob sich. Breitete die Arme aus. „Freunde! Wir gehören zu den Auserwählten. Bei der Taufe wurde uns mit dem Wasser das Kreuz auf die Stirn gezeichnet. Der wahre Glaube jedoch erweist sich erst im Leiden zur Ehre Gottes. Dadurch werden wir endgültig für den Herrn versiegelt. Am Jüngsten Gericht, das an Pfingsten über uns kommen wird ..."

„Da sind wir sowieso nicht mehr am Leben," fuhr der Hüter-Christl mürrisch dazwischen.

Gebhart ließ sich dadurch nicht beirren. „Am Jüngsten Gericht sammelt Gott alle Frommen und zusammen mit ihm werden *wir* Gericht halten an allen Gottlosen." Er krallte sich in den Arm vom Hüter-Christl. „Mit Gottes Hilfe werden wir alle bald frei sein. Im Leben oder im Tod."

Kapitel 50

Anno Domini, 3. Oktober 1527, Landsberg

„Setzt Euch, Herr Physikus!" Pfleger Gregor von Egloffstein bot Moritz einen Stuhl vor seinem imposanten Tisch an. „Ihr seht erschöpft aus."

„Es ist ein steiler Weg zu Euch herauf auf die Burg, Herr Pfleger. Die Berggasse fordert ihren Tribut, denn ich bin nicht mehr der Jüngste." Moritz versuchte sich in leichter Konversation. In Wahrheit aber war er in höchster Alarmbereitschaft. Der Pfleger hatte ihn nicht ohne Grund zu sich bestellt.

„Darf ich Euch einen Becher Wein anbieten?"

„Den Wein nehme ich gerne an, aber wie kann ich Euch helfen?"

Egloffstein ließ die Frage im Raum stehen. Stattdessen winkte er einem Diener, der herbeieilte und zwei irdene Becher füllte. Der Pfleger prostete dem Arzt zu: „Diesen guten Tropfen bringt der Salzhändler Wittelspeck vom Bodensee mit seinen Salzfuhrwerken zurück. Wohl bekomm's." Er stürzte den Wein hinunter und wischte sich den Mund ab. „Ich rede nicht gerne um den Brei herum. Wie steht es um die Gefangenen aus Hürben?"

Darum ging es also. Moritz nestelte an seinem Wams, bevor er eine Antwort gab. „Nun, was soll ich sagen? Gut und schlecht. Von den vier Gefangenen sind drei nicht gut beieinander."

Der Pfleger unterbrach ihn: „Man hat mir nur vom Schuster Gebhart berichtet. Er hat eine Wunde am Kopf, die er sich bei einem Fluchtversuch zugezogen hat. Was ist mit den anderen?"

„Es stimmt, der Schuster hat eine Kopfwunde, die aber dank meiner Heilkunst langsam verheilt. Der Hoffmair Matthes dagegen laboriert noch immer an den Folgen seiner peinlichen Befragung und der Einbeinige André hat eine Entzündung in seinem Beinstumpf."

Egloffstein betrachtete den Arzt mit zusammengekniffenen Augen. Mit einer wegwerfenden Handbewegung fuhr er fort: „Der Hoffmair hat es hinter sich. Ich bin eher an den drei anderen interessiert. Wann kann der Henker seiner Arbeit nachgehen?"

„Ihr wollt die Burschen in ihrem Zustand einer peinlichen Befragung unterziehen?", platzte es aus Moritz heraus. „Hat das der Herr Landrichter Haidenbucher schon angeordnet?"

„Ich habe sogar einen Permiss direkt von unserem Herrn Herzog Wilhelm!"

Moritz war erschüttert. Die Wortwahl des Pflegers legte nahe, dass er den Landrichter übergangen hatte. Dass sich Pfleger und Richter nicht grün waren, pfiffen in Landsberg die Spatzen von den Dächern. Lange würde es nicht mehr dauern, bis der leutselige Haidenbucher sein Richteramt verlor. Moritz musste den Gefangenen Zeit verschaffen. „In Ordnung. Dann gebt mir noch eine Woche, um diese armen Jungen wieder ganz herzustellen."

Egloffstein schlug mit der Faust so heftig auf den Tisch, dass die irdenen Becher bedrohlich wackelten. „Moritz! Diese Kerle werden der Ketzerei beschuldigt. Wir müssen schnellstmöglich wissen, wer noch alles den lutherischen Irrlehren zum Opfer gefallen ist. Nachsicht ist hier fehl am Platze. Ich hoffe, dass ich mir nicht auch noch um Euch Sorgen machen muss. Bislang hatte ich Euch fest an der Seite Mariens gesehen und auf dem Fundament der heiligen Mutter Kirche stehend."

Hastig versuchte der Arzt, seine Aussage zu relativieren: „Ihr missversteht mich, Herr Pfleger. Vielleicht sind sie ja nur fehlgeleitet und bereuen ihre Verwirrung bereits."

„Das ist nicht von Belang. In diesen stürmischen Zeiten braucht es einen klaren Kurs und nicht die geringste Nachsicht mit Ketzern. Es steht nichts weniger auf dem Spiel als die Einheit unserer Kirche."

„Selbstverständlich", lenkte Moritz resigniert ein.

Gregor von Egloffstein sah den Arzt durchdringend an. „Nun denn, ich gebe Euch zwei Tage, um die Gefangenen für die Befragung herzurichten."

„In zwei Tagen, Herr Pfleger", bestätigte Moritz mit belegter Stimme.

„Noch etwas: Morgen beginnen wir mit den ersten Befragungen von fünf neuen Gefangenen. Hinterher brauchen die sicher Euren Beistand. Ihr seht, es kommt viel Arbeit auf Euch zu."

Anno Domini, 3. Oktober 1527, Landsberg

Als Moritz gegen Mittag den Palas verließ, peitschte ein neuer Sturm den Regen quer über den Burghof. Der ruhige Herbsttag gestern war wohl nur ein Zwischenspiel. Wenn er schon einmal hier oben war, konnte er auch gleich zu Lenz weitergehen. Schließlich hatte er Julia versprochen, mit ihm zu sprechen. Im Schuppen angekommen zog er seinen tropfnassen Umhang aus und legte ihn auf einen Holzstapel. Ob ihm Lenz überhaupt zuhören würde, war dahingestellt. Seine Ankunft hatte Lenz mit einem kaum merklichen Nicken quittiert. Teilnahmslos stierte er Löcher in die Luft. Moritz räusperte sich. „Deine Großmutter hat mich gebeten, mit dir zu sprechen."
Ein undeutliches Brummen erklang.
„Ist das alles, was du mir zu sagen hast? Es geht mich zwar nichts an, aber dein Techtelmechtel mit Magdalena ..."
Lenz sprang auf. Sein Gesicht verfärbte sich rot. „Du hast recht, es geht dich nichts an. Was habt ihr nur alle mit ihr? Du! Mein Vater!" Seine Stimme war mit jedem Wort lauter geworden.
„Wie, dein Vater?" Moritz war verwirrt.

„So wie ich es sage. Ich war vorgestern Abend unten, weil ich mit Anna sprechen wollte. Da hat mich mein Vater erwischt. Er wusste von Magdalena, dass ich hier bin."

Moritz war fassungslos. „Was, wenn dich Jemand gesehen hat? Als gesuchter Ketzer bringst du deine ganze Familie in Gefahr."

„Hat mich aber Niemand", erwiderte Lenz trotzig.

Moritz hielt es nicht mehr an seinem Platz. Aufgeregt lief er auf und ab. Nur mit Mühe gelang es ihm, ruhig zu bleiben. „Nun gut. Was ich aber nicht verstehe ist folgendes: Siehst du nicht, dass Magdalena mit dir spielt? Du hast doch vor zwei Jahren am eigenen Leib erlebt, zu was sie fähig ist. Dass sie jetzt zu deinem Vater geht und dich verrät." Moritz schüttelte den Kopf. „Nur gut, dass sie nicht weiß, dass du gesucht wirst."

„Sie nicht, aber mein Vater. Ich habe es ihm gestern gesagt."

„Und?"

„Ich weiß es nicht. Ich bin gegangen. Anna war fort." Kurz überlegte Moritz ihm zu sagen, dass Anna bei ihm war, verwarf den Gedanken aber wieder.

War Lenz bisher eher zornig gewesen, so klang seine Stimme jetzt nüchtern, als er sich zu Moritz umwandte: „Mein Entschluss steht fest! Ich rede mit Gebhart."

„Wie stellst du dir das vor? Ich nehme dich kein zweites Mal mit in die Fronveste. Beim letzten Mal hatten wir unglaubliches Glück, dass dich niemand erkannt hat. Außerdem hat mir Von Egloffstein vorhin mitgeteilt, dass die peinlichen Befragungen der Hürbener übermorgen beginnen. Der Herzog selbst hat den Befehl dazu gegeben. Daran siehst du, dass deine Freunde als abschreckendes Beispiel besonders hart bestraft werden sollen."

„Sie sind nicht meine Freunde."

„Warum riskierst du dann dein Leben für sie?"

Die Antwort kam wie aus einer Arkebuse geschossen: „Wegen Anna. Ich habe ihr versprochen ihren Bruder zu befreien."

„Darüber haben wir doch ausführlich geredet. Manche Versprechen können nicht eingelöst werden."
Moritz verlor langsam die Geduld.

„Das weiß ich! Du brauchst keine Angst haben. Ich werde weder dich noch meine Familie da mit hineinziehen."

Moritz sah, dass jeder Widerspruch zwecklos war. „Wie willst du dann zu Gebhart gelangen?"

„Ich werde mich stellen."

Nach einem Augenblick des Schreckens erwiderte Moritz: „Wenn du dich stellst, bringst du uns alle in Gefahr. Auch, wenn du dir das nicht eingestehen willst."

„Ich sage einfach, dass ich euch seit zwei Jahren nicht mehr gesehen habe."

„Lass mich erst mit deiner Großmutter reden. Solange hältst du die Füße still."

So schnell war Moritz noch nie die steile Berggasse hinabgeeilt. Er musste unbedingt mit Julia reden. Kaum, dass er bei ihr geklopft hatte, wurde auch schon die Türe aufgerissen.

„Gut, dass du kommst." Julia Kirchperger war den Tränen nahe. „Lienhart ist außer sich, weil Lenz gesucht wird. Er sieht alle seine Felle den Lech hinunterschwimmen. Der erhoffte Zusammenschluss mit den Mitterhubers kommt nicht zustande, weil Lenz nicht in Landsberg bleiben und Magdalena heiraten kann. Gleichzeitig kann Lienhart ihr nicht sagen, warum. Wie sie dann reagiert, mag ich mir gar nicht ausmalen. Ich traue ihr zu, dass sie in ihrem gekränkten Stolz unsere ganze Familie ans Messer liefert." Sie schlug ein Kreuzzeichen.

Moritz umarmte sie flüchtig. Nach dem Gespräch mit Lenz wusste er erst recht nicht, wie er sie trösten konnte. Julia hatte die von einer enttäuschten Magdalena ausgehende Gefahr gut erkannt. Er deutete mit dem Kopf in das Innere des Hauses. „Ist Lienhart noch da?"

„Ja, er hat heute Morgen nur seine Gesellen auf die Baustelle geschickt."

„Das ist gut. Ich komme gerade von Lenz. Dein Enkel scheint völlig den Verstand verloren zu haben."

Zwei Stunden und einige Bier später verließ Moritz das Kirchperger Haus. Zusammen mit Julia und

Lienhart hatten sie einen Plan geschmiedet, der ihnen allen zum Vorteil gereichen sollte. Er schickte ein Stoßgebet an Christophorus, den Nothelfer bei jeglicher Gefahr und hoffte, dass der Schutzheilige diesen Vertrauensbruch gutheißen würde.

Kapitel 51

„Gebhart und seine Brüder gehen den letzten Weg der Leidenstaufe. Dadurch erst werden sie vor Gott gerecht." Der Färber-Jos wandte sich an Jörg Sedlmaier und Susanna Daucher, die mit ihm am Tisch in der verborgenen Kammer im Färberhaus saßen.

„Diese Prüfung wird auch uns bald bevorstehen", murmelte Jörg. „Ihr glaubt doch wohl selbst nicht, dass die Hürbener unsere Namen für sich behalten. Die peinliche Befragung bringt alles ans Licht." Seine Stimme klang mürrisch.

Jos zuckte mit den Schultern. „Dann ist das eben so. Was denkst du darüber, Susanna?"

Sie hob die Augenbrauen. „Das, was auf uns zukommt, werden wir in Gottes Namen hinnehmen müssen. Aber das Martyrium als Leidenstaufe? Ich weiß nicht."

„Nächstes Jahr an Pfingsten kommt das Reich Gottes zu uns", eiferte sich Jos erneut. „Dort werden die Geknechteten zu Auserwählten."

„Du redest wie Hut", fuhr Jörg Sedlmaier dazwischen. „Du weißt, dass er beim Concilium das Versprechen abgeben musste, darüber nicht mehr zu

predigen, außer er wird ausdrücklich darum gebeten."

„Ich weiß. Aber es ist doch tröstend, dass die getauften Auserwählten mit dem Schwert Strafgericht halten über die Gottlosen."

Susanna Daucher schüttelte den Kopf. „Ich streite
nicht ab, dass der Hut Hans unsere Gemeinde hier
in Augsburg immer wieder befeuert hat. Die Einfüh-
rung der Armenkasse rechne ich ihm hoch an. Wenn
ich ehrlich bin, steht mir Denck näher. Er hält
nichts davon, Glauben mit allen Mitteln aufzuzwin-
gen. Deshalb tut es mir heute noch leid, dass ich damals bei seiner Disputation nicht dabei sein konnte." Ihre dunkelblauen Augen durchbohren Jos. Mit
erhobener Stimme fuhr sie fort: „Ich teile Dencks
Meinung, dass die Heilige Schrift nur eine Zusammenstellung ganz unterschiedlicher Texte ist, die
sich teilweise sogar widersprechen. Das fällt mir immer wieder aufs Neue auf, wenn ich mit den Frauen
in der Bibel lese." Sie legte ihre Hand auf die Brust.
„Ich kann die Schrift nur verstehen, wenn der Heilige Geist mich erleuchtet."

„Das streite ich nicht ab", warf der Färber-Jos ein.
„Aber nur durch das Leid kommt der Mensch zu seinem Ziel, das ihm von Gott gesteckt wird."

Susanna Daucher hob ihren Zeigefinger. Eine Geste,
die der Färber-Jos gut kannte. Sie benutzte sie immer dann, wenn sie das Gesprochene besonders
unterstreichen wollte.

„Da widerspreche ich dir aufs Heftigste. Ich werde nicht durch das Leid, sondern allein durch die Gnade Gottes gerecht. Für Denck, aber auch für mich, ist das Evangelium die Frohe Botschaft, die nicht nur meine Sünden vergibt, sondern mir auch zu einem besseren Leben mit Christus verhilft. Wenn ich die armen und obdachlosen Frauen in Augsburg unterstütze, ist das nicht allein deshalb, weil *ich* das so will. Sondern weil *Gott* mir die Kraft dazu gibt. Nicht das Leid macht mich gerecht, sondern mein Tun. Und zwar jeden Tag aufs Neue. Diese besondere Gnade zieht sich durch mein ganzes Leben, so wie der Faden durch den Webstuhl." Ihre Stimme war von Wort zu Wort drängender geworden.

Jos war überrascht. So leidenschaftlich hatte er sie bisher nicht erlebt. Eines interessierte ihn deshalb: „Warum bist du noch nicht getauft?"

Sie sah ihn lange an, bevor sie fortfuhr: „Glaubst du, dass Gott mich fragt, wann ich getauft wurde?"

Jos wusste im Moment nichts darauf zu erwidern.

„Denck tauft auch, aber für ihn ist es eher ein Symbol, dass man zur Gemeinde gehört. Viel wichtiger ist doch, wie es in meinem Herzen aussieht, ob ich tatsächlich vor *Gott* gläubig bin." Sie richtete das Wort an Jörg: „Wie siehst du das?"

Jos sah am Mienenspiel seines Freundes, dass er um eine Antwort rang. Die Bemerkung von Hans Hut fiel ihm wieder ein. Der hatte nach dem Concilium bei Jos vorbeigeschaut und ihn gebeten, Jörg mehr in den Blick zu nehmen. In Huts Augen mangelte es dem Sedlbauern am inneren Feuer. Er schien beim Concilium erleichtert gewesen, dass ein anderer als Missionar für den Lechrain ausgewählt worden war.

„Nun, ich bin getauft und wenn es mir die Zeit erlaubt, fahre ich zu euren gemeinsamen Treffen in Augsburg", stotterte Jörg.

„Warum versammelt ihr euch nicht mehr im Lechrain?", bohrte Susanna nach.

„Du hast leicht reden." Jörg wurde laut: „Wir Gartenbrüder sind über das ganze Moor verstreut. Wir treffen uns in Scheunen und Gärten, immer mit der Angst im Nacken, dass uns jemand für ein paar lausige Pfennige verpfeift. Wir haben nicht diese Freiheit wie ihr hier in Augsburg. Bei uns reicht das Gewäsch einer alten, verbohrten Magd beim Pfarrer, dass die Schergen und Büttel auflaufen. Dass Lenz als Ketzer verdächtigt wird, hat er nur meiner alten Gretl zu verdanken. Und jetzt komm du mir noch mal mit Ratschlägen."

Jos bemühte sich, den aufgebrachten Jörg zu beruhigen. „Du hast recht mit dem, was du sagst. Aber trotzdem dürfen wir unsere Mission nicht vergessen. Dass wir auch in Augsburg nicht mehr unbehelligt unseren Glauben leben, zeigen die Verhaftungen der letzten Wochen. Meister Kießling sitzt nach seiner peinlichen Befragung immer noch im Gefängnis. Mir ist zu Ohren gekommen, dass er vielleicht in den nächsten Wochen freikommt. Anschließend muss er die Stadt verlassen und verliert all sein Hab und Gut. Was dann mit seiner Familie geschieht, kannst du dir vorstellen. Sie werden in Zukunft in der Gasse schlafen, wenn sie niemand bei sich aufnimmt. Bei meinem Freund Hut dagegen wird wohl ein Exempel statuiert werden. Es wurde eine peinliche Befragung bis zum höchsten Grad angeordnet. Für ihn bleibt nur noch unser Gebet." Jos senkte den Kopf.

Ein unangenehmes Schweigen breitete sich aus. Der Wind pfiff durch die Ritzen der fensterlosen Kammer und die Kerze auf dem Tisch flackerte heftig.

Susanna stand auf und stemmte ihre Fäuste in die Hüften. „Ich stimme Jos zu", blaffte sie Jörg an. „So leicht habe auch ich es nicht. Mein Mann Adolf ist ein überzeugter Anhänger Luthers. Dabei übersieht er, dass auch jene Prediger nicht bereit sind, in Armut und Demut im Sinne der Evangelien zu leben. Das beste Beispiel hierzu ist dieser Pfettner Christof. Er brüstet sich überall, dass er es war, der die ganzen Verhaftungen in Gang gesetzt hat." Sie verzog angewidert ihren Mund. „Wenn ich meinem Adolf sage, dass im Glauben alles frei und ungezwungen sein sollte, verlässt er die Stube. Er weiß nicht, dass ich hier bin, und wähnt mich auf dem Stadtmarkt. Seit ich vom Rat der Stadt verwarnt wurde, mich von ketzerischen Umtrieben fernzuhalten, ist Adolf noch argwöhnischer als sonst. Es vergeht kein Tag, an dem er mir nicht vorhält, dass ich unsere Familie und sein Lebenswerk in Gefahr bringe. Ich bin froh, wenn er in den nächsten Tagen wieder auf Reisen ist." Susanna griff sich ihren Korb und schlüpfte durch die niedrige Tür der verborgenen Kammer. Dort wandte sie sich noch einmal um: „Es war völlig schwachsinnig von Anna und Lenz nach Landsberg zu gehen. Gebhart aus dem Gefängnis befreien, pah! Man kann nur hoffen, dass sie es sich mittlerweile anders überlegt haben. Vielleicht können wir sie überzeugen, zu uns zurückzukehren." Sie schloss leise die Tür.

Jos wiegte den Kopf. „Vielleicht wollen Lenz und Anna wirklich zu uns zurück. Bei Lenz bin ich mir nicht sicher, aber bei Anna kann ich mir vorstellen, dass sie unseren Anschauungen gegenüber aufgeschlossen ist. Außerdem könnte Susanna sie unter ihre Fittiche nehmen."

„Nach dem, was du mir über den Pfettner Christof erzählt hast, glaubst du doch wohl selbst nicht, dass der Ruhe geben wird, wenn er von der Rückkehr der beiden erfährt."

Jos strich sich über seinen Bart. „Stimmt, das hatte ich nicht bedacht. Aber vielleicht könnten dich Anna und Lenz im Lechrain unterstützen. Wie du weißt, ist der Spörle Leonhard aus Prittriching zusammen mit Hans Hut bei der Versammlung im Haus des Webers Gallus Fischer verhaftet worden. Der Augsburger Rat hat ihn nach München ausgeliefert, wo er auf sein Urteil wartet. Der Schiemer Leo hat in

Dachau zu tun und wird uns im Lechrain nicht helfen können." Jos legte seine Hand auf die von Jörg. „Wir brauchen dich als Missionar im Lechrain! Mit Anna hättest du eine wertvolle Stütze an deiner Seite. Deine Magd Gretl kann den kleinen Ignaz versorgen und wäre damit abgelenkt. Und Lenz könntest du zurück nach Schmiechen schicken. Zumindest fürs Erste. Als Handwerker ist er dort gut gelitten und gleichzeitig kann er dem Prenner Jörg helfen, unsere frohe Botschaft dort zu verbreiten. So hat auch Gebhart in Hürben angefangen. Zu den Zusammenkünften komme ich dann als euer Prediger. Die Leute dort vertrauen mir. Schließlich zahle ich für die Leinwebertuche und die Rauschbeeren deutlich mehr als die Fuggeraufkäufer."

Jörg zog seine Hand weg und schob den Stuhl zurück. Sein verärgerter Blick wich dem von Jos aus. „Du scheinst gut zu wissen, was für uns richtig ist. Ich muss erst überlegen, ob das auch für mich passt."

Kapitel 52

Anno Domini, 4. Oktober 1527, Landsberg

Lenz warf sich hin und her. Strampelte trotz der Kälte seine Decke weg. Im Traum erschien ihm Magdalena. Ihr schönes Gesicht mit den grünen Mandelaugen war nass vor Tränen. ´Du hast mich verlassen!´, wimmerte sie. Ein bohrendes Schuldgefühl übermannte ihn. Sie hatte recht. Er hatte sie zurückgelassen, als sie ihn am meisten brauchte. Ihre vollen Lippen bebten. Sie schluchzte herzzerreißend und er war verantwortlich dafür. Panisch fragte er sich, wie er diese Schuld jemals abtragen konnte? Ein unbändiges Bedürfnis, sie in die Arme zu schließen, übermannte ihn. Er musste sie an sich drücken, sie beschützen. Er spürte ihre vollen Brüste durch sein Wams. Seine Hand streichelte beruhigend über ihre roten Locken. Ihre heißen Tränen benässten seine Schulter. Ihr Atem ging seltsam schnell und stoßweise.

Das schmale Gesicht von Anna erschien. Ihre goldfarbenen Augen betrachteten ihn liebevoll, aber ernst. Fordernde Hände glitten unter sein Hemd, öffneten seine Hosen. Anna wandte sich ab.

Lenz schreckte hoch. Der Herbstwind entlockte dem zugigen Schuppen knarrende Geräusche. Der Traum war verschwunden. Geblieben war die Gewissheit, dass er einen großen Fehler gemacht hatte. Er hätte Magdalena gleich von sich schieben müssen. Nicht erst den kurzen Augenblick der Leidenschaft mit ihr genießen. Sie bedeutete ihm nichts mehr. Das war ihm mittlerweile klar. Aber Anna würde ihm das nicht glauben und nicht verzeihen. Da konnte er sich auch gleich stellen. Vielleicht würde ihn dann wenigstens Gebhart achten, und Anna ihn in guter Erinnerung behalten, weil er alles Menschenmögliche für ihren Bruder getan hatte. Es gab nur einen Haken! Lenz konnte nicht garantieren, dass eine enttäuschte Magdalena seine Familie und Moritz unbehelligt ließ. Dass seine ehemalige Verlobte sofort nach ihrem Zusammenliegen zu seinem Vater gerannt war, sagte alles. Sie würde nichts unversucht lassen, damit sich ihre eigenen Pläne erfüllten. Verzweifelt fuhr er sich durch die Haare. Er war ein Idiot. Wäre er von Anfang an Anna gegenüber ehrlich gewesen, wären sie vermutlich nicht in dieser Lage. Und nun?

Die Tür des Schuppens knarrte. Hoffentlich war das nicht Magdalena. Hastig zog sich Lenz in die hinterste Ecke des Holzstapels zurück.

„Ich bin es, Moritz."

Erleichtert stand Lenz auf und kam nach vorne.

Moritz sah ihn prüfend an. „Gut geschlafen scheinst du nicht zu haben. Ich auch nicht", räumte er ein.

„Wir müssen reden."

„Lass mich erst etwas sagen."

„Nein! Du hörst *mir* jetzt zu. Ich war gestern noch bei deinem Vater und deiner Großmutter."

„Mein Vater war auch dabei?"

„Ja, er kennt die ganze Geschichte. Weiß, warum du in Landsberg bist."

„Und?"

„Er ist unserer Meinung, dass es Wahnsinn ist, dich zu stellen. Da war ja dein Befreiungsplan noch schlauer. Wobei ich gehofft hatte, dass du nach unserem Besuch in der Fronveste Vernunft angenommen hast und zusammen mit Anna nach Memmingen gehst."

„Das wollte ich immer. Aber dann stand Magdalena plötzlich im Schuppen, und ...."

„... hat wieder einmal dein Leben zerstört. Das wolltest du doch sagen?" Moritz sah ihn zynisch an.

„Ich weiß, dass ich alles verdorben habe. Was soll ich jetzt machen? Egal, was ich tue, Magdalena wird das nicht so einfach hinnehmen."

„Genau das ist auch der Haken bei unserem Plan. Aber dazu später. Hinzu kommt, dass wir es nur einmal versuchen können. Eine zweite Gelegenheit wird es nicht geben."

Lenz Niedergeschlagenheit wich einer leisen Hoffnung. „Was habt ihr euch ausgedacht?"

„Wir werden die Hürbener befreien."

Entgeistert sah er den Physikus an. „Wie wollt ihr das anstellen?"

„Ich kenne jemanden von den Eisenbütteln, der mir noch einen Gefallen schuldig ist."

Lenz war nicht überzeugt. Irgendwie schien diese Lösung vom Himmel zu fallen. „Wann wollt ihr sie rausholen?"

„Nicht während der Henker sie jeden zweiten Tag der Tortur unterzieht. In der Fronveste ist in dieser Zeit ein ständiges Kommen und Gehen. Außerdem sind die armen Kerle hinterher in einem erbärmlichen Zustand und ich muss all mein Können aufbieten, damit sie durchhalten."

„Können wir sie nicht sofort rausholen?"

Der Arzt schüttelte den Kopf. „Wir brauchen Zeit für die Vorbereitung. Außerdem beginnt der Henker heute mit seiner Arbeit bei den fünf Dünzelbachern. Morgen nimmt er sich die Hürbener vor."

„Was bringt dann eine Befreiung, wenn ihre Leiber zerschunden sind?"

„Wenn der Henker alle Geheimnisse aus ihnen herausgepresst hat, dauert es seine Zeit, bis ein Urteil ergeht. Ich denke, da die Tortur aus München angeordnet wurde, wird auch dort entschieden, ob sie auf dem Scheiterhaufen landen."

Lenz erbleichte. „Sie sollen brennen?"

„Davon gehe ich aus. Vor ein paar Monaten hat man in München den Klosterwagner aus Emmering verbrannt, nur weil er Maria gelästert hat. Bei Ketzern ist der Herzog nicht zimperlich. Die Hürbener sind des Todes, wenn wir sie nicht rausholen."

Lenz bohrte nach: „Wie soll eine Flucht gelingen, wenn sie sich kaum noch auf den Beinen halten können?"

„Dein Vater hat vorgeschlagen, dass sie über das Wasser entkommen sollen."

„Über den Lech?"

„Ja. Mit einem Boot flussabwärts. Wir müssen sie nur von der Fronveste aus über das nicht bewachte Färbertor zum Lech schaffen. Damit vermeiden wir die gefährliche Floßrutsche am Wehr. Im Schilf der Bleicherwiesen verstecken wir einen Kahn, mit dem ihr nach Kaufering fahrt."

Lenz fasste den Physikus am Arm. „Und Magdalena?"

„Darum kümmert sich dein Vater. Er wird sie im Glauben lassen, dass du sie heiraten wirst."

„Das mache ich auf gar keinen Fall!", brauste Lenz auf.

„Beruhige dich! Es geht erst einmal darum, dass sie dich in Ruhe lässt. Dein Vater wird sie deshalb überzeugen, dass er dich zu einer Hochzeit bewegen wird."

„Und hinterher?"

„Das lass unsere Sorge sein. Du bist ja dann fort."

„Das kann ich nicht annehmen. Magdalena liefert euch alle ans Messer, nur weil sie enttäuscht ist."

„Jetzt mach kein Theater. Du bist genauso zickig, wie deine Anna."

„Anna? Die ist doch weg."

Moritz druckste herum. „Also. Sie wohnt bei mir, um deinem Vater aus dem Weg zu gehen."

„Anna ist noch in Landsberg?"

„Ja, aber sie will dich nicht sehen. Ich komme gerade von ihr. Sie weiß von unserem Vorhaben."

Kapitel 53

Anno Domini, 8. Oktober 1527, Landsberg

„Kommt rein, Herr Physikus, kommt rein. Es ist mir eine große Ehre, Euch in meinem bescheidenen Heim begrüßen zu dürfen." Büttel Ulrich verbeugte sich so tief, als stünde der leibhaftige Herzog Wilhelm vor ihm.

„Du weißt, dass ich das gerne mache. Die junge Dame ist oben?" Moritz war zu Gast am Seelberg, einem der ärmeren Viertel der reichen Salzhandelsstadt Landsberg. Der Eisenbüttel hauste als Insitz in einer Kammer unter dem Dach eines nur zehn Schuh breiten Hauses. Die Treppe war so steil und schmal, dass Moritz aufpassen musste, nicht daneben zu treten. Am obersten Treppenabsatz angekommen sah er sich um. Das Zimmer, das der Büttel mit Frau und Tochter bewohnte, war gerade mal fünfzehn Schritte tief. In einer Ecke des kargen Raumes stand das Bett, in welchem wohl alle Familienmitglieder schliefen. Eine Feuerstelle gab es nicht. Vermutlich musste die Familie dazu die Küche des Hausbesitzers nutzen.

„Hallo Johanna, wie geht es dir heute?" Moritz setzte sich auf die Bettkante.

„Besser!" Die Fünfjährige strahlte den Physikus an.

„Euer Trank hat ihr sehr gut geholfen, Herr Physikus", erklärte ihre Mutter. „Sie hustet kaum noch."

Moritz lächelte die magere Frau an. Wie alle Familienmitglieder aß sie nicht genug. „Das freut mich. Sie ist über dem Berg."

„Ich habe Eure Anweisungen aufs Genaueste befolgt", erklärte das Weib des Büttels mit einem Lächeln. „Allerdings sind die Kräuter fast aufgebraucht."

„Das ist in Ordnung. Ich habe euch eine andere Kräutermischung mitgebracht. Die soll Johanna ebenfalls als Aufguss für die nächsten zwei Wochen trinken. Drei Mal täglich." Er übergab ihr ein Säckchen, das er aus seiner Tasche geholt hatte. Er kramte noch einmal darin und zog ein glasiertes Tonkrüglein hervor. „Und das hier soll sie in den nächsten Tagen essen."

„Was ist das?" Ulrich trat ans Bett.

„Sauerkraut. Es sollte für fünf kleine Mahlzeiten ausreichen."

Ulrich schüttelte den Kopf. „Das kann ich mir nicht leisten, Herr Physikus."

Moritz sah ihn an. „Das ist ein Geschenk von mir. Weil mir die kleine Johanna am Herzen liegt."

Ulrichs Frau fiel auf die Knie und küsste die Hand des Arztes. „Habt Dank, Herr Physikus. Wie können wir Euch das jemals vergelten?"

Moritz zog sie hoch und wandte sich zu Ulrich um. Jetzt war der Augenblick gekommen, die Bitte zu äußern. „Bringst du mich nach unten auf die Gasse? Ich muss dich etwas fragen."

Moritz war zufrieden. Er wusste, was er wollte. Der Eisenbüttel hatte ihm den Wachplan der Fronveste verraten. Er schulterte seine Tasche und machte sich mit einer Laterne auf den Weg hinunter zur Lechgasse. Von dort waren es nur ein paar Schritte zum Marktplatz, in dessen Mitte das imposante Rathaus lag. Die Fenster der Trinkstube im Erdgeschoss waren hell erleuchtet, doch Moritz hatte keine Zeit für guten Wein. Die Gefangenen warteten.

Heute waren die Hürbener in der Fragstatt gewesen. Der Henker hatte sie auf Befehl des Pflegers dem zweiten Grad der Folter unterzogen. Moritz wusste, was ihn gleich erwartete. Ausgekugelte Schultern, verletzte Bänder, verrenkte Gliedmaßen und gerissene Muskeln.

Er war fast am Rathaus vorbei, als ihn eine bekannte Stimme anrief: „Moritz, altes Haus! Was machst du so spät noch auf der Gasse?" Es war der Lebzelter Xaver Hirschauer aus dem Vorderen Anger.

Moritz blieb stehen. „Xaver, ich bin pressiert." Er trat näher und vergewisserte sich, dass niemand in Hörweite war. Trotzdem senkte er die Stimme: „Ich muss die armen Teufel in der Fronveste versorgen."

Der Lebzelter flüsterte ebenfalls. „Schlimme Sache. Der Herzog scheint durchzugreifen. Wie man so hört, hat der Pfleger unserem Henker freie Hand gegeben. Keine guten Aussichten für uns alle."

Der Arzt zwinkerte seinem alten Freund zu. „Hast du Angst, dass dich der Stadtpfarrer Haldenberger in München denunziert, weil du nicht mehr in die Sonntagsmesse gehst?"

„Kein Grund, sich lustig zu machen, Moritz! Du weißt selbst, wozu dieser Haldenberger fähig ist. Ich sage dir, der hat auch damals unsere beiden lutherischen Prediger in München angeschwärzt."

„Ich weiß nur zu gut, dass Herzog Wilhelm ein Spitzelnetz bei uns unterhält. Sei mir nicht böse, ich muss –"

„Schon gut. Denkst du, dass die jungen Leute noch eine Chance haben?"

Moritz schüttelte traurig den Kopf. „Xaver, ich muss!" Er eilte weiter in die Judengasse, an deren Ende die Fronveste lag.

Der Eisenmeister persönlich sperrte ihm die Zelle auf, in der die vier Hürbener saßen. „Der Henker hat ihnen heute übel mitgespielt. Ich verstehe das nicht. Sie haben alle gestanden und er quält sie weiter."

Moritz legte ihm eine Hand auf die Schulter. „Ich werde mein Bestes geben. Für die Nacht habe ich ein starkes Schmerzmittel dabei."

Kaum war er in der Zelle, schlug ihm ein unerträglicher Gestank entgegen. Vor Schmerz und Angst hatten sich die Gefangenen in die Hosen gemacht. Einzig der Hoffmair Mathes war verschont geblieben und kam auf ihn zu. Er war kreidebleich.

„Der Pfleger hat gesagt, dass auch ich übermorgen wieder peinlich befragt werde!" Seine Stimme überschlug sich.

„Warum? Sie haben doch dein Geständnis."

Mathes packte den Physikus am Kragen. „Sie wollen wissen, wer unsere Hintermänner sind. Ich habe vor drei Wochen die Namen von Gebhart und Jos von Augsburg verraten. Mehr weiß ich nicht." Mathes brach in Tränen aus. „Wenn der Henker noch einmal Hand an mich legt, dann ..."

Der Stadtphysikus wusste nicht, was er sagen sollte. Er strich ihm beruhigend über die Schulter und sah sich um. Am anderen Ende der Gefängniszelle lagen die drei Kameraden von Mathes. Moritz ging zu ihnen. Der Hüter-Christl jammerte immer wieder leise vor sich hin: „Wir sind des Todes. Wir sind des Todes." Der einbeinige André lag im Dreck und starrte apathisch an die Decke. Moritz öffnete seine Tasche und flößte den beiden den Schmerztrank ein, bevor er sich Gebhart zuwandte. Erstaunlicherweise schien der seltsam gefasst. „Wie geht es dir?"

Gebhart sah ihn mit schmerzverzerrtem Gesicht an. „Ich war zu schwach. Obwohl ich Jesus um Beistand bat, habe ich die Qualen nicht mehr ausgehalten. Ich bin kein Märtyrer! Am Ende habe ich die Namen meiner Freunde verraten. Sie wissen jetzt vom Färber-Jos aus Augsburg und vom Sedlmaier Jörg in

Hochdorf. Dafür schäme ich mich. Aber mein Geständnis hat den Pfleger nicht zufriedengestellt. Er hat immer weiter gemacht. Hat mich ein Dutzend Mal aufgezogen und immer wieder gefragt, was wir bei unseren Treffen gemacht haben."

Moritz kannte alle diese Leute nicht. Um Gebhart nicht zu beunruhigen, verschwieg ihm der Stadtphysikus, dass übermorgen wohl das Aufziehen mit Gewichten auf ihn wartete.

Als hätte Gebhart seine Gedanken erraten, sagte er: „Bald schon geht es weiter. Der Mathes hat uns gesagt, was als Nächstes kommt. Es ist ohnehin bald vorüber und ich gehe zum Herrn. Nur die Ungewissheit plagt mich, wie es meiner Schwester und Ignaz geht."

Moritz rang mit sich. Er wollte ihm beistehen, durfte aber gleichzeitig nicht zu viel verraten. Schließlich gab er sich einen Ruck und raunte: „Deine Schwester Anna und dein Sohn sind in Sicherheit."

Gebharts Gesichtszüge entspannten sich. „Weißt du das vom *Bauernschlächter*? Der war doch als dein Lehrling verkleidet bei uns in der Zelle. Habe ich recht?"

Der Arzt überging die Frage und reichte ihm ein Beißholz. „Ich werde dir deine Schultern wieder einrenken. Heute Nacht wirst du nichts spüren."

Kapitel 54

Lächelnd beobachtete Anna ihren Neffen Ignaz, der mit dem Holzlöffel in der Hand den empört meckernden Ziegen am Wiesenhang des Leitenbergs nachjagte. Versonnen blieb ihr Blick an den Bäumen hängen, deren Blätter sich mittlerweile bunt verfärbten. Der Sturm der letzten Tage hatte sich verzogen und eine milde Oktobersonne wärmte die Luft. Wie lange würde sie sich noch hier verstecken müssen? Der Gedanke an die Umstände, weshalb sie in der Kammer von Moritz hauste, verdüsterte schlagartig ihre heitere Stimmung. Warum nur hatte sie sich von Julia Kirchperger überreden lassen, ihre Abreise nach Augsburg zu verschieben? Damit sie ihren Bruder noch einmal sah, bevor er als Heimatloser auf der Flucht war? Vorausgesetzt der Befreiungsplan gelang, woran sie stille Zweifel hegte. Auch deshalb, weil Lienhart Kirchperger mitmischte. Natürlich würde sie sich freuen, wenn die Hürbener freikamen. Denn es ging um nichts weniger als um ihr Leben. Das hatte ihr Moritz letzten Freitag unmissverständlich klar gemacht.

Selbst wenn die Flucht ihres Bruders gelang, gab es noch Magdalena! Ihr Hals schnürte sich zu. Die Vorstellung, dass sie mit Lenz gelegen hatte, suchte sie jede Nacht in ihren Träumen heim. Zusammen mit dem Gefühl, etwas unwiederbringlich verloren zu haben. Sie musste sich eingestehen, dass sie daran nicht unschuldig war. Spätestens als ihr Lenz die Geschichte mit ihrem Bruder gebeichtet hatte, hätte auch sie sich erklären müssen. Ihr übermächtiger Freiheitswunsch hatte sie zögern lassen, mit ihm nach Memmingen zu gehen. Nun hatte ihr eine andere Frau die Entscheidung abgenommen. Magdalena würde Lenz nicht kampflos aufgeben. Das hatte Anna an ihrem Blick gesehen. Anna konnte nun ihre ersehnte Freiheit in Augsburg leben. Doch der Gedanke daran stimmte sie unendlich traurig.

Anno Domini, 10. Oktober 1527, Landsberg

Lienhart Kirchperger brachte es nicht über sich, die Tür zum Schuppen zu öffnen, um mit Lenz zu reden. In Lienhart tobte ein Widerstreit der Gefühle. Einerseits war er wütend, weil sein Sohn die Familie in diese Situation gebracht hatte. Andererseits freute er sich, ihn nach zwei Jahren wiederzusehen.
Kurzerhand stapfte er den Weg zurück, den er gekommen war. Es hatte die ganze Nacht geregnet und der Matsch unter seinen Füßen schien ihn festhalten zu wollen. Auf halber Höhe der Berggasse kam ihm Magdalena mit einem Korb entgegen. Das

passte gut. Wenn sie sah, dass er vom Schuppen kam, würde sie seinen Worten mehr Glauben schenken. Bei ihrem ersten Gespräch vor einer Woche war er sich nicht sicher gewesen, ob sie sich vorerst von Lenz fernhalten würde.

Erfreut blieb sie stehen. „Lienhart, du kommst sicher von Lenz?"

Er hielt ihrem fragenden Blick stand und entgegnete: „Natürlich, schließlich wollen wir beide, dass es bald eine Hochzeit gibt." Er lächelte und hoffte, dass sie sein falsches Spiel nicht durchschaute.

Sie stellte ihren Korb mit dem Gemüse auf das nasse Pflaster. Ihre grünen Mandelaugen füllten sich mit Tränen. Ihre Stimme klang zittrig. „Ich bin dir so dankbar, dass du dich so für mich einsetzt."

Schlagartig fühlte er sich schlecht. Ihm dämmerte, warum sein Sohn damals abgehauen war.

Er winkte ab. „Nicht der Rede wert."

Magdalenas Mienenspiel änderte sich. Ihr Blick war nun kalt und berechnend. „Du tust es ja nicht nur für mich. Schließlich kommt dir die Zusammenarbeit mit meinem Vater sicher gelegen. Wobei ich nicht verstehe, warum du so lange brauchst, um deinen Sohn für unsere Pläne zu gewinnen. Vielleicht hängt es ja auch damit zusammen, dass er immer noch im Schuppen wohnt und nicht unten bei euch?" Kokett strich sie sich über ihre feuerroten Locken. „Eigentlich wollte ich in den nächsten Tagen mit meinem Vater reden. Aber wenn Lenz noch länger zögert ..." Sie zuckte mit den Schultern.

Die Wut kam plötzlich und ließ sich kaum zügeln. Am liebsten hätte er Magdalena all das um die Ohren geschlagen, was ihm in diesem Moment in den Sinn kam. Aber dann war Lenz geliefert. Er bemühte sich, seiner Stimme einen ruhigen Klang zu geben. „Du musst ihn verstehen. Er glaubte, dich verloren zu haben. Nur deshalb hat er dieser Anna schöne Augen gemacht. Aber sie ist jetzt weg. Lenz kann zurück in seine Kammer."

Sie nickte bestätigend. „Es ist gut, dass du diesen Bauerntrampel aus deinem Haus verjagt hast. Vielleicht sollte ich doch mit Lenz reden. Was meinst du?"

Das fehlte ihm gerade noch. Lienhart bezweifelte, dass sein Sohn dem Ränkespiel von Magdalena gewachsen war. Gleichzeitig ahnte er, dass sie sich von einem Verbot davon nicht abbringen lassen würde. Er musste es anders angehen. „Das kannst du natürlich gern, aber ich halte es für keine gute Idee. Gerade heute habe ich das Gefühl, dass er sich wieder mehr einem Leben mit dir zuwendet und Anna der Vergangenheit angehört." Lienhart wusste nicht, woher er die Kraft nahm, so verständnisvoll mit dieser Frau umzugehen. Normalerweise war er kein Freund großer Worte und eher jähzornig, was ihn hinterher meistens reute.

„Wenn du das so sagst, halte ich mich natürlich daran", entgegnete sie schnippisch. „Auch, dass momentan niemand erfahren soll, dass Lenz in der Stadt ist. Ich hätte es sowieso niemandem gesagt. Aber lange kann ich nicht mehr warten. Mein Vater hat noch andere Bewerber. Sag das deinem Sohn."
Sie hob ihren Korb auf und verabschiedete sich mit einem kurzen Nicken.

Lienhart sah ihr nach, wie sie mit einem aufreizenden Hüftschwung die Gasse hoch stolzierte. Er musste sofort mit Moritz reden. Lenz konnte nicht mehr im Holzlager bleiben.

Kurz überlegte Magdalena gleich bei Lenz vorbeizuschauen, doch ihre Mutter wartete auf die Einkäufe. Magdalena fürchtete, dass sie noch misstrauischer wurde, wenn sie zu spät kam. In den letzten Tagen hatte sie ihre Tochter immer wieder gemustert, so als wüsste sie, welches Geheimnis Magdalena vor ihr verbarg. Vielleicht drängte ihre Mutter deshalb auf eine schnelle Übereinkunft mit dem Kistler Bartholomäus und eine Hochzeit noch vor Allerheiligen. Solange das ihr Vater in der Zunftversammlung nicht hinausposaunte, musste Magdalena Lenz als Bräutigam ins Spiel bringen. Und das so schnell wie möglich. Ihre Eltern stünden dann zwar vor dem Freier dumm da, aber letztlich würden sie ihrer Tochter diesen Wunsch nicht abschlagen. Bis dahin durfte niemand erfahren, dass Lenz wieder in der Stadt war.

Magdalena nahm sich vor, Lenz noch einmal im Schuppen zu besuchen, bevor er ins Kirchperger Anwesen zog. Hinter dem Holzlager hatte sie mehr Möglichkeiten, ihre Jugendliebe von einem gemeinsamen Leben mit ihr zu überzeugen. Sie war sich sicher, dass er ihren Reizen wieder erliegen würde. Wobei sie beim letzten Mal für einen kurzen Augenblick befürchtet hatte, dass er sie am liebsten von sich stoßen würde. Dazu war es Gott sei Dank nicht gekommen.

Kapitel 55

Anno Domini, 10. Oktober 1527, Landsberg

„Nun denn, Herr Landrichter. Was haltet Ihr von den bisherigen Urgichten?" Pfleger Gregor von Egloffstein sah den Landrichter Hanns Haidenbucher herausfordernd an. Haidenbucher bemühte sich um einen unverbindlichen Ton, obwohl er diesen Mann hasste, der ihn beim Herzog angeschwärzt hatte. „Ich habe die Verhörprotokolle gelesen, Herr Pfleger", antwortete der Richter knapp.

„Und?"

„Es scheint so, dass einige der Beschuldigten geschäftliche Kontakte nach Augsburg unterhielten und dort mit dem Prediger der Gartenbrüder, Jakob Dachser, zusammentrafen."

Ein wölfisches Grinsen huschte über Egloffsteins Gesicht. „Kontakte, die in Augsburg zusammentrafen. So nennt Ihr das."

Haidenbucher geriet über das dreiste Auftreten des Pflegers in Rage. „Es gibt keinen Grund, darüber zu spotten. Nach dem ersten Grad hatten wir das Geständnis, dass die Burschen Anhänger Luthers sind. Nach einem vernünftigen Gespräch, bei dem genügend Druck aufgebaut wird, hätten wir alles Weitere auch erfahren. Dessen bin ich mir sicher."

Der Pfleger schüttelte den Kopf. „Hätten wir auf Euch gehört, wäre uns das ganze Ausmaß der Ketzerei, die an unserer Westgrenze um sich greift, verborgen geblieben. Ohne den zweiten und dritten Grad der Folter hätten wir nie erfahren, dass wiedertäuferische Zirkel ihr Unwesen treiben im Lechrain."

„Ich habe es Euch schon einmal gesagt: Unmäßige Gewalt schlägt irgendwann zurück. Wenn wir den Befragten alle Finger quetschen und die Schultern brechen, erfahren wir niemals, warum sie sich diesen Irrlehren geöffnet haben."

Der Blick des Pflegers wurde kalt wie Eis. „Es ist doch einerlei, warum sie gesündigt haben. Der Prediger der Hürbener war ein gewisser Jos aus Augsburg, was uns schon der Hoffmair Mathes verraten hatte. Das wurde jetzt von diesem Schuster und seinen Spießgesellen bestätigt."

„Dass wir nach einem Jos von Augsburg fahnden, hatte ich ja vor zwei Wochen den Augsburgern geschrieben. Ob wir diesen Jos allerdings aufspüren, sei dahingestellt. In der Reichsstadt gibt es wahrscheinlich genausoviele Josefs wie bei uns. Anders sieht es bei diesem Jakob Dachser aus. Den hat man, Gott sei's gedankt, in Augsburg in den Kerker geworfen."

„Wir wissen kaum mehr, nur dass dieser Dachser offenbar unseren Gefangenen Gebhart Schuster getauft hat."

Haidenbucher klopfte mit den Knöcheln der rechten Hand auf den vernarbten Tisch in seiner Kanzlei. „Wir haben neun Geständnisse! Alle haben zugegeben, Anhänger der Wiedertaufe zu sein. Ich schreibe alles zusammen in einem umfangreichen Bericht an unseren Herrn Herzog. Bei der Fülle an Informationen wird das mehrere Tage in Anspruch nehmen. Herzog Wilhelm kann dann das Urteil über die armen Teufel sprechen."

Der Pfleger schüttelte unbeeindruckt den Kopf. „Das reicht nicht. Wir müssen eine weitere Runde peinlicher Befragungen durchführen."

„Was? Die Leute sind gebrochen und der Henker wartet vermutlich bald auf sie draußen vor den Toren der Stadt."

„Wir wissen, dass ein Sedlbauer aus Hochdorf ebenfalls mit diesen Ketzern sympathisiert."

„Hochdorf? Wo soll das sein?"

„Keine drei Meilen von unserer Hofmark Hennaberg entfernt. Wir wissen also bislang nicht, wen dieser Jakob Dachser noch im Lechrain getauft hat. Geschweige denn, was sich dort gerade abspielt. Es heißt, dass in Schmiechen ein Tagelöhner Jörg Prenner tauft. Das kommt von den Dünzelbachern."

Von Egloffstein sprang auf. „Wir haben in ein Wespennest gestochen! Und Ihr wollt Euch mit dem zufrieden geben, was jetzt auf dem Tisch liegt. Das ist unverantwortlich. Unser Herr Herzog hat ein Recht darauf, die ganze Wahrheit zu erfahren."

.ese Aussage traf Haidenbucher wie ein Schlag. Dieser Von Egloffstein würde nicht davor zurückschrecken, ihn noch einmal beim Herzog anzuschwärzen. Er räusperte sich: „Worauf wollt Ihr hinaus?"

„Wir müssen den vierten Grad anwenden!", erklärte der Pfleger lakonisch. „Das brennende Eisen wird uns alles offenbaren, was wir noch nicht wissen!"

Haidenbucher sah am Hals Von Egloffsteins die Adern dick hervortreten. Seine Augen funkelten. Der Kerl würde vor nichts zurückschrecken, um seine Ziele zu erreichen. Haidenbucher wusste, dass er selbst zu schwach war, um sich gegen einen solchen Ehrgeizling durchzusetzen. Vor allem, weil der Herzog die Vorgehensweise des Pflegers gutheißen würde. Resigniert nickte Haidenbucher. „Ich unterzeichne Euren Permiss."

Auf dem Weg nach draußen begegnete Gregor von Egloffstein dem Stadtpfarrer Magnus Haldenberger.

„Gelobt sei Jesus Christus!", säuselte der Pfarrer.

„In Ewigkeit Amen", murmelte der Pfleger.

„Auf ein Wort, Herr von Egloffstein."

„Um was geht es denn? Ich bin pressiert auf dem Weg zum Züchtiger."

„Was wollt Ihr beim Henker? Wie man hört, haben die Gefangenen gestanden?"

„So, hört man das? Was macht Ihr denn hier in der Burg?", schoss der Pfleger zurück.

„Ich bin gerade auf dem Weg zum Herrn Landrichter. Ich wollte mit ihm darüber sprechen, wie wir die Gefangenen zum rechten Glauben zurückführen können."

Der Pfleger stieß den Pfarrer mit seinem rechten Zeigefinger in die Brust. „Das Gespräch könnt Ihr Euch sparen. Die peinlichen Befragungen werden fortgesetzt. Der nächste Grad steht an. Das Seelenheil der Kerle ist zweitrangig. Jetzt ist der Henker gefordert und kein Pfaffe. Ihr könnt Euer Glück ja hinterher versuchen. Bis dahin muss Euer Gebet für die Gefangenen reichen." Damit ließ er den verdutzten Stadtpfarrer stehen.

Kapitel 56

Anno Domini, 11. Oktober 1527, Landsberg

An der Hintertür des Anwesens erklang das verein-
barte Klopfzeichen: Tok–Toktok–Tok. Endlich.
Hastig öffnete Julia Kirchperger die schmale Holz-
tür und zog Lenz und Moritz in den Hausflur, der
nur durch die Öllampe aus der angrenzenden Küche
erleuchtet war. „Kommt schnell herein. Ich hatte
schon befürchtet, dass euch der Nachwächter erwischt hat." Erleichtert schloss sie ihren Enkel in die
Arme. „Gut, dass du wieder zuhause bist. Selbst
wenn wir dich hier auch verstecken müssen."
Lenz löste sich aus der Umarmung seiner Großmutter. „Ich weiß nicht, ob das eine gute Idee ist. Dadurch bringe ich euch noch mehr in Gefahr."
„Der Schuppen war nicht mehr sicher", wandte der
Physikus ein. „Gut, dass mich dein Vater gestern
aufgesucht hat. Magdalena hätte sicher irgendwann
nach dir *gesehen*." Das letzte Wort sprach er betont
spöttisch aus. Julia sah den Unmut im Gesicht von
Lenz. Schnell fuhr sie fort: „Wenn du nicht mehr da
bist, hat sie die Bestätigung, dass dein Vater es mit
den Hochzeitsvorbereitungen ernst meint."
„Und wenn sie hierher kommt?"
„Das traut sie sich nicht. So unverfroren ist sie nicht.
Hoffe ich wenigstens. Und wenn, sind wir ja noch

da." Julia zwinkerte Moritz zu. „Kommt erst einmal herein. Ihr habt sicher Hunger."

Moritz wehrte ab. „Mir ist nicht mehr nach Essen. Ich war vorhin noch bei den Dünzelbachern in der Fronveste. Der Henker hat auf Anweisung des Landrichters heute den vierten Grad der Folterung vollzogen."

Eine unheilvolle Stille breitete sich aus. Alle wussten, dass dies das Brenneisen bedeutete.

„Und die Hürbener?" Lenz' Stimme klang dünn.

„Die sind morgen dran. Ich glaube nicht, dass das der Einbeinige überlebt." Mit diesen Worten verließ Moritz das Haus.

Julia wusste, wie sehr ihm das zusetzte. Er war ein Heiler und nicht darauf erpicht, die Folgen der Folter zu verarzten. Nur damit die Gefangenen anderntags die neue Pein aushielten. Kopfschüttelnd folgte sie Lenz in die Küche. „Setz dich. Eine warme Suppe tut dir gut."

„Ist Vater nicht da?"

„Er ist noch in der Werkstatt."

„Wie sollen wir die nächsten Tage verbringen, wenn er mir immer noch aus dem Weg geht?"

„Lass ihm Zeit. Ich rechne ihm hoch an, dass er bei dem Befreiungsplan dabei ist. Es war seine Idee mit der Flucht über das Wasser. Wenn er den Kahn in den Bleicherwiesen am Lech versteckt, fällt das nicht auf." Julia wunderte sich, wie leicht ihr diese Worte von den Lippen kamen. „Moritz kommt übermorgen vorbei. Dann besprechen wir die Einzelheiten unseres Vorgehens."

„Wie geht es Anna?" Die Frage kam unvermittelt.

„Was soll ich sagen? Sie wartet auch ab. In der Wohnung von Moritz ist sie mit Ignaz erst einmal sicher. Ich sehe sie auch nur, wenn ich ihr einen Korb mit Essen bringe. Da ist sie meistens nicht sehr gesprächig. Nur der Kleine hängt dauernd an meinen Röcken."

„Hat sie nach mir gefragt?"

„Bisher nicht."

Anno Domini, 13. Oktober 1527, Landsberg

Erste Graupelschauer jagten durch das Klösterl. Das schlechte Wetter verstärkte die düstere Stimmung von Lenz. Missmutig starrte er seinen Vater an, mit dem er in den letzten Tagen kaum ein Wort gewechselt hatte. Wie unter diesen Umständen die Befreiung der Hürbener aus der Fronveste gelingen sollte, war ihm deshalb schleierhaft.

Moritz ergriff das Wort, während Julia Kirchperger aus einem Krug dampfenden Würzwein in die irdenen Becher goss. „Wir sollten unseren Plan noch einmal Stück für Stück durchgehen. Ich möchte, dass wir aufs Beste vorbereitet sind." Abwartend sah er in die Runde. Seine Großmutter setzte sich zwischen den Stadtphysikus und ihren Sohn und lächelte Lenz aufmunternd zu.

„Mir ist saukalt!" Lienhart sprang auf und legte Holz im Ofen nach. Unruhig lief er vor den Fenstern auf und ab.

„Setz dich hin, Lienhart. Wir können keinen klaren Gedanken fassen, wenn du so herumrennst", fuhr ihn Moritz an.

Lienhart postierte sich grummelnd vor dem Ofen und streckte der Wärme die Hände entgegen.

Julia schnaubte. „Also gut, wenn du lieber stehst." Sie sah Moritz an und ihr Blick wurde weicher. „Sag du Lenz, was wir uns alle überlegt haben."

Der Physikus nahm einen Schluck des Weines. „Zunächst einmal müssen wir davon ausgehen, dass alle Gefangenen hingerichtet werden. Einer der Büttel hat mir gesteckt, dass sie als Ketzer angeklagt wurden. Sie haben gestanden, Anhänger der Wiedertaufe zu sein."

„Was?", entfuhr es Lienhart. Mit einem scharrenden Geräusch zog er den Stuhl zurück und setzte sich. Das Zucken seines Kehlkopfes verriet, wie aufgewühlt er war. „Die Kerle sind *Wiedertäufer*?" Er sah seine Mutter an. „Du hast mir nur gesagt, dass sie Lutherische sind."

Moritz versuchte, ihn zu beruhigen. „Die Reformation hat mittlerweile viele Schattierungen hervorgebracht." Er begann, an seinen Fingern aufzuzählen: „Lutheraner, Zwinglianer, die Anhänger Bucers und

Oekolampads und nicht zu vergessen: die *Wiedertäufer*. Wobei sich die verschiedenen Strömungen zum Teil spinnefeind sind."

Julia begehrte auf: „Was sie aber alle eint, ist der Wunsch nach einer Kirche, frei von Dünkeln und Machtzirkeln. Doch unser Herzog will das, was falsch läuft, nicht sehen. Ihm ist die Einheit der Kirche wichtiger, als alles andere."

„Das ist Wahnsinn! Diese irrgläubigen Sekten bringen nur Unglück über die Menschen."

„Lienhart, jetzt geh in dich! Du schimpfst doch selbst immer öfter auf Pfarrer Haldenberger. Dir haben doch die beiden Prediger auch gefallen, die der Landsberger Rat vor drei Jahren angestellt hatte."

„Das stimmt", räumte Lienhart ein. „Aber mit ihren aufrührerischen Predigten ..."

„Lienhart!" Julia schlug mit der flachen Hand auf den Tisch. „Du hast damals selbst gesagt, dass die neuen Prediger recht haben. Kein zu erwerbender Ablass, keine Bußtaten oder frommen Werke, keine Fürsprache durch Heilige oder Instanzen des Klerus schenken uns die Gewissheit der Gnade Gottes, sondern allein unser Glaube."

„Und was hat es ihnen genützt? Verraten, verurteilt und des Landes verwiesen. Am Ende hatten die noch Glück."

„Aber sie haben es versucht und du hast ihnen, wie alle Landsberger, jeden Sonntag begeistert zugehört."

Lienhart hob an, etwas zu erwidern.

„Lass mich ausreden, mein Sohn! Wer hat den Predigern das eingebrockt? Der Haldenberger! Er hat sie beim Herzog in München angeschwärzt. Zum Dank dafür wurde aus dem Lateinlehrer und Prediger im kleinen Heilig-Geist-Kirchlein der Pfarrherr unser Stadtpfarrkirche."

Moritz klopfte auf den Tisch. „Eure Streitereien helfen uns nicht weiter." Er wandte sich an Lenz, der den Streit zwischen seinem Vater und seiner Großmutter sprachlos verfolgt hatte. „Wir sind hier, um Lenz in unseren Plan einzuweihen. Also, von vorne. Lienhart, du bist für das Boot zuständig."

Lienhart hatte sich wieder beruhigt. „Ich bringe unsere *Plätte* in der Nacht vor der Befreiung unbemerkt unter der Lechbrücke durch über die Floßrutsche zu den Bleicherwiesen. Dort verstecke ich es im Ufergestrüpp in der Nähe des Färbertors. Von der Fronveste dorthin ist es nicht weit, nur etwas mehr, als eine viertel Meile."

Moritz stimmte zu. „Ich besorge rechtzeitig den Schlüssel für die Gefängniszelle. Es ist ein Ersatzschlüssel und niemand wird ihn laut meinem Gewährsmann vermissen."

Lenz warf ein: „Glaubst du, dass die Gefangenen wieder einigermaßen laufen können?"

„Die letzte Tortur war gestern. Der Landrichter schickt die Urgichten morgen nach München. Bis das Urteil ergeht, haben wir sicherlich einige Tage

Zeit. Ich hoffe, bis dahin bessert sich ihr Zustand. Nur, für den Einbeinigen sehe ich schwarz. Der wird die Befreiung nicht mehr erleben. Aber wir können auch nicht allen helfen. Die Dünzelbacher müssen wir ihrem Schicksal überlassen."

Betretenes Schweigen folgte. Zwei Kerzen warfen gespenstische Schatten auf die Versammlung. Moritz nahm den Faden wieder auf: „Mein Gewährsmann bei den Eisenbütteln mischt ein Abführmittel in eine Kanne Bier, die er seinen Kameraden spendieren wird. Ich habe es so dosiert, dass die Wirkung nach ungefähr vier Stunden einsetzt. Er wird auch davon trinken, damit er selbst nicht in Verdacht gerät."

„Und dann?" Lenz verstand nicht ganz, worauf der Physikus hinaus wollte.

„Das Tränklein hat eine durchschlagende Wirkung. Die beiden Nachtwachen kommen dann nicht mehr vom Abort runter. Wie du weißt, ist der im hinteren Teil des Hofes in der Fronveste. In dieser Zeit holen du und ich die Gefangenen heraus und bringen sie über den Vorderen Anger, die Hintere Mühlgasse und den Rossmarkt zum Färbertor."

„Wie kommen wir aus der Stadt? Das Tor ist nachts verschlossen."

Lienhart räusperte sich. „Ich erwarte euch dort und öffne das Manntor, das hinausführt auf die Bleicherwiesen."

„Woher hast *du* den Schlüssel?", fragte Lenz seinen Vater patzig.

Moritz hob beschwichtigend die Hand. „Den hat er von mir. Es gibt einen kleinen Behandlungsraum im Färbertor. Falls die Stadt verteidigt werden muss, tue ich Dienst in der Kompanie der Textilhandwerker. Deshalb habe ich einen Schlüssel."

„Dass wusste ich nicht."

Lienhart spann seinen Gedanken weiter: „Wir verfrachten die Hürbener in unser Boot und du fährst mit ihnen nach Kaufering, wo wir sie im *Höfle* verstecken. Der Bauer dort ist ein entfernter Verwandter von uns und wird keine Fragen stellen."

Lenz dämmerte, dass sein Vater ein großes Risiko einging, um die Hürbener in Sicherheit zu bringen. In versöhnlicherem Ton fragte er: „Wie lange sollen wir dort bleiben?"

„Zwei Tage. In der Zwischenzeit gehst du weiter zum Gut Lichtenberg bei Scheuring. Erinnerst du dich? Während deiner Lehrzeit waren wir mal zusammen dort."

Lenz begriff: „Wir hatten den Dachstuhl der Scheune repariert beim Augsburger Patrizier Georg Regel!"

„Genau. Wie du vielleicht noch weißt, hatte er vor drei Jahren Ärger mit dem Landsberger Pfleger, weil er den Lehren Luthers ebenfalls aufgeschlossen war. Aber das ist nun beigelegt, wie man hört."

„Ich hoffe es. Bei ihm soll ich dann die Hürbener unterbringen?"

„Ja, zumindest solange, bis sie wieder bei Kräften sind. Wenn sie dann über den Lech übersetzen, sind sie in Schwaben und werden nicht mehr verfolgt."

Moritz mischte sich ein. „So weit ich weiß, willst du nach der Befreiung nach Memmingen. Dorthin könnten die Hürbener nachkommen."

Kapitel 57

Herzog Wilhelm betrat den Thronsaal der Neuveste. Am Arbeitstisch sortierte Kanzler Leonhard von Ecken Dokumente in verschiedenen Stapeln. Schon von Weitem rief Wilhelm: „Haben wir Nachrichten aus Landsberg?"

Von Ecken sah auf. Der Herzog trat forschen Schrittes auf ihn zu, worauf der Kanzler sich tief verbeugte. „Ich wünsche einen guten Morgen, Durchlaucht. Gestern und heute sind keine Boten aus Landsberg eingetroffen."

Herzog Wilhelm schnaubte. „Langsam wird es Zeit. Mein Bruder Ludwig hat mir schon aus Landshut geschrieben und sich nach diesen Ketzern erkundigt. Ich muss ihm bald eine Antwort senden, sonst kommt er noch nach München und spielt sich auf."

Von Ecken beschwichtigte seinen Herrn: „Die Wachen haben Order, einen Boten vom Lech sofort zu uns durchzulassen, Durchlaucht."

„Gut so, Ecken. Gut so. Was steht an heute Morgen?"

„Wenn Ihr mir einen Augenblick Zeit gebt, bringe ich die Dokumente in die richtige Reihenfolge und wir können die Korrespondenz durchgehen."

Wilhelm nickte und schritt an eines der Fenster. Gedankenverloren sah er hinüber in die Stadt. Während er seinen Blick in die Ferne schweifen ließ, resümierte er nachdenklich: „Wir müssen diese lutherischen Umtriebe an unserer Westgrenze schnell eindämmen. Wer weiß, was den aufmüpfigen Münchnern alles einfällt, wenn sich das herumspricht."

Kurze Zeit später saßen die beiden Männer am Besprechungstisch und erörterten die Berichte von Pflegern, Bürgermeistern, Äbten und Landrichtern. Auch einige Bittbriefe wandten sich an den Herzog oder seinen Kanzler. Zum wiederholten Mal besprachen sie gerade den dreisten Salzschmuggel von der Salzach ins Böhmische, als ein Bote eintrat.

Wilhelm sprang sofort auf. „Von woher kommst du, Bursche?"

„Ich habe einen Brief des Landrichters Haidenbucher aus Landsberg für den Herzog."

„Ich bin der Herzog, du Dummkopf! Um was handelt es sich?" Mit einer herrischen Geste verlangte Wilhelm die Herausgabe des Schriftstücks.

Der Bote murmelte eine Entschuldigung und zog eilfertig das Schreiben aus seiner Tasche. „Es sind die Geständnisse der neun Gefangenen, die bei uns in Landsberg einsitzen, mein Herzog."

„Gib mir die Urgichten." Mit einer ungeduldigen Handbewegung bedeutete Wilhelm dem Kurier zu verschwinden. Er brach das Siegel, entfaltete den Brief und hielt ihn dem Kanzler hin: „Lest ihn mir vor, Von Ecken. Ich kann besser denken, wenn ich auf und ab gehe."

Kanzler von Ecken überflog das Schreiben. Dann ließ er den Brief sinken und starrte den Herzog an.
„Haltet Ihr Maulaffen feil, Von Ecken? Was steht in dem Schreiben?"
„Euer Gnaden, ich ..." Der Kanzler räusperte sich. „Es ist schlimmer, als wir dachten. Die Verhafteten sind *Wiedertäufer*!"
„Von Ecken!", donnerte Wilhelm. „Ich will alles wissen. Jetzt!"
Mit zittriger Stimme fuhr Von Ecken fort: „Ich fasse Euch das Wichtigste zusammen. Haidenbucher fabuliert gerne. Das mute ich Euch nicht zu. In seinem Schreiben erklärt er, dass alle neun torquierten Personen gestanden hätten, Anhänger der Wiedertaufe zu sein. Die meisten hätten angegeben, in Augsburg von Jakob Dachser, dem Vorsteher der dortigen Gartenbrüder, getauft worden zu sein. Andere im Lechrain von einem gewissen Jörg Prenner, der aus dem Dorf Schmiechen stamme." Von Ecken ließ das Schreiben sinken. „Stellt Euch vor, Euer Gnaden, wir haben Leute, die bei uns im Lechrain taufen!"
Herzog Wilhelm fasste sich an die Stirn, auf der sich tiefe Furchen zeigten. Mit wackeligen Knien ließ er sich auf einem der Stühle nieder. Nach einer gefühl-

ten Ewigkeit antwortete er mit belegter Stimme: „Das ist ja schlimmer, als ich dachte, Von Ecken. *Wiedertäufer*! Die sind nicht nur lutherisch verblendet, die lehnen auch noch jede Obrigkeit ab. Wenn wir jetzt nicht konsequent handeln, gibt es an Weihnachten kein Baiern mehr."

Der Kanzler nickte. In seinen Augen war das zwar etwas übertrieben, aber diese Entwicklung konnte brandgefährlich werden. „Wir müssen schnellstens harte Urteile fällen, Euer Gnaden. Wann ist der nächste Gerichtstag?"

Wilhelm schüttelte den Kopf. „Dazu haben wir keine Zeit. Ich möchte, dass Ihr Todesurteile durch Verbrennen aufsetzt. Und zwar für alle neun Ketzer. Seht Ihr da ein Problem von juristischer Seite?"

Von Ecken überlegte. „Nein. Das Privileg der Ketzergerichtsbarkeit, das uns voriges Jahr der Papst verliehen hat, deckt ein solches Vorgehen."

„Gut." Mit einem Ächzen erhob sich der Herzog. „Wir müssen jetzt alles tun, um diesen Wahnsinn einzudämmen. Dazu brauche ich aber in Landsberg einen Landrichter, der es versteht, die Zügel anzuziehen."

Der Kanzler zeigte auf den Tisch. „Genau! Ich habe heute zwei Vorschläge für Euch, um die vakante Richterstelle in Landsberg zu besetzen." Er durchsuchte einen der Papierstapel. Schließlich fand er das Dokument. „Der erste Vorschlag ist Konrad Vogt aus Oberfinning. Der Mann ist Euch treu ergeben, fähig und weiß sich durchzusetzen. Außerdem stammt er aus dem mittleren Lechrain und spricht den seltsamen Dialekt dieser Menschen."

„Das klingt gut. Und der andere?"

„Martin Pasenseer aus Dachau. Er ist dort Amtmann und über jeden Zweifel erhaben. Beide wären eine gute Wahl, Euer Gnaden."

„Na immerhin, der Dachauer hat keinen Lechrainer Stallgeruch", merkte der Herzog an.

„Und wäre damit auch nicht befangen. Definitiv ein Vorteil."

Wilhelm strich sich über den Bart. „Der nördliche Lechrain ist vermutlich deshalb so betroffen, weil er an die Reichsstadt Augsburg grenzt. Von dort ist noch nie etwas Gutes zu uns gekommen."

„Dann nehmen wir den Pasenseer Martin für die Richterstelle?" Leonhard von Ecken sah den Herzog an.

„Nein! Der Vogt Konrad soll die Stelle bekleiden. Für den Pasenseer habe ich eine besondere Verwendung."

„Euer Gnaden?"

„Wir ernennen den Pasenseer zum Großinquisitor und installieren ihn mitten im Lechrain. Gebt ihm zwei Dutzend Soldaten an die Hand und fordert alle Amtmänner und Schergen der Gegend auf, ihn nach Kräften zu unterstützen."

Von Ecken überlegte. So einen Schachzug hätte er Wilhelm gar nicht zugetraut. „Das ist eine hervorra-

437

gende Idee, Euer Gnaden. Wir setzen einen Inquisitor direkt hinein in das Wespennest."

Herzog Wilhelm nickte. „Sucht einen Ort heraus, wo wir ihn postieren können. Er muss Gebäude beziehen, die uns oder einem Kloster gehören. Der Ort muss in der Nähe des Fürchelmooses liegen und wir brauchen genügend Platz und Versorgungsmöglichkeiten für die Soldaten. Wenn Ihr das habt, bereitet die Urkunden vor zur Einsetzung des Inquisitors und die Schreiben an die Amtmänner. Außerdem erlassen wir ein neues Religionsmandat wegen dieser *Wiedertäufer*. Jeder soll wissen, dass er brennen wird, wenn er sich auf diesen Wahnsinn einlässt."

„Sollen wir die Belohnung von zwanzig Gulden auch auf die Denunziation eines *Wiedertäufers* ausloben?"

„Nein. Für Lutherische bleibt es bei den zwanzig Gulden, für das Anzeigen eines *Wiedertäufers* loben wir 32 Gulden aus. Der Jahreslohn eines Handwerkers löst die Zungen, Von Ecken. Wir brauchen jetzt schnelle Erfolge."

„Sehr wohl, Euer Gnaden. Sollen wir auch gleich die Ernennung des neuen Landsrichters vorbereiten?"

„Selbstverständlich! Der Haidenbucher kann dann im Kastenamt wieder Pfennige zählen. Schreibt das an den Landsberger Stadtrat. Und auch, dass alle Gefangenen auf dem Scheiterhaufen hingerichtet werden."

„Ich werde meiner Kanzlei umgehend Weisungen erteilen, Euer Gnaden."

Herzog Wilhelm hob die Hand. „Auf ein Wort, Von Ecken!"

„Eure Durchlaucht?"

„Wir müssen in Landsberg ein Exempel statuieren, weil wir nicht wissen, wer dort noch mit der Reformation sympathisiert. Die Scheiterhaufen sollen auf dem Marktplatz errichtet werden. Direkt in der Wohnstube der *Silbergrueb* am Lech. Ich möchte, dass diese Patrizier ein für alle Mal verstehen, was auf dem Spiel steht."

Der Kanzler nickte. „Wie Ihr befehlt, Euer Gnaden."

Kapitel 58

Anno Domini, 19. Oktober 1527, Landsberg

Der Stadtschreiber eilte den Flur entlang zur Amtsstube des Bürgermeisters. Hektisch klopfte er an die schwere Eichentür: „Herr Bürgermeister Kräler! Herr Bürgermeister Kräler! Herr ...“

Die Tür wurde von innen aufgerissen. „Ist ja gut. Ich bin nicht schwerhörig. Was ist denn los?“

Der Stadtschreiber holte tief Luft, bevor er antwortete: „Herr Bürgermeister, ein Brief aus München. Er ist vom Herzog. Der Landrichter hat ihn bekommen und an Euch weitergeleitet.“

Kräler nahm das Dokument entgegen und brach das Siegel. Während er las, wurden seine Gesichtszüge immer verkniffener. „Ich glaube es nicht! Hier steht, dass alle Gefangenen, die in der Fronveste bei uns einsitzen, auf dem Scheiterhaufen verbrannt werden.“

Der Stadtschreiber riss Augen und Mund auf. „Wann?“, war alles, was er herausbrachte.

„Am 23. Oktober. Seine Gnaden, Herzog Wilhelm, weist uns an, für die Errichtung der Scheiterhaufen zu sorgen. Als großer Waldbesitzer wären wir ja dazu in der Lage.“ Kräler schnaubte.

„Wir sollen was? Scheiterhaufen für neun Deilinquenten kosten ein kleines Vermögen, Herr Bürgermeister. Das wird den Stadtsäckel schwer belasten."
Kräler schüttelte den Kopf. „Ist das alles, was Euch dazu einfällt? Das Holz ist ja wohl das geringste Problem. Die armen Teufel sollen bei lebendigem Leib verbrannt werden. Allein wegen ihres Glaubens! Ist das zu fassen?" Er las weiter. Wenige Augenblicke später warf er den Brief auf seinen Schreibtisch. „Das darf doch nicht wahr sein! Himmelherrgott –"

Der Stadtschreiber starrte ihn fragend an. „Herr Bürgermeister?"

„Die Hinrichtungen sollen auf unserem Marktplatz stattfinden!"

„Mitten in der Stadt. Nicht auf der Richtstatt drüben im Schwäbischen?" Der Schreiber schüttelte den Kopf.

„Versteht Ihr nicht? Das ist als Warnung für alle Landsberger gedacht." Bürgermeister Kräler setzte sich. „Informiert den inneren Rat und weist die Stadtknechte an, das Holz für zwei große Scheiterhaufen zusammenzutragen."

Anno Domini, 20. Oktober 1527, Landsberg

„Wenn unser Plan nicht funktioniert, brennen wir alle." Moritz und Julia Kirchperger standen vor den Rathausarkaden und sahen den Stadtknechten beim Aufschichten der beiden Scheiterhaufen zu.

Moritz nahm verstohlen eine Hand von Julia und drückte sie kurz. Sie war eiskalt. „Ich weiß, meine Liebe." Die Leichtigkeit, mit der sie all die Schicksalsschläge in ihrem Leben gemeistert hatte, schien ihr in den letzten Tagen abhandengekommen zu sein. Ihr unruhiger Blick schweifte von ihm weg zu den Richtstätten und verlor sich dort. „Komm, wir gehen zu mir in die *Ordination*. Du siehst aus, als könntest du eine stärkende Arznei gebrauchen."

Widerspruchslos folgte Julia dem Physikus. Auf Höhe der Fronveste kam ihnen der Stadtpfarrer Haldenberger entgegen. „Gelobt sei Jesus Christus, Meister Moritz!", rief er schon von weitem. Julia dagegen ignorierte er geflissentlich.

„In Ewigkeit, Amen, Hochwürden", murmelte Moritz.

„Auf ein Wort, Herr Physikus."

Moritz bedeutete Julia verstohlen, weiterzugehen.

„Ich komme gerade von den Gefangenen. Ihr werdet es nicht glauben, aber es ist mir gelungen, die Dünzelbacher zum Revocieren zu bewegen. Im Angesicht des Flammentodes haben sie sich letztendlich für das Schwert entschieden. Ich bin auf dem Weg zum Bürgermeister, denn ein Scheiterhaufen wird wohl nicht gebraucht."

„Und die Hürbener?"

„Die sind noch verstockt. Ich habe gerade dem einbeinigen *André auf der Stelzen* die letzte Ölung gespendet, doch das hält seine Kameraden nicht davon ab, weiter hartleibig zu sein."

Moritz hatte seinen Tod erwartet, aber trotzdem berührte es ihn. Mit dünner Stimme antwortete er: „Ihr habt getan, was ein guter Christ tun sollte. Habt Dank dafür, Hochwürden."

„Welch hohes Lob aus Eurem Munde. In der Tat war es eine schwierige Aufgabe, sie von ihrem Ketzertum zu entfremden. Wir können gerne ein anderes Mal darüber reden. Ich bin pressiert." Mit wehender Soutane eilte er weiter.

Julia wartete vor der *Ordination* auf ihn.

Moritz schloss auf. „Mir graut es jedes Mal davor, mit diesem Schleimbeutel zu sprechen. Aber wir brauchen ihn noch."

„Ja, leider."

„Stell dir vor, Haldenberger brüstet sich damit, dass die fünf Gefangenen aus Dünzelbach ihrem Glauben abgeschworen haben."

Julia schnaubte. „Dann sind sie ja wieder zurück im *Schoß der heiligen Mutter Kirche*."

„Außerdem hat er dem Einbeinigen die letzte Ölung gegeben."

Sie bekreuzigte sich. „Der Herr schenke ihm eine freudige Auferstehung."

Moritz holte aus seinem Schrank eine Tonflasche. Er goss eine bräunliche Flüssigkeit in einen kleinen Becher und hielt ihn ihr hin. „Hier, das tut dir gut."

Widerspruchlos schluckte sie das Gebräu, verzog aber sofort angewidert das Gesicht. „Was ist das?"

„Ein Trank aus Baldrian, Hopfen und Melisse. Er beruhigt und lässt dich später besser schlafen."

„Das kann ich brauchen. In den letzten Nächten habe ich kaum ein Auge zugetan. Lienhart scheint es ähnlich zu gehen. Er hockt stundenlang in der Küche über einem Krug Bier und brütet vor sich hin. Lenz kommt auch nur zum Essen aus seiner Kammer."

Moritz drückte sie sanft auf einen Stuhl und legte ihr eine Decke um die Schultern. Um sie etwas abzulenken, fragte er: „Sag, wie geht es Anna?"

„Ich war vorhin kurz bei ihr. Sie hat mitbekommen, dass die Scheiterhaufen auf dem Marktplatz errichtet werden. Trotzdem scheint sie gefasst und hofft auf das Gelingen der Befreiung."

Moritz nickte. „Hoffnung hat noch niemandem geschadet."

Julia stand auf. Ihre Hände zitterten, als sie die Decke säuberlich faltete und zurück auf den Stuhl legte. „Wir liegen alle in Gottes Hand."

Moritz wollte sie in den Arm nehmen, aber sie schob ihn weg.

„Ich habe mich so gefreut, als ich Lenz nach zwei Jahren der Ungewissheit wiedergesehen habe. Doch jetzt wünsche ich mir, er und Anna wären nie nach Landsberg gekommen."

Anna betrachtete Ignaz, der in sich versunken mit den Holztieren spielte, die ihm Julia vorhin mitgebracht hatte. Vermutlich hatten sie einmal Lenz gehört. Ihr Neffe sprach immer noch kein Wort. Nur Lenz' Großmutter schaffte es manchmal, ihm ein Lächeln zu entlocken.

Wenn der Befreiungsplan gelang, würden die Hürbener über Kaufering und das Gut Lichtenberg nach Memmingen fliehen. So hatte sie zumindest Julia vorhin beruhigt. Was aber geschah mit ihr und Ignaz? Begleitete Magdalena Mitterhuber Lenz nach Memmingen? Dann war ihr der Weg dorthin verbaut, selbst wenn sie es wollte. Ein Gefühl der Hilflosigkeit breitete sich in ihr aus. Ihr waren die Hände gebunden. Sie konnte nur noch abwarten.

Am Ende beruhigte sie nur der Gedanke, dass sie wenigstens bei Jos und Susanna in Augsburg willkommen wäre. Vielleicht war ja dort der Platz, den Gott für sie vorgesehen hatte? Demütig faltete sie die Hände zum Gebet.

Kapitel 59

Anno Domini, 21. Oktober 1527, Landsberg,
Fronveste

Die Haut spannte sich pergamentartig über die Gesichtsknochen seines Freundes. Die Wangen hohl und eingefallen. Die Augen starrten blicklos an die rauchschwarze Decke. Gebhart kämpfte mit den Tränen. Sein Weggefährte André war tot. Zärtlich schloss er ihm die gebrochenen Lider.
Er stimmte ein Gebet an, in das der Hoffmair Mathes und der Hüter-Christl zögerlich einstimmten.
Anschließend erhob er sich mühsam und schlurfte schweren Schrittes an die Tür. Er musste den Bütteln Bescheid geben.

Als Stadtpfarrer Magnus Haldenberger die Nachricht erhielt, dass der Einbeinige das Zeitliche gesegnet hatte, nutzte er die Gunst der Stunde. Sofort eilte er hinüber in die Fronveste. Das war vermutlich die letzte Gelegenheit, die verstockten Hürbener zum Abschwören zu bewegen. Die fünf Dünzelbacher waren schon vorgestern umgefallen. Im Angesicht des Feuertodes gab es kein Halten mehr. Nur die Hürbener waren bis zur Stunde stur geblieben. Die starrsinnige Haltung von Gebhart Schuster lag wie ein Schutzschild über allen vieren.

Haldenberger wusste auch schon, wie er vorgehen würde. Als erfahrener Beichtvater hatte er schnell erkannt, dass der junge Mann, den sie den Hüter-Christl nannten, am schwächsten war. Ihn galt es, gezielt zu bearbeiten und in seinem Kopf schaurige Bilder zu erzeugen. Er war sich sicher, dass auch der Hoffmair Mathes schnell einknicken würde. Nur dieser Schuster Gebhart war ein harter Brocken und verblendet im Irrglauben.

Mit einem parfümierten Tüchlein vor der Nase betrat er die Zelle. Der Hoffmair und der Hüter-Christl saßen wie zwei Häufchen Elend neben ihrem toten Kameraden. Gebhart Schuster stand aufrecht an die Wand gelehnt und blickte ihn verächtlich an. „Hochwürden, schon wieder das Bedürfnis, uns zu retten? Oder braucht ihr den Gestank von Tod und Verwesung, für Euer eigenes Seelenheil?" Ein bitteres Lachen blieb ihm in der Kehle stecken.

Haldenberger beachtete ihn nicht weiter und kniete sich mit einem unterdrückten Ekelgefühl auf den schmierigen Boden neben die Leiche. Betont würdevoll segnete er die beiden Bauerntölpel. Er sah die Angst in ihren Augen und wusste, dass sie widerrufen würden. Der Hüter-Christl sah verständnisheischend zum Schuster. „Ich will nicht brennen, Gebhart. Ich will einen schnellen Tod, wie der André hier."

Gebhart senkte den Blick.

Das war das Zeichen für Haldenberger. Salbungsvoll deklamierte er: „Ihr seid nicht würdig, dass der Herr euch errettet, aber sprecht nur ein Wort und er wird euch erhören."

Gebhart schnaubte. „Dazu brauchen wir keinen Pfaffen."

„Bist du sicher?" In dem Augenblick, als er die Frage an den Schuster richtete, streifte ihn die Erkenntnis wie ein Blitz! Im Stillen dankte er dem Heiligen Geist, der ihm die Bibelstelle offenbart hatte, mit der er den Widerstand des Schusters brechen würde. Er erhob sich und leuchtete Gebhart mit seiner Laterne ins Gesicht. „Weißt du eigentlich, was im alten Testament geschrieben steht?"

„Willst du hier eine Bibelstunde halten?"

„Im Buch Exodus steht geschrieben, dass er niemanden ungestraft lässt. Der Herr nämlich prüft die Schuld der Väter an den Kindern und Kindeskindern bis ins dritte und vierte Geschlecht nach. So viel ich weiß, hast du einen Sohn?" Der Schuster krümmte sich, als hätte er einen Schlag in den Magen bekommen. Zum Schein wandte sich Haldenberger zum Gehen. An der Tür angekommen, vernahm er die tränenerstickte Stimme des Schusters. „Wartet, Hochwürden."

Ein Hochgefühl beseelte Pfarrer Haldenberger, als er die Fronveste verließ. Alle hatten sie revociert. Doch zum Feiern war keine Zeit, denn er musste noch die Beichte drüben in der Stadtpfarrkirche abnehmen. Heute Abend würde er einen Brief an seinen Gönner Herzog Wilhelm in München aufsetzen. Ihm darin mitteilen, dass er, Haldenberger, die Christenseelen der Verurteilten gerettet hatte. In Gedanken formulierte er schon: ´Das Feuer muss die verderbten Seelen der Delinquenten nicht mehr reinigen. Sie erhalten einen würdigen Tod und ziehen mit reinem Gewissen ein ins Himmelreich´. Ob das nicht ein wenig zu dick aufgetragen war? Doch es war notwendig. In der Stadt lebten vermutlich keine *Wiedertäufer*, aber sie war voller heimlicher Lutheraner. Die spärlich besuchte Messe legte Zeugnis davon ab. Es gab kaum noch Spenden und Ewigzinse für die Kirchen, und selbst für Kerzen reichte das Geld nicht mehr. Die Köpfe der reichen Kaufleute und wohlhabenden Handwerker waren schon lange mit der Pestilenz der Reformation vergiftet.

Die neun *Wiedertäufer* in der Fronveste waren deshalb ein Glücksfall für die heilige Mutter Kirche – und für ihn. Ihre Hinrichtung mitten auf dem Marktplatz würde die Landsberger sicher zur Vernunft bringen. Ihnen zeigen, wohin es führte, wenn man sich von Luther verführen ließ. Die neun abgeschlagenen Köpfe zeigten den Unschlüssigen, dass es sich lohnte, den richtigen, den alten Glauben, zu bekennen. Selbst im Angesicht des Todes.

Anno Domini, 21. Oktober 1527, Landsberg,
Klösterl

Blinzelnd öffnete Lenz die Augen. Die Abenddämmerung hüllte seine Kammer für einen Augenblick
in ein warmes Licht, bevor die Schatten der Nacht es
endgültig vertrieben. Er wollte nicht aufstehen!
Wollte sich dem Trugbild hingeben, dass er die Ereignisse der letzten Wochen nur geträumt hatte. Das
Stimmengewirr aus dem Erdgeschoss holte ihn in
die Wirklichkeit zurück. Widerstrebend erhob er
sich und öffnete die Fensterluke. Kalte Luft strömte
in sein Zimmer und klärte seine Gedanken. Er nahm
den Tiegel mit der Paste und stieg hinunter in die
Küche. Überrascht blieb er im Türrahmen stehen.
Julia saß mit Ignaz auf dem Schoß am Tisch. Vor ihnen, fein säuberlich aufgereiht, seine alten Holztie-
re. „Hallo Anna", war das Einzige, was er herausbrachte. Sie wich seinem Blick aus. Seit dem unseli-
gen Zusammentreffen im Schuppen vor drei Wochen hatte er sie nicht mehr gesehen. Sie schien verändert. Ihre langen Haare hatte sie zu einem Knoten
hochgebunden, der ihren grazilen Hals und die kleinen Ohren betonte. Der Glanz in ihren goldfarbenen
Augen jedoch war erloschen. Um ihre Mundwinkel
zogen sich zwei Falten, die ihrem Gesicht einen harten Ausdruck verliehen. Er trat ein. Sofort rutschte
Ignaz vom Schoß seiner Tante und tapste lächelnd

auf ihn zu. Wie gewohnt hob er ihn auf seine Schultern, was ihm gefiel. Seine kleinen Ärmchen schlangen sich um seinen Hals und Lenz wurde die Kehle eng.

Schritte näherten sich vom Flur. Es war Oma Julia. Die Spannungen der letzten Wochen hatten auch ihr zugesetzt. Ihr federnder Gang war steif und schwer geworden. Wieder nagte das schlechte Gewissen an ihm. Was hatte er angerichtet? „Wo ist Vater?", fragte er mit belegter Stimme.

Julia deutete nach draußen. „Hinten in der Werkstatt, kommt aber gleich."

Lenz schloss aus dem Gesichtsausdruck seiner Großmutter, dass dieses *gleich* länger dauern würde. Zurzeit ging er nicht nur Anna aus dem Weg. Er hielt ihr den Tiegel hin. „Kannst du mir bitte die Paste auf die Narbe auftragen. Damit ich fertig bin, wenn Moritz kommt."

„Das kann Anna machen", entgegnete Julia unwirsch. Sie zog Ignaz von seiner Schulter. „Wir beide schauen mal nach dem sturen, alten Mann. Vielleicht verliert er seinen Grant, wenn er dich sieht mein Kleiner."

Die Tür fiel schmetternd hinter ihr ins Schloss. Lenz musste unwillkürlich lächeln. Zumindest ihr Temperament hatte sie nicht verloren.

Anna erhob sich vom Tisch und nahm ihm die Dose aus der Hand. Er wagte kaum, zu atmen, als sie ihm fast zärtlich die Creme auftrug. So hatte sie ihn schon einmal berührt. Damals unter der Weide am Lechkanal. Er hielt ihre Hand fest. „Wir sollten reden."

Sie entzog sie ihm und setzte sich wieder an den Tisch. „Es ist alles gesagt, Lenz Kirchperger."

„Das sehe ich nicht so. Nach diesem Vorfall mit Magdalena im Schuppen bist du gleich weggelaufen."

„Ich hatte auch allen Grund dazu, findest du nicht?"

„Das mit Magdalena bedeutet mir nichts. Kurz dachte ich, dass alles so ist, wie früher. Als mein Freund Georg noch lebte. Das hat sie erkannt und meine Lage ausgenutzt, und ich Narr bin auf sie hereingefallen!"

„Du nimmst sie trotzdem mit nach Memmingen!", konterte Anna.

„Wie kommst du darauf? Davon war nie die Rede. Weil sie mir nichts mehr bedeutet."

„Das soll ich dir glauben? Es ist ja nicht das erste Mal, dass du mir die Wahrheit verschweigst."

„Dass ich dir so lange nicht gesagt habe, woher ich deinen Bruder kenne, tut mir leid. Ich wollte dich nicht verlieren. Das war mein einziger Fehler. Den mache ich heute wieder gut."

„Ich rechne dir hoch an, dass du meinen Bruder befreien willst. Aber du bist mir das nicht schuldig und ich möchte nicht, dass du dadurch dein Leben und das Leben deiner Familie in Gefahr bringst."

„Ich mache das nicht nur für dich, sondern auch für mich." Lenz wusste, dass er die alles entscheidende Frage jetzt stellen musste. Später gab es keine Gelegenheit mehr, wenn er zum Gut Lichtenberg aufgebrochen war. „Meine Familie hat sicher nichts dagegen, wenn du als Magd hierbleibst, bis ich in Memmingen Fuß gefasst habe. Dein Bruder und seine Freunde kommen auch erst in einigen Wochen dorthin."

„Das hat mir deine Großmutter schon erzählt. Welche Rolle spiele ich dann in deinem Plan?"

Er sah sie durchdringend an. „Ahnst du das nicht? Ich möchte, dass du und Ignaz nach Memmingen nachkommt und dass du mich heiratest."

Anno Domini, 21. Oktober 1527, Landsberg,
Stadtpfarrkirche

„Im Namen des Vaters und des Sohnes und des Heiligen Geistes. Amen."

Pfarrer Haldenberger spähte durch das Gitter; die Stimme kam ihm bekannt vor. Er antwortete: „Gott, der unser Herz erleuchtet, schenke dir wahre Erkenntnis deiner Sünden und Seiner Barmherzigkeit. Was führt Euch zu mir, Meister Moritz?"

„Vater, ich möchte mein Herz erleichtern."

„Was bedrückt Euch denn?"

Der Stadtphysikus drückste herum. „Ich habe ein Gespräch belauscht, Vater."

„Ein Gespräch?"

„Ja, ein Gespräch unter den Gefangenen, als ich ihre Wunden versorgt habe."

„Wann war das?"

„Gestern, nachdem Ihr dem Einbeinigen die Sterbesakramente gespendet habt."

„Und, was habt Ihr vernommen?"

„Ich denke, die Gefangenen sollen befreit werden."

Pfarrer Haldenberger glaubte, sich verhört zu haben. „Befreit? Wie sollte jemand die Gefangenen befreien? Sie sitzen hinter den Mauern der Fronveste."

„Ich weiß es nicht. Es ist nur ein Gefühl. Der Schuster Gebhart hat so eine Bemerkungen fallen lassen, dass sie bald dieses Loch verlassen würden."

Haldenberger beruhigte sich. „Ja, sie haben revociert – alle! Und übermorgen sind sie bei Gott."

„Nein, Vater. Ich denke, der Schuster hofft darauf, dass ihn ein ehemaliger Waffenbruder aus dem Bauernkrieg befreien wird. Ganz im irdischen Sinne. Vielleicht sollten die Wachen verstärkt werden."

„Ich kann mir das nicht vorstellen. Außerdem bin ich dafür gar nicht zuständig. Warum geht Ihr damit nicht zum Bürgermeister?"

„Ich kenne Euch als jemanden, der den alten Glauben hochhält. Schließlich habt Ihr vor Jahren Mut bewiesen und die beiden lutherischen Prediger gegen den Druck der reichen Patrizier nach München gemeldet. Deshalb traue ich Euch mehr als dem Bürgermeister und seinen Räten. Hinzu kommt, dass ich die längste Zeit Stadtphysikus gewesen bin, wenn ich offen für den alten Glauben eintrete. Ihr wisst, wie die Landsberger eingestellt sind."

Haldenberger öffnete das Gitter. Das Gleichnis vom verlorenen Sohn ging durch seinen Kopf, als er weihevoll erklärte: „Ich sehe, wir stehen auf derselben Seite! Obwohl ich Euch selten in der heiligen Messe oder lange nicht bei der Beichte gesehen habe. Wie so viele Eurer Mitbürger."

Moritz senkte betreten den Kopf. „Mea culpa, Hochwürden. Ich erbitte hierfür die angemessene Buße."

Der Stadtpfarrer war gnädig. Er erteilte dem Stadtphysikus die Absolution und entließ ihn mit fünf *Vater Unser*.

Kapitel 60

Anno Domini, 21. Oktober 1527, Landsberg, Klösterl

Sie waren ohne Licht unterwegs. Schlichen sich von Hauseingang zu Hauseingang. Immer wieder verharrten sie in den Schatten und vergewisserten sich, dass sie nicht entdeckt wurden. Schritt für Schritt durchmaßen sie die Schlossergasse, den Holzmarkt, schließlich die Schulgasse. Der spärliche Mond half ihnen, unentdeckt zu bleiben.

Der Stadtphysikus schwankte zwischen schlechtem Gewissen Lenz gegenüber und der Überzeugung, das Richtige zu tun. Moritz kannte Lenz von Kindesbeinen an. Wenn er von etwas überzeugt war, ließ er sich nicht mehr davon abbringen. Auch nicht, wenn er dadurch selbst zu Schaden kam. Das hatte sowohl Lenz' Vater, als auch seine Großmutter oft zur Weißglut gebracht. Deshalb war das, was sie gemeinsam geplant hatten, notwendig. Zu ihrer aller Schutz.

Am Ende der Schulgasse tauchte zu ihrer Linken das Fronvesttor auf. Düster ragte es zwischen den Umrissen der Stadtpfarrkirche und dem Gefängnis auf. Lenz stoppte. Als vor hundert Jahren die Stadtmauer erweitert worden war, war dieses Tor vor der Fronveste nutzlos geworden. Deshalb gab es hier auch keine Wachen, und die Torflügel waren fort. Sie spähten in die Dunkelheit.

In Moritz Kopf überschlugen sich die Gedanken. Ihr gemeinsam geschmiedeter Plan ging nur auf, wenn der Pfleger rechtzeitig seine Soldaten in Marsch setzte. Angestrengt lauschte er, doch sie schienen alleine in den Gassen der Stadt zu sein. Fieberhaft überlegte Moritz, wie er Zeit gewinnen konnte. Andernfalls würde Lenz sehr schnell mitbekommen, dass der Schlüssel nicht passte. Wenn er es jetzt bedachte, war es ein beschissenes Unterfangen! Es gab viel zu viele Unwägbarkeiten, die ihnen auf die Füße fallen konnten. Er zischte: „Lenz, willst du das wirklich tun?"

Der Kopf des jungen Kirchpergers flog herum. „Was soll das? Wir ziehen das jetzt durch. Wenn du Schiss hast, kannst du ja umkehren."

„Ich meine ja nur ..." In diesem Moment erklang die sonore Stimme des Nachtwächters: „Hört ihr Leut' und lasst euch sagen, uns're Uhr hat Zehn geschlagen."

Lenz fluchte. Sie drückten sich in die Arkaden der Stadtmetzgerei unterhalb der alten Stadtmauer. „Hoffentlich verschwindet der bald."

Moritz beruhigte ihn: „Das passt perfekt, denn mittlerweile sollte mein Tränklein wirken."

Quälend langsam schlurfte der Nachtwächter an ihnen vorbei, durch das Fronvesttor in die Judengasse und dann weiter zum Rathaus. Sein Gesinge verlor sich in der Dunkelheit.

Lenz riskierte einen Blick. „Er ist weg. Komm!"

Die Soldaten des Pflegers waren immer noch nicht da. Vermutlich hatte dieser Pfaffe nicht Wort gehalten. Wenn die nicht bald auftauchten, musste er Lenz wohl oder übel reinen Wein einschenken. Wie der auf den Verrat seiner Familie reagieren würde, wollte sich der Arzt nicht ausmalen.

Lenz hielt Moritz die Hand hin: „Gib mir den Schlüssel für die Fronveste."

„Genau!" Umständlich kramte Moritz in seinem Beutel. Dabei sprach er ein stilles Stoßgebet, in der Hoffnung, dass ihn Christophorus erhören möge.

„Hast du ihn vergessen?", fragte Lenz ungeduldig.

„Hier ist er!" Der Physikus händigte ihm den vermeintlichen Schlüssel aus.

Sie schlichen weiter. Lenz durchquerte den Torbogen und spähte zum angrenzenden Gefängnisbau.

Moritz war ihm dicht auf den Fersen. Die Büttel des Eisenmeisters waren nicht zu sehen. Ihm brach der kalte Schweiß aus. Er musste Lenz stoppen – sofort! Plötzlich blieb Lenz so abrupt stehen, dass der Arzt in seinen Rücken stieß. Jetzt hörte er es auch. Schwere Stiefel auf dem Lechkieselpflaster. Viele Stiefel. Ein Stein fiel Moritz vom Herzen. Fackeln tauchten die Fassaden der prächtigen Bürgerhäuser in der Judengasse in ein unstetes Licht. Ein Dutzend Soldaten in den Farben des Herzogs kam näher!

Moritz zog Lenz zurück in den Schatten des alten Stadttors. Wie gebannt starrten sie auf die Bewaffneten.

Direkt vor der Fronveste kommandierte eine befehlsgewohnte Stimme: „Halt!"

Moritz sah den Pfleger Gregor von Egloffstein auftauchen. „Umstellt das Gebäude! Ihr vier kommt mit mir. Wir schauen drinnen nach dem Rechten."

Der Stadtphysikus schlug innerlich ein Kreuzzeichen. Ihr Plan hatte funktioniert!

Kapitel 61

Anno Domini, 23. Oktober 1527, Landsberg

Schnell ziehende Wolken warfen dunkle Schatten auf den Marktplatz. Zwischendurch lugte immer wieder die Sonne hervor. Die Schauben der feinen Ratsherren blähten sich im Wind. Ein Raunen lief durch die Menge, als die Gefangenen auf einem Karren von der Judengasse hoch zum Schönen Turm fuhren, aneinandergekettet und bewacht wie Schwerverbrecher. Ein Haufen zerlumpter Gestalten, übersät mit den Wunden der Tortur. Vorbei an zwei aufgebauten Scheiterhaufen, deren läuterndes Feuer nicht mehr gebraucht wurde. Alle hatten sie widerrufen und alle erwartete das Schwert. Der Anblick war zum Erbarmen und Julia Kirchperger hätte schreien können vor Verzweiflung und Zorn. Sie zitterte. Mit bebenden Fingern zog sie ihren Umhang fester um sich und Ignaz, der auf ihrer Hüfte saß.

Moritz hinter ihr berührte sie leicht an der Schulter. „Soll ich ihn dir abnehmen?"

Julia wandte sich zu ihm um. „Danke, es geht schon. Er würde nicht bei dir bleiben. Noch ist er ruhig."

„Wo ist eigentlich Anna?"

Julia deutete auf die Menge direkt vor dem Turm, an dem heute kein Schmalz verkauft wurde. Hier hatte man auf die Schnelle einen provisorischen Richtplatz aufgebaut. „Sie will so nahe wie möglich bei ihrem Bruder sein."

Moritz schüttelte den Kopf. „Diese Frau beeindruckt mich immer wieder. Wie sie Lenz getröstet hatte, als er nach dem missglückten Befreiungsversuch so verzweifelt war. Das war eine starke Geste."

„Ist Lenz bei Anna?"

„Vermutlich", entgegnete Moritz. „Ich habe ihm seine Narbe überpinselt. Mit seiner tief ins Gesicht gezogenen Kapuze fällt er in dieser Menschenansammlung heute bestimmt nicht auf."

Julia nickte. Seit dem frühen Morgen strömten Schaulustige aus dem ganzen Umland in die Stadt. Gaukler und Hukler zogen durch die Menge, boten Klamauk und alle Arten von Waren feil. An den Mienen der Umstehenden erkannte Julia eine Mischung aus Faszination und Abscheu. Doch die übliche Volksfeststimmung bei Hinrichtungen wollte sich nicht einstellen. Schließlich begriff jeder, dass das hier eine unverhohlene Drohung des Herzogs war.

Ein Trommelwirbel erklang. Das Stimmengewirr verstummte.

Der erste Delinquent, den man aufs Podest trug, war der Leichnam von *André auf der Stelzen.*

Julia schloss die Augen. „Nicht einmal vor dem toten Einbeinigen hat der Pfleger Respekt. Anscheinend heiligt der Zweck jedes Mittel." Angewidert wandte sie sich ab.

Der Henker ließ André auf einem Stuhl festbinden, doch sein lebloses Haupt kippte immer wieder vornüber.

„Was ist mit ihm?" Julia starrte entsetzt auf das Podest.

„Die Totenstarre hat sich wieder gelöst", erklärte Moritz. „Er ist schon zwei ganze Tage tot."

Der Henker wies einen seiner Knechte an, den Kopf an den Haaren hochzuziehen. Er stellte sich in Position, hob das Schwert, zielte und schlug zu. So gut hatte Meister Gerhard zwischen die Halswirbel gezielt, dass der Kopf an der ausgestreckten Hand seines Knechtes baumelte.

Vereinzelt erklang Applaus. Einer schrie: „Der war ja schon hin! Mach weiter, Gerhard! Wir wollen Köpfe rollen sehen."

Julia spürte, wie Ignaz schneller atmete. Beruhigend streichelte sie seinen Rücken.

Der nächste Delinquent konnte sich kaum auf den Beinen halten. Zwei Henkerknechte hievten ihn auf das Podest und setzten ihn auf den Stuhl. Julia hielt den Atem an. Deutlich sichtbar die feuchte Stelle um die Schamkapsel.

„Das ist der Hüter-Christl", hauchte Moritz.

Der Hüter-Christl begann zu weinen, als der Henker den symbolischen Stab über seinem Kopf zerbrach. Meister Gerhard holte aus und ließ das Richtschwert durch die Luft zischen. In diesem Moment erschütterte ein Weinkrampf den Körper des Verurteilten.

Die Klinge traf ihn deshalb nicht am Hals, sondern an der Schläfe. Sie steckte seitlich in seinem Schädel und der Hüter-Christl schrie auf.

Ein grausiges Stöhnen lief durch die Menge. Der Henker zerrte das Schwert frei. Der Delinquent fiel vom Stuhl aufs Podest. Meister Gerhard holte erneut aus und schlug zu. Weil Christl sich wie ein waidwundes Tier wand, brauchte er noch zwei Schläge, bis der Kopf endlich ab war.

Die Zuschauer waren außer sich. Erste Steine und Dreck flogen auf die Richtstätte. Wütende Schreie erklangen: „Versager!"

„Gerhard, du Säufer!"

„Gib dein Schwert ab!"

Der Pfleger Gregor von Egloffstein sprang auf die Richtstätte. Seine Stimme donnerte über die Menschenmenge hinweg: „Ruhe! Bleibt ruhig! Sonst lasse ich den Platz von meinen Soldaten räumen."

Nachdem sich die Schaulustigen beruhigt hatten, wiederholte sich das grausame Schauspiel noch sechs weitere Male.

Der neunte und letzte Delinquent erhob nach dem Trommelwirbel seine Stimme: „Brüder und Schwestern, hört mir zu! Mein Mund hat widerrufen, aber mein Herz nicht. Man will mich hier vom Leben zum Tode befördern. Ich aber sage euch, ich gehe vom Tod ins Leben!"

Julia Kirchperger sah erstaunt, dass der Henker das Richtschwert beiseitelegte und Gebharts Worten lauschte.

Auf dem Platz war es mucksmäuschenstill.

Gebhart hob erneut an. „Brüder und Schwestern im Glauben! Ich flehe euch an, ein gottgefälliges Leben in der Nachfolge Christi zu führen. Nur dann gehört ihr zu den Auserwählten des Himmels. Alle anderen wird das göttliche Strafgericht treffen, das zum nächsten Pfingstfest kommen wird.“

Die Menge wurde unruhig.

Julia spürte, wie sich der Körper des Jungen versteifte. Mit Händen und Füßen strampelnd versuchte er, auf den Boden zu kommen. Sie hatte Mühe, ihn festzuhalten.

Moritz sah sie betroffen an. „Das ist Gebhart, sein Papa.“

Als die Stimme ihres Bruders erklang, schob sich Anna mit spitzen Ellenbogen durch die Menge, bis sie vorne direkt an der Richtstätte angelangt war.

Mit ausgebreiteten Armen stand Gebhart am Rand des Podests, sein Gesicht den Menschen zugewandt. Seine Augen fanden Anna. Sein Blick hielt sie fest.

„Durch unsere Taufe wurden wir bezeichnet und durch unser Martyrium mit der Leidens- und Bluttaufe besiegelt. Wir, die Geknechteten, werden zu Auserwählten. Am Tag des Jüngsten Gerichts strafen wir mit dem Schwert die Obrigkeit, aber auch die falschen Pfaffen, die nicht in der Nachfolge Christi gelebt haben."

Weiter kam er nicht. Auf ein Zeichen des Pflegers Gregor von Egloffstein packte ihn der Henker und zwang ihn in die Knie. Als sein Schwert Gebharts Hals traf, fiel der Kopf mit einem dumpfen Poltern auf die Bretter. Blut spritzte auf Anna und die Umstehenden. Die toten Augen ihres Bruders brannten sich unbarmherzig in ihre Seele ein.

Alle Kirchenglocken der Stadt begannen zu läuten. Gleichzeitig fegten heftige Graupelschauer über den Marktplatz und vertrieben die Menschen.

Anna erwachte aus ihrer Erstarrung, als sie Lenz am Ärmel packte. Er zog sie durch das dichte Gedränge, in dem sie hin und her geschoben wurden. Erst in den Bogengängen des Rathauses kamen sie zum Stehen.

„Warum hast du dir das angetan?"

„Ich wollte meinen Bruder in seiner letzten Stunde nicht alleine lassen." Sie senkte den Kopf.

„Das ist meine Schuld. Ich habe versagt."

„Du kannst nichts dafür, dass der Pfleger eine zusätzliche Wache geschickt hat. Alles ist gekommen, wie es kommen musste. Gebhart, der Hüter-Christl, André und Mathes sind jetzt frei."

Lenz sah sie erstaunt an.

Mit fester Stimme fuhr sie fort: „Wann brichst du auf?"

Er wich aus: „Du bist mir noch eine Antwort schuldig."

„Ob ich mit dir nach Memmingen gehe?"

„Ja. Ich würde mich sehr freuen."

„Ich weiß es nicht."

Am Eingang zum Klösterl trafen sie auf Moritz und Lenz' Großmutter, die Ignaz trug. Gedanklich noch bei dem Erlebten gingen alle wortlos die enge Gasse hinauf zum Kirchperger-Haus. Vor dem Anwesen stand ein Fuhrwerk mit einem alten Klepper. Schon von Weitem erkannte Anna den Kutscher, der bei ihrem Anblick abstieg und ihr entgegen hinkte. Sie beschleunigte ihren Schritt. Auf dem feuchten Lechkieselpflaster kam sie ins Straucheln. Bevor sie stürzte, fing der Färber-Jos sie auf. In seinen Armen verlor sie die Fassung und begann zu weinen.

Kapitel 62

Als Lenz die Küche betrat, verstummte abrupt das Gespräch zwischen seinem Vater und seiner Großmutter, so als hätten sie etwas zu verbergen. Ein schrecklicher Verdacht stieg in ihm auf. „Wo ist Anna?"

Julia deutete Richtung Fenster. „Die beiden schirren das Pferd vom Färber-Jos an. Er will nach dem Frühessen aufbrechen."

Lenz atmete beruhigt auf. Anna war noch hier. Kurz hatte er befürchtet, dass sie ohne ein Wort des Abschieds mit dem Färber-Jos nach Augsburg gefahren war.

Lienhart Kirchperger deutete auf einen Stuhl. „Setz dich für einen Moment. Wir müssen mit dir reden."

Lenz wunderte sich, dass ihn sein Vater direkt ansprach. Nach der gestrigen Hinrichtung hatte er in sich gekehrt den tröstenden Worten von Jos gelauscht. Anschließend war er wortlos in seiner Werkstatt verschwunden. Lenz zog sich einen Stuhl heran. „Was willst du mir sagen?"

„Wie geht es dir?"

Diese Frage hatte er nicht erwartet. Stammelnd suchte er nach einer Antwort. „Besser. Die Geschichten vom Färber-Jos über die Hürbener gestern haben mir geholfen, den Schuster Gebhart besser zu verstehen. Und Anna schien es ähnlich zu gehen. Anfangs habe ich mir Vorwürfe gemacht, weil die Befreiung gescheitert ist. Aber gestern Abend war ich trotzdem seltsam erleichtert. Ich habe mein Versprechen gehalten und mein Möglichstes getan, um die Hürbener zu befreien. Dass es anders gekommen ist, muss Gottes Wille gewesen sein. So sieht es auch der Färber-Jos."

Seine Großmutter nickte wissend: „Wann brichst du auf? Wir wollen nicht drängen, doch Magdalena wird nicht mehr lange Ruhe geben. Ich bin mir nicht sicher, ob sie uns gestern zusammen gesehen hat. Für einen kurzen Moment dachte ich, ihre roten Locken in der Menge zu erblicken."

Anna, Ignaz und der Färber-Jos kamen herein.

Oma Julia sprang auf und stellte einen Topf mit warmem Gerstenbrei auf den Tisch. Die Schüssel des kleinen Ignaz füllte sie als erste. Sofort steckte er seinen Rosenholzlöffel in die dampfende Grütze.

Eine Zeitlang löffelten alle stumm ihr Frühessen.

Der Färber-Jos brach das Schweigen. An Lenz gewandt fragte er: „Was machst *du* jetzt?"

„Ich gehe zu meinem alten Meister nach Memmingen. Dort habe ich mein Auskommen."

„Das ist eine gute Entscheidung. Die Werkstatt vom Kießling Hans ist vom Augsburger Rat verkauft worden. Außerdem denke ich, dass der Rat nach einem Schreiben des baierischen Herzogs die Zügel noch straffer anzieht. Die vielen Verhaftungen der letzten Wochen zeigen, dass wir Gartenbrüder selbst im liberalen Augsburg nicht mehr gut gelitten sind."

Anna legte ihren Löffel weg. „Was rätst *du* mir dann?"

„Du weißt, dass Susanna und ich dich gern bei uns in Augsburg hätten", wich Jos aus.

Mit Tränen in den Augen erklärte sie: „Nach dem Tod von Gebhart seid *ihr* meine Familie. Ich könnte für Ignaz und mich durch meiner Hände Arbeit sorgen."

Der Färber-Jos schüttelte den Kopf. „Darum geht es nicht. Augsburg ist auch für dich gefährlich. Selbst, wenn Lenz nicht mehr dabei ist, wird Christof keine Ruhe geben. Wenn er dich in der Stadt weiß, wird er dir ständig nachstellen. Willst du das?"

„Der Pfettner Christof aus Landsberg, den Lenz in seinem Brief erwähnt hatte?", mischte sich Oma Julia ein.

„Ja, er hat ein Auge auf Anna geworfen. Mit der ersten Verhaftung von Kießling hoffte er wohl auch Lenz aus dem Weg zu räumen. Er schreckt vor nichts zurück. Deshalb mussten Anna und Lenz aus Augsburg fliehen", schob der Färber-Jos nach. „Hinzu kommt, dass du auch auf dem Sedlmaier-Hof keinen Unterschlupf mehr findest. Gebhart hat im peinlichen Verhör Jörgs und meinen Namen verraten. Es wird deshalb nicht lange dauern, bis der Landsberger Pfleger mit einem Trupp Soldaten in

Hochdorf auftaucht. Jörg hält sich versteckt. Ich weiß nicht, wo. Ich selbst wurde vor einer Woche noch einmal auf dem Rathaus ermahnt, keine ketzerischen Reden zu führen und keine Winkelpredigten mehr abzuhalten. Ich kann von Glück sagen, dass ich nur ermahnt wurde und immer noch auf freien Fuß bin." Der Färber-Jos klopfte auf den Tisch. „Ich muss los. Ich möchte heute Abend Graben am Lech erreichen. Vergelt's Gott für alles." Ohne ein weiteres Wort verließ er die Küche.

Anna machte Anstalten, ihm nachzueilen, blieb aber dann sitzen.

Lenz spürte, dass Anna einen inneren Kampf austrug, doch er wollte nicht weiter in sie dringen. Sie sollte aus freien Stücken mit ihm kommen. Er erhob sich ebenfalls. „Ich packe meinen Beutel. Wenn ich nicht bald aufbreche, schaffe ich es heute nicht bis Mindelheim."

Julia Kirchperger sah aus dem Fenster, wie Lenz und Anna den Handkarren bepackten, mit dem sie vor einem Monat aus Hochdorf gekommen waren. Sie schlug ein Kreuzzeichen und schickte ein Dankgebet gen Himmel. Anna hatte sich für Lenz entschieden.

Lienhart gesellte sich zu ihnen und schloss seinen Sohn in die Arme.

Mit wehmütigen Gefühlen eilte Julia nun ebenfalls nach unten. Die Zeit des Abschieds war gekommen.

Sie hörte Lienhart sagen: „Dein Färber-Jos hat mir die Augen geöffnet. Ich war ein alter Narr! Dass du zu den Protestanten gehst, kann ich verstehen. Deine Oma würde vermutlich am liebsten mitgehen." Er zwinkerte seiner Mutter zu. „Für mich käme das nicht infrage. Ich ertrage das Gesalver vom Pfarrer Haidenbucher und denke mir meinen Teil." Er wandte sich an Anna: „Bei dir möchte ich mich entschuldigen. Ich habe dir Unrecht getan. Es ist gut, dass du mit Lenz mitgehst. Dann hat jemand mit Weitsicht ein Auge auf ihn."

Anna errötete. „Herzlichen Dank für Eure freundlichen Worte. Bitte entbietet auch Meister Moritz meine Abschiedsgrüße. Ich bin froh, euch alle kennengelernt zu haben." Sie sah Lenz an. „Morgen ist Crispini. Ein guter Tag, um in Memmingen anzukommen."

„Crispini?" Lenz sah Anna fragend an.

„Sankt Crispinus und Crispinianus. Die Schutzpatrone der Schuhmacher. Mein Bruder hat früher diesen Tag in Gedenken an alle Schuster begangen. Bevor er seine wahre Glaubensheimat fand."

Julia Kirchperger blickte ihrem Enkel nach, bis er die Lechgasse erreichte und aus ihrem Sichtfeld verschwand.

„Denkst du, unser abgekartetes Spiel war richtig?" Sie wandte sich zu Lienhart um, der sich die Tränen aus den Augen wischte.

„Ja, es war die einzige Lösung aus dieser Zwickmühle. Wie du siehst, hat sich alles zum Guten gewendet. Anna geht mit ihm ins Schwäbische – als seine Frau."

Sie wollten gerade zurück ins Haus, als Magdalena Mitterhuber den Seelberg herunter kam. Die junge Frau hatte tiefe Ringe unter den Augen.
„Ist Lenz da?"
„Er ist fort, schon seit gestern", log Julia. „Warum?"
Statt einer Antwort wurde Magdalena kreidebleich und erbrach sich vor ihren Füßen.
In diesem Moment ahnte Julia, dass nicht alles gut war.

Epilog

Anno Domini, 25. Oktober 1527, München

„Vorhin war ein Bote aus Landsberg hier."

Herzog Wilhelm hielt inne. „Was bringt er für Nachrichten?"

„Die Hinrichtungen wurden vorgestern vollstreckt. Alle neun Ketzer haben revociert und wurden durch das Schwert gerichtet. Der Bote hat auch ein Schreiben des Landsberger Stadtpfarrers Magnus Haldenberger dabei. Soll ich es Euer Gnaden vorlesen?"

Wilhelm hob die Hand. „Nein. Ich bin mir sicher, dass unser eifriger Haldenberger darin seinen Anteil an der Bekehrung detailreich schildert. Ich für meinen Teil hätte es lieber gesehen, wenn die Kerle gebrannt hätten. Das wäre eine deutlich größere Abschreckung gewesen. Sei's drum. Wir haben eine starke Botschaft ausgesandt. Doch die Arbeit ist noch nicht getan. Diese *Wiedertäufer* müssen mit Stumpf und Stiel aus unserem Lande ausgerissen werden. Jemand der das Konstantinische Bündnis in Frage stellt, hat keinen Platz in unserem Volk."

„Durchlaucht haben recht. Wir dürfen jetzt nicht lockerlassen."

„Wie weit ist Eure Kanzlei mit den Ernennungen für den neuen Landrichter in Landsberg und den Großinquisitor für den Lechrain?"

„Die Ernennung von Martin Pasenseer ist fertig. Er wird Gebäude in Jesenwang beziehen und als Groß-inquisitor zwei Schreiber und zwei Dutzend Soldaten an die Seite gestellt bekommen."

„Habt Ihr auch Briefe an die Amtmänner und Scher-gen vorbereitet, dass ihn jedermann zu unterstützen hat?"

„Selbstverständlich, Euer Gnaden. Die Briefe gehen nächste Woche raus. Pasenseer ist informiert und regelt seine Geschäfte in Dachau. Danach kommt er nach München. Ich denke, er kann sein Amt ... lasst mich nachrechnen .... Er kann in drei Wochen von heute an mit der Suche nach Ketzern im Lechrain beginnen."

„Das ist eine gute Nachricht. Wann haben wir einen Landrichter in Landsberg, der sein Amt mit der nö-tigen Strenge ausübt?"

„Ungefähr zur selben Zeit. Konrad Vogt aus Oberfin-ning ist bereits auf dem Weg zu uns nach München."

Historische Hintergründe

Das frühe 16. Jahrhundert war geprägt von Umwälzungen auf nahezu allen Gebieten. Der Handel über Kontinente hinweg entfaltete sich und die Entdeckung Amerikas durch Christoph Kolumbus war ein erster Schritt auf dem Weg zu globalen Handelsbeziehungen. Die einflussreichen Kaufmannsfamilien der Fugger, Welser, Vöhlin oder der Rehlinger wurden zum Motor des Frühkapitalismus. Weite Teile der städtischen Bevölkerung verarmten, weil die Preise stiegen, deren Arbeit aber nicht mehr einbrachte.

Die Erfindung der beweglichen Lettern durch Johannes Gutenberg revolutionierte das Publikationswesen: Bücher waren fortan nicht nur einer kleinen Elite vorbehalten, sondern wurden durch den Buchdruck breiten Schichten der Bevölkerung zugänglich. Auch die Naturwissenschaften blühten auf; Professor Petrus Apianus steht hier stellvertretend genannt im Roman.

Ungeachtet des dynamischen Umbruchs waren die meisten Menschen im mittelalterlichen Denken verhaftet. Viele Gläubige fürchteten sich vor ewiger Verdammnis. Sie empfanden echte Angst vor den Qualen der Hölle und sorgten sich um ihr persönliches Seelenheil. Dieses Krisenempfinden ging einher mit einer brennenden Heilserwartung. Das Bedürfnis nach Gnade, Rechtfertigung und Erlösung wuchs zunehmend.

Die Häufung von Messen, Heiligen- und Reliquienverehrung sowie Wallfahrten waren Ausdruck ängstlicher Frömmigkeit. Hinzu kamen geschäftstüchtige Kirchenmänner, die ein probates Mittel zum Erwerb und zur Sicherung des Seelenheils feilboten: den Ablass! Doch es keimten Zweifel in der Bevölkerung, denen am Ende Martin Luther eine Stimme gab.

Luther war es auch, der 1520 mit seiner Schrift *´Von der Freiheit eines Christenmenschen´* vor allem den leidenden Bauernstand anstachelte. Zur Zeit des Romans gehörte der überwiegende Teil der Einwohner des Heiligen Römischen Reiches deutscher Nation diesem Stand an. Noch 1525 kritisierte Luther in seiner Schrift *´Ermahnung zum Frieden auf die zwölf Artikel der Bauernschaft in Schwaben´* das hochmütige Verhalten der Fürsten. Erst nach der Weinsberger Bluttat schlug er sich eindeutig auf die Seite der Herrschenden und verurteilte die Aufständischen in einer weiteren Schrift scharf: *´Wider die mörderischen und räuberischen Rotten der Bauern´*, in der er dazu aufrief, diese Mordgeister zu erschlagen.

Das konstantinische Bündnis zwischen Kirche und Staat wird auch das Bündnis zwischen Thron und Altar genannt. Alles begann streng genommen 312, als Konstantin seine Widersacher in der Schlacht an der Milvinischen Brücke besiegte. Er führte das Christusmonogramm als Feldzeichen auf den Schilden seiner Krieger in diesem Kampf. Im Anschluss daran tolerierte er das Christentum, das 380 zur Staatsreligion erhoben wurde.

Das Konstantinische Bündnis überdauerte auch die Reformationszeit im 16. Jahrhundert, weil sich Martin Luther letztlich auf die Seite der Fürsten schlug. Täufergemeinschaften wie die Gartenbrüder in Augsburg versuchten, dieses Bündnis zwischen Kirche und Obrigkeit aufzulösen. Die Gemeinde als *Corpus Christi* sollte nur aus Menschen bestehen, die sich bewusst für die Nachfolge Jesu entschieden, und nicht mehr unterschiedslos als Kinder getauft wurden.

Auch die Beteiligung an staatlicher Gewalt in Form der Wehrpflicht und die Praxis des Eides gegenüber der Obrigkeit wurde aus der Perspektive der Nachfolge Jesu fragwürdig. Christen sollten das Schwert den Obrigkeiten überlassen. Die Aufkündigung dieses Bündnisses war der Grund, warum die Täufer so unerbittlich verfolgt wurden.

Für die Figur des Christof Pfettner stand der Theologe Arsacius Seehofer (1505 – 1545) Pate. Seehofer war der Sohn eines reichen Münchner Handwerkers und studierte in Ingolstadt Theologie. Nach seinem Baccalaureus hielt er sich in Wittenberg auf, wo er bei Professor Melanchthon Vorlesungen besuchte. Er kam danach in Konflikt mit Professor Johannes Eck, dem erbittertsten Widersacher Martin Luthers. Nach Beilegung dieses Streits, schwor Seehofer Luther und Melanchthon öffentlich ab und wurde zum Magister promoviert. Er hielt selbst Vorlesungen in Ingolstadt und gründete die *Natio Bavarica* mit zwölf Gleichgesinnten. Wegen einer lutherischen Auslegung der Paulusbriefe während einer Vorlesung denunzierte man ihn. Ihm wurde der Prozess gemacht, und er schwor den lutherischen Thesen ein zweites Mal ab, um einem Ketzerprozess zu entgehen. Man sperrte ihn ins Kloster Ettal, von wo er fliehen konnte. Zeitweise war er Lehrer am reformatorischen Gymnasium Sankt Anna in Augsburg und später Pfarrer in Leonberg und Winnenden bei Stuttgart.

In den Jahren 1526 und 1527 war der Sprachgelehrte und Theologe Hanns Denck (1500 – 1527) die bedeutendste Persönlichkeit der Augsburger Täuferbewegung. Mit seinen Anschauungen war er einer der selbstständigsten Denker der Reformationszeit. Er gilt heute als geistiger Wegbereiter für Glaubens-

und Gewissensfreiheit überhaupt. Gemeinsam mit Hätzer erarbeitete Denck in Worms die erste vollständige Übersetzung der alttestamentlichen Propheten.

Eine schillernde Persönlichkeit der süddeutschen Täuferszene war der fahrende Buchhändler und Missionar Hans Hut (1490 – 1527). Für ihn war die täuferische Mission und Gemeindebildung deshalb so wichtig, weil er darin die Sammlung der Auserwählten sah. Seine Endzeitprophetien faszinierten und schreckten gleichzeitig ab. Warum der charismatische Täuferprediger auf Pfingsten 1528 als Termin für das Jüngste Gericht kam, bleibt nebulös. Als fanatischer Anhänger Thomas Müntzers hat er auf Seiten der Bauern an der Schlacht in Frankenhausen teilgenommen. Müntzer geriet nach dem Gemetzel in Gefangenschaft. Man richtete ihn am 27. Mai 1525 auf grausame Art und Weise hin und ließ seinen Leichnam dreieinhalb Tage unbegraben liegen. Hans Hut, der entkommen konnte, bezeichnete Müntzer als Zeuge der Johannesoffenbarung 11,3. Die dreieinhalb Tage interpretierte Hut als 3 ½ Jahre, zog davon fünf Monate aus Johannes 9,5 ab und errechnete so Pfingsten 1528 als „Termin" des letzten Gerichts gegen die gottlosen Pfaffen und Herren.

Noch ein Wort zum Kanzler des baierischen Herzogs Wilhelm IV. Er hieß natürlich Leonhard von Eck. Da sein Name jedoch identisch war mit dem weitaus bekannteren Professor Johannes Eck aus Ingolstadt, haben wir seinen Namen geändert: in *Von Ecken*. Er würde uns diese künstlerische Freiheit sicherlich verzeihen.

Der heilige Nepomuk auf dem Torbogen des Sedl-maier-Hofes in Hochdorf ist nicht zeitgenössisch für die Zeit des Romans. Er wurde im 17. Jahrhundert populär und heilig gesprochen. Erst danach wurde er vermutlich in Hochdorf über die Hofeinfahrt gesetzt. Aber als Hüter des Beichtgeheimnisses hat er für die Geschichte einfach zu gut gepasst.

Zu guter Letzt möchten wir noch Hubertus Culinula würdigen. Hier stand unser lieber Freund, der Professor für Mathematik, Dr. Hubert Kiechle Pate. Dieser Charakter ist frei erfunden und wie es damals in akademischen Kreisen üblich war, latinisiert. Die Person Culinulas könnte durchaus ein Mitarbeiter Apians gewesen sein. Was Hubert mit Culinula verbindet: Er ist Mathematiker, rationell und sehr fokussiert, wenn er von etwas überzeugt ist. Dass Culinula ein lutherischer Eiferer ist, entspringt unserer Fantasie. Hubert möge es uns verzeihen.

Glossar – historische Begriffe

Maier oder Meier

War ein Großbauer, wie Mathes Hoffmair (von mâ-jor, dem Komparativ von mâgnus = der Größere). Vollbauer (Hufner) wurde jemand genannt, weil er eine volle Hufe bewirtschaftete. In Baiern waren das meist 30 Tagwerk Land. Ein Tagwerk entsprach im Lechrain ungefähr 3.400 Quadratmetern.

Huber

War ein Halbbauer, der eine halbe Hufe oder ca. 15 Tagwerk bewirtschaftete.

Lehner, Lechner oder Leitner

Lehner kommt von Lehen. War ein Viertelbauer, der eine viertel Hufe mit 7 – 8 Tagwerk bewirtschaftete.

Achtelbauer

Saß auf einer achtel Hufe, oder 3 – 4 Tagwerk. Sein Hof wurde oft als Gütl oder Sölde bezeichnet. Der Wert eines Gütls hing von der Steuerkraft ab, die der Dorfvierer schätzte.

Meist lag hier schon eine Handwerksgerechtigkeit auf dem Hof, beispielsweise als Schneider, Schmied oder Kistler, sozusagen als „Ökonomie des Notbehelfs".

Sechzehntelbauer

Bewirtschaftete eine sechzehntel Hufe, beziehungsweise 1 bis 2 Tagwerk. Solch ein Hof war ein Gütl im Sprachgebrauch. Der historisch fassbare Gebhart Schuster verfügte zwar über 12 Tagwerk Land (Wiesen, Wald, Acker), aber nur ein gutes Tagwerk davon war für den Anbau von Getreide tauglich. Daneben betrieb er das Handwerk eines Schusters.

Sedlmaier, Sedlhof

Ein Sedlhof, wie der von Jörg Sedlmaier, war ein früherer Herrenhof. Das heißt, dass der Bauernhof ursprünglich einem Ritter gehörte. Ein solcher Hof verfügte über 40 – 80 Tagwerk Land.

Dorfvierer

War so etwas wie der Gemeinderat eines Dorfes. Meist bestand dieser Rat aus zwei Bauern (Maier, Huber, Leitner) und zwei Söldnern (Kleinbauern, wie 1/8 oder 1/16-Gütlern). War für die Abgabe des Zehnten und das Ausheben von Truppen zuständig.

Amtmann oder Scherge

War ein Beamter, der einem Amt vorstand (Hofmark, Dorf, Burg, Bezirk). Er unterstand dem Landgericht, residierte im Amthaus, trieb die Steuern ein und sorgte mit einer kleinen bewaffneten Einheit für Sicherheit.

Ein Amtmann wie Hanns Schaller war meist ein niederer Adliger, ein Scherge wie Peter Galhart eher nicht.

Pfleger
Heute würde man sagen, Pfleger Gregor von Egloffstein war der *Landrat*. Er war die Exekutive und im Gerichtsbezirk auch für die Polizeigewalt zuständig.

Landrichter
War vergleichbar mit dem heutigen *Amtsgericht*. Der Landsberger Landrichter Hanns Haidenbucher hatte während der Zeit unseres Romans als Kastner nur vertretungsweise dieses Amt inne. Er verfügte über die Blut- oder Malefizgerichtsbarkeit im gesamten Gerichtsbezirk Landsberg (heutige Landkreise Landsberg und teilweise Fürstenfeldbruck, bzw. Aichach-Friedberg).

Kastner
Das Kastenamt entsprach dem heutigen *Finanzamt*. Dort wurden die Steuern erhoben und eingetrieben, ebenso die Naturalabgaben, die dem Herzog geschuldet waren.

Rentmeister
Das Rentmeisteramt entsprach etwa unseren heutigen *Regierungsbezirken*. Zur Zeit des Romans gab es in Baiern vier Rentmeisterämter: München (dazu

gehörte der Gerichtsbezirk Landsberg), Burghausen (Rentmeister Heinrich Seiberstorffer), Landshut und Straubing.

Insitz
Untermieter in einem Haus. Verfügte in der Regel über einen oder mehrere Räume, manchmal auch nur über ein Bett.

Lebzelter
Lebkuchenbäcker (wie Xaver Hirschauer im Roman), auch Pfefferküchler genannt.

Rauschbeere
Hiermit ist die Bärentraube gemeint, die vor allem in feuchten Regionen wie dem heutigen Haspelmoor (Fürchelmoos) wächst. Sie wurde über Jahrhunderte zum Schwarzfärben verwendet.

Spießer
Auch Pikenier genannt – Fußsoldat, der mit einem fünfzehn Fuß langen Spieß bewaffnet war. Meist wurden wehrpflichtige Bürger einer Stadt oder ausgehobene (zwangsrekrutierte) Bauern mit dieser Waffe ausgerüstet. Für den Nahkampf trug ein Spießer einen Katzbalger (kurzes Schwert).

Arkebuse
Frühform des Gewehrs, aus dem sich die Muskete entwickelte.

Glefe
Die Glefe ist eine Stangenwaffe des 15. Jahrhunderts mit einer Schlag- oder Hiebklinge in der Form eines Messers, auf einer 2,40 bis 3 Meter langen Stange. An der Rückseite der Klinge ist häufig ein Sporn zum Brechen von Rüstungen.

Lanzierer
Lanzenreiter der schweren Kavallerie. Sie waren mit einem Trabharnisch ausgestattet und robusten, aber einfachen Pferden.

Kürassier
Kürassiere sind eine mit *Kürassen* genannten Brust-panzern ausgestattete Truppengattung der schweren Kavallerie. Die typische Bewaffnung eines Küras-siers bestand seit dem 16. Jahrhundert aus zwei Ar-kebusen oder Pistolen sowie einem Rapier.

Revocieren
Bedeutet, sein Wort oder eine Äußerung zurückzu-nehmen, zu widerrufen.

Etter
Bannmeile – ursprünglich stand Etter für die Einfriedung eines Ortes, Anwesens, herrschaftlichen Gehöftes oder Brunnens.

Urgicht
Als Urgicht (von altdeutsch *gichten* = sagen, gestehen, bekennen) oder gichtiger Mund („geständiger Mund") bezeichnet man das Geständnis als Verfahrenselement der mittelalterlichen und frühneuzeitlichen Gerichtsbarkeit.

Kistler
Alte Bezeichnung für Tischler und Schreiner.

Danksagung

Zunächst einmal möchten wir uns bei den Menschen bedanken, die uns zu Beginn dieses Projektes bei der Recherche unterstützt haben. Da wäre zu allererst der mittlerweile leider verstorbene Klaus Müntzer zu nennen. Auf der Suche nach möglichen Nachfolgethemen zum „Baumeister von Landsberg" hatten wir auf seine Anregung hin die Reformationszeit ins Visier genommen. Unterlagen hierfür fanden wir unter anderem in der Bibliothek des Historischen Vereins Landsberg. Wir sind dort auf Frau Dr. Barbara Kink aufmerksam geworden, die Leiterin des Fürstenfeldbrucker Stadtmuseums. Ihre Dissertation „Die Täufer im Landgericht Landsberg 1527/28" lieferte den Anstoß zum vorliegenden Roman. In einem persönlichen Gespräch hat sie uns freundlicherweise viele weitere Hinweise gegeben. Vor allem zu den wirtschaftlichen und gesellschaftlichen Umwälzungen in unserer Heimat in der Frühphase der Reformation. Insbesondere hat sie uns anschaulich erläutert, wie ein Dorf der frühen Neuzeit im Lechrain organisiert war.

Ein großer Dank gebührt auch dem ehemaligen Kreisheimatpfleger des Landkreises Fürstenfeldbruck, Herrn Toni Drexler. Er ist gebürtiger Hörbacher (Hürbener) und hat uns das dörfliche Leben *im Moos* zur damaligen Zeit anschaulich geschildert. Er hat selbst die Geschichte der vier hingerichteten Täufer recherchiert, die aus seinem Heimatdorf stammen. Zum Gedenken an die Hörbacher Opfer der herzoglichen Strafmaßnahmen im Herbst 1527 hat er einen Brunnen gestiftet. Dieser sogenannte Täuferbrunnen erinnert nun vor der Pfarrkirche St. Andreas an *Mathes Hoffmair, André auf der Stelzen, Christof Jos* und *Gebhart.* Er hat uns sehr inspiriert, weshalb wir ihm dieses Buch widmen.

Zu guter Letzt haben wir Kontakt zur mennonitischen Gemeinde in Augsburg aufgenommen. Diese Gemeinde versteht sich in der Nachfolge der damaligen Täufer. Der engagierte Prediger Wolfgang Krauß hat uns viele weiterführende Texte empfohlen und einen Teil des ersten Rohmanuskripts gelesen. Er hat uns auch die Sprengkraft der Täuferlehre mit dem Aufkündigen des konstantinischen Bündnisses anschaulich erläutert. Ein besonderer Dank gilt ihm dafür, dass er uns an einem eiskalten Januartag persönlich an die Stätten der Augsburger Täufer geführt hat.

Ein großer Dank gebührt auch all den Menschen, die uns bei der Herstellung des Buches unterstützt haben. Zuvorderst natürlich die Betaleser, die sich durch den unlektorierten Text gekämpft haben. Jede(r) hat anschließend mit uns seine unverblümte Ersteinschätzung des noch jungen Werkes geteilt. Irmi Kral hat uns in der Entwicklung der historisch fassbaren Figur Anna Schuster bestärkt. Lisa Pfaffeneder lieferte wertvolle Hinweise für die Beziehung zwischen Anna und Lenz. Wolfgang Krauß half uns, das Gemeindeleben der frühen Täufergemeinschaften lebendig werden zu lassen. Last, but not least, hat Jutta Willfahrt mit untrüglichem Gespür geholfen, die vielen historischen Personen sauber auseinanderzuhalten.

Danke auch an unsere Lektorin, Frau Anke Höhl-Kayser vom Netzwerk Textehexe. Sie hat uns immer wieder bestärkt, die Erzählperspektiven konsequent durchzuhalten und für die Handlung entbehrliche Charaktere einfach zu löschen.

An der Entstehung des wunderbaren Covers haben mehrere Menschen mitgewirkt. Unsere Schwiegertochter Lisa Pfaffeneder ist in die Rolle der Anna Schuster geschlüpft. Unser Sohn Jakob Pfaffeneder hat die Fotos von ihr geschossen und Max Braun von der gleichnamigen Agentur aus Fürstenfeldbruck hat unsere Ideen zu diesem Cover auf magische Art und Weise zum Leben erweckt.

Nicht zu vergessen, das antike Buch, das Anna Schuster in Händen hält. Es stammt vom Allgäuer Online Antiquariat, das uns Rainer Stec freundlicherweise als Leihgabe überlassen hat. Vielen Dank euch allen!

Literaturempfehlungen

Falls jemand den Wunsch verspürt, selbst tiefer ein-
zutauchen in die Materie. Diese Werke haben uns
gute Dienste geleistet bei der Recherche für unseren
Roman.

**Die Täufer im Landgericht Landsberg
1527/28**
Barbara Kink, St. Ottilien, EOS-Verlag, 1997
Dissertation, ISBN 3-88096-887-X

**Die „gegenreformatorische" Politik der baye-
rischen Herzöge 1522-1528, unter besonderer Berücksichtigung der Bauern- und Wie-
dertäuferbewegung**
Rüdiger Pohl, Friedrich-Alexander-Universität Er-
langen-Nürnberg, 1972, Dissertation

**Die verlorenen Welten – Alltagsbewältigung
durch unsere Vorfahren und weshalb wir
uns heute so schwer damit tun**
Arthur E. Imhof, München, Verlag C.H. Beck, 1984
ISBN 978-3-406-30270-1

Unterfinning – die ländliche Welt vor Anbruch der Moderne
Rainer Beck, München, Verlag C.H. Beck, 1993
ISBN 978-3-406-37756-4

Die Täufer in Augsburg – Ihre Geschichte und ihr Erbe
Hans Guderian, Pfaffenhofen, W. Ludwig Verlag, 1984
ISBN 978-3-7787-2063-5

Althegnenberg – Hörbach – Beiträge zur Geschichte
Toni Drexler und Angelika Fox,
St. Ottilien, EOS-Verlag, 1996
Keine ISBN

Gewagt! 500 Jahre Täuferbewegung 1525 – 2025
Herausgeber: 500 Jahre Täuferbewegung 2025 e.V., Frankfurt / Main, Themenheft 2020
Keine ISBN

(Rad-) Wandertouren

Während unserer Recherchen haben wir einige sehr interessante Ausflüge unternommen, von denen wir Ihnen zwei ans Herz legen möchten.

TOUR 1 – Fürchelmoos- und Lechrain

Das heutige Haspelmoor ist nur mehr der kleine Rest eines einst großen Moorgebietes. Wir haben uns im Text auf Empfehlung von Herrn Toni Drexler für die alte Schreibweise *Fürchelmoos* entschieden. Der Ort Hörbach – oder *Hürben* – lag einst inmitten dieser Moorlandschaft.

Die Tour ist eine kombinierte Fuß- und Rad-Wanderung, die auch gerne separat gemacht werden kann. Wir beginnen zu Fuß in Hörbach am Parkplatz der Dorfwirtschaft in der Althegnenberger Straße 3. Von dort folgen wir der Straße nach Osten und erreichen nach wenigen Schritten die katholische Pfarrkirche Sankt Andreas. Das Langhaus geht auf die Romanik zurück (typischer Rundbogenfries an der Südseite) und der Chor ist spätgotisch. Die Innenausstattung ist barock, mit Plastiken des Landsberger Barockbildhauers Lorenz Luidl. Vor der Kirche steht der sogenannte Täuferbrunnen, den Toni Drexler gestiftet hat in Gedenken an die vier Hörbacher Opfer der Strafmaßnahmen Herzog Wilhelms IV.

Wir folgen der Luttenwanger Straße weiter nach Osten und dann dem Moosweg bis zum Marterl. Hier verläuft die Straße durch den letzten Rest des Haspelmoors. Achtung! Nach ungefähr 300 Metern zweigt ein zugewachsener Pfad nach links (Norden) ab, hinein ins Moor. Dieser Weg führt auf einer Länge von ungefähr 700 Metern durch das Haspelmoor. Bitte auf dem Pfad bleiben! Sie durchqueren ein einzigartiges Biotop. Am anderen Ende erreichen wir den Weg an der Bahnlinie. Wir folgen diesem Weg zurück nach Hörbach und zum Ausgangspunkt. Für diese schöne Strecke von ca. drei Kilometern Länge brauchen Sie 45 – 60 Minuten.

Beim Auto angelangt sollten Sie aufs Fahrrad umsteigen. Wir fahren nach Althegnenberg und von dort weiter über die Hochdorfer Straße nach Hochdorf, immer entlang des Finsterbachs. In Hochdorf gibt es zwei Sehenswürdigkeiten: den historischen Pfarrhof und direkt gegenüber den früheren Sedlhof mit dem Heiligen Nepomuk auf dem Torbogen. Nach der Aufdeckung der Hörbacher Täufer legte man die Pfarreien Hochdorf und Hörbach zusammen und installierte dort einen neuen Pfarrer. Die Hörbacher mussten fortan jeden Sonntag nach Hochdorf laufen, um die Messe zu besuchen. Jörg Sedlmaier verlor seinen Hof, den der Landsberger Landrichter im Jahr 1528 für 100 Gulden verkaufte.

Von hier aus folgen wir dem Radweg entlang der Bundesstraße B2 nach Merching und weiter zum Mandichosee. Hier bietet sich eine willkommene Gelegenheit zur Einkehr und im Sommer zur Abkühlung in diesem Lechstausee.

Nach der Erholungspause fahren wir Richtung Süden nach Unterbergen und weiter nach Schmiechen, wo Lenz Kirchperger Unterschlupf bei einem Täuferbauern fand. Weiter geht es nach Steindorf bis zum Schloss Hofhegnenberg, wo zur Zeit des Romans Heinrich Adelzhauser Hofmarkspfleger war. Dort hatte Pfarrer Raphael Sättelin auch seine Pfarrstelle. 1542 belehnte Herzog Wilhelm IV. seinen unehelichen Sohn Georg von Hegnenberg mit dieser Hofmark. Der um 1511 geborene Georg wurde zum Stammvater der Familie von (Hof)Hegnenberg-Dux, deren letzter männlicher Spross aus einer Seitenlinie 1902 verstarb. Das Baudenkmal zählt zu den wenigen Schlössern im bayerischen Raum, das die Zerstörungswut der schwedischen Truppen im Dreißigjährigen Krieg unversehrt überstanden hat. Große Teile des Gebäudekomplexes reichen sogar bis ins 13. und 14. Jahrhundert zurück.

Die erbauliche Radstrecke hat eine Gesamtlänge von 30 Kilometern und kann in eineinhalb Stunden gemütlich gefahren werden. Zusammen mit den

Stopps sollten Sie allerdings zwei bis drei Stunden einplanen.

TOUR 2 – Auf den Spuren der Romanhandlung rund um Landsberg

Ausgangspunkt dieser Radtour ist der Parkplatz am Mutterturm, direkt am Lech gelegen in Landsberg am Lech. Er wurde von dem Maler, Bildhauer, Musiker, Schriftsteller und Wegbereiter des Automobilsports in Deutschland, Sir Hubert von Herkomer (1849–1914) zu Ehren seiner Mutter erbaut. Er stammte aus dem Dorf Waal, das damals zu Landsberg gehörte. Der Turm beherbergt ein Museum zu Ehren Herkomers.

Wir verlassen den Mutterturm und folgen der Von-Kühlmann-Straße in nördlicher Richtung, bis wir die Augsburger Straße erreichen. Von hier geht es stadtauswärts den Waitzinger Berg hinauf bis zum Hindenburgring (alte Bundesstraße B17). Wir überqueren den Hindenburgring und folgen dem Radweg entlang der Iglinger Straße stadtauswärts bis zur Gaststätte Sommerkeller. Dort biegen wir rechts ab nach Igling.

Wir erreichen das Dorf Igling und durchqueren es in nördlicher Richtung entlang des Loibachs. Fast am Ende Iglings verlassen wir die Unteriglinger Straße und nehmen die Kitzighofer Straße nach links (Richtung Westen). Wir erreichen nach wenigen Kilometern Großkitzighofen und kurz darauf Kleinkitzighofen. Unser Ziel ist die Marienkapelle, die den Opfern des Bauernkriegs gewidmet ist. Hier am südöstlichen Rand des Dorfes steht die Kapelle auf einem Hügel. Am 10. Mai 1525 verübten bayerische Reiter zusammen mit dem Landsberger Aufgebot ein Massaker an 700 Bauern. Im Roman trafen hier Lenz Kirchperger und Georg Mitterhuber auf Landsberger Seite auf die Kleinhäusler Gebhart Schuster und André (Drexler) auf der Stelzen.

Von hier wenden wir uns nach Langerringen. Wir erreichen über Hurlach, Obermeitingen und Untermeitingen schließlich Klosterlechfeld. Nach drei Kilometern tauchen der Lech und die Gaststätte Zollhaus auf. Der Name dieses Lokals erinnert uns daran, dass hier eine Grenze zwischen Baiern und Schwaben verlief.
Gleich nach der Lechbrücke wenden wir uns nach Süden und fahren zur Burgruine Haltenberg. Diese Burg ist die Ruine einer Höhenburg auf dem Steilufer des Lechs zwischen Scheuring und Kaufering. Die Anlage ist heute die einzige Burgruine am gesamten Lechrain zwischen Donauwörth und Füssen. Neben der Burg Haltenberg liegt das Gut Lichtenberg, das zur Zeit des Romans der Augsburger Patrizier Georg Regel besaß. Dort fanden unter Regels Schirmherrschaft reformatorische Zusammenkünfte statt, bei denen auch der umstrittene Prediger Lud-

wig Hätzer anwesend war. Hätzer stand in Verdacht, ein Gartenbruder und Täufer zu sein. Der Landsberger Pfleger Gregor von Egloffstein hob es deshalb in einem Handstreich im Jahr 1524 aus. Regel und seine Frau wurden in Haft genommen und erst gegen ein hohes Lösegeld nach Augsburg ausgeliefert.

Wir verlassen die Burg Haltenberg und fahren nach Süden am Lech entlang bis zur Staustufe 18 bei Kaufering. Wir halten uns dort am östlichen, also dem bayerischen Ufer und fahren bis Kaufering zur pittoresken Wallfahrtskapelle St. Leonhard. Von dort steigt der Weg steil an und wir fahren am Hochufer des Lechs weiter zur Ausflugsgaststätte Sandau. Hier steht eine der ältesten Kirchen Bayerns. Es sind die Überreste eines Klosters, das beim Einfall der Ungarn im Jahr 955 zerstört wurde.

Zurück am Hochufer des Lechs geht es bis Landsberg. Hier erreichen wir das Bayertor (früher *Münchner Tor*). In der unmittelbaren Nähe wohnte die Familie Mitterhuber und Lenz verbarg sich in einem Schuppen nicht weit entfernt. Wir folgen der *Berggasse* abwärts (heutige alte Bergstraße) bis zum Hauptplatz, den wir Richtung Lech wieder verlassen. Kurz vor der Lechbrücke biegen wir links ins Klösterl ein. Hier liegt auf der linken Seite eine Gaststätte, wo zur Zeit des Romans eine Zimmerer-

werkstatt lag. Es war das Zuhause von Lenz Kirchperger und seiner Familie.

Wir fahren zurück auf die Herkomer-Straße und
überqueren den Lech hinüber ins Schwäbische, wo
wir uns nach rechts wenden bis zum Parkplatz am
Mutterturm. Das Café dort verkauft hervorragende
Kuchen. Die Gesamtlänge dieser Tour beträgt 45
km; Sie sollten drei Stunden dafür einplanen.

Weitere im Liccaratur-Verlag erschienene Titel:

Krimi-Anthologien / Wettbewerbe

Die Spur führt an den Lech
226 Seiten, 2013
ISBN 978-3-944810-00-3 / 12,95 €

15 spannende Kriminalgeschichten mit Lokalkolorit des
Landsberger Autorenwettbewerbs 2012/13

*Ein geschickter Profikiller teilt uns sein Erfolgsrezept
mit, ein Landsberger Gastronom wird in der Kirche er-
mordet und keiner trauert. Geschichten, die durch ihre
interessante Erzählperspektive fesseln.*
Alexandra Lutzenberger,
Landsberger Tagblatt, Kulturredaktion

*Das Geheimnis des blutroten Kamms. Ha(h)nebüchener
Psychothriller.*
Ingrid Asam, BuchHansa, Landsberg

*Sanft rauscht der Lech vorbei an bekannten Schauplät-
zen; der eiskalte Schauer packt einen bei dem, was sich
in Landsberg ereignen könnte ...*
**Mathias Neuner, ehemaliger Oberbürgermeister
der Stadt Landsberg am Lech**

Sagenhafte Verbrechen aus dem Lechrain
236 Seiten, 2016
ISBN 978-3-944810-02-7 / 12,95 €

15 spannende Sagen- und Gruselgeschichten des Landsberger Autorenwettbewerbs 2015/16

Hojemännlein, der Goggolori, das Wilde Gejäg, Hexen, Geistererscheinungen und Räuberbanden haben den Landstrich geprägt, der im wesentlichen den Landkreis Landsberg am Lech repräsentiert. Die Anthologie enthält 15 spannende Kriminalgeschichten mit Bezug zur Sagenwelt des Lechrains. Urheber dieser sagenhaften Kriminalfälle sind die Preisträger des Landsberger Autorenwettbewerbes 2016. Aufgewertet wird das Werk durch 24 eindrucksvolle Schwarzweiß-Aufnahmen namhafter Fotografen. Diese zeigen neben Szenen aus den Kurzkrimis auch schöne Orte aus dem Landkreis Landsberg. Als Zuckerl obendrauf gibt es auch eine Zusammenstellung der im Buch kolportierten Sagen aus dem Lechrain.

Er fand ein schauriges Grab in der Teufelsküche. Wer ist dafür verantwortlich? Etwa der Goggolori, das Issinger Schlossfräulein, das Hojemännlein oder gar der Engel von Rott? Sagenhafte, gespenstisch schöne Geschichten zwischen Ammersee und Lech.
Thomas Eichinger,
Landrat Landreis Landsberg am Lech

Anthologie

Jahreszeiten zwischen Lech und Ammersee
226 Seiten, 2019
ISBN 978-3-944810-04-1 / 12,95 €

16 wunderbare Geschichten aus dem Landkreis zwischen Lech und Ammersee, unter anderem mit der Bestsellerautorin Nicola Förg, die am Lech südlich des Landkreises Landsberg lebt.

Der bekannte Bestsellerautor Oliver Pötzsch, Schöpfer der Henkerstochter-Saga, hat ein Vorwort verfasst, das zum Nachdenken anregt.

Die Geschichten ... spiegeln in der Tat das Geschehen zwischen Lech und Ammersee auf eine spannende und höchst interessante Weise wider. Mein Hinweis: Lesen, lernen, sich vergnügen.
Alois Kramer
Ehemaliger Chefredakteur Ammersee Kurier, Dießen

Historischer Roman

Der Baumeister von Landsberg

596 Seiten, 2014
ISBN 978-3-944810-01-0 / 14,95 €

Im Spätmittelalter ist Landsberg am Lech durch seine strategisch günstige Lage zu einer bedeutenden Stadt herangewachsen. Der Salzhandel hat Landsberg reich gemacht und ein zunehmend selbstbewusstes Bürgertum scheut auch Konflikte mit seinem Landesherrn nicht mehr. Durch den Neubau einer Kirche will man zudem dem Patronat des Klosters Wessobrunn entfliehen. Die neue, prächtige Basilika soll aufkeimenden Bürgerstolz demonstrieren.

Bereits als Lehrling ist der Steinmetz Veit Maurer am Bau des neuen Gotteshauses beteiligt. Fortan widmet er sein Leben der Baukunst und sein Weg führt ihn durch halb Europa. Er erlebt Freundschaft, Liebe, Krieg und nicht erwarteten Verrat. Doch stets bleibt sein persönliches Schicksal mit Landsberg und dem dortigen Kirchenbau verbunden.

Tauchen Sie ein in die Geschichte einer Stadt an der Schwelle vom Mittelalter zur Neuzeit.

Kriminalromane

Entwurzelte Schatten
332 Seiten, 2017
ISBN 978-3-944810-03-4 / 14,25 €

Selahattin Barzani ist als syrischer Flüchtling in der kleinen Stadt Landsberg am Lech gestrandet. Beim morgendlichen Joggen führt ihn sein Weg an einen Ort, den die Menschen Teufelsküche nennen. Dort holen ihn kurz vor Weihnachten die Schatten seiner Vergangenheit ein. Bei seiner panischen Flucht rennt er beinahe den pensionierten Kriminalhauptkommissar Martin Viertaler um. Der findet am Tatort eine kopflose Leiche und ein Handy, mit dem zuletzt seine gute Bekannte Gertrud Maier, Selahattins ehrenamtliche Betreuerin, angerufen wurde.

Da die ehemaligen Kollegen Viertalers schnell den Flüchtling verdächtigen, versucht er zusammen mit Gertrud, dessen Unschuld zu beweisen. Dabei verstrickt sich das ungleiche Ermittlerduo immer tiefer in diesen mysteriösen Fall. Der Mord in der *Thomasnacht*, der ersten der mystischen Raunächte, entfesselt ein Spiel der Schatten, in das nicht nur der Flüchtling Selahattin, sondern auch alteingesessene Bürger hineingezogen werden.

Letzten Endes gerät Gertrud Maier, für die Viertaler zunehmend mehr empfindet, selbst in tödliche Gefahr.

Täter – Opfer – Schuld

408 Seiten, 2020
ISBN 978-3-944810- 05-8 / 14,95 €

Am Lumpigen Donnerstag wird in der Stadtpfarrkirche Mariä Himmelfahrt in Landsberg am Lech ein Pfarrer getötet.

Die Staatsanwaltschaft sucht den Täter im Umfeld der Kemptener Mafia. Die junge Kommissarin Antonia Buck aus Fürstenfeldbruck aber ist überzeugt, dass die Tat ihre Ursache in den letzten Kriegstagen hat, als die Landsberger Außenlager des Konzentrationslagers Dachau geräumt wurden. Sie bittet den pensionierten Kommissar Martin Viertaler um Hilfe.

Der alte Ermittler wird erneut mit der Frage konfrontiert, wer ist Täter, wer ist Opfer und wer trägt Schuld? Doch in diesem Fall ist nichts so, wie es auf den ersten Blick scheint.

Ein Mordfall lässt Geschichte aufleben. In der Kulisse Landsbergs am Lech verschmelzen Fiktion und Wirklichkeit zu einer ebenso spannend wie detailreich erzählten Mixtur aus regionalem Weltkriegsgeschehen samt topaktueller Folgen, kriminellen Machenschaften und persönlichen Schicksalen.

Alexander Weber, Münchner Merkur, Ressort Politik

Tierkrimi

Wo ist Nr. 245?

Veröffentlichung November 2022
ISBN 978-3-944810-08-9 / 14,35 €

Eine Entführung.

Zwei Diebe.

Drei tierische Freunde auf der Suche.

Nach einem Einbruch in ein Forschungslabor fehlt nicht nur ein Serum, sondern auch der Versuchshund Nr. 245: Alma. Ihr Käfignachbar und Freund Sam nimmt die Spur auf und gelangt nach Landsberg am Lech. Bei seiner Suche steht ihm eine bunte Truppe zur Seite: der tollpatschige Rabe Bora, der Macho-Kater Ronaldo und weitere unerwartete Helfer.

Können sie Alma finden, bevor ihr ein überehrgeiziger Wissenschaftler und seine Auftraggeberin das gestohlene Serum in tödlicher Dosis verabreichen?

Ein Tierkrimi voll witziger Dialoge und berührender Szenen.

Zehn Autoren, eine Geschichte: ein Projekt der Schreibwerkstatt in der VHS Landsberg.

Ein Euro pro verkauftem Buch geht an das Tierheim Landsberg.